rororo

Petra Hammesfahr, geb. 1951, lebt als Schriftstellerin in der Nähe von Köln. Ihr gelangen mit den Romanen «Der Puppengräber» (rororo 22528), «Die Sünderin» (rororo 22755) und «Die Mutter» (rororo 22992) große Bestsellererfolge.
Im Rowohlt Taschenbuch Verlag liegen ferner vor: «Der gläserne Himmel» (rororo 22878) «Lukkas Erbe» (rororo 22742), «Das Geheimnis der Puppe» (rororo 22884), «Meineid» (rororo 22941), «Die Chefin» (rororo 23132), «Roberts Schwester» (rororo 23156), «Der stille Herr Genardy» (rororo 23030) sowie die Erzählungen «Der Ausbruch» (rororo Großdruck 33176). Ihr neuer Roman «Das letzte Opfer» erschien im Wunderlich Verlag.

PETRA HAMMESFAHR

Bélas Sünden

Roman

Rowohlt Taschenbuch Verlag

Originalausgabe
Veröffentlicht im Rowohlt Taschenbuch Verlag
GmbH, Reinbek bei Hamburg, Januar 2003

Umschlaggestaltung any.way, Cathrin Günther
(Foto: Bavaria)
Satz Aldus PostScript bei
Pinkuin Satz und Datentechnik, Berlin
Druck und Bindung Clausen & Bosse, Leck
Printed in Germany
ISBN 3 499 23168 9

Die Schreibweise entspricht den Regeln
der neuen Rechtschreibung.

1. Kapitel

Als in meinem Schlafzimmer geschossen wurde, war ich unterwegs zwischen Koblenz und Bonn. Ich saß im Zug, starrte in die Dunkelheit und sah doch nur das Abteil und mein Gesicht in der Scheibe. Es regnete; draußen ebenso wie drinnen. Nicht im Zugabteil, nur in mir. Ich hätte gerne richtig geheult.

Ich kam von einer Lesung aus Frankfurt und konnte der Polizei später nicht viel sagen; zu den Vorgängen im Haus gar nichts. Nur dass ich um zwanzig Minuten nach zehn abends in Köln am Hauptbahnhof ankam. Laut Plan sollte der Zug um fünf nach zehn in Köln sein, er hatte eine Viertelstunde Verspätung. Das konnten sie nachprüfen. Ob sie es getan haben, weiß ich nicht. Ich sagte ihnen auch, dass ich am Bahnhof eine halbe Stunde auf meinen Mann gewartet hätte, weil Béla versprochen habe, mich abzuholen. Dafür musste es Zeugen geben. Nicht für Bélas Versprechen, nur für die halbe Stunde Wartezeit.

Da war eine Wurstbude. Ich wollte mir dort einen Kaffee kaufen, aber es gab natürlich nur Würstchen. Ich blieb in unmittelbarer Nähe des Standes, rauchte drei oder vier Zigaretten, obwohl alles zur Nichtraucherzone erklärt war, schaute immer wieder auf die Uhr. Ich muss zwangsläufig den Eindruck einer Frau gemacht haben, die mit jeder Minute unruhiger wird.

Das fiel auch den Männern auf, die an der Wurstbude standen. Einer machte mich an blöd an. «Hat er dich versetzt, Schätzchen?» Er fragte, ob ich mit ihm vorlieb nehmen möchte, etwas in der Art. Was genau er sagte, weiß ich nicht mehr.

Ich war wirklich sehr nervös, wusste nicht, ob ich nach Hause fahren sollte oder wollte. Béla konnte mich gar nicht abholen. Ich hatte ihn mit meiner Ankunftszeit beschwindelt, weil ich mich seit Wochen mit dem Verdacht quälte, dass er mich betrog – auf eine ganz infame Weise und in meinem eigenen Bett. Das ist der Gipfel, nicht wahr? Wozu hatte er denn ein eigenes Schlafzimmer, wenn er es schon unbedingt in unserer Wohnung treiben musste?

Ich wollte ihn auf frischer Tat ertappen, wie man so schön sagt. Vielleicht hätte ich es dann geschafft, mich von ihm zu trennen, zumindest vorübergehend, für ein paar Wochen. Und ich hoffte inständig, dass er alleine wäre, überrascht, mich früher als erwartet wieder zu sehen, und glücklich, dass ich wieder bei ihm bin.

Um Viertel vor elf nahm ich mir endlich ein Taxi. Der Fahrer war ein älterer Mann. Ein Schwergewicht von der Art, die einem das Gefühl gibt, dass im Umkreis ihrer Person Ruhe und Frieden herrschen. Er wirkte auf mich wie ein Wellenbrecher. Und er war auch einer von denen, die gerne reden. Wir unterhielten uns während der gesamten Fahrt.

Er hatte mein Foto in einer Zeitung gesehen und sprach mich darauf an. Es gab in den letzten Wochen mehrere Artikel. Alle unter dem Motto: Die rasante Karriere der Lisa Szabo. Von der Anfängerin zur Erfolgsautorin in nur zwei Jahren. Das stimmt nicht ganz. Ich hatte schon lange vorher ganz gut mit Kurzgeschichten verdient. Nur war keine unter meinem Namen erschienen. Es war nichts dabei, auf das ich mich heute mit Stolz berufen würde. Kleine Heile-Welt-Geschichten waren es, nicht unbedingt das, was man niveauvolle Unterhaltungsliteratur nennt. Die mache ich tatsächlich erst seit zwei Jahren, insofern ist es eine rasante Karriere. Und da gab es in den letzten Wochen zahlreiche Interviews, Buchbesprechungen, sogar eine kleine Gesprächsrunde, die während der Frankfurter Buchmesse im Fernsehen gezeigt wurde.

Der Taxifahrer fühlte sich geschmeichelt, weil da so etwas wie eine Berühmtheit neben ihm saß und ihn nicht mit ein paar lapidaren Floskeln abspeiste. Aber ich hatte selbst das Bedürfnis zu reden. Ich hatte panische Angst vor dem Heimkommen. Einen Klumpen im Magen, einen Knoten in den Eingeweiden und diese Leere im Kopf, die keine richtige Leere ist. Sie ist voll mit Bildern, die sich aufdrängen, die man verscheuchen will. Und dann spricht man drauflos, um sich abzulenken.

Normalerweise ist es nicht meine Art, einem Wildfremden meine Lebensgeschichte zu servieren. Ich wollte auch nur, dass dieser Taxifahrer wusste: Ich war eine glücklich verheiratete Frau. Ich dachte, wenn er es glaubt, kann ich es vielleicht auch glauben. Glücklich verheiratet und verliebt wie am ersten Tag, Mutter einer erwachsenen, hochintelligenten, sehr tüchtigen Tochter und beruflich erfolgreich. Eine Frau, die etwas aus ihrem Leben hatte machen wollen, etwas Besonderes, etwas Ungewöhnliches.

Und jetzt, wo ich das geschafft hatte, wo es wirklich und richtig anfing mit dem Erfolg, brach mir alles auseinander, viel schlimmer, als ich es mir vorgestellt oder vorgenommen hatte. Als hätte mir jemand die Entscheidung abnehmen wollen und für mich den Schlussstrich gezogen.

Schon als wir in die Straße einbogen, sah ich den Fuhrpark vor dem Haus. Es regnete nicht mehr, aber alles glänzte vor Feuchtigkeit. In der Nässe brach sich das zuckende Blau. Die gesamte Umgebung war in gespenstisch flackerndes Licht getaucht. Warum hatten sie ihre verdammten Blaulichter nicht ausgeschaltet, als sie am Einsatzort eintrafen? Mussten sie damit unbedingt die gesamte Nachbarschaft alarmieren? Es sah fast aus wie ein Straßenfest. Alles, was Beine hatte, stand herum. Zwischen den Streifenwagen und Zivilfahrzeugen, auf der Straße, dem Gehweg, dem Grasstreifen.

Das Taxi kroch nur noch. Der Fahrer hing vorgebeugt im Sitz, als könne er auf diese Weise mehr erkennen. Er musste mitten auf der Straße anhalten. In seiner Stimme klang deutlich das Unbehagen mit. «Herderstraße dreizehn», sagte er, «da wären wir.» Er schaute mich von der Seite an und stellte überflüssigerweise fest: «Sieht aus, als wäre da etwas passiert.»

Ich konnte nur nicken. Denken kann man nicht in solch einem Augenblick. Der Fahrer stieg mit aus, reichte mir den Koffer, den großen. Ich war nicht nur in Frankfurt gewesen. Und das war eine Sache, die mich dann beinahe um den Verstand brachte.

Vier Tage vorher, in der Nacht zum Montag, war ich nach München gefahren. Nein, geflohen, weil ich meinte, Bélas Nähe nicht länger zu ertragen. Ihm hatte ich weisgemacht, dass ich den Montag in München bliebe, um ein paar wichtige Dinge mit meinem Verleger zu besprechen. Dass ich dienstags weiterführe nach Augsburg, mittwochs nach Stuttgart und donnerstags nach Frankfurt, weil ich in diesen Städten lesen sollte. Aber es gab keine Lesungen in Augsburg und Stuttgart, nur die in Frankfurt. Ich war in München geblieben bis zum Donnerstagmorgen.

Jeden Tag hatte ich Béla um die Mittagszeit angerufen und erklärt, ich sei jetzt in diesem oder jenem Hotel angekommen. Damit er nicht auf die Idee kam, hinter mir her zu telefonieren. Handys haben unbestreitbar den Vorteil, dass man behaupten kann, am Ende der Welt zu sein – der Angerufene muss es glauben.

Kurz vor sieben am Abend hatte ich noch einmal mit ihm gesprochen, aus einem Taxi auf dem Weg zum Frankfurter Bahnhof. Ich hatte ihm vorgelogen, ich sei unterwegs zur Buchhandlung und hoffte, dass die Diskussion nach der Lesung nicht ausufere, damit ich meinen Zug erreichte. Um Viertel nach zwei in der Nacht käme ich in Köln an.

Ich hatte gesagt: «Du brauchst mich nicht abzuholen. Ich nehme mir ein Taxi.»

«Aber nein, Liska», hatte er protestiert: «Natürlich hole ich dich ab.» Und nach einer winzigen Pause hatte er hinzugefügt: «Ich habe dich vermisst, Liska. Ich habe dich sehr vermisst.»

Liska, so hat er mich vom ersten Moment an genannt. Lisa, das war ihm zu wenig. Liska, wie er es aussprach, mit diesem weichen SCH in der Mitte, es klang jedes Mal wie eine Liebeserklärung, wie das Versprechen seiner Zärtlichkeit. Es klang auch nach zehn Jahren noch so.

«Schlafe ich vorher ein bisschen», sagte er. «Stelle ich mir den Wecker. Ich bin am Bahnhof, wenn du kommst.»

Er war merkwürdig, nicht von Anfang an. Es begann nach den ersten Sätzen. Er wurde nervös, was ich an seiner Aussprache erkannte. Normalerweise bemühte Béla sich um ein absolut korrektes Deutsch. Nur wenn er sich aufregte, geriet ihm das durcheinander. Erregte ist wohl das passendere Wort. Ich meinte auch, durchs Telefon ein Geräusch zu hören, wie das Rascheln von Stoff, als ob jemand bei ihm wäre, sich an ihn schmiegte, während er mit mir sprach. Es tat so verdammt weh.

Und ich dachte: Irrtum, mein Freund, wenn ich ankomme, wirst du nicht am Bahnhof sein. Ich komme nämlich vier

Stunden früher. Das ist eine Menge Zeit. Man kann sich in dieser Zeit das gesamte Leben auseinander reißen. Und es neu zusammensetzen, das vielleicht auch. Man sollte es wenigstens versuchen.

«Etwas passiert!», hallte die Stimme des Taxifahrers in meinem Hirn nach. So ein Großaufgebot. In dem Moment wurde mir übel. Der Taxifahrer reichte mir den Koffer und fragte, ob ich allein zurechtkäme. Ich muss ziemlich blass gewesen sein. Aber ich nickte, dann ging ich zwischen den Fahrzeugen auf das Haus zu. Es lag unter Festbeleuchtung. Hinter sämtlichen Fenstern der Straßenfront brannte Licht. Sogar die Leuchtreklame über dem Eingang war eingeschaltet. Da hatte wohl jemand aus Versehen auf den Knopf gedrückt. «Bélas Musikstübchen».

Das «Stübchen» ist ein Lokal von zweihundert Quadratmetern Grundfläche. Aber es wirkt nicht wie ein Saal, es ist gemütlich. Die Innenaufteilung hatte Béla selbst entworfen, geschickt eingezogene Zwischenwände schaffen den Eindruck von mehreren kleinen Räumen, erlauben es jedoch auch, eine Hochzeitsgesellschaft von siebzig oder achtzig Personen so unterzubringen, dass sie glauben, sie säßen alle an einem Tisch.

Unsere Wohnung im ersten Stock ist genauso groß. Wir haben zwei Zimmer, die wir nicht brauchen. Sie stehen seit unserem Einzug vor zwei Jahren leer. Der Wohnraum hat fast siebzig Quadratmeter und einen offenen Kamin. Eine große Küche, zwei Bäder, zwei Schlafzimmer, ein Gästezimmer, mein Arbeitszimmer, Bélas Arbeitszimmer. Irgendwie war uns alles zu groß geraten, hatten wir von allem zu viel. Zu viel Erfolg, zu viel Geld, zu viel Glück in den letzten beiden Jahren. Als ob das Leben einem noch einmal zeigen will, wie schön es sein kann, ehe man alles verliert.

Die paar Meter vom Straßenrand bis zur Eingangstür waren eine Tortur. Ich wollte nicht ins Haus gehen, wollte lieber zurück nach München fahren. Ich hätte auch einfach umkehren können, glaube ich. Es hatte mich noch niemand bemerkt, obwohl da so viele Leute standen. An der Eingangstür hielt mich ein uniformierter Polizist auf. Als ich ihm sagte, wer ich war, ließ er mich durch.

Sie saßen im Schankraum. Zwei fremde Gesichter und ein bekanntes, unser Nachbar, der alte Dussing. Der anfangs lauthals protestiert hatte, dass ausgerechnet neben seinem Grundstück ein Lokal eröffnet werden sollte, noch dazu eins mit Musik, der schon bald zu unseren Stammgästen und zu Bélas größten Bewunderern zählte.

«Da kommt ja die Frau Szabo», hörte ich ihn sagen, während ich den Raum nach Béla absuchte. Er war nicht da. Natürlich nicht. Etwas passiert! Ich konnte nicht durchatmen.

Ein Mann kam auf mich zu. Er war in meinem Alter, mittelgroß und untersetzt, ordentlich frisiert mit Seitenscheitel. Es fiel mir auf, weil ich ihn anstarren musste. Er strahlte diese besondere Autorität aus, der man sich unwillkürlich beugt. Es war nicht zu übersehen, dass er das Kommando führte. Er hielt mir etwas entgegen, einen Dienstausweis vermutlich, ich habe nicht hingeschaut. Er stellte sich vor: Offermann, Kriminalpolizei.

Was auch sonst?!

Während ich im Zug saß, zwischen Koblenz und Bonn, hatte der alte Dussing vier Schüsse gehört. Beim ersten war er aufgeschreckt, beim zweiten und dritten hatte er überlegt, ob es sich vielleicht doch nur um Fehlzündungen eines Autos handeln könnte. Nach dem vierten hatte er sich endlich zum Telefon bemüht.

Nur drei Minuten nach seinem Anruf war ein Streifenwagen gekommen. Sie waren in der Nähe gewesen, nur eine Querstraße weiter. Wie ich später erfuhr, hatte es beim Kino eine Schlägerei gegeben, an der ein rundes Dutzend Halbwüchsige beteiligt waren. Dahin waren sie mit drei Wagen unterwegs.

Als der Durchruf von der Zentrale kam, bog einer zu unserem Haus ab. Zwei Beamte in Uniform versuchten, ins Haus zu gelangen. Das Lokal war geschlossen, der Donnerstag war unser Ruhetag. Auf das Klingeln an der Eingangstür reagierte niemand. Daraufhin gingen sie ums Haus herum und entdeckten die Treppe, die vom Garten hinauf zum Balkon führt.

Bélas Idee. «Dann musst du nicht durchs ganze Haus laufen, Liska, wenn du dich in die Sonne legen möchtest. Du wirst dich doch in die Sonne legen?»

Im vergangenen Jahr hatte ich das oft getan, am Nachmittag, zwischen zwei und fünf, wenn Béla das Lokal für eine ausgedehnte Mittagspause schloss. Dann hatte ich gewartet, dass er kam und sich zu mir legte. Er kam fast immer. Im vergangenen Jahr war zwischen uns noch alles in Ordnung gewesen. Wir hatten unsere Krisen gehabt und sie überstanden. Ich war überzeugt, es könne nichts mehr geschehen, was uns auseinander brachte.

Die beiden Polizisten stiegen die Außentreppe hinauf. Sie war oben am Balkon mit einer kleinen Tür gesichert. Diese Tür stand offen, die Tür zum Wohnraum ebenfalls. Sie gingen hinein. Es brannte Licht, im Wohnraum, in der Diele, in meinem Schlafzimmer. Und da fanden sie den Toten – in meinem Schlafzimmer!

Offermann verlangte, ich solle mit ihnen hinaufgehen und meinen Mann identifizieren. Das konnte ich nicht. Ich konnte nicht einmal mehr auf meinen Beinen stehen. Wie in der Nacht im August, als er begonnen hatte, der Anfang vom Ende.

Ich erwachte in der Augustnacht mit scheußlichen Krämpfen, war schweißgebadet, der berühmt-berüchtigte kalte Schweiß, der ankündigt, dass der Kreislauf nicht mehr mitspielt. Das Bettzeug klebte mir am Körper. Meine Eingeweide schienen mit glühenden Eisenspänen gefüllt. Es war nur die Mayonnaise, Geflügelsalat zum Abendessen und eine gehörige Portion Salmonellen dazu.

Glücklicherweise hatte außer mir niemand von dem Salat gegessen. Ich konnte nachweisen, dass ich die Packung nur für den privaten Gebrauch gekauft hatte. Nicht auszudenken, wenn es einen der Gäste erwischt hätte. Das Gesundheitsamt hätte uns das Lokal dichtgemacht. Nicht uns! Es war nicht mein Lokal. Ich hatte zwar die Konzession, aber Béla verdiente sein Geld damit, Leute zu bewirten und zu unterhalten.

Es war kurz nach zwei, als ich aufwachte und erst einmal zusehen musste, dass ich ins Bad kam. Ich rief nach Béla, erhielt keine Antwort. Das war nicht ungewöhnlich, es war ein Samstag. Am Wochenende wurde es im Lokal oft ziemlich spät. Wenn Béla spielte – er war ein wundervoller Musiker am Keyboard und am Synthesizer – und wenn er richtig loslegte, fanden die Leute nicht heim. Er hatte Magie in den Fingern, klebte sein Publikum an den Stühlen fest.

Ich nahm an, dass sie noch unten saßen, mein Mann und ein paar von den Unermüdlichen. Großartig darüber nachdenken konnte ich nicht. Es ging los wie ein Wasserfall, in den ersten Minuten war ich ziemlich mit mir selbst beschäftigt. Irgendwann fiel mir auf, dass es im Erdgeschoss still war. Ich rief noch einmal nach Béla, es war nur ein heiseres

Krächzen. Wieder bekam ich keine Antwort. Ich schleppte mich zu seinem Zimmer, das Bett war leer. Also ging ich hinunter.

Von wegen ging, ich brauchte mindestens zehn Minuten bis in den Hausflur. Und bei jeder Treppenstufe dachte ich, dass ich die nächste nicht mehr schaffe. Aber ich kam unten an. Es war immer noch still, keine Musik, kein Stimmengewirr. Dann hörte ich dieses Geräusch, ein Knarren, das ich mir nicht erklären konnte. Dabei war es leicht zu erklären. Das Knarren verursachte ein Tisch.

Béla stand davor, seine Hose hing ihm in den Kniekehlen, auf seinen Schultern lag ein Paar Beine. Den Kopf hielt er gesenkt. Ich könnte schwören, er hatte die Augen geschlossen. Er schloss sie immer dabei. Seine Hände lagen an den Tischkanten. So versuchte er, zu verhindern, dass ihm der Tisch mitsamt seiner Beute darauf über den gefliesten Boden davonrutschte.

Sie waren so miteinander beschäftigt, hatten überhaupt nicht mitbekommen, dass die Tür geöffnet worden war. Hätte er die nicht abschließen oder sich zumindest in einen weiter hinten gelegenen Winkel verziehen können? Ich versuchte zu erkennen, mit wem er sich amüsierte. Aber mir tanzten schwarze Flecken vor den Augen. Béla stand mit dem Rücken zu mir und verdeckte mit seinem Körper, was vor ihm lag.

Zudem war es im Lokal schummrig. Nur drei der tief hängenden Lampen über dem Tresen brannten noch. Ein Kleidungsstück, das mir einen Hinweis hätte geben können, sah ich nirgendwo. Nur etwas nackte Haut, einen Arm, nehme ich an, und blonde Haare. Ich musste mich übergeben, was garantiert nicht an den Salmonellen lag. Dann brach ich zusammen.

Béla schwor anschließend Stein und Bein, es sei nichts von Bedeutung gewesen, nur ein kleiner Ausrutscher, er hätte es gar nicht gewollt. Ich solle es vergessen. Das wollte ich auch. Doch dann ging es los mit meinen Lesereisen, Fernsehauftritt, Buchmesse. Ich war viel unterwegs. Und jedes Mal, wenn ich zurückkam, fand ich neue Beweise, dass es eben doch keine einmalige Angelegenheit gewesen war.

Béla leugnete. Ganz hartnäckig. Zuerst stritten wir noch. Er warf mir vor, ich wolle ihn auf eine miese Tour loswerden. Ich würde das erfinden oder selbst inszenieren, weil ich einen anderen hätte. Manchmal wusste ich nicht, woran ich war, ob ich mich vielleicht wirklich nur in etwas hineinsteigerte. Und dann fand ich wieder etwas. Es kam so weit, dass wir nicht mehr miteinander reden konnten.

Natürlich sprachen wir unentwegt über irgendetwas. Über das Geschäft, den Umsatz, meinen Erfolg. Nur nicht über uns, über die Tatsache, dass ich nicht mehr arbeiten konnte. Dass ich nur noch vor dem Computer saß und so tat als ob. Dass ich längst fertige Szenen hin und her wälzte und nicht einmal mehr die Schrift auf dem Bildschirm erkannte.

Nach außen hin taten wir so, als sei alles in Ordnung. Wir schliefen sogar miteinander. Wenn ich dann wieder weg musste und er sich von mir verabschiedete: «Ich werde dich vermissen, Liska, ich werde dich sehr vermissen.» Dann hatte ich das Gefühl, den Verstand zu verlieren.

Eine Lesung nach der anderen und immer viel Publikum. Meist musste ich im Hotel übernachten, kam erst am nächsten Tag heim. Die in Frankfurt begann ausnahmsweise schon um vier am Nachmittag. Das hatte ich zu Hause niemandem erzählt.

Bei der Diskussion fragte mich jemand, ob ich tatsächlich der Meinung sei, jeder Mensch wäre imstande zu töten.

Oder töten zu lassen, vom Freund oder einer Freundin, nach dem Motto, eine Hand wäscht die andere, dann haben wir beide saubere Hände. Und ein Alibi!

Ich hatte aus «Rote Träume» gelesen, meinem ersten großen Roman. Ursprünglich waren es mehrere Kurzgeschichten, die nichts miteinander zu tun hatten, sich nur alle um den gleichen Kern drehten. In jeder war eine Frau die Hauptfigur, eine betrogene, enttäuschte, verbitterte, gedemütigte Frau, die sich endlich zum Handeln entschloss.

Vor vierzehn Monaten war ich zum ersten Mal nach München gefahren für ein persönliches Gespräch mit einem Verleger, Dierk Römer. Er betrieb einen kleinen, aber finanzstarken Verlag, der allerdings auf Fachbücher spezialisiert war. Nun wollte Dierk Römer vom bewährten Konzept abweichen und es einmal mit Belletristik versuchen. Ich war ihm und er war mir empfohlen worden. Aber er war nicht interessiert an meinen Storys. Es musste etwas Besonderes sein für den Schwenk in die neue Schiene. Er gab mir den Rat, einige der Kurzgeschichten miteinander zu verflechten, sodass eine fortlaufende Handlung entstand.

Ich habe meine Heldinnen durch eine gemeinsame Schulzeit verbunden. Anlässlich eines Klassentreffens sehen sie sich nach zwanzig Jahren wieder. Jede ist verheiratet oder lebt mit einem Mann zusammen, einige haben neben dem festen Partner einen Liebhaber. Doch keine ist glücklich, jede leidet auf die eine oder andere Art. Und keine schafft es, ohne fremde Hilfe den Schlussstrich zu ziehen. Da tun sie sich eben zusammen, um sich von ihren Männern zu trennen. Auf endgültige Weise. Sie bringen sie um.

Zugegeben, es ist eine radikale Lösung. Es hätte auch andere gegeben. Aber für einen Spannungsroman bietet eine Ehescheidung oder ein Rauswurf nicht genügend Stoff. Und manchmal hat man das Gefühl, es geht nur auf die endgültige Art. Es gibt Männer, von denen kann man sich nicht anders trennen. Man kann sie nicht leben lassen, weil man nicht von ihnen loskommt, solange sie leben. Weil man verrückt nach ihnen ist, sie abgöttisch liebt, obwohl man an ihrer Seite unentwegt auf einem Drahtseil tanzt. Es ist ein scharfes Seil, es zerschneidet die Fußsohlen und die Selbstachtung.

Und dann fragt mich dieser Mensch in Frankfurt, ob ich tatsächlich der Meinung sei. Er war ein älterer Mann. Es hat mich gewundert, dass er bei solch einer Veranstaltung dabeisaß. Vermutlich hatte seine Frau ihn mitgeschleift. Er war einer von der gutmütigen und etwas schwerfälligen Sorte, rundlich und rosig, ein netter, kleiner Herr Biedermann.

Natürlich habe ich nein gesagt, weil ich mir gar nicht vorstellen konnte, noch einmal ohne Béla zu leben. Gelächelt habe ich und erklärt, dass es doch nur ein Roman ist. Und wenn ich eines Tages schreiben sollte, dass kleine blaue Männchen die Erde einnehmen, sei ich ja auch nicht der Meinung, dass wir in Kürze mit einer Invasion zu rechnen hätten. Über kleine blaue Männchen werde ich wohl nie schreiben. Ich hatte auch nicht vor, über Béla und mich zu schreiben. Aber inzwischen ist mir klar, dass ich seit Jahren nichts anderes getan habe.

Béla Szabo, ich habe ihn so geliebt. Ich liebe ihn immer noch. Ich hätte ihn nie verlassen können, hätte alles getan, damit er bei mir bleibt. Was heißt, ich hätte? Ich habe alles getan. Ich habe ihm sogar die Sache auf dem Tisch verziehen. Das heißt, ich hätte! Wenn es dabei geblieben wäre. Aber ich wollte nicht, dass er stirbt, erschossen wird, während ich im Zug sitze. Er war ein Mistkerl auf seine Art, aber ein lieber, ein Traum. Das war er wirklich, der absolute Traum einer Frau.

Als ich ihn kennen lernte, war ich dreißig und hielt mich für sehr erfahren im Umgang mit Männern. Ich hatte schon einiges erlebt und dachte, es könne mich keiner mehr völlig umhauen. Mit achtzehn hatte ich zum ersten Mal geheiratet, von der Schulbank weg. So ist das auf dem Dorf. Wozu großartig etwas lernen, wenn die Karriere vorprogrammiert ist? Ehefrau, Hausfrau, Mutter, Schützenkönigin.

Mein erster Mann war der nette Junge aus der Nachbarschaft. Karl-Josef Müller, nur ein Jahr älter als ich. Ich kannte ihn seit unserer gemeinsamen Zeit im Kindergarten. Wir waren auch zusammen zur Schule gegangen, ein paar Jahre lang. Mit dem fünften Schuljahr wechselte Karl-Josef auf die Hauptschule. Seine Eltern hatten eine Schreinerei, die er eines Tages übernehmen sollte, und für einen soliden Handwerksberuf braucht man kein Abitur.

Ich ging aufs Gymnasium, meine Eltern hatten große Pläne mit mir. Sie hielten mich für ausnehmend hübsch und erstaunlich klug, das haben Eltern so an sich. Ich sollte studieren und viel Geld verdienen. Aber das konnte man auch mit einer gut gehenden Schreinerei. So protestierten meine Eltern nicht, als ich mich Hals über Kopf in die Ehe mit Karl-Josef stürzte.

Es passierte bei einem Schützenfest. Das soll es ja geben, dass man einen Jungen, den man seit ewigen Zeiten kennt, plötzlich mit anderen Augen sieht. Und auf dem Schützenfest, in der schmucken grünen Uniform mit den goldenen Schulterstücken, Karl-Josef war gut einsneunzig groß, hatte dichtes, blondes und leicht gewelltes Haar, er sah toll aus.

Alle sagten, wir seien ein wunderschönes Paar. Das waren wir auch – während des Königballs. Karl-Josef tanzte ausgezeichnet, was mir mit siebzehn ebenso wichtig war wie das gute Aussehen. Wir ließen keinen Tanz aus, stärkten uns zwischendurch an der Theke, er mit Bier, ich mit Asbach Cola. Am Ende hatte ich einen gehörigen Schwips und ein ebenso gehöriges Stück Mann zwischen den Beinen.

Nein, ich wurde nicht auf Anhieb schwanger. Es war keine Mussehe. Es war pure Leidenschaft, jedenfalls hielt ich es dafür. Karl-Josef war zu der Zeit beim Bund, und wenn er am Wochenende heimkam, ging es erst mal zur Sache. Er holte mich ab, sprach noch drei Worte mit meinem Vater, nahm Mutters wohlwollenden Blick mit gönnerhafter Miene zur Kenntnis, führte mich zu seinem Ford. Und dann ging's ab ins Grüne.

Wenn das Wetter einigermaßen war, breitete er eine Decke neben dem Auto aus, empfahl mir, währenddessen schon mal Rock und Bluse auszuziehen, damit die Sachen nicht zerknitterten. Den Slip und den Büstenhalter zog er mir aus. Und dann ging das nach der üblichen Manier. Den Busen durchkneten, eine Hand nach unten. Karl-Josef sagte mir jedes Mal, dass ich ihn verrückt mache. Ich fand das schmeichelhaft.

Insgesamt brauchte er selten länger als sieben oder acht Minuten, vom Ausbreiten der Decke bis zu dem Augenblick, wo er sich mit vernehmlichem Ächzen neben mir darauf ausstreckte. Ich hatte dann regelmäßig das Gefühl, ich hätte Flöhe im Bauch. Aber die loszuwerden, war meine Sache. Für die Feinheiten eines Liebesspiels hatte Karl-Josef nicht viel übrig.

Nach unserem Akt in freier Natur fuhren wir in die nächste Disco. Karl-Josef trank ein paar Kölsch, um wieder zu Kräften zu kommen. Ich bekam einen Asbach Cola. Und bevor er mich heimbrachte, machte er noch einen Abstecher ins Feld, immerhin hatte er eine Woche Enthaltsamkeit vor sich. Auf die Idee, sich in der Nähe der Kaserne, in der er stationiert war, eine Freundin für zwischendurch zu halten, wäre Karl-Josef nie gekommen. Er war ein Goldstück auf seine Art, treu, bieder und zuverlässig.

Nach einem knappen Jahr hatte ich mein Abitur in der Tasche, und Karl-Josef meinte, die Uni sei Zeitverschwendung. Wir sollten lieber heiraten, das sei bequemer als im Auto. Das war ein Argument, nicht wahr? Dann saß ich in einer netten, kleinen Wohnung im Haus meiner Schwiegereltern, lernte kochen, backen, putzen und meinem Mann um fünf in der Früh ein kräftiges Frühstück zu machen. Zwei Häuser weiter freute sich meine Mutter über meine regelmäßigen Besuche. Meinem Schwiegervater war ich für die Büroarbeit nicht kompetent genug. So half ich meiner Mutter im Garten und meiner Schwiegermutter beim Hausputz, und alles war Friede, Freude, Eierkuchen.

Dreimal die Woche kam Karl-Josef in der üblichen Karnickelmanier seinen ehelichen Pflichten nach. Meist tat mir noch am nächsten Morgen alles weh. Es war ein grässlich pralles Gefühl, als hätte sich mein gesamtes Blut im Becken aufgestaut. Das hatte es wohl auch. Aber ich hielt es immer noch für Leidenschaft. Und Karl-Josef war stolz, wenn ich ihm sein Frühstück machte und dabei durch die Küche schlich, als schleppe ich einen Zentnerstein zwischen den Beinen mit mir herum. Da fand er, dass er es mir wieder einmal richtig besorgt hatte.

Genau ein Jahr nach der Hochzeit wurde unsere Tochter geboren – Sonja. Sie war ein kräftiges und energisches Baby, blond und blauäugig, ihrem Vater wie aus dem Gesicht geschnitten. Es gab nichts an ihr, was auf mich hinwies.

Karl-Josef legte den Ehemann zur Seite und wurde ein pflichtbewusster Familienvater. Er träumte davon, eines Tages ein Haus mitten in den elterlichen Garten zu setzen. Von frühmorgens bis abends schuftete er in der Schreinerei. Außerdem war er Mitglied in der freiwilligen Feuerwehr, spielte am Sonntagnachmittag Fußball. Im Kirchenchor sang er auch, und selbstverständlich war er immer noch im Schützenverein.

Und ich saß da mit einem Baby in der kleinen Wohnung oder bei Schwiegermutter in der Küche oder bei Mutter im Garten. Sonntags schob ich kurz vor drei den Kinderwagen zum Sportplatz. Nach dem Spiel brachte ich Sonja heim und übergab sie meiner Schwiegermutter. Dann saß ich mit einem halben Dutzend ebenfalls gelangweilter Frauen im Vereinslokal an einem Tisch, während unsere Männer am Tresen ihren Sieg begossen oder die Niederlage ertränkten.

Und während die Männer meinem Karl-Josef auf die Schulter klopften oder ihn manchmal lieber in den Hintern treten wollten, unterhielt ich mich über Waschpulver, den Unterschied zwischen Fertignahrung für Babys und selbstgezogenen Karotten, auch mal über ein Rezept für Buttercremekuchen oder wer derzeit ein Verhältnis mit dem Frisör hatte.

Zwischen zehn und elf gingen wir heim. Karl-Josef stützte sich oft genug mit seinem gesamten Gewicht auf meine Schulter und schob mich von einer Straßenseite zur anderen. Dann krochen wir ins Bett. Er fummelte noch ein bisschen, schlief meist darüber ein. Zum Kern der Sache kam er nur noch selten. Aber er sprach unentwegt davon, dass Sonja ein Brüderchen bekommen musste. Schließlich brauchte die Schreinerei einen Erben.

Am nächsten Morgen klingelte um fünf der Wecker. Und montags war Versammlung der freiwilligen Feuerwehr, dienstags probte der Kirchenchor. Mittwochs trainierte der Fußballverein. Donnerstags trafen sich die Schützenbrüder, freitags war auch irgendwas, samstags wurde das Auto gewaschen und sonntags war Wochenende mit Kirchenchor, Feuerwehrtreffen beim Frühschoppen, Fußball und eben dem gemütlichem Beisammensein im Vereinslokal. Irgendwann hatte ich das Gefühl, dass ich schon tot war, dass es nur noch niemand bemerkt hatte.

Wäre Béla mir damals begegnet, ich hätte ihn wohl gar nicht zur Kenntnis genommen. Er war fünf Jahre jünger als ich. Ich hätte doch einen Fünfzehnjährigen nicht ernst nehmen können, war so furchtbar erwachsen mit meinen zwanzig Jahren. Genauso alt war ich, als ich den ersten Schlussstrich zog. Ein spontaner Entschluss, so war es bei mir immer. Egal, was passierte, es passierte Hals über Kopf.

Es war halb eins in der Nacht zum Montag. Während ich meinen Koffer packte, schlief Karl-Josef einen knappen Meter weiter den Schlaf des zu Recht Erschöpften. Mein Bauch war voller Flöhe, er war wieder mal beim Fummeln eingeschlafen. Eine Weile hatte ich noch neben ihm gelegen. Und die Vorstellung, ein Leben lang kurz vor einer Explosion zu stehen, trieb mich schließlich aus dem Bett zum Kleiderschrank.

Nach dem Koffer packte ich mein Baby, ging zwei Häuser weiter und klingelte meine Eltern aus dem Schlaf. Mein Vater war entsetzt. Mutter bemühte sich wenigstens zu verstehen, was mich dazu trieb, den netten Jungen von nebenan so Knall auf Fall zu verlassen. Den Rest der Nacht saßen wir in der Küche. Vater hatte sich wieder hingelegt und Sonja mitgenommen. Mutter hatte Kamillentee aufgebrüht, schob mir das Fläschchen mit den Baldriantropfen neben meine Tasse und hoffte vermutlich, das würde mich beruhigen. Dabei hätte sie die Beruhigung nötiger gebraucht.

Nachdem geklärt war, dass ich kein Verhältnis mit dem Frisör hatte – dass ich gerne eins gehabt hätte, verschwieg ich lieber –, wandte Mutter sich der unwahrscheinlichen Möglichkeit zu, die Schuld könne bei Karl-Josef liegen. «Jetzt sag aber mal, Lisa, was ist passiert? Hat er dich geschlagen?»

«Nein.»

«Das hätte ich auch nicht von ihm gedacht. Aber er trinkt ein bisschen viel, ist es das?»

«Nein.»

«Was ist es dann, Lisa?»

Ihr das zu erklären, war unmöglich. Sie hätte nicht gewusst, was das ist, ein Orgasmus. Meine Eltern sind liebe, einfache Menschen, die sich ihr Leben lang bemüht und sich nie mit unanständigen Dingen beschäftigt haben. Dass es mich gibt, muss ein Versehen sein, eine Laune der Natur, was weiß ich. Ist ja auch egal, jedenfalls nahm die Sache ihren Lauf.

Sonja war ein Jahr alt, als ich zum Anwalt ging. Karl-Josef war tödlich beleidigt, und das halbe Dorf erklärte mich für verrückt. Vielleicht war ich das. Ich hätte keinem Menschen sagen können, was ich von meinem Leben erwartete. Das wusste ich damals selbst noch nicht. Es ging nicht nur darum, die Flöhe aus dem Bauch zu vertreiben. Es ging ums Ganze. Ich konnte nur aufzählen, was ich nicht wollte. Ein Haus im Garten der Schwiegereltern, einen Mann, der sich zu Tode schuftete, vermutlich mit vierzig den ersten Herzinfarkt bekam. Und irgendwann doch noch ein Verhältnis mit dem Frisör. Oder mit dem Bäcker, der sah auch nicht übel aus.

Ein halbes Jahr blieb ich bei meinen Eltern. Mutter drängte auf Studium und Doktortitel, sie war gerne bereit, ihr Enkelkind zu versorgen. Vater fand, die Chance hätte ich verspielt. Um mir die Zeit zu vertreiben, machte ich den Führerschein und fuhr dann mit Vaters Wagen zu Abendkursen an der Volkshochschule. Das Englisch noch einmal aufgefrischt, ein Kurs in Maschineschreiben und einer in Literatur. Und der packte mich.

Mutter verdrehte die Augen, als ich verkündete, ich wolle zu schreiben anfangen. Vater schüttelte den Kopf und erklärte: «Sieh lieber zu, dass du eine vernünftige Arbeit findest, damit du dem armen Jungen nicht ein Leben lang auf der Tasche liegst.»

Für meinen Vater war eindeutig ich der schuldige Teil am Scheitern dieser Ehe. Vielleicht hatte er Recht. Man durfte wohl nicht voraussetzen, dass ein Mann wie Karl-Josef von Natur aus wusste, wie eine Frau geliebt werden wollte, oder dass er es irgendwann im Fußballverein, im Kirchenchor oder in der Schützenbruderschaft lernte.

Nach dem halben Jahr und dem Volkshochschulkurs in Literatur fand ich eine Wohnung in der Stadt. Dann saß ich da. Mit einem Baby und sehr viel Zeit, in notdürftig eingerichteten zwei Zimmern, Küche, Diele, Bad, Balkon. Karl-Josef zahlte natürlich Unterhalt. Er war ein pflichtbewusster Mensch und wollte sich nicht nachsagen lassen, dass er die Sünderin am ausgestreckten Arm verhungern oder gar das arme Kind für den Wahnsinn seiner Mutter büßen ließ.

Das Geld brachte er Anfang des Monats persönlich vorbei. Peinliche Momente für mich, wenn er für eine Viertelstunde in meinem armseligen Wohnzimmer saß, Sonja auf dem Schoß, den Blick auf die Scheine gerichtet, die er mir auf den Tisch gelegt hatte. Achthundert Mark im Monat, ein netter Batzen für einen Irrtum. Er erzählte jedes Mal ausführlich, wie es ihm ging. Gut, ausgezeichnet. Er hatte sich rasch getröstet, dachte daran, sich bald wieder zu verheiraten. Inzwischen hatte er auch eingesehen, dass wir nicht zueinander passten. Was er brauchte, war kein Überflieger, sondern eine grundsolide, anständige Frau, die er eines Tages zur Mutter seiner Söhne und zur Schützenkönigin machen konnte. Wie es mir ging, fragte er nie. War auch besser, ich hätte ihn belügen müssen.

Es ging mir beschissen. Noch ein Jahr nach der Scheidung hatte ich das Gefühl, vom Regen in die Traufe geraten zu sein. Ich war so furchtbar einsam. Es gab nicht einmal mehr Gespräche über Babynahrung oder Buttercremekuchen. Aus lauter Not fing ich an zu schreiben. Es war die einzige Möglichkeit, mit den eigenen Gefühlen fertig zu werden und die Zeit totzuschlagen.

Sonja war ein friedliches Kind, das sich stundenlang alleine beschäftigen konnte. Mir war auch nicht danach, mich zu ihr auf den Boden zu setzen und aus bunten Holzklötzen hohe Türme zu bauen. Ich hielt mich lieber damit auf, den ergreifend profanen Aufstieg und Niedergang und die verrückten Träume der Lisa Müller zu Papier zu bringen.

Abends ging ich mit einem dicken Wälzer ins Bett. Ich war Stammkundin in der Stadtbücherei, träumte von Romantik, von Leidenschaft und davon, dass mir der Held des jeweiligen Liebesromans über den Weg lief. Dass er mir tief in die Augen schaute und anschließend zeigte, was ein richtig guter Liebhaber ist. Und wenn ich nicht träumte, heulte ich mich in den Schlaf. Es war eine schlimme Zeit, in mir brodelte ein Gemisch aus Selbstmitleid und Frustration, Resignation und Auflehnung. Nur war leider niemand da, gegen den ich mich hätte auflehnen können.

Einmal in der Woche fuhr ich mit dem Bus zu meinen Eltern, saß den halben Nachmittag bei Mutter im Garten oder in der Küche. Hörte mir hundertmal an, dass ich einen Fehler gemacht hatte und daraus hoffentlich eine Lehre zog.

Nicht mehr so Hals über Kopf in eine neue Partnerschaft. Es kamen auch dezente Hinweise, dass eine geschiedene Frau von einer bestimmten Sorte Mann als Freiwild betrachtet wird. Abschließend drückte Mutter ihre Hoffnung aus, dass ich mich nicht zum Fußabtreter machte.

Ab sechs versuchte ich meist noch, mit Vater ins Gespräch zu kommen. Wir hatten uns immer gut verstanden, aber damit war es vorbei. Papa verzieh mir nicht, dass im Dorf immer noch über mich getratscht wurde. Statt mir zuzuhören, erzählte er lieber von meiner Nachfolgerin, die in seinen Augen das große Los gezogen hatte. Einen guten, tüchtigen Mann, die florierende Schreinerei und die gesellschaftlichen Aktivitäten.

Die neue Frau Müller saß nicht nutzlos daheim, lebte auch nicht auf Kosten ihres Mannes. Sie unterstützte ihn nach Kräften, bewachte das Telefon, nahm neue Aufträge entgegen, machte die Büroarbeit und hielt ihm den Rücken frei, damit er sich auf die Meisterprüfung konzentrieren konnte. Der arme Karl-Josef konnte sich ja keine Bürokraft leisten mit dieser Unterhaltszahlung am Bein. Ich war immer erleichtert, wenn Papa mich kurz nach acht vor meiner Wohnung absetzte.

Aber dann ging es langsam aufwärts. Nachdem sie drei geworden war, ging Sonja in den Kindergarten. Ich begann als Halbtagskraft im Drogeriemarkt. Damit sparte ich Karl-Josef schon mal die Hälfte der Unterhaltszahlung ein. Noch im selben Jahr wurde die Vier-Zimmer-Wohnung gegenüber der meinen neu vermietet an ein junges Ehepaar, Heinz und Meta Böhring.

Heinz war ein smarter Typ, damals siebenundzwanzig, mittelgroß und schlank, dunkle Locken, die er bis über den

Hemdkragen trug – obwohl die Männerhaare allgemein wieder etwas kürzer wurden. Und wie die Haare auf dem Hemdkragen, trug er sein Selbstbewusstsein und ein gewisses Draufgängertum mit dem nietenbesetzten Ledergürtel um die Taille. Leider nur noch ein knappes halbes Jahr lang.

Sie zogen im Dezember ein, zu Weihnachten, als alle anderen sich mit Geschenken ihre gegenseitige Liebe bewiesen. Heinz hielt nichts von Scheinheiligkeit. Weihnachten war für ihn das Fest der Geschäftsleute. Das erklärte er mir sofort, während Meta noch ein paar Sachen aus dem Auto holte. Die Ikea-Möbel standen bereits an Ort und Stelle, die hatte natürlich er aufgebaut. Um den teuren Kleinkram aus ihrem Elternhaus kümmerte Meta sich lieber selbst. Heinz machte sich unterdessen mit den Nachbarn, also mit mir bekannt. Schließlich musste man ja wissen, ob man es von nun an mit Spießern oder aufgeschlossenen Mitbürgern zu tun hatte.

Ich werde das nie vergessen. Ich in der halb offenen Tür, Sonja mit halb offenem Mund neben mir. Mein Mund war wohl auch halb offen. Man muss sich das nur bildlich vorstellen: Da sitzen wir gemütlich vor der Schüssel mit den selbst gebackenen Weihnachtsplätzchen der lieben Omi, im Radio wird angemessene Musik gespielt. Dann klingelt es an der Tür, und da steht der Jüngste von den Marlboro Cowboys lässig mit einer Hand gegen den Türrahmen gelehnt. Das karierte Wollhemd dem Winter zum Trotz fast bis zum Nabel offen. Die Hände in lederbesetzten Arbeitshandschuhen. Heinz hielt auch nichts davon, die Leute mit Handschlag zu begrüßen.

Und während er mir seine Einstellung zur Geschäftemacherei offenbarte, während ich ein schlechtes Gewissen bekam, weil ich mich im Geist noch einmal Parfümflaschen und Klosterfrau Melissengeist in Goldfolie wickeln sah – ich hatte mich doch tatsächlich gefreut, dass wir im Drogeriemarkt vor Weihnachten einen Bombenumsatz machten –, stieg Meta mit mokantem Lächeln, mal eine teure Vase im Arm, mal einen kleinen Karton mit etwas Geschirr, das sich kein normal verdienender Mensch leisten konnte, die Treppen hinauf und wieder hinunter. Heinz sagte einmal knapp: «Meine Frau», und sprach weiter über die Freiheit der Anspruchslosen, als müsse er sich irgendwie für das rechtfertigen, was sie in die Wohnung trug. Ich konnte wirklich nur mit halb offenem Mund zuhören.

Am Silvestermorgen kam dann Meta und fragte, ob ich abends mit ihnen feiern möchte. Da saßen wir zu dritt vor der Pfirsichbowle. Heinz erklärte mir den Unterschied zwischen kirchlichen und weltlichen Feiertagen. Irgendwie kam er darüber auf die Mineralölsteuer. Meta gähnte verhalten dazwischen. Um zwölf stießen wir auf einen milden Winter an und darauf, dass der Hauswirt uns bei der Heizkostenabrechnung nicht beschummelte.

Als Heinz bei den Energieproblemen der Dritten Welt angelangt war, verschwand Meta klammheimlich. Zuerst dachte ich, sie sei nur mal aufs Klo gegangen. Aber sie hatte sich ins Bett gelegt. Und Heinz ging in die Offensive. Schummrige Musik und gedämpfte Beleuchtung. «Tanzen wir mal, Lisa?»

Und ich tanzte doch so gern. Trotzdem! Blut und Wasser habe ich geschwitzt bei dem Gedanken, er könne versuchen, mich auf die Couch zu ziehen, während Meta im Nebenzimmer schlief. Keine Ahnung, was ich getan hätte. Ich war ein bisschen beschwipst von der Pfirsichbowle und dachte nur, dass ich Meta aufweckte, wenn ich mich lauthals zur Wehr setzte.

Aber es sah nicht aus, als müsse ich das tun. Heinz erzählte erst einmal weiter von seinen Ansichten und sich selbst, vielmehr von dem Macho, der er wohl gerne gewesen wäre. Ein vielseitig interessierter, eigenwilliger und unabhängiger Bürger in einem freien Land. Er fuhr ein Motorrad, weil ein Mann das braucht, den Hauch von Freiheit und Abenteuer. Er war ausgebildet in Karate und boxte auch.

Die gesamte Diele war mit Fotos tapeziert. Heinz in Lederkluft neben der schweren Maschine eines Freundes. Sein eigenes Gefährt war nicht so fotogen, es hatte ein paar PS weniger. Heinz im Kampfanzug mit dem schwarzen Gürtel. Heinz in Aktion vor einem halben Dutzend Ziegelsteinen oder im Boxring.

Er trainierte regelmäßig zu Hause. Im Schlafzimmer hing ein Sack von der Decke, auf den er täglich eine halbe Stunde eindrosch. Fußball spielte er nicht, und Vereinsmeierei war ihm zuwider. Ein einsamer Wolf brauchte keine Freunde.

Er war niedlich, der einsame Wolf, amüsant und sexy. Ich dachte unentwegt, warum ist er mir nicht vor ein paar Jahren begegnet? Er tanzte phantastisch, hielt mich auch sehr fest. Und in der engen Jeans – ich hatte seit Karl-Josef keinen Mann mehr gehabt. Aber das hätte ich nicht geschafft mit der schlafenden Meta im Nebenzimmer. Überhaupt nicht mit einem verheirateten Mann, dachte ich in der Silvesternacht.

Ungefähr ein halbes Jahr lang blieb ich standhaft. Wenn ich nachts im Bett lag, vor Flöhen im Bauch nicht einschlafen konnte, betete ich mir vor, dass ein Verhältnis mit einem verheirateten Mann allen Beteiligten nur Unglück bringt. Ungefähr ein halbes Jahr lang schaute ich tatenlos zu, wie Meta ihrem Karatekämpfer das Rückgrat brach.

Als sie einzogen, waren sie seit drei Monaten verheiratet und Meta im fünften Monat schwanger. Sie war Krankenschwester, arbeitete seit der Hochzeit ausschließlich im Nachtdienst, angeblich, weil das nicht so anstrengend war. Die ersten drei Monate ihrer Ehe hatten sie im Haus von Metas Vater gelebt. Wie es schien, war sie höchst ungern dort ausgezogen. Aber Heinz verstand sich nicht mit seinem Schwiegervater.

«Ein widerlicher Kerl», sagte er, «wie mit Öl eingeschmiert. Den kannst du an keiner Ecke packen. Mich hat er vom ersten Tag an behandelt wie den Tankwart. Einmal voll tanken, wenn du verstehst, was ich meine. Und wischen Sie auch mal über die Scheiben. Aber es ist und bleibt mein Auto. Wir mussten da raus. Meta wird noch einsehen, dass es so besser für uns ist.»

Heinz arbeitete damals als Maschinenschlosser in einem kleinen Betrieb, machte pünktlich um fünf Feierabend. Mindestens zweimal die Woche sah ich ihn mit einem Blumenstrauß aufs Haus zukommen, hörte ihn die Treppen hinaufstürmen, die Wohnungstür öffnen, nach Meta rufen. Antwort bekam er fast nie. Wenn er heimkam, war sie meistens schon zur Bushaltestelle gegangen, um zum Dienst zu fahren. Wenn sie heimkam, musste er zur Arbeit. Und regelmäßig alle vierzehn Tage besuchte Meta sonntags ihren Vater. Allein und mit dem Bus.

«Ich setz mich doch in meinem Zustand nicht aufs Motorrad», sagte sie zu mir. Und ein paar Tage später erklärte sie, diese Schwangerschaft sei das Schlimmste, was ihr hätte passieren können. Ich fragte mich, ob sie Heinz überhaupt liebte und ob zwei Leute, die so verschieden waren, eine Chance hatten.

Heinz tat, was er konnte. Er nutzte die einsamen Sonntage auf seine Weise, erledigte die Hausarbeit, die man einer schwangeren Frau seiner Meinung nach nicht zumuten durfte. Gardinen waschen, Fenster putzen, Wäsche bügeln.

Und ich hatte einmal im Monat ein freies Wochenende. Ein Angebot meiner Mutter, die, kurz nachdem die Böhrings nebenan eingezogen waren, begriff, dass eine Frau in meinem Alter nicht nur von geregelten Mahlzeiten leben konnte. Jeweils am ersten Samstag im Monat holten meine Eltern am frühen Nachmittag Sonja zu sich und brachten sie mir am Sonntagabend zurück. Vielleicht hatte ich einmal zu oft von Heinz erzählt, und meine Mutter bekam es mit der Angst. «Du kannst ja mal ins Kino gehen», meinte sie.

Ich ging nicht ins Kino, auch sonst nirgendwohin, nutzte die Zeit, um Geschichten zu schreiben. Darin waren die Männer so, wie ich sie mir vorstellte. Gebildet, charmant, kultiviert und leidenschaftlich.

An dem Sonntagnachmittag im Februar kam Heinz zu mir, um zu fragen, ob er für die Gardinenwäsche nicht besser ein Feinwaschmittel nehmen sollte, leider hätten sie keins. Meta war kurz nach Mittag zur Bushaltestelle gegangen, um ihren Vater zu besuchen. Heinz blieb auf einen Kaffee, wir unterhielten uns.

Er hatte schon viel von seinem Elan eingebüßt. Ich begriff nicht, was zwischen den beiden vorging und warum er sich das bieten ließ. Er gehörte nicht zu den Männern, die so etwas nur erzählten, um eine andere Frau ins Bett zu bekommen.

Meta schlief nicht mehr mit ihm. Ein Problem mit der Schwangerschaft, hatte sie ihm erklärt. Darüber sprach er noch in der Art, die ich von ihm gewohnt war. Der verständnisvolle Ehemann und werdende Vater, der sich auf sein Kind freut und um Gottes willen nichts tun will, was ihm schaden könnte. Selbstdisziplin und eiserne Beherrschung, aber davon hatte er eine Menge. Das war das Erste, was sie einem beibrachten, wenn man Karate lernte. Es klang, als erkläre ein kleiner Junge, warum er vor dem Mittagessen kein Eis mehr haben darf.

An dem Sonntag im März sprachen wir darüber, dass es für eine Frau möglicherweise leichter sei, längere Zeit enthaltsam zu leben. Bei mir waren es inzwischen fast drei Jahre, und ich fand es nicht leicht.

Vierzehn Tage später bekam Meta ihr Baby, etliche Wochen zu früh, ein Mädchen, das nur knapp vier Pfund wog und einige Zeit im Brutkasten liegen musste. Heinz fuhr jeden Tag in die Klinik. Meta saß daheim und langweilte sich oder besuchte ihren Vater.

Nachts hörte ich sie oft streiten. Wenn in beiden Wohnungen die Türen der Badezimmer offen standen, war gut zu verstehen, was sie sagten. Heinz machte ihr Vorwürfe, weil sie das Baby nicht besuchte. Meta erklärte: «Ich hab von Krankenhäusern die Nase voll.» Er schwärmte ihr vor, was für ein umwerfendes Gefühl es sei, die Hand in den Inkubator zu strecken und das hilflose Menschlein zu streicheln oder ihm einen Finger in die winzige Faust zu schieben. «Sie greift danach und hält ihn fest», hörte ich ihn oft sagen. Und Metas Antwort: «Das sind nur Reflexe.»

Ich wurde nicht klug aus ihr. Sie war freundlich, hilfsbereit und voller Widersprüche. Während der Schwangerschaft hatte sie mir oft von ihrem Beruf vorgeschwärmt. Wie wichtig es für eine Frau sei, finanziell unabhängig zu sein. Jetzt erzählte sie, sie hätte gekündigt. «Ich bring das nicht mehr, den alten Säcken den Hintern zu waschen. Mir kommt das Kotzen, wenn ich sie nur sehe.»

Sie war auf der Männerstation tätig gewesen. Aber als

Nachtschwester müsse sie doch niemanden waschen, dachte ich. Meta lachte über meine Naivität. «Meinst du, die Frühschicht macht das alles allein? Da muss ich mit ran.»

Als sie ihr Baby Anfang Mai heimholen konnte, machte Meta mir das Angebot, Sonja am Nachmittag zu betreuen. «Nur mit der Kleinen ist mir das zu eintönig», sagte sie. Und mich hatte man bereits mehrfach gefragt, ob ich nicht als Vollzeitkraft im Drogeriemarkt arbeiten wolle.

Und im Juni schlief ich zum ersten Mal mit Heinz. Es wurde ein Verhältnis daraus, das sieben Jahre hielt. Es war weder die große Liebe noch die große Leidenschaft. Es war – ich weiß nicht, eine Art Notgemeinschaft.

Der übliche Sonntagnachmittag, Sonja bei meinen Eltern, Meta bei ihrem Vater. Ich ging für eine kleine Unterhaltung nach nebenan. Heinz war gerade dabei, das Baby zu versorgen. Als er die Windeln öffnete, sah ich lauter kleine, blutige Krater in der zarten Haut. Die Kleine war entsetzlich wund. Während er sie wusch und vorsichtig eincremte, sagte er plötzlich: «Ja, Lisa, so ist das, wenn aus einem Traum ein Albtraum wird.»

Meta vernachlässigte nicht nur das Baby. Einmal hatte sie nach der Geburt mit ihm geschlafen, war gleich wieder schwanger geworden. Nun durfte er sie nicht mehr anrühren. «Nicht mal ein Kuss, verstehst du? Mein Gott, ich will doch nicht jedes Mal mit ihr schlafen. Wenn das nicht geht, geht es eben nicht. Aber ich würde sie gerne mal im Arm halten. Nichts zu machen.»

Er seufzte. «Am liebsten würde ich sie zurück zu ihrem Alten schicken. Aber dann nimmt sie das Kind mit. Das kann ich nicht zulassen. Was soll denn aus der Kleinen werden?»

Er hatte Angst, auch wenn er das Wort nicht aussprach. Wir gingen ins Wohnzimmer, nachdem das Baby wieder eingeschlafen war, setzten uns auf die Couch. Es ergab sich so. Heinz war sanft und zärtlich, sehr liebevoll. Ich hatte danach ein fürchterlich schlechtes Gewissen. Und montags kam Meta.

Ich hatte meinen freien Tag. Wir führten ein merkwürdiges Gespräch. An den genauen Wortlaut erinnere ich mich nicht mehr, aber es ging im Wesentlichen darum, dass Meta die Ansicht vertrat, ein Mann brauche gewisse Freiheiten. Und wenn nebenan eine junge Frau lebte, allein lebte wohlgemerkt und niemandem Rechenschaft schuldig war, die ab und zu einen Mann brauchte, warum sollte der Mann dann nicht hin und wieder mit dieser Frau schlafen?

Noch eine halbe Stunde, nachdem sie wieder weg war, saß ich da und fragte mich, ob ich sie richtig verstanden hatte. Wusste sie Bescheid? Hatte Heinz ihr den Seitensprung gebeichtet? War sie einverstanden? Es hatte so geklungen.

Nein, ich habe nicht zu weit ausgeholt, ich halte mich auch nicht mit Nebensächlichkeiten auf. Es gehört alles zusammen. Béla Szabo, von dem zu der Zeit noch niemand wusste, dass es ihn gab. Sonja, die nur ein kleines Mädchen war, lieb, anschmiegsam und sehr aufgeweckt für ihr Alter. Lisa, die noch Müller hieß, sich schon Hals über Kopf in eine Ehe gestürzt hatte und sich ebenso Hals über Kopf in ihren Nachbarn verliebte. Heinz und Meta, die ihren Mann und die allein stehende Nachbarin dem Schicksal und ihrem Gewissen überließ. Und wenn ich mir damals ein paar Gedanken über die Gründe für ihr Verhalten gemacht hätte, vielleicht wäre uns allen einiges erspart geblieben, vielleicht, ich weiß es nicht.

2. Kapitel

Meta setzte in kurzen Abständen noch zwei Mädchen in die Welt. Damit waren es drei, Marion, Susanne und Anika. Marion war ein kleiner Rauschgoldengel. Susanne und Anika kamen nach Meta. Sie waren nicht hässlich, Meta war auch nicht hässlich, sie hätte etwas aus sich machen können, aber darauf legte sie absolut keinen Wert. Nur wenn sie ihren Vater besuchte, war sie schick gekleidet, hatte das dunkelblonde Haar hübsch frisiert, ein wenig Make-up aufgelegt und duftete dezent nach einem guten Parfüm.

Die Tochter aus gutem Haus, dachte ich jedes Mal, wenn ich sie so sah. Wegen einer ungewollten Schwangerschaft dazu verurteilt, auf der sozialen Leiter abzusteigen. Metas Mutter war gestorben, als sie zwölf war. Ihr Vater war Beamter, das hatte sie mir erzählt, gehobene Laufbahn, schickes Haus, tolles Auto.

Manchmal fragte ich mich, ob Heinz überhaupt für die erste Schwangerschaft verantwortlich zeichnete oder ob man ihn aufs Kreuz gelegt hatte, weil der tatsächliche Vater des Kindes nicht abkömmlich gewesen war. Irgendeine Erklärung musste es ja für Metas Verhalten geben. Nicht nur dafür, auch für Marions helle, fast silbrige Haarfarbe und die sonstigen körperlichen Vorzüge, die sie von ihren Schwestern unterschieden. Heinz sah gut aus, aber er war dunkelhaarig, und das Kind hatte auch sonst keine Ähnlichkeit mit ihm.

Irgendwann entwickelte sich bei mir die Vermutung, dass sich Metas Einstellung zu ihrer Ehe vielleicht in einem Verhältnis mit dem Oberarzt begründete, der natürlich verheiratet und von der Schwangerschaft nicht begeistert gewesen war, auch nicht bereit zur Scheidung. Der Verdacht wurde verstärkt durch die Tatsache, dass Meta ihre beiden jüngeren Töchter eindeutig der Ältesten vorzog.

Zu kurz kam Marion deshalb aber nicht. Heinz machte doppelt und dreifach wett, was Meta versäumte oder verweigerte. Er vergötterte seine älteste Tochter, verteilte ab und zu auch ein paar Streicheleinheiten auf die beiden anderen.

Und sonst alles bestens. Ich hatte einen Mann, der zwar nicht mein Mann war, mit dem ich aber regelmäßig zweimal in der Woche schlief, ein aufmerksamer und geduldiger Liebhaber, zärtlich und sensibel. Mit Meta verstand ich mich gut. Sie wusste genau, dass Heinz nicht zu mir kam, um mit mir Karten zu spielen. Und es hatte immer den Anschein, dass sie damit einverstanden war.

Sonja wurde eingeschult und legte vom ersten Tag an los, als wolle sie im nächsten Jahr bereits ihr Abitur machen. Karl-Josef stellte auch die Unterhaltszahlungen für unsere Tochter und damit gleichzeitig die Besuche bei uns ein, als er zum dritten Mal Vater wurde. Ich kam nicht auf die Idee, ihn zu verklagen, mir reichte, was ich verdiente.

Meine eigene Geschichte hatte ich in etlichen Variationen zu Papier gebracht und mit der letzten Fassung endgültig abgeschlossen. Danach war ich dazu übergegangen, die Böhrings und alles, was mir zu ihnen einfiel, zu verarbeiten. Es gab zwölf Seiten über den Oberarzt, der bei einem tragischen Unfall seine Frau verlor und sich wenig später mit der jungen Krankenschwester tröstete, die er seit langem heimlich liebte.

In einer Version von sechzehn Seiten starb die Frau des Oberarztes nach langer, schweren Krankheit. Und ihr Mann, der treu und ergeben neben ihr ausgehalten hatte, fand ein spätes Glück in den Armen seiner jungen Geliebten, durfte sich auch endlich zur gemeinsamen Tochter bekennen. Zur Abwechslung schrieb ich auch mal über den strahlenden Karatekämpfer mit dem Motorrad und die leidenschaftliche Tänzerin, die endlich ihr gemeinsames Glück fanden.

Und nachdem ich gelernt hatte, dass diese Geschichten nur eine exakte Anzahl von Zeilen und Anschlägen umfassen durften und mit dem innigen Kuss Schluss sein musste, verkaufte ich die ersten abgeschlossenen Liebesromane an die Fernsehillustrierte. Natürlich unter Pseudonym, wenn man Märchen erzählt, heißt man nicht Lieschen Müller, sondern Annette von und zu. Und weil mir die heile Welt mit Happy End so verlogen vorkam, dass es mir peinlich gewesen wäre, mich offen dazu zu bekennen, schickte ich die Manuskripte unter der Adresse meiner Mutter an die Redaktion.

Mit dem Honorar richtete ich uns nach und nach die Wohnung neu ein, gönnte mir den Jahresurlaub mit Sonja, einen kleinen Gebrauchtwagen und übernahm die Rechnung im Restaurant, wenn ich mit Heinz essen ging.

Einmal im Monat taten wir das, erst essen, dann tanzen. Meta wünschte uns jedes Mal viel Spaß, wenn wir losfuhren. Sie selbst war nicht abkömmlich bei drei kleinen Kindern.

Alles in allem war es ein ruhiges und gleichmäßiges Leben. Ich hielt mich für eine moderne, aufgeschlossene, unabhängige junge Frau. Lange Zeit war ich zufrieden, hatte alles, was ich brauchte: Ein regelmäßiges Einkommen, und ich konnte mein Geld verdienen, ohne mir Gedanken um das Wohlergehen meiner Tochter machen zu müssen. Sonja war bei Meta bestens aufgehoben.

Ich hatte ein gutes Verhältnis zu meinen Eltern. Sogar meine Mutter fand sich damit ab, dass ich wohl nie wieder heiraten würde. Mein Vater hielt es ohnehin für besser. Mit Meta verstand ich mich ausgezeichnet. Wenn ich meinen freien Tag hatte, hütete ich ihre Kinder, damit sie ihren Vater besuchen konnte. Sonntags fuhr sie nicht mehr zu ihm, mit den drei Kleinen hätte sie doch keine Ruhe, meinte sie. Und Heinz war nicht bereit, auf die Mädchen aufzupassen, um seiner Frau ein paar geruhsame Stunden im Elternhaus zu verschaffen.

Vielleicht hätte ich mir wirklich schon zu der Zeit Gedanken machen sollen über die Tatsache, dass Meta bei ihrem Vater ihre Ruhe brauchte und ihre Kinder dort als störend empfand. Aber für mich war damals nur wichtig, dass ich meine Ruhe hatte und Heinz keine Ausreden erfinden musste, wenn er zu mir kam.

Wir lebten fast wie eine Familie, Meta liebte die Kinder und ihren Vater und ich ihren Mann. Es hätte ewig so weitergehen können. Aber Sonja wurde älter und aufmerksamer. Manchmal erzählte sie mir abends, dass Meta nachmittags am Küchentisch schlief. «Aber sie schläft nicht richtig, Mutti, sie macht nur die Augen zu. Und dann tut sie, als ob sie weint. Aber sie weint auch nicht richtig.»

Und wie oft hörte ich sie nachts streiten. Heinz sprach leise, Meta umso lauter. «Lass mich bloß in Ruhe! Geh nach nebenan, wenn du was willst.»

Das war deutlich, fand ich jedes Mal und fühlte mich schuldig. Bei aller zur Schau getragenen Gelassenheit, Meta litt. Und wenn Heinz mir erzählte, dass sie seit Anikas Geburt gar nicht mehr mit ihm schlafen wollte, verweigerte sie sich ihm vielleicht nur, weil er mit mir schlief.

Dann lag ich wach und überlegte, ob ich für klare Verhältnisse sorgen müsse, wenn Heinz es nicht konnte. Zwei Möglichkeiten: Schluss machen mit ihm oder darauf bestehen, dass er sich von Meta trennte. Darüber hatte ich noch nicht ernsthaft nachgedacht. Als ich damit begann: Da waren drei kleine Kinder und eine Frau, die auf lange Jahre nicht zurück in ihren Beruf konnte. Nach einer Scheidung würde Heinz nur noch für den Unterhalt arbeiten. Ich hatte mein gutes Auskommen, aber das hatte ich nur, weil meine Tochter von seiner Frau betreut wurde.

Es gab kein Argument, das für ein Zusammenleben mit Heinz sprach. Ich mochte ihn sehr, liebte ihn sogar, aber nicht genug, um Opfer für ihn zu bringen. Wir gingen noch einmal aus, sprachen über seine Gefühle. Dass er seine Kinder liebte, die Älteste ein bisschen mehr als die beiden anderen, weil sie von ihm auch die fehlende Mutterliebe bekommen musste. Dass er auch Meta liebte, immer noch. Und mich mochte er. Ich war die, bei der er sich fühlte wie in alten Zeiten. Ich war seine Entspannung zweimal die Woche.

Dann sprachen wir über mich. Dass ich mich zeitweise sehr mies fühlte als Dauergeliebte, dass ich Meta gegenüber permanent ein schlechtes Gewissen hatte. Dass ich mir schäbig vorkam, weil ich nicht einmal im Traum daran dachte, ihn zur Scheidung zu überreden. Dass es, wenn ich ganz ehrlich war, von meiner Seite aus vielleicht seit langem eine Art von Gewohnheit war.

Wir tanzten noch einmal, fuhren heim, gingen zusammen in meine Wohnung. Wir schliefen miteinander, wie wir es in all den Jahren getan hatten. Als Heinz ging, sagte er: «Aber Freunde bleiben wir. Einverstanden?»

Das war vor zwölf Jahren, und wir blieben gute Freunde. Zuerst blieben wir sogar noch etwas mehr. Ich begann, an dem einen Wochenende im Monat, das Sonja bei meinen Eltern verbrachte, zusammen mit zwei Kolleginnen ins Kino zu gehen, anschließend noch auf ein Bier in ein nettes Lokal. Oder wir fuhren nach Köln, versuchten unser Glück in einer der urigen Altstadtkneipen oder in einer supermodernen Disco.

Manchmal nahm ich jemanden mit in meine Wohnung. Meist waren es Samstagabendaffären. Zweimal zog sich solch eine Sache über ein paar Wochen hin. Wenn es vorbei war, wartete Heinz schon darauf, mich zu trösten. Manchmal war ich erleichtert, manchmal wehrte ich mich dagegen, manchmal dachte ich, ich käme nie von ihm los. Und dann sah es plötzlich auch noch so aus, als sei jeder andere ein unabwägbares Risiko.

Ich lernte einen Mann kennen, ein gut aussehender Typ, Mitte dreißig, tolle Figur und nicht so dämlich wie die meisten. Was die gepflegte Konversation anging, konnte Heinz ihm nicht das Wasser reichen. Ich traf ihn in einer dieser Bars in der Kölner Altstadt, wir unterhielten uns schon am ersten Abend ausgezeichnet. Meine Kolleginnen verabschiedeten sich, ich blieb noch. Es wurde zwei, es wurde später. Um vier brachte er mich hinaus zu meinem Wagen. Dann kam die Frage: «Sehe ich dich wieder?»

Am nächsten Wochenende fuhr ich allein nach Köln. Meta hatte versprochen, ab und zu nach Sonja zu schauen, auch wenn sie es mir übel nahm, dass ich mich mit einem fremden Mann treffen wollte. Ich traf ihn wieder in der gleichen Bar. Als er mich in der Nacht zum Wagen brachte, gab es den ersten Kuss. Es war wie ein erlesenes Menü nach langen Jahren der Hausmannskost.

Das ist gemein, ich weiß. Ich war immer zufrieden gewesen mit Heinz und oft genug dankbar, dass er keine Ansprüche stellte, nur da war, wenn ich ihn brauchte. Aber plötzlich dachte ich, dass ich bis dahin doch kaum Vergleichsmöglichkeiten gehabt hätte, nur Karl-Josef. Und dann so ein Mann.

Meine Knie zitterten noch, da war ich bereits auf der Autobahn. Das war er, das musste er sein. Das jungenhaft Unbekümmerte, das ich anfangs an Heinz so geliebt hatte, fehlte. Zum Ausgleich hatte er die doppelte Portion Charme und Einfühlungsvermögen.

Nach drei weiteren Wochenenden tauchte endlich die Frage auf, gehen wir zu dir oder zu mir. Zu mir wäre der längere Weg gewesen, und da schlief Sonja, also zu ihm. Er hatte ein schickes Apartment mit Rheinblick, phantastisch eingerichtet. Es sah nach sehr viel Geld und sehr viel Geschmack aus.

Es gab noch einen Drink und stimmungsvolle Musik. Er ließ sich Zeit. Erst noch ein Tanz vor dem Couchtisch, und der war bestimmt nicht von Ikea. Seine Hand im Rücken, seine Lippen am Hals, das heiser und langsam erregter werdende Flüstern am Ohr. Ein Viertelstündchen auf der Couch. Er küsste, als müsse er damit olympisches Gold holen. Ich bekam gar nicht mit, dass ich dabei meine Bluse und den Rock los wurde. Dann stand er plötzlich auf. Ich nahm an, er wolle mir noch einen Drink machen. Aber er zog den Gürtel aus der Hose.

Seinen Gesichtsausdruck werde ich nie vergessen. Ich dachte, er bringt mich um. Den ersten Schlag konnte ich noch mit dem rechten Arm abfangen. Anschließend schien mein Arm in Stücke geschnitten. Den zweiten Schlag … na ja. Die phantastische Einrichtung bestand größtenteils aus Glas und Leder. Jetzt begriff ich, warum, das kann man leichter abwischen.

Er wollte mich nicht umbringen. Er brauchte das nur, um sich richtig in Stimmung zu bringen. Danach war er nett, direkt zärtlich. Küsste jeden Striemen und jede einzelne Träne weg. Ich bekam Pflaster und Mullbinden für die ärgsten Blessuren. Den halben Rücken schmierte er mir mit einer Salbe ein. Eine ausgezeichnete Salbe, Narben habe ich nicht zurückbehalten. Dann fragte er, ob ich über Nacht bleiben möchte. Als ich verneinte, bot er an, mir ein Taxi zu rufen. Ich zog es vor, im eigenen Wagen heimzufahren, weil ich darin ungestört heulen konnte.

Ich habe ihn nicht angezeigt, hätte mich zu sehr geschämt, einem Polizisten zu erklären, was passiert war. Nur mit Heinz habe ich darüber gesprochen. Meta und meinen Eltern habe ich erzählt, ich hätte einen kleinen Unfall gehabt. Das habe ich auch im Geschäft behauptet. Meine Kolleginnen haben sich wohl manchmal gewundert, dass ich keine Lust mehr auf die urigen Altstadtkneipen oder die supermodernen Discos hatte. Aber nachgefragt haben sie nie.

Sonja verbrachte nach wie vor ein Wochenende im Monat bei meinen Eltern. Ich nutzte die Zeit, um andere Geschichten zu schreiben, die sich alle nur um ein Thema drehten, um die Frau, die an den falschen Mann gerät. Ich weiß nicht, wie oft ich Karl-Josef und seine Nachfolger umgebracht habe. Heinz natürlich ausgenommen. Ich habe sie erschossen, erstochen, vergiftet oder im Schlaf mit dem eigenen Hosengürteln erwürgt.

Und zweimal die Woche ließ ich mich von Heinz in die Arme nehmen, küssen, streicheln, lieben, war danach zufrieden für eine halbe Stunde, hatte anschließend das Gefühl, dass ich an meiner Unfähigkeit, mich aus dieser Beziehung zu lösen, erstickte. Und dann kam Béla.

Was mich betrifft, war es die viel zitierte Liebe auf den ersten Blick. Béla sah aus wie der Garantieschein auf das Glück und ein bisschen wie der jüngere Bruder meines Nachbarn und Liebhabers. Einsachtzig groß und schlank, dunkle Locken, fast schwarze Augen, einen schön geschwungenen Mund, einen Teint, um den ihn jede Frau nur beneiden konnte. Und der feurige Ungar stand ihm mitten auf der Stirn geschrieben, Puszta und Paprika und was sonst noch dazu gehört. Wäre er mir in einer urigen Altstadtkneipe oder Diskothek begegnet, ich weiß nicht, ob etwas daraus geworden wäre. Aber ich traf ihn auf vertrautem Boden, im Drogeriemarkt. Er fiel mir schon auf, als er zur Tür hereinkam.

Die meisten Männer machten von der Eingangstür ab einen ziemlich verlorenen Eindruck, schlichen an den Regalen entlang, ganz verschämt und verlegen, als sei es peinlich, dass sie ein Deo benutzten oder ein After Shave. Béla nicht, er steuerte schnurstracks auf die männlich herben Duftwässerchen zu, griff zielgerichtet ins Regal und kam zu mir an die Kasse.

Er musste zwei Minuten warten, weil eine ältere Frau das Geld nicht passend hatte und ich nicht wechseln konnte. Ich hatte auch keine Lust, mir noch einmal Kleingeld für die Kasse zu holen. Es war nach sechs. Eine halbe Stunde später hätte ich die Münzen zählen müssen. So versuchte ich, mit einigen Rechenkunststücken über die Runden zu kommen.

«Haben Sie achtzehn Pfennig?»

Hatte sie nicht.

«Zwanzig Pfennig?»

Auch nicht. Einsfünfzig hatte sie klein, damit war uns nicht geholfen. Béla schaute sich unsere Verhandlungen mit wachsender Ungeduld an, zückte seine Börse, suchte darin und legte mir fünfzig Pfennig in Groschen und Pfennigstücken hin. Nachdem die Frau das Geschäft verlassen hatte, stand ich mit ihm vor dem gleichen Problem.

«Haben Sie vielleicht neunundsechzig Pfennig?»

Hatte er nicht, aber er hatte einen herrlichen Akzent, so ein Rollen und Singen in der Stimme. Ich glaube, zuerst verliebte ich mich in seine Stimme. Ich hätte ihm stundenlang zuhören können, nur hatte er nicht stundenlang Zeit. Wir einigten uns darauf, dass er mir neunzehn Pfennig schuldig blieb.

Kaum war er draußen, zog Sabine mich damit auf. Sie war eine von den beiden, mit denen ich gut ein Jahr vorher zuletzt in Köln gewesen war. Sabine wunderte sich, dass ich mich so großzügig gezeigt hatte. Bei der älteren Frau wären es nur achtzehn Pfennig gewesen, und die hätte ich garantiert zurückbekommen, die Frau war Stammkundin. Béla dagegen war zum ersten Mal im Geschäft gewesen und draußen in einen schicken BMW mit Kölner Kennzeichen gestiegen. Am Steuer saß ein ebenfalls sehr gut aussehender junger Mann mit blonden Haaren.

Sabine stand bei der Eingangstür und schaute hinaus, während sie mit mir flachste. Sie lachte. «Im Prinzip hast du Recht. Was sind schon neunzehn Pfennig? Eine Sünde mit dem wäre wohl viel mehr wert. Nur glaube ich, bei ihm würde unsereins vergebens auf die Sünde warten.»

Ich begriff nicht auf Anhieb, was sie meinte. Sabine zeigte nach draußen. Der BMW stand noch. Béla unterhielt sich mit dem Fahrer, erklärte vielleicht, warum es so lange gedauert hatte.

«Schau dir doch an, wie der Jüngling ihn betrachtet.» Sabine meinte den Blonden und seufzte theatralisch. «Schade, sieht so aus, als wären die Jungs vom anderen Ufer.»

Diese Bemerkung ließ mich den ganzen Abend nicht los. Ich kam an dem Tag kurz nach sieben heim, machte für mich Abendbrot. Sonja hatte bereits bei den Böhrings gegessen.

Sie erzählte von der Schule, wie sie den Nachmittag verbracht hatte, und versuchte wieder einmal, mit mir zu verhandeln. Das tat sie seit einiger Zeit und mit wachsender Hartnäckigkeit.

Sie wollte nach der Schule nicht mehr zu Meta gehen und kam mit allerlei phantasievollen Argumenten. Sie sei alt genug, um nachmittags allein zu bleiben. Sie versprach mir einen Berg von Annehmlichkeiten. Staub wischen, Wäsche waschen, Fenster putzen. Alles nach den Hausaufgaben selbstverständlich. Einkäufe machen! Das war unser wunder Punkt, sie wusste das genau, damit hätte sie mich beinahe weich geklopft.

Wenn man von morgens bis abends in einem Drogeriemarkt an der Kasse sitzt und nur einen freien Tag in der Woche hat, ist nicht viel Zeit für den Bäcker, den Metzger und den Supermarkt, ganz zu schweigen von der Bank, der Post, dem Zahnarzt, dem Friseur und dem Gynäkologen. Aber trotzdem, ich war der Meinung, dass eine Elfjährige am Nachmittag noch Aufsicht braucht. Auch wenn sie ein vernünftiges Mädchen ist.

Ich sagte erst einmal nein zu allem und setzte mich nach dem Essen an die Schreibmaschine. Dann schrieb ich auf, was alles hätte geschehen können, wenn es Béla mit mir ebenso ergangen wäre wie mir mit ihm. Einladung zum Abendessen, romantisches Lokal, Kerzenschein und so weiter. Zärtliche Blicke und der erste Kuss. Ein paar Verwirrungen, das immer gleiche Wechselspiel, kriegen sie sich nun, oder kriegen sie sich nicht. Schließlich steht er mit Rosen vor der Tür. Noch ein Kuss. Darunter das Wort Ende. Zwölf Seiten waren es geworden, das entsprach der Norm.

Ich legte die beschriebenen Blätter zur Seite und fing noch einmal von vorne an. Diesmal nur für mich, ganz privat. Was Sabine angedeutet hatte, erschien mir an den Haaren herbeigezogen. Dass ein Mann wie Béla schwul sein könnte, konnte ich mir beim besten Willen nicht vorstellen und hämmerte drauflos. Es kam wie ein Anfall von Schüttelfrost. Erst viel später merkte ich, dass ich einen erotischen Drahtseilakt veranstaltete.

Um neun kam Sonja in die Küche. Bis dahin hatte sie vor dem Fernseher gesessen. Neun Uhr war ihre Schlafenszeit, ich musste sie nie daran erinnern. Sie stand ein paar Minuten lang neben mir, schaute zu, wie sich das Blatt Zeile um Zeile nach oben schob. Sie fragte nicht, was ich schrieb, das tat sie nie. Sie wollte nur wissen: «Willst du noch lange machen?»

«Weiß ich nicht», antwortete ich, nicht einmal dabei hörte ich auf zu tippen.

«Dann mache ich lieber die Tür zu», sagte Sonja, «sonst kann ich nicht einschlafen. Du solltest dir eine neue Maschine kaufen. Es gibt so tolle elektronische, da hört man kaum was.»

«Mach ich bei Gelegenheit», erwiderte ich.

Sonja seufzte nachhaltig, erkundigte sich zögernd: «Willst du es dir nicht nochmal überlegen? Ich meine, dass ich nicht mehr zu Meta gehen muss. Ich finde das doof, ehrlich. Sie war heute Nachmittag in der Stadt, ich musste auf die Kinder aufpassen. Heinz war auch da.»

Ich hörte ihr gar nicht richtig zu. Sie erzählte mir nichts Neues. Meta musste halt manchmal am Nachmittag Einkäufe machen. Und Sonja war so vernünftig, dass man ihr ohne weiteres drei jüngere Mädchen für ein oder zwei Stunden anvertrauen konnte. Darüber hatte sie sich bisher nie beschwert.

Metas Älteste war sieben, ging ins erste Schuljahr, da half

Sonja regelmäßig bei den Hausaufgaben. Das tat sie gerne. Sie fühlte sich fast erwachsen, wenn sie Marion die Buchstaben erklärte. Susanne und Anika waren sechs und fünf, stille Kinder, die normalerweise an Metas Rockzipfel hingen. Auch mit ihnen verstand Sonja sich sehr gut, weil sie sich ihr völlig unterordneten.

Und Heinz hatte zwei Jahre zuvor seine Arbeit in dem kleinen Betrieb gekündigt. Er machte seitdem Schichtarbeit bei Rheinbraun, weil er dort mehr verdiente und mehr Freizeit hatte. Alle drei Wochen war er schon am frühen Nachmittag daheim. Bisher hatte Sonja ihn witzig gefunden, weil er den Kindern oft seine Karateübungen vorführte.

Hin und wieder erzählte er ihnen auch von seinem Motorrad, obwohl das längst nicht mehr existierte. Er hatte es nach Anikas Geburt abgeschafft. Bei drei kleinen Kindern war es vorbei mit Freiheit und Abenteuer, da brauchte ein Mann einen Familienwagen. Aber träumen durfte er noch. Träumen durften wir alle, von Motorrädern und Helden, von Leidenschaft und heißen Nächten.

Sonja bemerkte, dass ich nicht bei der Sache war. Sie ging mit einem resignierenden Achselzucken auf die Tür zu. Doch bevor sie die Küche verließ, drehte sie sich noch einmal um.

«Sie zanken sich immer so furchtbar», sagte sie. «Heinz hat sich ins Bett gelegt, als er von der Arbeit kam. Als Meta vom Einkaufen zurückkam, hat er gesagt, ihm tut das Bein weh, sie soll ihn massieren. Und sie hat gesagt, sein Bedarf für diese Woche müsste doch eigentlich gedeckt sein. Er wäre ja zweimal bei dir gewesen.» Sonja machte eine Pause, um festzustellen, ob sie mit ihrer zarten Andeutung meine Aufmerksamkeit erregt hatte.

Ich habe mir später ein paar Mal eingeredet, dieses Gespräch zwischen Mutter und Tochter sei ausschlaggebend gewesen, das Verhältnis mit Heinz abrupt und diesmal endgültig zu beenden. Sonja war eben schon zu alt, um noch an das Märchen vom Film zu glauben, den Heinz sich bei mir anschauen wollte, weil Meta sich für einen anderen Kanal entschieden hatte. Heinz war montags bei mir gewesen und mittwochs. Er war an beiden Abenden kurz nach neun gekommen, da hatte Sonja bereits im Bett gelegen, aber vermutlich noch nicht geschlafen.

Wie sie da bei der Tür stand, die Peinlichkeit ins Gesicht geschrieben, wie sie mich anschaute, direkt vorwurfsvoll: Wie kannst du nur, Mutti!? Sie seufzte noch einmal nachdrücklich. «Er hat ganz gemeine Sachen zu Meta gesagt. Sie soll sich bloß nicht künstlich aufregen, es wäre nur ein Scherz gewesen. Von mir aus, hat er gesagt, kannst du dir deine Fischdose zunähen lassen. Ich will da bestimmt nicht mehr rein.»

«Was?» Also in dem Moment war ich voll bei der Sache.

Sonja kaute auf ihrer Unterlippe, ihr Gesicht war gerötet. «Das sage ich nicht nochmal. Du weißt genau, was er gemeint hat. Er wollte nämlich gar nicht, dass sie ihm das Bein massiert. Gestern hat er sich auch ins Bett gelegt und sie gerufen. Da ist sie auch nicht gegangen. Da haben sie sich auch ganz furchtbar gezankt. Die Kinder haben geweint. Sie zanken sich nur noch, ehrlich, Mutti. Du hörst es ja nicht, du bist nicht da, aber ich bin immer dabei.»

Dann zählte sie auf. «Am Montag haben sie sich gezankt, weil sonntags der Opa da war. Heinz hat gesagt, wenn Meta den Alten nochmal reinlässt, schlägt er sie windelweich.»

Mit dem Alten war Metas Vater gemeint. Die regelmäßigen Besuche bei ihm hatte Meta irgendwann eingestellt. Angeblich mochte sie mir nicht länger zumuten, an meinem freien Tag vier Kinder zu betreuen. «Du hast ja ohnehin nur den einen Tag in der Woche für den Haushalt», hatte sie gesagt. Mitnehmen wollte sie ihre Kinder auch nicht. «Mit dem Bus ist das zu umständlich.»

Seitdem war der «Opa», wie Sonja ihn nannte, regelmäßig zu Meta gekommen, bis vor gut sechs Monaten. Da hatte Heinz ihn regelrecht aus der Wohnung geprügelt. Ich wusste nicht, was geschehen war. Heinz mochte nicht darüber reden.

Natürlich hatte ich ihn gefragt. Und er hatte geantwortet: «Lass mich wenigstens zwei Stunden lang so tun, als ob alles in Ordnung sei, Lisa.»

Nichts war in Ordnung. Meine Vermutung, Meta habe sich bei ihrem Vater beschwert – seit Jahren Tür an Tür mit der Geliebten des Mannes und keine Aussicht auf ein Ende der Beziehung –, wäre kein ausreichender Grund gewesen, den alten Mann rückwärts die Treppe hinunter zu prügeln und Meta jeden weiteren Umgang mit ihrem Vater zu verbieten. Selbst wenn sein Schwiegervater ihm heftige Vorhaltungen gemacht hätte, so eine Gewaltaktion passte nicht zu Heinz. Es musste etwas Gravierendes vorgefallen sein, um den normalerweise sanften Heinz in einen Berserker zu verwandeln.

Natürlich hielt Meta sich nicht an sein Verbot. Außer ihrem Vater hatte sie keine Angehörigen mehr. Seit dem Rauswurf suchte er sich die Sonntage aus, an denen Heinz mittags zur Schicht fuhr. Ich konnte vorhersagen, wann ihr Vater kam. Dann schickte Meta kurz vorher sicherheitshalber die Kinder auf den Spielplatz. Aber so hundertprozentig sicher war das wohl nicht. Vermutlich hatte Marion etwas mitbekommen und es ihrem heiß geliebten Papa erzählt.

«Am Dienstag», fuhr Sonja in ihrer Aufzählung fort, «haben sie sich gezankt, weil Meta keine Zeit hatte, sich zu waschen. Heinz hat gesagt, er isst im Wohnzimmer, wenn er mit ihr an einem Tisch sitzt, vergeht ihm der Appetit, sie stinkt wie eine Misthummel. Am Mittwoch haben sie sich gezankt, weil Heinz sich wieder ein Motorrad kaufen will. Er hat gesagt, dann kann er in den Himmel fahren. Und Meta hat gesagt, er soll sich bloß nicht einbilden, dass sie die Beerdigung bezahlt. Gestern …»

«Und du kommst hier alleine klar?», unterbrach ich sie.

Sie machte eine wegwerfende Handbewegung, strahlte mich an. «Ja, was denkst du denn?!» Dann kam das Übliche: «Gute Nacht, Mutti», und sie verschwand im Bad.

Ich saß noch eine Weile am Küchentisch, starrte das Papier an, versuchte, ein bisschen vom Text zu lesen. Liebe, Lust und Leidenschaft. Die Worte verschwammen mir vor den Augen. Fischdose! Misthummel! Völlig Unrecht hatte Heinz nicht. Meta hatte schon früher nicht viel Wert auf ihr Äußeres gelegt, das war in den letzten Jahren schlimmer geworden. Sie vernachlässigte sich total, lief wochenlang im selben Kleid herum, dass man sich auch mal waschen konnte, schien sie vergessen zu haben.

Sogar Sonja, die normalerweise für Meta durchs Feuer ging, bemerkte oft, wenn sie morgens zu mir ins Bad kam, den feinen Unterschied. «Hm, du duftest wieder, Mutti. Kannst du Meta nicht mal eins von den kleinen Parfümfläschchen mitbringen, die ihr immer an die Kunden verschenkt? Sie hat ja nicht so viel Geld, sie kann sich das bestimmt nicht kaufen.»

Am mangelnden Geld allein konnte es nicht liegen. Es gab ja auch preiswerte Pflegeprodukte. Abgesehen davon verdiente Heinz genug und gab für sich selbst kaum etwas aus.

In den Himmel fahren, dachte ich, um Gottes willen. Er konnte doch nicht ernsthaft daran denken, sich umzubringen.

Ich fand plötzlich, dass es an der Zeit war, einen dicken Schlussstrich zu ziehen. Ich wusste nur nicht, wie ich es anstellen sollte. So anstellen, dass ich mir einreden durfte, es sei die heroische Entscheidung zum Verzicht und nicht der bloße Wille, frei zu sein für einen Mann, von dem ich nicht wusste, ob ich ihn überhaupt noch einmal wiedersah.

Den Neunzehn-Pfennig-Mann nannte ich Béla im Stillen und fragte mich das ganze Wochenende, ob Sabine mit ihrer Bemerkung über das andere Ufer richtig lag. Ob es sinnvoll war, sich mit solch einem Mann zu beschäftigen, wenn auch nur in Gedanken. Der Blick, mit dem der Blonde ihn betrachtet hatte, war tatsächlich komisch gewesen. Nein, nicht komisch, zärtlich!

Béla kam zwei Wochen später wieder ins Geschäft. Diesmal wartete vor der Tür kein Wagen auf ihn. Er steuerte, wie schon beim ersten Besuch, zielstrebig auf ein Regal zu. Diesmal beabsichtigte er, ein Deo zu erwerben. Damit kam er zu mir an die Kasse.

Es war nicht viel los. Ich hätte ihn gern in ein längeres Gespräch verwickelt, nur wusste ich nicht, was ich sagen sollte. Ihn an die neunzehn Pfennig erinnern? Es wäre eine Möglichkeit gewesen, aber ich wollte nicht kleinlich wirken. Ich wollte Eindruck machen, er sollte heimgehen und an mich denken. So wie ich an ihn. Ein bisschen nacktes Fleisch in den Gedanken. Den Moment, wo man mit Fingern, die steif und zittrig sind, weil es das erste Mal ist, einen Hemdenknopf öffnet. Oder den Knopf einer Jeans. Und die Hand unter den Stoff schiebt, die warme Haut fühlt. Und wie es unter der Hand fest wird. Er war so jung, so schön und so männlich. Er durfte nicht schwul sein.

Béla zahlte mit einem Zehnmarkschein, nahm das Wechselgeld in Empfang und schob mit einem winzigen Lächeln zwei Groschen zurück. Dieser Akzent! Ich bekam eine Gänsehaut, als er sich ein bisschen tiefer beugte, sein Lächeln intensivierte und dabei sagte: «Meine Schulden.» Dann richtete er sich wieder auf und wollte zur Tür.

«Warten Sie!», rief ich ihm nach, so viel Geistesgegenwart besaß ich noch. «Sie bekommen noch einen Pfennig zurück.»

Er drehte sich um. «Behalten Sie ihn als Glücksbringer.»

Abends schrieb ich weiter, eine äußerst gewagte Liebesszene. Der Pfennig lag neben der Schreibmaschine. Da lag er lange. Wenn ich die Maschine wegräumte, klebte ich ihn mit einem Stückchen Tesafilm in den Kofferdeckel. Am nächsten Abend legte ich ihn wieder auf den Tisch. Wenn ich ihn anschaute, sah ich gleichzeitig Bélas Hand. Und dann konnte ich seitenweise beschreiben, wie diese Hand eine Frau in Ekstase versetzte.

Ich wollte ihn damals nicht wirklich. Vielleicht hatte ich immer noch ein wenig Angst vor einem Ledergürtel. Vielleicht hatte ich auch Angst, mit einem Mann konkurrieren zu müssen und den Kürzeren zu ziehen. Oder es war die Gewissheit, dass eine Seifenblase platzt, wenn man sie mit dem Finger berührt. Und da war immer noch Heinz.

Ich hatte mich in den vierzehn Tagen nicht aufraffen können, ihm endgültig den Laufpass zu geben. Man schickt nicht so einfach einen Mann in die Wüste, der davon gesprochen hat, in den Himmel zu fahren. Ich wollte nur von Béla träumen. Und ein bisschen schreiben, was wäre wenn.

Ich gewöhnte mich daran, erst kurz nach neun die Maschine auf den Küchentisch zu stellen. Bis dahin bestand die

Gefahr, dass Sonja plötzlich hinter mir auftauchte und ein paar Zeilen mitlas. Und was ich zu Papier brachte, war nicht für die Augen einer Elfjährigen geeignet. Was immer ich mir jemals vorgestellt hatte, beschrieb ich in allen Details. Den berühmten roten Faden hatte das Ganze vorerst nicht. Aber ich machte mir schon ein paar Gedanken darüber, was sich neben den Bettszenen abspielen sollte. Mir schwebte da etwas vor, der ewige Kampf der Geschlechter, eine Beziehung von der Art, in der es unentwegt knistert und ab und zu kracht.

Wenn ich heute darüber nachdenke, es könnte eine Vorahnung gewesen sein. Es war in den ersten Jahren mit Béla so, wie ich es damals beschrieb. Wie sagt man? «Das Leben schreibt die besten Geschichten.» Es stimmt. Das Dumme ist nur, die besten sind nicht unbedingt die von Liebe und Glück. Es sind eher die beschissenen, verlogenen, grausamen, die man kaum erträgt. Davon ist die Welt voll. Ich hatte mich doch nur umschauen müssen. Und seit ich im August nach dem Genuss eines Geflügelsalats mit Salmonellen und dem Anblick meines Mannes mit heruntergelassener Hose vor einem Tisch im Lokal zusammengebrochen war, hatte ich mich sehr genau umgeschaut.

Natürlich gibt es Paare wie meine Eltern, die nebeneinander alt werden konnten und zufrieden waren. Oder solche wie Herr und Frau Biedermann aus Frankfurt, die gemeinsam zu einer kulturellen Veranstaltung gehen und sich kopfschüttelnd anhören, wie eine scheinbare Emanze über Männer denkt. Die Hand in Hand heimgehen und sich fragen, was aus der Welt geworden ist, wenn nun auch noch die Frauen über Mord und Totschlag schreiben.

Und es gibt solche wie Heinz und Meta Böhring, die es gar

nicht schaffen konnten. Weil es Dinge gibt, die einen Menschen so völlig aushöhlen, dass nur die äußere Hülle bleibt. Ich sah damals nur diese Hülle. Meta, die keinen Wert auf die Zärtlichkeit ihres Mannes legte, in Haushalt und Kindern aufging und sich darüber so vernachlässigte, dass der Ausdruck Fischdose direkt aus der Luft gegriffen sein konnte, die sie umgab. Und Heinz, der auch nur ein paar Träume hatte, die er begraben musste. Der sich ein paar Jahre lang in der Nachbarschaft holte, was ihm im eigenen Bett versagt blieb. Der es, als auch die Nachbarschaft nicht mehr wollte, anderswo suchen musste und teuer dafür bezahlte.

Aber ich konnte doch das Verhältnis mit ihm nicht bis in alle Ewigkeit fortsetzen. Nachdem Sonja mir von der Fischdose erzählt hatte, sprach ich mit Meta. Nicht über meinen einsamen Entschluss, von nun an auf ihren Mann zu verzichten. Nicht über die Zeit, die man sich als Frau, auch bei drei Kindern, für sich selbst nehmen sollte. Nicht über das angenehme Gefühl am Morgen, frisch geduscht und geföhnt vor dem Spiegel im Bad. Und nicht über die Dinge, die ein Mann braucht. Ich hatte mir das zwar fest vorgenommen, aber ich brachte kein Wort davon über die Lippen. Wie sie mir gegenüberstand in ihrer Küche, konnte ich doch nicht in Wunden stochern, die vermutlich ich gerissen hatte.

Es roch nach angebranntem Pudding. Meta knispelte an ihren Fingernägeln. Sie waren alle abgekaut oder abgebrochen. Und obwohl kaum noch ein Stückchen Nagel über die Fingerkuppen ragte, war unter jedem Nagel ein dunkler Rand. Es sah aus, als hätte sie versucht, den angebrannten Pudding aus dem Topf zu kratzen. Wahrscheinlich hatte sie das auch getan.

Ich sprach nur darüber, dass Sonja nun alt genug war, um alleine zurechtzukommen. Dass sie ab sofort keine Aufsicht und kein warmes Mittagessen mehr brauchte. Meta nickte stumm, steckte den Daumen in den Mund, lutschte daran und versuchte, mit den Zähnen einen Rest vom Pudding zu erwischen.

Ich hatte ihr bis dahin jeden Monat etwas für Sonjas Betreuung bezahlt. Schon in den nächsten Tagen schaute sie sich nach einer Putzstelle um, um ihre anscheinend doch knappe Haushaltskasse aufzupolstern. Ich hatte ein schlechtes Gewissen, als sie mir erzählte, sie hätte eine Stelle gefunden. Anfangs putzte sie bei älteren Leuten, später fand sie eine feste Anstellung und putzte am Nachmittag in der Grundschule.

Da war Sonja doch wieder die meiste Zeit nebenan, um die Kinder zu hüten, wenn Heinz auf Schicht war. Meta bot als Gegenleistung noch einmal das Mittagessen an, aber Sonja wollte nicht. Mittags brutzelte sie sich alleine etwas zurecht. Hin und wieder wischte sie auch den Staub vom Bücherregal und vom Fernseher. Ansonsten blieb viel Hausarbeit liegen, meine, nicht ihre. Die wurde prompt erledigt, und regelmäßig wurden mir die Einser vorgelegt. Ich war stolz auf sie. Und ich war stolz auf mich.

Die erste Geschichte, zu der Béla mich inspiriert hatte, die mit dem innigen Kuss am Schluss, hatte ich verkauft und ein dickes Kompliment dafür eingeheimst. Da war von Lebensnähe die Rede und von einer Wirkung wie aus einem Guss geschmiedet. Ich hatte sie ja auch an einem Stück heruntergeschrieben.

Manchmal stellte ich mir vor, eines Tages nur noch zu schreiben. Und abends mit einem Mann auf der Couch zu sitzen, mit meinem Mann! Seinen Kopf im Schoß, ein paar Blätter in der Hand. Vorlesen, keine Heile-Welt-Geschichten mehr, sondern richtig gute Sachen.

Béla kam regelmäßig alle vierzehn Tage, meist freitags. Er kaufte sich quer durch die Pflegeserie. After Shave und Eau de Toilette, Duschgel und Deo. Ich mochte den Duft, ich mochte die Art, wie er sich anzog, locker und lässig, verwaschene Jeans und weiße Baumwollhemden, die er den Sommer über halb offen trug, Tennissocken und Sportschuhe. In der Aufmachung wirkte er noch jünger.

Vielleicht hatte ich deshalb anfangs so große Hemmungen. Oder es lag an dem BMW mit Kölner Kennzeichen, an dem blonden Jüngling, der manchmal vor der Tür auf ihn wartete – manchmal, nicht immer. Oder es lag an Heinz und meiner Unfähigkeit, ihm zu sagen, dass es vorbei war, vorbei sein musste, weil ich einen anderen im Auge hatte.

Es dauerte drei Monate, in denen sich viel veränderte. Nur bei mir. Einmal äußerlich, neue Frisur, neues Parfüm. Béla bemerkte von all dem nichts. Für ihn war und blieb ich die Kassiererin im Drogeriemarkt, mit der er zwar schäkerte, aber wenn er zur Tür hinausging, hatte er sie bereits vergessen.

Heinz dagegen registrierte die Veränderungen, die äußeren ebenso wie die inneren. Die waren vermutlich gravierender. Und er kannte mich gut genug, um zu wissen, was los war. Er machte es mir leicht. Ich musste nicht viel erklären. Nicht einmal, dass es jetzt endgültig war. Er fühlte es. Irgendwann in diesen drei Monaten stellte er fest: «Du hast jemanden kennen gelernt.»

Ich nickte, rechnete damit, dass er Fragen stellte. In der Zeit, als ich noch regelmäßig mit den zwei Kolleginnen nach Köln gefahren war, hatte er das getan. Jetzt nicht, er sagte nur: «Mach's besser als ich, Lisa.»

Zwei Tage später kaufte er sich ein Motorrad. Ich hatte Angst um ihn. Meta auch. Als er zum ersten Mal in der schwarzen Lederkluft und mit dem Helm unter dem Arm die Wohnung verließ, kam sie zu mir. «Er wird sich den Hals brechen», erklärte sie. «Er hat seit Jahren nicht mehr auf so einem Ding gesessen. Hast du gesehen, wie er losgerast ist?»

Das hatte ich und mich dabei gefühlt wie ein Henker. Meta starrte mich an, erkundigte sich: «Hast du ihm wieder mal 'nen Tritt gegeben?» Sie war sehr aufgebracht, sprach weiter, bevor ich antworten konnte. «Darf ich erfahren, was diesmal in dich gefahren ist? Allmählich müsstest du doch begriffen haben, dass du am Ende wieder bei ihm landest. Also was soll der Quatsch? Es hat keiner was dagegen, wenn du mal 'nen Ausflug machst. Deshalb musst du ihn doch nicht gleich abservieren. Oder machst du jetzt wieder auf die Ein-Mann-für-mich-allein-Tour?»

Ich wusste nicht, was ich sagen sollte. Meta lachte einmal kurz und gehässig auf. «Das ist doch wieder nur eine Laune. Das habe ich ihm auch gesagt. Reg dich nicht auf, hab ich gesagt, die kriegt sich wieder ein. Die weiß, was sie an dir hat.»

Ich wusste immer noch nicht, was ich sagen sollte, starrte sie nur an und hatte das Gefühl zu träumen.

«Tu mir einen Gefallen», verlangte Meta. «Sag ihm, du hast es nicht so gemeint. Aber sag es ihm, bevor er sich den Hals bricht mit seiner Raserei. Was soll ich denn machen, wenn ihm was passiert? Dann steh ich da mit drei Kindern.»

Da bekam ich endlich den Mund auf: «Er ist dein Mann, nicht meiner.»

«Das fällt dir aber früh auf», meinte Meta und lächelte. Es war exakt dasselbe Lächeln, mit dem sie bei ihrem Einzug die teure Vase und das Porzellan die Treppen hinaufgetragen hatte, ein bisschen abfällig, ein bisschen überlegen.

«Aber es hat dich bisher nicht gestört», fuhr sie fort. «Und ich habe mich noch nie beschwert. Also lassen wir es doch so.»

Ich schüttelte den Kopf. Meta kniff die Augen zusammen, ihre Stimme klang ein wenig verunsichert. «Du warst doch überhaupt nicht mehr alleine weg. Willst du mir wirklich erzählen, dass du einen anderen hast?»

Noch nicht, aber das musste ich ihr nicht auf die Nase binden. Ich nickte. Und wartete.

Nach den drei Monaten sagte ich zu Béla: «Ich habe Sie jetzt schon so oft hier gesehen, darf ich Sie nach Ihrem Namen fragen? Man spricht die Kunden gerne mit Namen an.»

Auf die Tour hatte sich unser Metzger vor endlosen Jahren nach meinem Namen erkundigt. Da war das vermutlich auch berechtigt gewesen, immerhin stand der Metzger hinter der Theke und fragte die Kunden nach ihren Wünschen. Aber in einem Drogeriemarkt gibt es Selbstbedienung, und an der Kasse geht es nur ums Geld. Das fiel Béla nicht auf.

Er fühlte sich geschmeichelt, lächelte mir zu, wie man einer guten Bekannten zulächelt, nannte mir bereitwillig seinen Namen. Béla Szabo. Zu Deutsch schlicht und ergreifend Adalbert Schneider. Aber wer will es denn so profan?

Béla Szabo, da klang tatsächlich die Puszta durch. Ich hatte ihm schon etliche Nationalitäten angedichtet, weil ich seinen Akzent nicht einordnen konnte, nur das Rollen und Singen hörte.

Ich hatte Herzklopfen und nahm mir vor, mir beim nächsten Mal etwas Besseres einfallen zu lassen. Ich war doch nicht auf den Mund gefallen, ich musste ihm ja nicht gleich sagen, dass er mir gefiel. Nur ein bisschen reden mit ihm, mir dabei vorstellen, wie es sich anhörte, wenn er «ich liebe dich» flüsterte.

Das nächste Mal war die darauf folgende Woche, der übliche Freitag. Sonja verbrachte das Wochenende bei meinen Eltern. Inzwischen wusste ich genau, wie ich es anstellen musste. Ich hatte daheim geübt, damit es selbstbewusst und zufällig wirkte. Als er dann an der Kasse stand, schob ich ihm einen Pfennig hin.

«Mit vielem Dank zurück», sagte ich, «vielleicht probieren Sie es jetzt selbst einmal. Mir hat er wirklich Glück gebracht. Es wäre egoistisch, ihn noch länger zu behalten.»

Zuerst schaute Béla mich nur verwundert an, dann begann er zu lächeln. Den Pfennig nahm er nicht sofort. «Brauchen Sie jetzt kein Glück mehr?», wollte er wissen.

«Natürlich brauche ich noch welches», gab ich zurück. Es klang wirklich locker. «Wir können es ja so machen. Jetzt nehmen Sie ihn für drei Monate, dann geben Sie ihn mir zurück. Wir wechseln uns ab. Einverstanden?»

Er überlegte noch, hielt den Kopf ein wenig zur Seite geneigt und zog leicht die Stirn in Falten. «Was für eine Art von Glück hat er Ihnen gebracht, die große Liebe?»

Bildete ich es mir nur ein, oder schaute er wirklich auf meine Hände? Suchte er etwa nach einem Ring?

«Nur Geld», flüsterte ich und erklärte etwas lauter: «Auf die große Liebe warte ich noch.»

Den letzten Satz griff er nicht auf. Beim Üben hatte ich mir vorgestellt, dass er daran anknüpfte. So warf er mein Konzept über den Haufen. «Haben Sie im Lotto gewonnen?»

Ich schüttelte den Kopf, brauchte zwei oder drei Sekunden, um den zerrissenen Faden neu zu knüpfen. «Nein. Ich habe ein Hobby für den einsamen Feierabend. Ich schreibe Geschichten. Er hat mich zu einer besonders guten inspiriert und mir auch geholfen, sie zu verkaufen.»

Er schien interessiert. «Was für Geschichten?»

Inzwischen war eine Frau hinter ihn getreten. Sie sah, dass wir uns unterhielten, und wandte sich dem Ständer mit Strumpfhosen zu. «Von Männern und Frauen», sagte ich, «von Sehnsucht und Leidenschaft. Möchten Sie eine lesen, oder mögen Sie keine normalen Liebesgeschichten?»

Das war noch besser als das, was ich mir zurechtgelegt hatte. Die leichte Betonung auf den normalen Liebesgeschichten war zwar sehr direkt, aber auch diplomatisch, fand ich.

Béla antwortete nicht sofort. Er betrachtete mich nachdenklich. Es sah aus, als versuche er abzuwägen, welch ein Unterbau sich hinter dem Kassentisch verbarg. Als er mit seiner Musterung fertig war, erklärte er gedehnt: «Doch, aber nicht gelesen. Gelebt sind sie mir lieber.»

Mein Herz führte sich auf, als hätte es niemals gleichmäßig schlagen gelernt, es holperte und stolperte nur noch. Aber das war doch eine Andeutung, eine massive sogar, und sein Blick dabei. Und dann ritt mich der Teufel. Ich war für ein paar Sekunden nicht mehr Lisa Müller, sondern Annette von und zu, eine moderne, junge Frau, aufgeschlossen und was sonst noch dazu gehört. Ich hoffte später nur, dass ich ihn nicht angeschaut hatte wie die Kuh den Bauern, wenn der wegen Stromausfall persönlich zum Melken kommt. Dass ich etwas Leichtes und Verwegenes im Blick hatte und einen Hauch von Erotik in der Stimme, als ich sagte: «Mir auch, wenn sich die Gelegenheit bietet. Nur bietet sie sich nicht oft. Für einen Mann ist es leichter. Er sagt einer Frau einfach, dass sie ihm gefällt.»

«Und eine Frau kann das nicht?» Er beugte sich ein bisschen tiefer. Die Frau hinter ihm sortierte weiter Strumpfhosen und schielte mit einem Auge zu mir hinüber. Sie hatte offenbar Zeit und wartete gespannt auf den Ausgang der Verhandlungen.

Na los doch, Lisa, dachte ich, worauf wartest du? Mehr als einen Korb kannst du dir nicht holen. Und es sieht nicht danach aus, als wolle er dir einen Korb geben.

«Natürlich kann sie», sagte ich, «wenn sie mutig ist.»

«Sind Sie mutig?», fragte Béla.

«Ich weiß nicht. Soll ich es einmal versuchen?»

Als er nickte, fragte ich: «Wie wäre es mit morgen Abend? Ein nettes Essen zu zweit, anschließend lese ich Ihnen ein paar Seiten vor. Und wenn sie Ihnen gefallen ...» Den Rest sprach ich lieber nicht aus.

Zwei lange Sekunden vergingen, dann zuckte er bedauernd mit den Achseln. «Morgen Abend muss ich arbeiten.»

Er verdiente sein Geld zu der Zeit noch ausschließlich als Musiker, überlegte wieder. Dann nannte er mir ein Lokal. Ich kannte es. Vor der Hochzeit war ich mit Karl-Josef oft dort gewesen. Inzwischen war es kein Treffpunkt für die Jugend mehr. Hin und wieder war mir bereits eine Anzeige in dem Werbeblatt aufgefallen, das wöchentlich kostenlos an sämtliche Haushalte im Kreis verteilt wurde. «Verbringen Sie einen gemütlichen Nachmittag und einen bezaubernden Abend in entspannter Atmosphäre.» Tanztee nannte sich das.

«Da spielen wir morgen Abend», sagte Béla. «Kommen Sie hin, wenn Sie Lust haben. Und wenn Sie viel Zeit haben, können Sie mir später Ihre Geschichte vorlesen.» Ich hatte noch Herzklopfen, als er zur Tür ging.

Natürlich fuhr ich am nächsten Abend hin. Den halben Nachmittag hatte ich beim Friseur gesessen. Es war nicht einfach gewesen, so kurzfristig noch den späten Termin zu bekommen. Aber es hatte sich gelohnt. Dann saß ich da, in einem dezent ausgeleuchteten, saalartigen Raum. Ich hätte unsere frühere Disco fast nicht wiedererkannt. Kleine Tischchen mit Kerzen und jeweils einer einsamen Teerose im Wasserröhrchen. Bei jedem Tischchen zwei rotgepolsterte Sessel, alles war auf Intimität ausgelegt.

Rund um mich herum zwei Dutzend Frauen zwischen fünfzig und siebzig, meist paarweise an einem Tisch. Ein halbes Dutzend Männer der gleichen Altersgruppe, die alleine saßen. Das Verhältnis erschien mir bezeichnend. Haben ältere Männer keine Sehnsucht mehr nach Zärtlichkeit? Oder trauen sie sich damit nur nicht an die Öffentlichkeit?

Die Band war auf einem Podest in einer Ecke untergebracht. Béla saß links, rechts der Schlagzeuger, in der Mitte der Gitarrist und Sänger. Es war ein Schock, in ihm den Blonden aus dem Kölner BMW zu erkennen. Aber gleichzeitig sagte ich mir, damit sei das geklärt. Nur ein Freund und Arbeitskollege.

Sie spielten den gesamten Gerhard Wendland rauf und runter, ein bisschen Heintje und Roy Black dazwischen und einmal «Strangers in the Night» sowie den Schneewalzer. Damit waren sie so beschäftigt, dass sie keine Blicke für die im Saal Anwesenden hatten. Nur untereinander tauschten sie welche aus. Und was für welche! Sie erzählten sich einen kompletten Roman, ohne ein Wort zu sagen.

Ich versuchte mir verzweifelt einzureden, dass sie sich auf diese Weise nur über das nächste Musikstück verständigten. Aber der Schlagzeuger beteiligte sich nicht daran. Ich kam mir so blöd vor, hatte unentwegt Sabines Stimme im Kopf, anderes Ufer. Verflucht! Warum bestellte er mich in so einen Schuppen, wenn er nur Augen für den Blonden hatte?

Etliche Frauen tanzten miteinander, andere beäugten mich mit sichtlichem Missfallen. Irgendwann trauten sich auch die Männer. Ich fragte mich, was ich tun sollte, wenn mich einer zum Tanzen aufforderte. Ablehnen natürlich. «Vielen Dank, ich warte hier nur auf meinen Vater.» Oder meine Mutter.

Kurz nach acht war ich gekommen, kurz vor zehn ging ich wieder. Bis dahin hatte Béla mir einmal flüchtig zugewinkt. Ich weiß noch, dass mir auf der Heimfahrt allerlei unfreundliche Gedanken durch den Kopf gingen, die sich im Wesentlichen um große, blonde Männer drehten.

Sonntags schlief ich aus, frühstückte in aller Ruhe, nahm ein Bad, bei dem ich mir einen Großteil der frischen Tönung aus den Haaren wusch, Kupfer, stand mir gut. Das Mittagessen ließ ich ausfallen. Nachmittags wollte ich für eine halbe Stunde zu Meta. Wenn man sich mies fühlt, hat man ja das Bedürfnis, sich mit Leuten zu unterhalten, denen es auch nicht besser geht.

Ich wollte noch einmal in Ruhe mit ihr reden, vielleicht über das, was sie in den vergangenen sieben Jahren empfunden hatte, wenn Heinz sagte: «Ich geh für ein Stündchen zu Lisa.» Und wenn sie tausendmal so getan hatte, als sei sie einverstanden. Wenn sie noch hundertmal mehr oder weniger unumwunden erklärte, es wäre für uns alle sehr bequem, es könne ihr nicht gleichgültig sein, meinte ich.

Meta öffnete mir die Tür in einem schicken Rock und einer hübschen Bluse, einen Hauch von Rouge auf den blassen Wangen. Die Lippen säumte der Rest eines rosafarbenen Konturstifts. Sie trug sogar Pumps und Strümpfe, duftete nach «Nonchalance». Und ihr Haar war frisch gewaschen. So hatte ich sie seit ewigen Zeiten nicht mehr gesehen. Ich hatte schon fast vergessen, dass sie von Natur Dunkelblond war. Mit drei Pfund Fett und Talg sah ihr Haar eher schwarz aus.

Ich hatte nicht gehört, dass die Kinder eine halbe Stunde

zuvor zum Spielplatz gegangen waren. Heinz war ihr nicht mal ein Deo wert, und für ihren Vater hüllte sie sich in Parfümwölkchen. In dem Moment hätte ich ihr gerne eine runtergehauen.

«Ich wusste nicht, dass du Besuch hast», sagte ich. «Da will ich nicht stören.»

«Du störst nicht», versicherte Meta eilig, leckte sich die Lippen, rieb sie aneinander, als wolle sie die Reste von Konturstift beseitigen. Sie trat einen Schritt von der Tür weg. «Komm rein. Ich wollte gerade Kaffee machen, du trinkst doch sicher eine Tasse mit.»

Im Wohnzimmer saß ihr Vater auf der Couch. Er mag damals Anfang sechzig gewesen sein. Ein sehr gepflegt wirkender, durchaus attraktiver Mann, der vermutlich die Hände über dem Kopf zusammengeschlagen hätte, wäre ihm Meta einmal während der Woche vor Augen oder unter die Nase gekommen. Er erhob sich, als ich hereinkam, ganz Kavalier der alten Schule. Meta stellte vor. Mit einem kurzen Wink zur Couch: «Mein Vater.» Mit einem ebenso kurzen Wink auf mich: «Das ist Lisa.»

Es klang, als müsse noch nachkommen: «Die Frau, mit der Heinz mich all die Jahre betrogen hat. Jetzt hat sie plötzlich keine Lust mehr.» Aber Meta sagte nichts weiter, sie ging in die Küche. Ich setzte mich in einen der beiden Sessel, Metas Vater setzte sich wieder auf die Couch. Irgendwie war es peinlich. Wir kannten uns nur flüchtig vom Sehen im Treppenhaus, hatten uns bis dahin mal zugenickt und «Guten Tag» gemurmelt.

Worüber spricht man mit einem Mann, den man nicht kennt, von dem man nur weiß, dass er seinem Schwiegersohn ein Dorn im Auge ist? Hören Sie, es tut mir sehr Leid, was zwischen Ihrem Schwiegersohn und mir vorgefallen ist.

Aber es war nicht allein unsere Schuld. Meta hat nie gerne mit Heinz geschlafen. Er ist ein normal veranlagter Mann, und ich war allein. Da hat es sich so ergeben. Ich glaube, wenn Meta sich einmal beschwert hätte, hätten wir sofort aufgehört. Aber Meta hat keine Szenen gemacht, ihm nicht, nur mir, wenn ich das Verhältnis beenden wollte.

Bis Meta mit dem Kaffee kam, sprachen wir über das schöne Wetter, nur ein oder zwei Sätze. Danach über den Unterschied zwischen starkem Kaffee und schwarzem Tee. Ich trank eine Tasse, als ich mich erhob, fragte Meta fast ängstlich: «Willst du schon gehen?»

Sie wechselte einen raschen Blick mit ihrem Vater. Es sah aus, als hole sie sich sein Einverständnis für die Bitte: «Bleib doch noch einen Moment.»

Ich hatte keine Lust, noch einen Moment zu bleiben. Es war vorbei, ich hatte es geschafft, nach sieben Jahren, aber diesmal endgültig. «Ich habe noch zu tun», sagte ich.

Den Rest vom Nachmittag verbrachte ich an der Schreibmaschine. Damals entstand die beste von diesen bitterbösen Geschichten aus «Rote Träume». Die Frau war keine Heldin, nur eine Frau. Sie verliebte sich, setzte alle Hebel in Bewegung, um den Auserwählten für sich einzunehmen. Als sie ihn dann hatte und erkennen musste, dass er sie mit einem Mann betrog, suchte sie sich ebenfalls einen Liebhaber. Erst für ein bisschen Trost, dann für ein bisschen Rache.

Der Schluss der Geschichte gefiel mir besonders gut. Sie lagen auf dem Bett, die Frau und ihr Liebhaber. Er fragte sie, warum sie sich nicht endlich von ihrem Mann trennte.

Sie antwortete: «Ich kann nicht.»

Er fragte: «Warum nicht?»

Sie antwortete: «Ich weiß es nicht.»

Er fragte, ob sie ihren Mann noch liebe.

Sie antwortete: «Vielleicht.»

Das machte ihn wütend. Er riss sie an sich, nahm sie noch einmal unbeherrscht, fast schon grob. Kurz vor seinem Höhepunkt stieß er hervor: «Dafür könnte ich dich töten.»

Und sie fragte ihn ruhig: «Warum mich?»

Für die Kurzgeschichte ließ ich das Ende offen. Es lag auf der Hand, was geschehen würde. Der Liebhaber tötet ihren Mann, um sie für sich allein zu haben.

Und nun musste ich mich fragen, ob aus dieser Geschichte Realität geworden ist. Ein Liebhaber, der meinen Mann erschoss! Nein, nicht Heinz Böhring. Es war seit damals nichts mehr zwischen uns gewesen, nur diese Freundschaft, die intensiver war als andere.

Dierk Römer, mein Verleger. Der Mann, der mir dazu verholfen hatte, Karriere zu machen. Der einen hübschen Batzen Geld in mich investiert hatte und einen noch größeren an mir verdienen wollte. Zweiundvierzig Jahre alt, groß und schlank und dunkelhaarig. Ledig! An Männern nur interessiert, wenn sie gute Bücher schrieben oder sonst wie mit dem Literaturbetrieb zu tun hatten. Intelligent, kultiviert, charmant und gebildet, ein Mann, wie ich eigentlich immer einen haben wollte.

3. Kapitel

Ich war in der Nacht zum Montag nicht nach München geflohen, um Béla mit Dierk Römer zu betrügen, wirklich nicht. Ich wollte nur etwas Ruhe, Abstand, die Gedanken sortieren, überhaupt einmal wieder nüchtern und logisch denken können.

Dierk war überrascht, als ich kurz nach neun am Montagmorgen unangemeldet in seinem Büro auftauchte. Und schockiert war er, weil ich das Händezittern nicht unterdrücken konnte, weil ich eine Zigarette nach der anderen rauchte und zwischendurch Tabletten gegen die Kopfschmerzen schluckte. Er brachte mich in seine Wohnung, damit ich ausschlafen könnte.

Ich wollte nicht schlafen, also redeten wir. Zuerst über den neuen Roman, mit dem ich anfangs so gut vorangekommen war. Dass ich in den letzten Wochen keine Zeile mehr geschrieben hatte. Weil ich nicht mehr konnte. Dann sprachen wir über Béla. Über die zehn Jahre mit ihm und die Enttäuschungen. Über die Nacht im August, die letzten Wochen und meine Vermutungen. Dass ich es nicht aushielt, auf eine so infame Weise betrogen zu werden. Über das, was ich bei Béla gefunden, und über das, was ich durch ihn verloren hatte. Mein inneres Gleichgewicht, meine Selbstachtung, meine Tochter.

Der Rest hatte sich ergeben, wieder einmal. Bei mir hat sich immer alles nur ergeben. Ich hatte kein Hotelzimmer gebucht, war einfach losgefahren. Dierk bot mir das Gästezimmer an, nur blieb ich nicht drin. Ich ging zu ihm, weil ich das Bild nicht loswurde. Der Tisch im Lokal, die Beine auf Bélas Schultern, das Stückchen nackter Haut und die blonden Haare. Und neben dem Tisch sah ich mein Bett. Die Vorstellung, dass Béla sich in meinem Bett vergnügte, während ich in Dierks Gästezimmer nicht zur Ruhe kam, trieb mich hinaus auf den Flur und vor die Tür von Dierks Schlafzimmer. Mir war übel vor Angst, er könne mich zurückschicken in das Zimmer voller Bilder. Alles Weitere war fast ein Missverständnis. Aber was soll ein Mann denken, wenn eine Frau zu ihm ins Bett kriecht?

Dierk fragte: «Bist du ganz sicher, dass du das willst, Lisa?»

Erst in dem Augenblick dachte ich: Warum eigentlich nicht? Béla tut es ja auch. Vielleicht hilft es beim Einschlafen.

In der letzten Nacht meinte Dierk: «So kann es doch nicht weitergehen, Lisa. Du machst dich kaputt. Warum trennst du dich nicht von ihm?»

«Ich kann nicht.»

«Liebst du ihn noch?»

«Ich weiß nicht.»

Doch, ich wusste es. Ich hätte ja sagen müssen. Aber welche Frau schafft das, wenn sie neben einem Mann im Bett liegt, mit dem sie gerade geschlafen hat? Es war auch nett gewesen mit Dierk, nicht zu vergleichen mit Béla, aber … Liebst du ihn noch? Ja! Natürlich! Ich liebe ihn, ich bin verrückt nach ihm. Ich kann nicht existieren ohne ihn.

Ich würde existieren müssen ohne ihn. Weil er tot war, erschossen in meinem Schlafzimmer lag. Und dieser Kripomensch, Offermann, verlangte, dass ich mit ihnen hinaufging, dass ich Béla anschaute und sagte: «Ja, das ist mein Mann.»

Ich konnte das nicht. Kriminalpolizei! Haben sie denn kein Herz im Leib? Sie räumten mir zehn Minuten auf einem Stuhl in einer stillen Ecke ein. Ein Stück vom alten Dussing entfernt, der nicht unbedingt hören musste, was sie mir vorab an Fragen stellten. Ich bekam einen Sherry und eine Zigarette, hatte im Zug schon so viel geraucht und Kaffee getrunken, bis mir übel geworden war.

Aber richtig übel geworden war mir eher von den Bildern, die in meinem Hirn herumspukten. Ich hatte mir die ganze Zeit schon zwanghaft vorstellen müssen, was ich vorfand, wenn ich zu Hause ankam, vier Stunden früher als Béla erwartete. Ich hatte versucht, es einzustudieren wie ein Theaterstück, immer wieder, bis ich meine Rolle völlig sicher beherrschte.

Und immer wieder hatte ich mich gefragt, warum ich ihn im August nicht hinausgeworfen hatte. Da hatte ich ihn doch auf frischer Tat ertappt – und ihm geglaubt, es wäre eine einmalige Angelegenheit gewesen. Zu der ich meinen Teil beigetragen hatte, das sagte er nicht, das wusste ich selbst.

Natürlich war ich wütend und verletzt, drohte mit Konsequenzen. Eine leere Drohung, das wussten wir beide. Ich hätte ihn zur Vordertür hinausgeworfen und darauf gewartet, dass er zur Hintertür wieder hereinkommt.

Jetzt war er tot. Ich dachte, ich verliere den Verstand. Das hast du mir nicht angetan, Dierk Römer, das nicht, oder? Ich sah mich wieder neben ihm im Bett liegen. Es war noch nicht einmal vierundzwanzig Stunden her. Ich hörte ihn fragen. «Was heißt das, du weißt es nicht, Lisa?»

«Es heißt, dass ich es nicht weiß.»

«Das ist doch Unsinn. Sei vernünftig, Lisa! Nach allem, was du mir in den letzten Tagen erzählt hast, gibt es nur diese Möglichkeit. Du musst dich von ihm trennen, wenigstens vorübergehend, damit du zur Ruhe kommst. Wenn du nicht mehr arbeiten kannst, kannst du das Manuskript nicht fristgerecht abliefern. Wir haben es fest eingeplant. Ich habe an dich geglaubt, Lisa. Du weißt, wie viel ich in die Werbekampagne gesteckt habe in der Hoffnung, es zahlt sich aus. Mit dem ersten Roman tut es das selten, aber mit dem zweiten.»

«Ich weiß.»

«Dann fahr zurück und sag ihm, dass du für ein paar Wochen in ein Hotel ziehst. Du kommst zu mir. Hier kannst du in Ruhe schreiben. Wir schaffen das schon.»

Wir hatte er gesagt. Ihm lag sehr viel an meiner Karriere. Verständlich, er hatte mich hochgepowert, ein Vermögen auf einen unbekannten Namen gesetzt. Das Risiko geht heutzutage keiner gerne ein. Ihm lag auch etwas an mir. Es war nicht die große Liebe, nicht die alles verzehrende Leidenschaft. Mit ihm zu schlafen, war ungefähr so gewesen wie damals mit Heinz, ein bisschen besser vielleicht. Wir hatten viele gemeinsame Interessen. Es war alles so anders als mit Béla.

«Du stellst dir das zu leicht vor», sagte ich. «Aber ich kann das nicht. Wenn ich zu ihm sage, ich ziehe in ein Hotel, wird er mich nicht gehen lassen, verstehst du?»

«Lisa, das ist doch lächerlich! Du bist erwachsen. Wenn du gehen willst, dann gehst du. Er kann dich nicht festbinden.»

Doch! Genau das wird er tun, dachte ich. Nicht mit einem Seil, nur mit seinen Augen, mit der Art, wie er meinen Namen ausspricht, wie er mich küsst, mit seiner Zärtlichkeit, seiner Wildheit, mit seiner Liebe eben. Das konnte ich einem anderen Mann nicht erklären, aber ich versuchte es zumindest.

Und Dierk sagte: «Dann lass mich dir helfen, Lisa.»

«Wie willst du mir denn helfen?»

«Ich könnte mit ihm reden.»

«Er wird dir nicht eine Sekunde lang zuhören.»

«Mir fällt schon etwas ein, womit ich ihn zum Zuhören bewege.»

Nein! Das nicht, dachte ich, bitte das nicht! Es ist doch völlig unmöglich. Man schreibt so etwas, aber es passiert nicht in Wirklichkeit.

Während ich auf dem Stuhl saß, rauchte und an meinem Sherry nippte, um nicht loszuschreien, begann Offermann mit seinen Fragen. Ich konnte ihm keine beantworten. Ich wusste nicht, ob und mit wem Béla für den Abend verabredet gewesen war. Mir hatte er am Telefon nichts von einer Verabredung erzählt. Was ich in dieser Hinsicht vermutete, ging die Polizei nichts an.

Offermann gab sich mit meinen Auskünften nicht zufrieden. Er fragte ganz direkt, ob mein Mann ein Verhältnis mit einer anderen Frau gehabt hätte. Zuerst starrte ich ihn nur an. In meinem Gehirn hatte sich etwas geteilt, vielleicht war es vorher schon geteilt gewesen.

Dierk Römer hätte das niemals getan. Ein intelligenter, kultivierter Mann bringt einen anderen nicht um, nur weil er dreimal mit dessen Frau geschlafen hat und die Frau mit ihren Nerven am Ende ist, weil sie Ruhe braucht und ihr inneres Gleichgewicht, damit der nächste Roman wieder ein Besteller wird.

Ich schüttelte den Kopf. Damit ließ Offermann sich nicht abspeisen. Es gäbe zwei Möglichkeiten, erklärte er. Ein Einbrecher. Nur gäbe es in der Wohnung keine Hinweise auf einen Einbruch, keine durchwühlten Schränke, nur eine offene Schranktür in Bélas Schlafzimmer. Die Balkontür sei von innen geöffnet worden, Aufbruchspuren gäbe es nicht. Béla hätte vielleicht kurz durchlüften wollen. Und in meinem Bad habe sich das Fenster in Kippstellung befunden. Auch eine Möglichkeit, in eine Wohnung einzudringen. Aber Offermann dachte an etwas anderes.

Er sprach ruhig und ließ mich nicht aus den Augen. Den Spuren nach zu urteilen, habe eine Frau die Wohnung in großer Eile verlassen. Über den Balkon! Und man müsse wohl davon ausgehen, dass es einen Grund für ihre Eile und den Weg durch die Gärten gegeben hatte. Vielleicht ein eifersüchtiger Ehemann an der Vordertür, der energisch Einlass begehrte, den Béla nach der Flucht der Frau in die Wohnung ließ.

Beinahe hätte ich gelacht. Einen eifersüchtigen Ehemann konnte ich völlig ausschließen. Aber es war jemand bei Béla gewesen, da war ich sicher. Ich hatte doch dieses Geräusch gehört, als ich um sieben mit ihm telefonierte, wie das Rascheln von Stoff. Und seine Nervosität.

Ich wollte fragen, ob sie in meinem Bad noch mehr entdeckt hatten als nur ein offenes Fenster. Aber ich brachte keinen Ton über die Lippen.

Offermann nahm wohl an, er habe mich mit seiner Direktheit schockiert. Er wechselte das Thema, wollte wissen, wer, außer Béla und mir, Schlüssel zum Haus und zur Wohnung hatte.

«Nur unsere Putzfrau», sagte ich.

Ich hatte meinen Schlüssel nicht benutzen müssen. Aber der Schlüsselbund war in meiner Tasche. Ich hatte ihn jedes Mal gesehen, wenn ich eine neue Zigarette herausnahm. Seinen Mörder hereingelassen, dachte ich. Nur einmal angenommen – es war Irrsinn, das zu denken –, aber nur einmal angenommen: Dierk Römer setzte sich am Vormittag, nachdem er mich zum Zug nach Frankfurt gebracht hatte, in seinen Wagen und kam hierher. Einfach nur, um mit Béla zu reden, um ihn zu überzeugen, dass ich Ruhe und Abstand brauchte. Natürlich hätte Béla ihn hereingelassen. Sie kannten sich zwar nicht persönlich, der Name Römer jedoch war Béla ein Begriff. Aber wieso lag er dann im Schlafzimmer? Er wäre doch mit Dierk in den Wohnraum gegangen.

Nachdem ich die Zigarette ausgedrückt hatte, verlangte Offermann erneut und diesmal sehr energisch, dass ich nun endlich mit ihnen hinaufging, um den Toten zu identifizieren. Eine reine Formsache, sagte er, als ob mir das geholfen hätte.

Bis dahin war es noch irgendwie abstrakt gewesen. Plötzlich war es real. Mir war heiß. Im November, im Treppenhaus, bei weit geöffneter Eingangstür und Außentemperaturen von höchstens fünf Grad. Offermann ging voraus, ich in der Mitte, der zweite Beamte war dicht hinter mir. Vielleicht dachten sie, ich würde rückwärts die Treppe hinunterfallen oder weglaufen, wenn sie nicht auf mich aufpassten. Vielleicht wäre ich weggelaufen, wenn niemand hinter mir gewesen wäre.

Auch die Wohnungstür stand offen. In der Diele roch es merkwürdig. Schießpulver oder irgendeine Chemikalie, die sie zum Sichern der Spuren am Tatort brauchten. Ich habe keine Ahnung von solchen Dingen. Vielleicht bildete ich mir das nur ein.

In meinem Schlafzimmer waren drei Männer in weißen Schutzanzügen beschäftigt. Sie sahen aus wie von einem Entseuchungstrupp. Einer sprühte das Bettgestell mit irgendetwas ein. Das Bettzeug war bis auf das Laken abgeräumt, der zweite untersuchte die nackte Matratze. Der dritte kniete neben dem Bett auf dem Fußboden. Was er machte, war nicht zu erkennen. Ich sah nur flüchtig seinen Rücken. Dann hatten meine Augen ihren Fixpunkt gefunden.

Er lag am Fußende vor dem Bett. Warum hatten sie ihn noch nicht fortgeschafft nach all der Zeit? Es waren anderthalb Stunden vergangen, seit der alte Dussing die Schüsse gehört hatte. Warum hatten sie nicht Dussing gebeten, sich die Leiche anzusehen? Er hätte ihnen auch sagen können: «Ja, das ist Béla.»

Sie hatten ihn abgedeckt. Und zuerst sah ich nur einen weißen Haufen vor meinem Bett liegen. Er war nicht unförmig. Ich erkannte, wie die Beine lagen und dass der linke Arm angewinkelt war. Und ich wusste noch so genau, wie es sich anfühlte, wenn er diesen Arm um meine Taille legte, wenn er mich an sich zog, sein Becken gegen meine Hüften presste, wenn ich seine Erregung fühlte, sein Flüstern hörte. «Ich will dich, Liska, jetzt gleich.»

Ich wollte schreien oder sonst etwas tun, aber ich war wie gelähmt. Ich konnte nicht glauben, dass er tot sein sollte. Ich meine: Ich wusste es. Ich sah ihn ja liegen. Aber ich wusste es nur mit den Augen. Weiter ging es nicht in den Kopf hinein.

Er lag auf dem Rücken. Oben schaute ein winziges Haarbüschel unter dem Tuch hervor. Dunkle Locken. Ich habe immer für diesen Typ geschwärmt, auch als junges Mädchen schon. Dunkle Haare, dunkle Augen. Eigentlich seltsam, dass ich dann erst einmal den blonden Riesen Karl-Josef nahm.

Ich wollte nicht, dass sie das Tuch anhoben. Ich dachte, ich könne es nicht aushalten, noch einmal sein Gesicht zu sehen. Ich sah es noch so deutlich vor mir, wie es Sonntagnacht ausgesehen hatte, als er mich zum Zug gebracht hatte. Er hatte dafür extra eine Stunde früher zu spielen aufgehört. Wie er mich auf dem Bahnsteig in die Arme nahm.

Er hatte eine besondere Art gehabt, mich in die Arme zu nehmen und so zu halten, dass ich ihm ins Gesicht schauen musste. «Es ist so lange diesmal, Liska, vier Tage. Was soll ich tun ohne dich? Ich werde dich sehr vermissen.»

Und der Kuss zum Abschied! Es hätte romantisch sein können, wäre es mir nur gelungen, für ein paar Sekunden abzuschalten. Diese dreimal verfluchten Bilder von den Beinen auf seinen Schultern. Während er mich küsste, musste ich mir vorstellen, wie sie sich geküsst hatten. Eine Hand im Rücken, eine seitlich am Hals. Und dann mit den Lippen von den Schläfen über die Wange zu den Mundwinkeln. Zuerst nur dieses sanfte, spielerische Streicheln, eine Vorahnung dessen, was noch kam. Er war wirklich ein Mann wie ein Traum gewesen. Und jetzt war er tot.

Dass ich am ganzen Körper zitterte, bemerkte ich erst, als der zweite Beamte nach meinem Arm griff und mich auf das weiße Bündel zuschob. Offermann sagte etwas, vielleicht etwas Beruhigendes oder Mitfühlendes. Ich weiß es nicht. Ich weiß nur noch, dass ich plötzlich schreien konnte und auch geschrien habe, als Offermann sich bückte und das Tuch anhob.

Ich hatte noch nie einen Toten gesehen. Nicht einmal einen, der friedlich in seinem Bett gestorben war. Und dann einen, der plötzlich und mit Gewalt – es war ein schrecklicher Anblick, schlimmer als alles, was ich bis dahin als schlimm angesehen hatte. Einer der Schüsse hatte ihn ins Gesicht getroffen.

Ich hoffe immer noch, es war der erste, und er tötete ihn auf der Stelle. Ich ertrage den Gedanken nicht, dass er Schmerzen hatte, dass er leiden musste. Sein Kopf lag in einer großen Blutlache. Eine Kugel war beim rechten Auge eingedrungen. Da war nur noch ein Loch. Und so viel Blut.

Und ich schrie, bis sie mich zurück in die Diele brachten. Immer nur: «O mein Gott, nein! O mein Gott, nein!»

Ich schrie noch, als wir die Treppe hinuntergingen. Offermann hielt meinen Arm. Ich fühlte, dass ich den Kopf schüttelte, so heftig, als könne ich damit alles auslöschen. Wie ein paar Seiten, die ich geschrieben hatte, die mir nicht gefielen. Da schüttelte ich auch den Kopf, und dann ließ sich das so leicht rückgängig machen. Das da oben nicht.

Sie brachten mich wieder ins Lokal, gaben mir noch einen Sherry und eine Zigarette. Zuerst gelang es mir nicht, sie anzuzünden, dann konnte ich sie nicht halten. Sie rutschte mir ständig aus den Fingern. Mein Kopf wackelte immer noch auf den Schultern, ich fühlte es, nur konnte ich das Wackeln nicht abstellen. Der alte Dussing kam zu mir und legte mir einen Arm um die Schultern. Er murmelte etwas von ganz furchtbar und tragisch. Offermann telefonierte nach einem Arzt. Ich brauchte keinen Arzt, nur einen Kaffee, noch einen Sherry und Béla, so jung und schön und männlich, wie er immer gewesen war.

Er war nicht gealtert in den zehn Jahren, jedenfalls nicht so sehr, dass es mir aufgefallen wäre. Er gehörte zu den Männern, die auch mit fünfunddreißig noch aussehen, als hätten sie gestern ihre erste Fahrstunde genommen. Das hatte ich so geliebt an ihm, das und alles andere. Ich brauchte ihn. Ich wollte, dass er sofort zur Tür hereinkam, dass er den alten Dussing heimschickte und die Polizisten hinauswarf. Dass er mir sagte, ich träume nur. Dass es im August begonnen hätte mit diesem verdammten Traum. Und dass es immer noch August wäre.

Bitterböse Geschichten und rote Träume. Vor zehn Jahren waren noch ein paar bunte dabei gewesen. Wer hätte gedacht, dass sie eines Tages nur noch blutig sind? Ich nicht. Vielleicht habe ich in irgendeinem Winkel geglaubt, ich könne eines Tages das Wort Ende darunter setzen, und damit sei der Fall erledigt. So wie damals, Ende und als Kurzgeschichte toll geworden.

An dem Sonntag vor zehn Jahren zog ich kurz vor acht das letzte Blatt aus der Maschine, las alles noch einmal durch, gleich zweimal. Jedes Mal, wenn ich an den Schluss kam, als die Frau fragte: «Warum mich?», war ich begeistert. Es war eine gute Story, keine von den üblichen. Ich hätte nicht gewusst, welcher Zeitschrift ich sie anbieten sollte. So legte ich sie erst einmal zu den anderen. Es gab ja bereits einige in der Art, auch wenn die nicht so gut geworden waren.

Dann holte ich Sonja bei meinen Eltern ab. Mutter fragte, wie ich das Wochenende verbracht hätte. Ich erzählte ihr von den zwölf Seiten. Später saß ich vor dem Fernseher fast bis Mitternacht. Sonja schlief. Sie hatte die Tür zum Bad aufgelassen. Ich hörte, wie Heinz gegen elf aus der Spätschicht nach Hause kam, wie er sich noch mit Meta unterhielt. Worüber sie sprachen, verstand ich nicht, dafür redeten sie nicht laut genug. Also kein Streit. Von dem Film, der im Fernsehen gezeigt wurde, bekam ich nichts mit. Ich saß nur da, schaute auf den Bildschirm und überlegte, was ich am nächsten Freitag zu Béla sagen wollte oder am übernächsten, wenn er wieder vor der Kasse stand.

Das tat er schon montags. Ich war überrascht, als er plötzlich neben mir auftauchte, nicht mal ein Fläschchen oder Döschen als Alibi in der Hand. Er kam sofort zur Sache. «Hat es Ihnen nicht gefallen? Sie waren so schnell verschwunden.» So viel immerhin hatte er bemerkt.

Ich lächelte ihn an. Es muss ein merkwürdiges Lächeln gewesen sein, schwankend zwischen Überheblichkeit und

Anbetung. «Die Musik gefiel mir nicht», sagte ich und fügte in Gedanken an: Und dein Freund noch weniger, mein Lieber. Er ist doch dein Freund, oder drückt man das in euren Kreisen anders aus? Sagt man da auch Liebhaber?

Es war nicht viel zu tun, früher Vormittag. Hinten im Laden zeichnete Sabine Gesichtslotion aus und räumte die Flaschen ins Regal. Zwei weitere Kolleginnen machten im Aufenthaltsraum Frühstückspause, Kundschaft war keine im Laden. Wir hatten Zeit für ein kleines Geplänkel.

«Und welche Musik gefällt Ihnen?», fragte Béla.

«Ich weiß nicht», sagte ich. «Ich höre nicht oft Musik.»

«Das müssen wir ändern.» Er lächelte nicht, wirkte sehr ernst in dem Moment, schaute auf das Namensschild an meinem Kittel. Frau Müller. «Musik ist ein großes Land, in dem man frei ist», sagte er mit verträumten Unterton. «Richtige Musik ist so. Was Sie gestern gehört haben, war Arbeit. Man sagt uns, was wir spielen sollen, und wir spielen es. Ob wir es mögen oder nicht.» Dann beugte er sich zu mir herüber, zeigte auf das Namensschild. «Was kommt vor Müller?»

Wenn ich nur beschreiben könnte, wie er mich ansah. So beschreiben, dass man es fühlt. Fast schwarze Augen, halb im Schatten der Wimpern. Um seine Wimpern musste ihn auch jede Frau beneiden. Manchmal ist die Natur ungerecht, häuft all ihren Überfluss auf die gleiche Stelle. Ich glaube, ich verstand den Blonden. Er empfand vermutlich dasselbe wie ich. Wenn es um Schönheit und Gefühle geht, spielt es doch keine Rolle, ob man ein Mann ist oder eine Frau.

«Lisa», sagte ich.

Béla ließ den Namen einmal über die Zunge rollen, ehe er ihn so aussprach, wie ich ihn von da an nur noch von ihm hörte. «Liska. Hast du Zeit heute Abend? Nur eine Stunde? Du wirst die Musik lieben.»

Die Musik? Ich wollte ihn lieben. Notfalls auch nur für eine Stunde, wenn ich mehr nicht haben konnte. Sonja war kein Problem. Ihr musste ich nur sagen, dass ich noch einmal wegginge. Sie würde mich nicht einmal fragen, wohin.

«Um neun?», fragte ich. Dann ging Sonja zu Bett, und bis dahin hatte ich Zeit genug, mich zurechtzumachen.

«Um neun», sagte er, griff nach dem Kugelschreiber, der immer bei der Kasse lag, und nach einem Kassenbon, den jemand liegen gelassen hatte. Er schrieb mir seine Adresse auf die Rückseite. Dann ging er.

Wäre es ein Mittwoch oder ein Freitag gewesen, wäre mir die Zeit nicht so lang geworden, aber montags war es immer ruhig. Bis ich kurz nach sieben endlich zu Hause war, schien eine Ewigkeit vergangen. Sonja hantierte in der Küche am Herd. Während ich mir den Mantel auszog, rief sie mir entgegen: «Ich habe schon gekocht.»

Es gab Bohnensuppe mit Würstchen, alles aus der Dose, die eine Hälfte verteilte sich auf dem Herd, die andere im Topf. Beim Essen erzählte sie mir von einer Englischarbeit, der Mathematikstunde. Und dass sie den halben Nachmittag auf Metas jüngere Töchter aufgepasst hatte, weil Meta mit der Ältesten zum Arzt gegangen war.

«Marion hatte Halsschmerzen. Meta meinte, es wäre nicht schlimm. Aber Heinz hat gesagt, dass sie zum Arzt gehen muss, bevor es schlimmer wird. Sie haben Tabletten bekommen und einen Saft zum Gurgeln. Was meinst du, ob ich später Arzt werden soll? Das fände ich toll. Kinderarzt.»

«Du hast noch viel Zeit zum Überlegen», sagte ich und fügte beiläufig an, dass ich um neun noch einmal weg wollte.

«Kann ich dann länger aufbleiben? Da kommt ein Tierfilm, der geht bis Viertel nach neun. Ich könnte ja auch Tierarzt werden.»

«Oder Zahnarzt», sagte ich, «die verdienen am meisten.»

Sonja verzog das Gesicht und schüttelte sich. «Nein, das finde ich eklig, fremden Leuten in den Mund zu fassen. Stell dir vor, die haben sich ihre Zähne nicht richtig geputzt, und mit der ganzen Spucke.» Dann erzählte sie mir noch, dass sie während der großen Pause auf dem Schulhof eine furchtbar eklige Sache beobachtet hatte. Zwei von den Großen, die im nächsten Sommer ihr Abitur machen sollten. «Die standen da in der Ecke und haben sich geküsst. Er hat ihr die Zunge in den Mund geschoben. Das konnte ich sehen. Da wäre mir schlecht geworden.»

Und ich dachte, warte, mein Schatz, wenn wir ein paar Jahre weiter sind, wird dir nicht mehr schlecht. Dann wirst du es genießen. Und dabei hatte ich Bélas Gesicht vor mir, seinen Mund.

Ich war ein bisschen überdreht, wischte den Herd ab, räumte die Küche auf, duschte rasch, trug neues Make-up auf, nur wenig. Dann zog ich mich um und ging los. Es hätte nicht gelohnt, den Wagen zu nehmen. Béla wohnte nur ein paar Straßen weiter in einem Altbau. Von außen sah das Häuschen schlimm aus, als könne es jeden Augenblick in sich zusammenfallen.

Die Hausbesitzerin war eine ältere Dame, Mitte sechzig. Sie öffnete mir die Tür, hielt dabei ihr Strickzeug in der Hand. Überaus freundlich wies sie zur Treppe. Dann stand ich ihm gegenüber in seinem Reich. Es war armselig, so hatte ich nicht einmal in meiner schlimmsten Zeit gehaust.

Er hatte ein winziges, möbliertes Zimmer im ersten Stock, eingerichtet mit den überzähligen Möbelstücken der Hausbesitzerin. Es wirkte zusammengewürfelt, zwei verschiedene Stühle beim Tisch, ein Schrank aus den fünfziger Jahren. Das Bett schien aus alten Armeebeständen aufgekauft. Metallgestell, neunzig breit, einsneunzig lang, eine durchgelegene Matratze, ein Berg von Federbett und darüber ein gehäkelter Überwurf, Handarbeit. Sah nach Patchwork aus, genauso zusammengewürfelt wie der Rest.

Und auf einem der Stühle saß der blonde Jüngling und schaute mir neugierig entgegen. Béla machte uns miteinander bekannt. Andreas, Lisa.

Andreas murmelte etwas, das so klang, als freue er sich, mich kennen zu lernen. Ich schloss mich ihm an. Wir schüttelten uns die Hände. Ich weiß nicht, worauf ich mich bei seinem Anblick innerlich vorbereitet hatte, auf ein Eifersuchtsdrama, wilde Vorwürfe oder Liebesbeteuerungen. Aber es war alles normal. Zwei junge Männer, von denen einer Damenbesuch bekam und der andere ohnehin gerade gehen wollte.

Béla begleitete ihn hinaus, zog die Tür hinter sich zu. Ich hörte sie auf dem Flur noch miteinander reden, nur ein paar Sekunden lang und so leise, dass kein Wort zu verstehen war. Dann wurde es für ein paar Sekunden still. Mein Magen zog sich zusammen bei der Vorstellung, auf welche Weise sie sich voneinander verabschiedeten. Für einen Moment hatte ich das Bedürfnis, auf der Stelle wieder zu gehen.

Dann hörte ich Schritte auf der Treppe, Béla kam zurück ins Zimmer, schloss die Tür hinter sich, kam langsam näher. Er streckte mir beide Hände entgegen und erkundigte sich beiläufig: «Trägst du Strümpfe, Liska?» Als ich nickte, führte er mich zum Bett. Wegen der alten Stühle befürchtete er, ich könne mir Laufmaschen in die Strümpfe ziehen.

Nachdem ich mir in dem Federbett eine Kuhle zurecht gedrückt und darin Platz genommen hatte, holte er sein Keyboard aus einer Ecke des Zimmers und stellte es auf den

Tisch. Bevor er sich hinsetzte und zu spielen begann, ging er zur Tür, öffnete sie wieder und rief hinunter: «Jetzt fange ich an.»

Und dann fing er an. Er spielte ohne Noten, meist mit geschlossenen Augen. Es war faszinierend, ihm zuzuschauen. Ich kannte die Melodie nicht und wollte seine Hände sehen. Also stand ich nach einer Weile vom Bett auf und stellte mich hinter ihn. Das schäbige kleine Zimmer war viel größer geworden. Wie er gesagt hatte: Ein weites Land, in dem man frei ist.

Ich machte mir wirklich nicht viel aus Musik. Tagsüber wurde ich acht Stunden lang von Endlosbändern berieselt, die nahm ich nicht mehr zur Kenntnis. Wenn ich abends noch schreiben wollte, störte Musik mich nur. Ich kannte gar keine Musik, jedenfalls keine richtige. Was Béla den Tasten entlockte, war traumhaft schön. Und wie er vor dem Instrument saß, den Kopf ein wenig geneigt. Ein schmaler Nacken unter dunklen Locken.

Es wurde mir erst bewusst, nachdem es passiert war. Ich beugte mich hinunter und küsste ihn auf den Nacken. Er kümmerte sich nicht darum, war viel zu versunken. Ich glaube fast, wenn das Haus abgebrannt wäre, das hätte er auch nicht gemerkt. Er spielte ungefähr eine halbe Stunde ohne Unterbrechung. Dann drehte er sich plötzlich zu mir um und stellte fest: «Ich wusste, dass es dir gefällt.»

Ich ging zum Bett zurück, setzte mich wieder in die Federbettkuhle und fragte: «Was war das?» Ich dachte, es sei etwas Klassisches gewesen, ein Konzert von irgendeinem großen Komponisten.

Béla zuckte mit den Achseln. «Nichts Bestimmtes. Ich spiele es, wie es kommt.»

«Spiel es noch einmal.»

Er schüttelte den Kopf. «Das kann ich nicht. Ich kann etwas anderes spielen, aber nicht dasselbe.»

Er konnte keine Noten lesen. Den Gerhard Wendland zum Tanztee spielte er auswendig. Und diese herrlichen Stücke konnte er nicht auf Papier bannen und nie wiederholen. Das wollte er auch nicht. «Früher», sagte er, «habe ich oft ein Bandgerät mitlaufen lassen. Aber wenn ich es mir dann noch einmal anhörte, war es nicht mehr so schön. Das Schöne daran ist das Neue, das Unbekannte. Es ist wie mit einer Frau, Liska, verstehst du, was ich meine? Ich weiß nicht, welchen Ton ich in der nächsten Sekunde spiele. Dann bin ich ganz gespannt und warte und horche, und dann kommt er. Und er ist einmalig.»

Frau hatte er gesagt. Mir war so leicht in dem Moment. Es war alles in bester Ordnung. Béla blieb am Tisch sitzen, während er weitersprach. Die Tür stand noch weit offen. «Das Keyboard ist nicht schlecht, aber es gibt bessere. Eines Tages werde ich ein besseres haben. Ich warte jetzt auf das Geld.» Er lächelte. «Der Pfennig, Liska. Wie lange hat es bei dir gedauert?»

«Drei Monate.»

«Dann muss ich nicht mehr lange warten.»

«Vielleicht bringt er dir in anderer Hinsicht Glück», sagte ich.

«Du meinst in der Liebe?» Er lächelte wieder. «Da muss er mir kein Glück bringen. Da habe ich schon genug.»

Ja, das hatte ich gesehen. Glück an beiden Ufern, wie es schien. In dem Augenblick hatte ich das Gefühl, einen Eisblock anstelle des Herzens zu haben. Ich wusste nicht, ob ich mich damit auseinandersetzen konnte, wollte aufstehen und heimgehen. Nein, eigentlich wollte ich nicht. Ich wollte wissen, wer stärker war, der Blonde oder ich. Ich wollte mit ihm schlafen, jetzt, sofort, auf der Stelle. Er wusste das, schaute mich immer noch an, warf einen raschen Blick zur Tür. «Soll ich sie schließen?»

Ich nickte nur. Er stand auf, schloss die Tür, blieb dabei stehen und tat so, als ob er auf eine Armbanduhr schaute. Dabei er trug keine. «Wie viel Zeit hast du noch, Liska? Ich hatte nach einer Stunde gefragt. Es ist nicht mehr viel davon übrig.»

Ich wollte ihm antworten, aber ich konnte nicht. Der Eisblock taute, das kalte Wasser tropfte mir in den Magen.

«Wartet jemand auf dich?»

Wenigstens den Kopf konnte ich schütteln. Béla kam langsam zum Bett, kniete auf einem Bein davor nieder, legte eine Hand auf mein Knie und schob den Saum des Kleides hoch. «Ich mag bei der Liebe nicht hetzen. Man muss sie genießen wie die Musik. Du willst mich doch, Liska, oder?»

Sein Kopf senkte sich über mein Bein, die Lippen folgten der Hand. Nicken konnte ich auch noch, obwohl das Eiswasser inzwischen meine Füße erreicht hatte und mich ganz starr machte. Es war, als wären meine erotischen Geschichten plötzlich Wirklichkeit geworden. Ich hatte es oft beschrieben, aber nie so romantisch und sensibel, wie Béla es in die Tat umsetzte.

Er ließ nichts aus. Irgendwann hörte ich auf zu denken. Ein paar Mal war ich fest davon überzeugt, dass ich mit dem nächsten Atemzug verbrannte. Aber es ging immer noch ein Schrittchen weiter ins Feuer. Und dann ins Zentrum, mitten hinein in die Glut, es nahm kein Ende. Ich glaube, ich habe geschrien, so lange, bis er mir die Hand auf den Mund legte und flüsterte: «Pst, Liska, die alte Frau wird denken, ich bringe dich um.»

Danach war ich leer, einfach nur leer, im Kopf, im Bauch,

überall. Und dann musste ich lachen, konnte nicht aufhören. Ich dachte an Sabine, ihre blödsinnige Bemerkung und meine Gedanken dazu, die Béla soeben widerlegt zu haben schien. Das war es, genau das war es, und dafür hatte ich dreißig Jahre alt werden müssen. Ich hatte bis dahin nicht gewusst, wie es ist, von Kopf bis Fuß eine Frau zu sein, jeden Zentimeter Haut zu fühlen und jeden Nerv im Innern. Und wie sich all das Gefühl im Bauch konzentrierte. Wie es dann hinauslief, so langsam, dass man darüber fast wahnsinnig wurde.

«Warum lachst du?», wollte Béla wissen.

«Weil ich satt bin», sagte ich. «Ich glaube, ich bin zum ersten Mal in meinem Leben richtig satt.»

Er lag neben mir. Quer auf dem Bett. Wir lagen beide quer. Meine Füße berührten den Boden, seit er sie von seinen Schultern genommen hatte. Er richtete sich auf, beugte sich über mich. «Arme Liska. Aber ich habe sofort gesehen, wie hungrig du bist. Soll ich dich morgen wieder füttern?»

«Wenn du willst.»

«Ich will immer», sagte er. Und wie er das sagte, klang es locker und lässig, in keiner Weise bedrohlich. Es klang nach herrlichen Aussichten, nach Ausleben, Austoben, nach unersättlicher Gier und unendlicher Befriedigung.

Dass ich hungrig war, hatte er richtig erkannt. Ausgehungert war ich. Und wenn man einen ausgehungerten Menschen vor eine große Schüssel voller Köstlichkeiten setzt, wenn man ihm erklärt, dass er von nun an jeden Tag so eine große Schüssel leeren darf, soll oder muss, wird er nur das darf hören und sehr glücklich sein. Er kommt nicht auf den Gedanken, dass es ihm irgendwann zu viel werden könnte.

Sie haben mich damals alle gewarnt. Aber sie kamen alle mit den falschen Argumenten. Sabine sprach tagelang über Männerfreundschaften, in die eine Frau nicht hineinpasste. Eine andere Kollegin meinte: «Er wird dich ausnehmen.» Es gab bei mir nichts auszunehmen. Eine Kurzgeschichte ab und zu, das reichte für den Urlaub, den Gebrauchtwagen, mal eine Bluse und die sündhaft teure Körperlotion mit dem dazugehörigen Parfüm.

Meta sagte mit der für sie typischen Abfälligkeit: «Ein Ausländer, der sucht doch nur eine deutsche Frau, damit er hier bleiben kann.» Das war Schwachsinn. Béla war damals schon seit sieben Jahren in Deutschland. Er hatte eine unbefristete Aufenthaltsgenehmigung und eine Arbeitserlaubnis. Er verdiente sein Geld, lag dem Staat nicht auf der Tasche. Es bestand keine Gefahr, dass er eines Tages abgeschoben werden könnte. Und dass Meta ihn nicht mochte, hatte Gründe.

Mein Vater faselte etwas von fremder Mentalität und Unterdrückung der Frau. Er verwechselte Ungarn anscheinend mit dem Iran. Meine Mutter kam der Sache ein wenig näher. Nachdem sie Béla kennen gelernt hatte, meinte sie: «Überleg dir gut, was du tust, Lisa. Denk immer an das alte Sprichwort: Was nützet mir ein schöner Garten, wenn andere drin spazieren gehn.»

Heinz war nach ein paar Wochen der Meinung, dass ich mich auf eine sehr riskante Sache eingelassen hätte. Als er mir das zu erklären versuchte, hatte er Béla ein einziges Mal zusammen mit Andreas gesehen. Und er hatte nicht mehr gesehen, als dass sie nebeneinander im Auto vor dem Haus saßen. Aber das reichte ihm – wie Sabine in derselben Situation –, mit erstaunlicher Hellsichtigkeit zu erkennen, was ich zu übersehen oder zu verdrängen versuchte.

Heinz machte sich große Sorgen wegen Aids, das man seiner Meinung nach nie vergessen durfte, auch wenn es zeitweise in der Versenkung verschwand und von anderen Katastrophen oder Seuchen abgelöst wurde. Heinz war wohl ein bisschen eifersüchtig. Verständlich, nicht wahr? Aber ich wollte mir nicht auch noch über Krankheiten den Kopf zerbrechen müssen.

Anfangs dachte ich an ein paar Wochen. Ich wollte nicht betteln. Wenn ich spüren sollte, dass Bélas Interesse an mir nachließ, wollte ich gehen – und mich anschließend erinnern. Dann dachte ich an ein paar Monate, von denen ich später zehren, über die ich schreiben könnte. Und dann dachte ich an Ewigkeit. Wer kann schon einen Traum wieder aufgeben, wenn er ihn einmal in den Händen hat?

Bis zu dem Zeitpunkt, als Béla bei mir einzog, gab es keine Schattenseiten, nur Hindernisse. Es war nicht leicht, mit ihm ein einigermaßen geregeltes Leben zu führen. Tanzen gehen am Samstagabend? Völlig ausgeschlossen. Ein gemütlicher Sonntagnachmittag auf der Couch oder ein Spaziergang durch die Stadt, Händchen halten und die Blicke der Passanten genießen, zur Krönung ein Besuch im Café? Nichts zu machen. Und ein guter Kinofilm am Sonntagabend? «Liska, was soll ich tun? Ich muss doch arbeiten. Wenn ich nicht komme, stehen Andreas und Werner auch auf der Straße.»

Andreas und Werner waren ihm sehr wichtig. Sie hatten ihm vor Jahren den Start im fremden Land ermöglicht. Sie hatten ihn zum ersten Mal vor ein richtig gutes Instrument gesetzt. Sie waren seitdem der Meinung, dass man einen Béla nirgendwo sonst hinsetzen durfte. Von ihm abhängig waren sie jedoch auf keinen Fall.

Werner war der Schlagzeuger der kleinen Band, bereits

verheiratet und hauptberuflich bei einer Bank angestellt. Er war nicht angewiesen auf das kleine Zubrot, spielte nur Béla zuliebe zum Tanztee auf. Und Andreas war Berufsmusiker, arbeitete hauptsächlich im eigenen Studio, wo er Filmmusiken komponierte. Als einziger Sohn wohlhabender Eltern bekam er an finanzieller Unterstützung, was immer er brauchte. Aber er brauchte nichts, weil er mit seinen Kompositionen ein Vermögen scheffelte.

Zwei Wochen im Monat verbrachte Andreas in den USA, allerdings nur von dienstags bis freitags. Am Wochenende stand er bereit, in die Gitarrensaiten zu greifen. Allein die Flüge mussten ihn ein Vermögen kosten. Doch das konnte er sich leisten. Er war ein begehrter Mann in den großen Filmstudios. Und er hoffte darauf, Béla eines Tages zu einer Zusammenarbeit in diesem Bereich bewegen zu können. Manchmal sprach er davon, wie erfolgreich sie sein könnten, Bélas Inspirationen und seine Technik.

Nur lag Béla nichts an Erfolg und einer Karriere als Studiomusiker. Und wenn er Schnulzen spielen musste, er wollte sein Publikum sehen. Samstagabend und Sonntagnachmittag spielte er mit seinen Freunden Gerhard Wendland, Heintje und Roy Black. Die Woche über verdingte er sich als Alleinunterhalter. Und wenn ihn niemand engagierte, hatte er eben frei. So wie an dem Montagabend in seinem Zimmer.

Das war ein Abend im Oktober, dienstags hatte er auch Zeit für mich. Ein bisschen Musik, damit es nicht gar so sehr aussah, als käme ich nur, um mit ihm zu schlafen. Aber wir wussten beide, dass ich deshalb kam. Und Béla machte ein kleines Fest daraus.

Wenn ich geglaubt hatte, der erste Abend mit ihm sei ein Gipfel gewesen oder einmalig, in gewisser Hinsicht war er das. Nur gab es viele Gipfel, und jeder war anders. Béla war ein Naturereignis. Er konnte Gedanken lesen, Wünsche erraten. All die Dinge, die man nicht auszusprechen wagt, weil sie ein bisschen zu gewagt erscheinen, bei ihm erschienen sie nur natürlich.

Es gab Sekunden, in denen ich nichts mehr sah und nichts mehr hörte, nur seine Stimme, das leise, träge: «Langsam, Liska, nicht hetzen.» Aber irgendwann ging es nicht anders. Irgendwann hockte ich über ihm. Ich hatte keinen Kopf mehr, nur noch Hüften, die er mit beiden Händen hielt, damit ich uns nicht zu schnell in die Luft jagte. Dann lagen wir auf dem Fußboden, keinen Atem mehr, aber ein paar Muskeln zuckten noch. «Willst du noch mehr, Liska?»

«Hast du noch mehr?»

Er schaute an sich hinunter. Und alles begann von vorne.

Als ich heimkam, war es eins vorbei. Ich fiel ins Bett wie ein Stein, war am nächsten Morgen noch halb tot. Beim Frühstück fragte Sonja, ob ich krank sei. «Nein, es geht mir wunderbar. Ich bin nur ein bisschen müde. Heute Abend gehe ich früh ins Bett.»

An dem Abend spielte Béla auf einem Betriebsfest, am nächsten bei einer Hochzeit, am übernächsten bei einem Jubiläum. Und dann war Samstag.

Auf die beiden Abende in seinem kleinen Zimmer folgten noch weitere, in unregelmäßigem Abstand. Er war ein gefragter Mann. Hochzeiten, das waren Tage, an denen wir uns gar nicht sehen konnten. Betriebsfeste, da wurde es auch meist zu spät. Geburtstagsfeiern, wenn ich Glück hatte, war es ein Kindergeburtstag. Doch das kam selten vor. Zu einem Kindergeburtstag engagiert man einen Clown oder einen Zauberer, nur in Ausnahmefällen einen Musiker. In solchen Ausnahmefällen traf Béla meist gegen zehn am Abend in dem kleinen, baufälligen Häuschen ein.

Bis dahin saß ich im Wohnzimmer seiner Vermieterin und schaute der alten Frau beim Stricken oder Häkeln zu. Hinauf in Bélas Zimmer ließ sie mich nie, wenn er nicht da war. Und zum vereinbarten Zeitpunkt war er nur selten da. Es war nicht seine Schuld. Wenn er mit den Leuten vereinbart hatte, bis acht zu spielen, konnte es neun werden.

«Ich kann nicht einfach einpacken, Liska», sagte er. «Dann empfehlen sie mich nicht weiter.» Wenn er weite Strecken zu fahren hatte, gab es auch mal einen Verkehrsstau unterwegs. Und manchmal war er nachmittags bei Andreas im Studio gewesen, dann hatten sie diskutiert, probiert, experimentiert und darüber die Zeit vergessen. Ich fragte mich dann wohl, was es zu probieren gab, wenn Béla doch nicht daran dachte, auf Andreas' verlockend klingende Vorschläge einzugehen. Aber wenn er kam, waren solche Fragen schnell vergessen.

Es war eine wunderschöne und verrückte Zeit. Wenn ich bei ihm war, selten genug, vergaß ich, dass Sonja allein in unserer Wohnung schlief und am nächsten Morgen um sechs der Wecker für mich klingelte. Ich vergaß auch, dass ich am nächsten Tag meinen Kopf beisammenhalten musste. Was interessierte es mich noch, ob die Kasse stimmte, wenn ich ihn fühlte. Und wenn ich ging, wusste ich nie, wann ich ihn wieder sah.

Ein paar Mal fuhr ich samstags in das Lokal, saß an einem der kleinen Tische und wartete darauf, dass es eins wurde. Dann trank ich mit Béla und seinen Freunden noch einen Kaffee. Manchmal stieß Werners Frau dazu, manchmal brachte sie ihre Freundin Gisela mit, die sich redlich Mühe gab, mit Andreas zu flirten.

Nachdem ich ihn erst näher kennen gelernt hatte, war Andreas mir durchaus sympathisch. Es war jedenfalls ein besseres Gefühl, mit ihm an einem Tisch zu sitzen, als Meta gegenüber ein schlechtes Gewissen zu haben. An dem Tisch war ich die Frau, es war mein Recht, mit einem Mann zu schlafen. Da hatte ich nicht das Gefühl, mich in eine Beziehung zu drängen, in der ich nichts zu suchen hatte.

Wir sprachen einmal darüber – nach ein paar Wochen. Ich hatte Angst, das Thema überhaupt anzuschneiden, fürchtete, Béla zu verletzen oder ausgelacht zu werden. Aber er erklärte mir in aller Unbefangenheit, wie das war. Eine Frau zu lieben oder einen Mann zu lieben, da war ein großer Unterschied. Eine Frau, das war eine Sache fürs Leben, ein Mann, das waren nur Augenblicke von Gemeinsamkeit. Und die auch nur mit Andreas, andere Männer interessierten Béla nicht.

«Stört er dich, Liska?»

Ich schüttelte den Kopf. Das fand Béla sehr schön, ich störte Andreas nämlich auch nicht. Trotzdem zog ich es nach diesem Gespräch vor, am Samstagabend daheim zu bleiben und an meinen Privatmanuskript zu schreiben.

Dann kam Weihnachten. Heiligabend und den ersten Feiertag waren Sonja und ich bei meinen Eltern. Béla feierte mit Andreas. Für den zweiten Feiertag hatte ich ihn eingeladen. Ich hatte ihm mit einem flauen Gefühl im Magen von Sonja erzählt und ihr von ihm. Béla sagte: «Ich mag Kinder, Liska. Eines Tages werde ich viele Kinder haben.»

Mir reichte eins. Sonja war skeptisch. «Willst du den Mann heiraten, Mutti?»

«So lange kenne ich ihn ja noch nicht.»

Er kam pünktlich um drei, in Jeans und Pullover. Sonja hatte zur Feier des Tages ihr neues Kleid angezogen, dunkelblau mit Unmengen von weißer Spitze, meine Mutter hatte es ihr zu Weihnachten geschenkt. Dazu trug sie schwarze Lackschuhe. Herausgeputzt wie zur ersten Tanzstunde stand sie in der Diele und musterte Béla mit eisigen Augen.

Er hatte eigens noch ein kleines Geschenk für sie besorgt. Mir brachte er keinen Blumenstrauß, sondern eine Musikkassette mit, sechzig Minuten Inspiration für einsame Stunden. Natürlich spielten wir sie sofort ab, dabei taute Sonja ein wenig auf. «Haben Sie das wirklich alles allein gemacht?» Als Béla nickte, kam zu dem Eis in ihren Augen ein erster Hauch von Bewunderung. «Können Sie auch andere Musik spielen?»

«Jede», sagte Béla.

Es war ein seltsamer Nachmittag, zum ersten Mal am Kaffeetisch sitzen mit ihm. Mutters selbst gebackene Weihnachtsplätzchen und das Festtagsgeschirr. Sonja im Spitzenkleid und mit wachsamem Blick. Nebenan sang Heinz mit seinen Töchtern Weihnachtslieder, seine Einstellung zu kirchlichen Feiertagen hatte er längst geändert, weil Kinder das seiner Meinung nach brauchten. Mir war ganz schwer im Innern vor Sehnsucht. Was hätte ich gegeben, eine halbe Stunde mit Béla allein zu sein?

Um sieben verabschiedete er sich, musste zur Arbeit. Am zweiten Weihnachtstag war das Lokal geöffnet, damit die einsamen Herzen auch ein bisschen vom Fest der Liebe hatten. Ich brachte ihn zur Tür. Er zog mich an sich und murmelte: «Liska, du hast eine hübsche Tochter. Hat sie einen festen Schlaf?»

«Ich glaube nicht.»

«Darf ich trotzdem wiederkommen? Ich bin ganz still, ich werde sie nicht aufwecken. Ich will dich, Liska.»

Ich gab ihm meine Schlüssel. Nebenan sangen die Kinder immer noch mit Heinz um die Wette. «Am Weihnachtsbaume die Lichter brennen, wie glänzt er festlich, lieb und mild.» Mir war ein bisschen elend, als ich die Tür hinter Béla schloss. Ich blieb einen Moment in der Diele stehen. Die Stimme von Heinz war deutlich herauszuhören. «Die Kinder stehen mit hellen Blicken, das Auge lacht, es lacht das Herz …»

Nebenan lachte schon lange niemand mehr. Und irgendwo in meinem Hinterkopf hörte ich Béla sagen: «Ich mag Kinder. Eines Tages werde ich viele Kinder haben.»

In dem Moment wusste ich genau, dass es nicht für die Ewigkeit sein konnte. Und im nächsten Augenblick dachte ich, dass ich doch nur ein bisschen Zeit mit ihm wollte. Es genießen, solange es hielt, keine Ansprüche stellen. Und keine Tränen, wenn es vorbei war.

Um zehn legte ich mich hin, ich musste ja arbeiten am nächsten Tag. Nebenan stritten Heinz und Meta über ein Geschenk für Marion. Heinz hatte zu tief in die Tasche gegriffen, um seiner Ältesten einen Herzenswunsch zu erfüllen. Und dabei hatte er übersehen, dass er drei Töchter hatte.

Um halb zwei in der Nacht kroch Béla zu mir ins Bett. Ich hatte schon geschlafen, wachte auf, als er mich an sich zog und dabei murmelte: «Schlaf weiter, Liska. Du wirst denken, du träumst nur.»

«Ich will keine Kinder mehr», flüsterte ich.

«Hast du die Pille vergessen, Liska?»

«Nein.»

«Dann ist es doch gut. Mach die Augen zu und bleib so.»

Mit einem Arm über meiner Taille hielt er mich fest. Alles war ruhig, friedlich, schön.

Als am nächsten Morgen der Wecker klingelte, hielt er mich immer noch mit einem Arm um die Taille. Es war kurz vor sieben, in den Schulferien schlief ich eine Stunde länger.

Béla wachte auf, als ich seinen Arm zur Seite schob. «Arme Liska», murmelte er, richtete sich auf, «musst du zur Arbeit?»

«Zuerst ins Bad, dann in die Küche.»

«Soll ich dir Frühstück machen?»

«Nur Kaffee und Toast.»

Während ich duschte und mich zurechtmachte, hörte ich ihn in der Küche hantieren. Dann saßen wir uns am Tisch gegenüber, Sonja schlief noch.

«Wirfst du mich jetzt hinaus, Liska?»

Er hatte sich ebenfalls Kaffee genommen, hielt die Tasse an den Mund und schaute mich über den Rand hinweg an. Als ich ihm nicht sofort antwortete, lächelte er. «Ich könnte noch ein bisschen schlafen, wenn du gegangen bist. Das Bett ist noch warm und riecht nach dir. Lass mich das noch eine Stunde genießen. Dann mache ich deiner Tochter Frühstück, dann räume ich auf. Und dann koche ich. Kommst du mittags nach Hause?»

Normalerweise verbrachte ich die Mittagspause im Geschäft, aber wenn Sonja Ferien hatte, ging ich lieber heim.

«Was möchtest du essen, Liska?»

Ich wusste nicht, was ich sagen sollte. Ich konnte ihn doch nicht in der Wohnung lassen – allein mit Sonja. Aber ich sagte ja schon, er konnte Gedanken lesen.

«Mach dir keine Sorgen wegen deiner Tochter, Liska. Wir werden uns verstehen. Sie wird sich zuerst wundern, dann wird sie froh sein, dass sie nicht alleine ist.»

Um halb neun ging ich aus der Wohnung. Da saß Sonja bereits am Küchentisch, ein bisschen erstaunt, aber ganz umgänglich. Béla kam wohl nicht mehr dazu, sich noch einmal hinzulegen. Als ich mittags heimkam, stand er vor dem Herd. Sonja war dabei, den Tisch zu decken. Sie hatten zusammen Einkäufe gemacht, Schweineschnitzel und Blumenkohl, eins meiner Lieblingsgerichte. Béla trug auf, lobte sich selbst. «Ich bin ein guter Koch.»

Ja, das war er, ein guter Koch, ein sehr guter Liebhaber und ein guter Freund für elfjährige Mädchen. Er blieb auch am Nachmittag, spielte Sonja auf dem Keyboard vor, das sie geholt hatten, als sie Einkäufe machten, las in meinem Privatmanuskript. Es gab inzwischen rund neunzig Seiten, aber der rote Faden fehlte noch.

«Du bist gut, Liska», sagte er ein paar Tage später. «Es gibt nicht viele, die gut über die Liebe schreiben können. Du kannst es. Eines Tages wirst du damit berühmt werden.»

Er träumte gern. Seine Träume begannen alle mit «eines Tages». Eines Tages wollte er ein freier Mann sein, sich nicht mehr von anderen vorschreiben lassen, was er zu spielen habe. Eines Tages wollte er ein Lokal haben, nicht zu klein, nicht zu groß. Eines Tages sollte ich meine Geschichten nicht mehr am Küchentisch schreiben müssen. Und ich sollte auch nicht mehr an der Kasse des Drogeriemarktes sitzen. Eines Tages würden wir beide frei sein und reich. Ich würde schreiben, er würde spielen, und lieben würden wir uns, heiß und innig und für alle Zeit.

Im Februar ließ ich einen Haus- und einen Wohnungsschlüssel nachmachen. Kurz darauf kündigte Béla sein möbliertes Zimmer und zog bei mir ein. Er war auch in den Wochen davor mehr bei mir als in dem kleinen Häuschen gewesen. Meine Wohnung hatte zwar nur zwei Zimmer, aber es war Platz genug für uns drei. Ich hatte mir, als ich mich neu einrichtete, eine kombinierte Schrankwand für das Wohnzimmer gekauft, in der Bett und Kleiderschrank untergebracht waren. Sonja verfügte über ihr eigenes Reich und fand Béla «ganz nett».

Morgens saßen wir immer gemeinsam am Frühstückstisch. Und ob Béla um zwei oder um drei in der Nacht heimgekommen war, müde wirkte er nie. Wenn ich um halb neun aus der Wohnung ging, legte er sich noch einmal hin. Sonja war dann in der Schule. Er konnte ein paar Stunden Schlaf nachholen. Mittags saßen wir wieder zusammen am Tisch. Alles war aufgeräumt und sauber. Die Wäsche wurde regelmäßig gewaschen, sogar gebügelt, die Fenster geputzt. Traumhaft, nicht wahr? Der perfekte Mann für die berufstätige Frau. «Ich bin ein guter Haushälter», sagte Béla einmal.

Im Laufe des Nachmittags musste er dann aufbrechen und kam irgendwann in der Nacht zurück. Wenn er zu mir ins Bett kroch, wachte ich kurz auf. Eine halbe Stunde für die Liebe. Wie hatte er am ersten Abend gesagt? «Ich will immer.»

Manchmal war ich nicht richtig wach, das mochte er. «Du bist so weich, wenn du träumst, Liska.»

Und am Wochenende feierten wir eine Orgie. In das Lokal begleiten mochte ich ihn nicht, obwohl er mich ein paar Mal darum bat. Ich konnte Andreas akzeptieren, aber ich musste ihn mir ja nicht öfter als unbedingt nötig aus der Nähe anschauen.

Da schrieb ich lieber ein paar Seiten, um mir die Zeit zu vertreiben. Übers Schreiben kam ich meist in die richtige Stimmung. Um elf oder zwölf zog ich das Bett aus dem Schrank, legte mich hin, wartete und wusste genau, dass Andreas in dieser Nacht nur der Gitarrist und ein guter Freund war. Und ich war Liska, Bélas Einzige.

4. Kapitel

Es war nichts Besonderes an diesen Monaten. In gewisser Weise war es ein geregeltes Leben. Ein paar Momente sind hängen geblieben. Die Nacht, in der ich so fest schlief, dass ich zuerst nicht bemerkte, wie Béla zu mir kam. Als ich endlich die Augen öffnete, war es schon fast vorbei. Béla murmelte etwas. Zuerst verstand ich ihn nicht. Als ich ihn dann verstand, kannte ich die Worte nicht. «Szeretlek, Kincsem.»

Es heißt: Ich liebe dich, mein Schatz. Damals hörte ich das zum ersten Mal. Szeretlek, Liska. «Ich dich auch», flüsterte ich später so oft, «ich dich auch.» Es war die Wahrheit, die ist es immer noch.

Dann war da der Morgen im April, an dem ich aufwachte und mit dem Kopf auf seiner Brust lag, statt auf dem Kissen. Er schlief fest. Sein Herz schlug gleichmäßig und kräftig. Ich lag ein paar Minuten still und hörte zu. Es war so friedlich und so sicher. Da wusste ich, dass es für immer war. Aber schon einen knappen Monat später sah es anders aus.

Es war ein Donnerstag im Mai, mein Geburtstag. Béla hatte ihn sich eigens freigehalten, ich musste arbeiten. Mittags ging ich heim, kam kurz vor eins an. Er hatte im Wohnzimmer gedeckt, schön festlich mit weißer Tischdecke, dem guten Porzellan und brennenden Kerzen.

Ich musste mich hinsetzen, bekam einen Sherry als Aperitif und mein Geschenk in Goldfolie überreicht. Morgens war nicht genug Zeit dafür gewesen. Während ich auspackte, klingelte in der Küche die Zeitschaltuhr des Backofens. Das Roastbeef war fertig, der Rest stand schon servierbereit auf dem Küchentisch. Und Sonja kam erst um Viertel vor zwei aus der Schule. Ich schlug vor, mit dem Essen auf sie zu warten. Bis dahin wäre das Fleisch kalt gewesen.

«Kann man es nicht warm halten?», fragte ich. «Ich finde das nicht gut, wenn wir beide jetzt eine private Feierstunde einlegen und so tun, als ob sie nicht dazugehört.»

Béla war ein bisschen beleidigt, dass ich angesichts des Festmahls nicht in Begeisterung ausbrach. Aber er gab auch zu, dass er nicht an Sonja gedacht hatte. Wir packten den Braten in Alufolie und legten ihn noch einmal zurück in den Backofen. Eine Sünde, fand Béla. Er hatte Recht, um Viertel vor zwei war das Fleisch zwar warm, aber zu trocken, und ich musste schlingen, um pünktlich wieder im Geschäft zu sein.

«Aber heute Abend, Liska …»

Den halben Nachmittag verging ich vor Langeweile, gegen fünf begann der Betrieb und so ein Ziehen hinter der Stirn. Um sechs hatte ich bereits richtige Kopfschmerzen, um halb sieben hämmerte es derart durch meinen Schädel, dass ich es kaum noch schaffte, die Kasse abzurechnen. Eine Kollegin fuhr mich vorsichtshalber heim. Béla war rührend. Zuerst bekam ich einen starken Kaffee, dann ein Schmerzmittel. Aber dafür war es zu spät, es half nicht mehr. Mir wurde nur übel davon.

«Leg dich hin, Liska, wenn du liegst, wird es besser.»

Das wurde es nicht. Nachdem Sonja zu Bett gegangen war, massierte er mir den Nacken, die Kopfhaut, die Schläfen. Dabei blieb es natürlich nicht. Und ich war wirklich nicht in der Stimmung, mit ihm zu schlafen.

«Du musst dich entspannen, Liska.» Seine Lippen waren an meinem Hals, die Hände bereits weiter unten. Und mein Magen fühlte sich an, als wäre er mit warmem Öl gefüllt. Ich wartete nur noch auf den Brechreiz.

Irgendwann sagte ich: «Hör auf, Béla, mir ist hundeelend.»

«Wird gleich besser», versprach er. «Hab ich eine gute Medizin für dich.»

Ich wollte nur still liegen. Um elf stellte er seine Bemühungen ein. Ich wollte schon aufatmen, aber Béla war sichtlich frustriert. Er ging in die Küche, um eine Zigarette zu rauchen. Währenddessen drehte ich mich auf die Seite und döste. Ich weiß nicht, warum, aber starke Schmerzen machen mich müde, irgendwann schlafe ich darüber ein. Bei Sonjas Geburt wäre ich fast über den Wehen eingeschlafen. Ich war schon fast weg, als Béla zurück ins Wohnzimmer kam und sich auf die Bettkante setzte.

Er versuchte es noch einmal mit Zärtlichkeit, strich mir das Haar aus der Stirn, beugte sich tiefer, ließ die Lippen über die Wange zu den Mundwinkeln gleiten und murmelte: «Szeretlek, Liska. Bist du doch alles, was ich habe. Schick mich nicht weg.» Wie immer, wenn er sehr erregt war, war seine Sprache ein wenig verdreht.

«Ich schicke dich nicht weg», sagte ich. «Ich liebe dich doch auch.»

Und Béla murmelte: «Dann ist es gut», war aus seinen Jeans geschlüpft, bevor ich es registrieren konnte, kroch zu mir unter die Decke. Und alles ging von vorne los.

Wir haben nicht miteinander geschlafen in dieser Nacht, wir haben auch nicht gestritten, nur etwas heftiger gesprochen. Ich verlangte ein bisschen Rücksicht. Er zweifelte an meiner Liebe. Seiner Meinung nach konnte ich nach dem Schmerzmittel kein Kopfweh mehr haben. Ich hatte nur keine Lust, mit ihm zu schlafen. Und da ich bisher noch niemals nein gesagt hatte, musste es für meine Lustlosigkeit einen triftigen Grund geben, wahrscheinlich hatte ich einen anderen. Er wurde laut, ich ein bisschen lauter, obwohl ich dachte, der Schädel müsse mir zerplatzen. Und die Tür zum Bad stand offen.

Nach Mitternacht verzog Béla sich wieder in die Küche und schmollte dort vor sich hin. Wann er ins Bett kam, weiß ich nicht. Als er mich um halb vier weckte, hatte er wohl schon eine Zeit lang neben mir gelegen. «Liska, kann ich so nicht schlafen.»

Er griff nach meiner Hand und legte sie sich auf die Stelle, die ihn am Einschlafen hinderte.

«Wenn du mich nicht augenblicklich in Ruhe lässt», murmelte ich, «lege ich mich in die Badewanne. Das hat doch nichts mehr mit Liebe zu tun.»

Am nächsten Morgen durfte ich mir zur Strafe mein Frühstück selbst machen. Vor dem Haus traf ich Heinz. Er bastelte auf dem Parkplatz an seinem Motorrad und grinste von einem Ohr bis zum anderen, als er mich aus dem Haus kommen sah.

Inzwischen hatte Heinz mir verziehen, hielt mich auch nicht mehr für leichtsinnig. Er verstand sich sogar recht gut mit Béla. Sie unterhielten sich miteinander, wenn sie sich zufällig im Hausflur begegneten, besuchten sich auch gegenseitig am Nachmittag, wenn genug Zeit für einen Plausch war. Béla bewunderte das Motorrad, Heinz revanchierte sich beim Keyboard.

Er begrüßte mich mit einem: «Ausgeschlafen, Lisa?»

«Nicht ganz.»

«Was machen die Kopfschmerzen?» Bei ihnen war also auch die Tür zum Bad auf gewesen. Dann hatten sie jedes Wort verstanden. Mit einem Werkzeug in der Hand richtete Heinz sich auf, er grinste immer noch. «War interessant», meinte er, «ein richtiges Lehrstück. Er ist ziemlich hartnäckig, der Junge, was? Na, er weiß jedenfalls, was er will. Darf ich mal neugierig sein, Lisa? Hat er seinen Willen bekommen?»

Ich schüttelte den Kopf.

Heinz seufzte theatralisch. «Schade», sagte er. «Von dir hätte ich das nicht gedacht. Ich habe ihm die halbe Nacht Däumchen gedrückt. Aber wenn ihr nicht wollt, dann wollt ihr nicht. Es ist ein Kreuz mit euch Weibern.»

Als ich mittags heimkam, war Béla nicht da. Das Keyboard fehlte ebenfalls. Da alle seine Sachen noch im Schrank hingen, dachte ich vorerst nicht an Weltuntergang.

Sonja kam aus der Schule. Sie hatte von unserem Streit nichts mitbekommen. So leicht, wie ich vermutet hatte, war ihr Schlaf doch nicht. Allerdings hatte sie sich beim Frühstück gewundert, dass er im Bett blieb. Während ich ihr den Teller füllte, fragte sie: «Wo ist Béla?»

Das hätte ich selber gerne gewusst, bei Andreas vermutlich. Aber dort anzurufen, wäre mir nie in den Sinn gekommen. «Er musste heute früher weg», sagte ich.

Er spielte an dem Freitag auf einer Betriebsfeier, ab sechs Uhr abends. Dass er nicht da war, als ich kurz nach sieben von der Arbeit kam, war also verständlich. Nur kam er auch in der Nacht nicht. Ich wachte ein paar Mal auf. Am Samstagmorgen war mir, als hätte ich gar nicht geschlafen, aber geheult hätte ich gern.

Meine Kopfschmerzen hatten sich längst in Wohlgefallen aufgelöst. Im Nachhinein fand ich sie auch nicht mehr so schlimm. Jedenfalls nicht schlimm genug, um ihn zurückzustoßen, nachdem er sich so viel Mühe gemacht hatte mit meinem Geburtstag.

Sonja kam ins Bad, während ich unter der Dusche stand.

Sie hatte bereits einen Blick in die Küche geworfen und erkundigte sich: «Schläft Béla noch?»

«Er ist nicht da.»

Zwei Minuten Denkpause. So klein und dumm war Sonja nicht mehr, dass sie nicht eins und eins zusammenzählen konnte. «Habt ihr euch gezankt?»

«Ein bisschen.» Ich stellte die Dusche ab, griff nach dem Handtuch und rieb über mein Gesicht.

Sonja saß auf dem Toilettendeckel und schaute mir beim Abtrocknen zu. «Warum habt ihr euch gezankt?»

Ihr das zu erklären, wäre zu weit gegangen, fand ich. Ich sagte nur: «Man kann nicht immer einer Meinung sein.»

Sie nickte, so weise und lebenserfahren mit ihren beinahe zwölf Jahren. «Meta sagt auch immer, jetzt muss er wieder Dampf ablassen.» Damit waren die Stunden gemeint, in denen Heinz mit dem Motorrad unterwegs war. Aber Heinz blieb nie so lange weg.

«Meinst du, er kommt heute wieder?», erkundigte sich Sonja.

«Ich weiß es nicht.» Ich trat vor den Spiegel, nahm mir den Kamm, begann mit der morgendlichen Verschönerungszeremonie.

«Er kommt bestimmt», versicherte Sonja. «Er hat versprochen, dass er heute etwas von Boy George spielt. Das kann er noch nicht, ich muss es ihm vorsingen.»

Boy George war damals ihr Favorit, obwohl er schon nicht mehr ganz aktuell war. Und im Mai vor neun Jahren stand Béla noch ein wenig höher im Kurs. Aber er kam nicht an dem Samstagnachmittag, um mit meiner Tochter zu musizieren. Er kam auch in der Nacht nicht. Sonntags wartete ich ebenfalls vergeblich.

Wir sahen ihn erst montags wieder. Ich hatte meinen freien

Tag und schon überlegt, wie ich ihn mit Anstand hinter mich brächte. Kurz nach Mittag ging der Schlüssel in der Tür. Und Béla kam durch die Diele geschlendert, als sei er gerade mal für fünf Minuten am nächsten Zigarettenautomaten gewesen. Gegessen hatten wir schon, ich war mit dem Abwasch beschäftigt. Sonja half mir. Ich glaube, wir standen beide wie zur Salzsäule erstarrt, als Béla in der Tür auftauchte.

Das halbe Wochenende hatte ich geschrieben, etliche Seiten Verzweiflung. Ich war sicher gewesen, dass meine Zeit abgelaufen war. Dass Andreas ihn davon überzeugt hatte, um wie viel einfacher es war, mit einem Mann zu leben. Dass er nur noch einmal kam, um seine Sachen zu holen. Das glaubte ich noch, als er hereinkam.

Er stellte das Keyboard bei der Küchentür ab, blieb daneben stehen. Für Sonja zauberte er ein zerknirschtes Lächeln auf sein Gesicht. «Machen wir morgen Nachmittag Boy George. Da muss ich nicht arbeiten. Hab ich nicht vergessen. Lässt du uns zwei Minuten allein?»

Sonja legte mit einer Miene, die irgendwie glücklich und erleichtert wirkte, das Geschirrtuch auf den Tisch und ging hinaus. Dann war ich an der Reihe. Er streckte die Hand aus, strich mit dem Handrücken über meine Wange, zuckte mit den Schultern.

«Hab ich viel nachgedacht über uns», sagte er. Er entschuldigte sich nicht, nahm mich in die Arme, drückte sein Gesicht gegen meines. «Hab ich dich so vermisst, Liska. Konnte ich es nicht mehr aushalten ohne dich. Werde ich dich nie wieder verlassen, nicht für einen Tag. Wird bestimmt nicht wieder vorkommen.»

Und es kam doch wieder vor. Den ersten Ausflug mitgerechnet, waren es vier in den drei Jahren, die wir noch in der Wohnung blieben. Béla packte nie einen Koffer, nur sein

Keyboard, und verschwand für ein paar Tage, im Höchstfall zwei oder drei. Ich wusste nie genau, wohin. Aber ich ahnte es jedes Mal. Und jedes Mal dachte ich, es wäre vorbei. Dass Béla sich nun endgültig entschied, mit Andreas zu leben, weil der unkomplizierter war. Jedes Mal starb ich tausend Tode.

Aber ich gewöhnte mich an die Ausflüge in die Arme des besten Freundes. Nach den anfänglichen Eifersüchteleien begriff ich sogar irgendwann, dass Andreas keine wirkliche Gefahr für mich darstellte, mich nicht verletzte oder bedrohte. Da waren die Blicke, die kleinen Gesten, die anzeigten, dass es etwas mehr war als reine Freundschaft unter Männern. Aber in meinem Beisein hielt Andreas sich zurück, legte ihm nicht einmal den Arm um die Schultern. Und was Krankheiten anging, Heinz hatte sich darum ja zu Anfang Sorgen gemacht, nur waren die nicht nötig. Sie waren beide gesund und nicht interessiert an anderen Partnern.

Andreas erlag irgendwann dem Charme von Gisela, mit der Werners Frau ihn unbedingt verkuppeln wollte. Sie heirateten. Und wenn danach noch etwas war, gut, dann war es eben so. Damit konnte ich umgehen. Mit dem, was sonst noch kam, hatte ich erheblich mehr Schwierigkeiten.

Es waren Bélas Träume. «Eines Tages, Liska.» Drei Jahre lang schwärmte er mir vor, wie es wäre, wenn er als freier Mann hinter dem Tresen seines Lokals stünde. Wir wären den ganzen Tag zusammen und die ganze Nacht. Keine einsamen Samstagabende mehr, keine Sonntagnachmittage mit Tanztee und schmalziger Musik. Keine Nächte, in denen er mich kurz nach zwei aus dem Schlaf reißen musste, um mir zu zeigen, wie sehr er mich liebte und begehrte.

Das Frühstück morgens um zehn, gemütlich, in aller Ruhe. Danach wollte er das Lokal öffnen, ich sollte mich an die Schreibmaschine setzen. Wenn Sonja um zwei aus der Schule käme, ein gepflegtes, gemeinsames Mittagessen, anschließend ein bisschen ausruhen, bis fünf.

«Wir werden ein richtiges Schlafzimmer haben, Liska. Dann schließen wir die Tür ab. Wir werden uns lieben. Am Nachmittag ist die Liebe viel schöner. Man ist nicht müde. Du wirst es genießen.»

Und wenn wir uns geliebt hatten, wollte er wieder hinter dem Tresen stehen, ich sollte wieder an der Schreibmaschine sitzen. Und am Abend sollte ich zu ihm kommen. Er wollte die Gäste bedienen, Musik für sie machen. Ich brauchte nur dabei zu sitzen. Kurz und gut, es wäre wundervoll.

Er konnte so herrlich schwärmen. Drei Jahre lang hörte ich ihm dabei zu. Anfangs wehrte sich alles in mir gegen den Gedanken, meine sichere Stelle im Drogeriemarkt gegen eine Utopie einzutauschen. Dass ich mich eines Tages vom Schreiben ernähren könnte, gut, ich dachte manchmal daran, das tut jeder, der schreibt. Wenn einer behauptet, er täte es nicht, lügt er. Nur ernsthaft daran glauben tat ich nicht. Als Wirtin hinter einem Kneipentresen sah ich mich auch nicht. Stattdessen sah ich Karl-Josef davor ein Bier nach dem anderen trinken. Und meine Wut, wenn er dann auf meine Schulter gestützt heimwärts schwankte. Das konnte ich anderen Frauen nicht antun. Außerdem wies Bélas Tagesplan für sein Luftschloss erhebliche Lücken auf. Woher wollte er das Startkapital nehmen?

Nun, er sparte eisern. Jeden Pfennig, den er verdiente und nicht unbedingt für den persönlichen Bedarf brauchte, legte er auf die Seite. Von mir erwartete er im ersten Jahr noch das Gleiche. Er war ein kleiner Macho auf seine Art. Am liebsten wäre ihm gewesen, ich hätte mein gesamtes Einkommen vertrauensvoll in seine Hände gelegt, damit er es für uns beide verwaltete. Ein bisschen fürs Essen und die Miete, der große Rest aufs Sparbuch.

Zweimal schrammten wir äußerst knapp an einer massiven Auseinandersetzung vorbei. Einmal war der Anlass eine Seidenbluse. Das war im Oktober, da waren wir schon ein Jahr zusammen. Béla riss meinen Kleiderschrank auf, begann abzuzählen und kam auf die runde Zahl von zwanzig Blusen. Drei davon waren aus Seide. Fünf waren zu alt, um noch getragen zu werden, aber sie einfach wegschmeißen konnte ich auch nicht.

«Warum hast du noch eine gekauft, Liska?»

«Weil sie mir gefiel.»

«Aber hast du schon so viele.»

Ich atmete einmal tief durch, dann sagte ich: «Hör zu, mein Freund. Es ist mein Geld, was ich ausgegeben habe und auch in Zukunft auszugeben gedenke. Dafür sitze ich acht Stunden täglich an der Kasse und tippe in meiner Freizeit eine Geschichte nach der anderen. Ich zahle die Miete, den Strom und das Essen. Und von dem, was übrig bleibt, gönne ich mir etwas.»

Béla hatte mit größer werdenden Augen zugehört. Zuerst stellte er fest: «Wenn du sagst, mein Freund, bist du böse.» Anschließend erklärte er: «Wir müssen ein bisschen sparen, Liska, wir haben doch Pläne.»

«Du hast Pläne», sagte ich. «Und du kannst von mir aus darauf sparen, bis du schwarz wirst. Ich will keine Kneipe aufmachen. Ich will etwas von meinem Leben haben. Und ich will es haben, solange ich es genießen kann. Wenn ich alt und runzelig bin, brauche ich keine Seidenblusen mehr.»

Er verstand zwar nur die Hälfte. Dass jemand übers Sparen schwarz werden könnte, sagte ihm nichts. Mit bestimmten Redewendungen konnte er nichts anfangen. Aber er verstand sehr gut, dass er mich wütend gemacht hatte. Und dass er auf meine Kosten lebte, wusste er auch. Er lenkte ein.

«Machen wir es so, Liska, ich spare für uns. Und wenn wir genug haben, reden wir noch einmal. Ja?»

Das taten wir. Ich zahlte weiter für den Lebensunterhalt, die sündhaft teure Körperlotion und das dazugehörige Parfüm, dessen Duft er so mochte. Béla gönnte sich hin und wieder ein neues Hemd oder eine Jeans und sein Eau de Toilette. Sein altes Auto verschlang auch ein wenig, aber der Rest wurde unerbittlich auf die hohe Kante gelegt für den großen Traum.

Kurz vor Weihnachten klärten wir endgültig, dass er sich den alleine zusammensparen musste. Sonja bekam ein kleines Keyboard, auch wenn Béla noch hundertmal meinte, dass ich mein Geld verschwende, dass sie doch auch auf seinem Instrument ein bisschen hätte klimpern können. Mehr tat sie ohnehin nicht, die Schule ließ ihr nicht genug Zeit, um sich Bélas «Ohne Noten den richtigen Ton finden»-System zu erschließen.

Doch es war nicht allein das Geld, es gab in Bélas Rechnung von der traumhaften Zukunft im gemeinsamen Lokal noch andere Lücken. Wer sollte die Gäste bedienen, wenn er spielte? Wer sollte morgens um sechs aufstehen, den Tresen scheuern und den Boden wischen?

Das würde sich alles finden, meinte er. Und es war auf Dauer zermürbend, ständig aus dem Schlaf gerissen zu werden. Bei aller Liebe und Leidenschaft, manchmal wünschte ich mir, er wäre ein bisschen wie Karl-Josef gewesen. Rauf, rein, runter – und weiterschlafen! Aber das waren die kleinen Krisen am Rande, sie fielen kaum ins Gewicht.

Wir waren glücklich, manchmal unausgeschlafen, aber genau genommen zufrieden. Drei Jahre lang. Eine Zeit, in der bei mir die festen Vorsätze bröckelten. Mit jedem Monat, der verging, mit jeder Rückkehr aus Andreas' Armen schlug die Waagschale ein wenig mehr in Richtung gemeinsame Zukunft.

Himmel, ich liebte ihn, ich wollte mit ihm zusammen sein. Ich will gar nicht behaupten, er hätte mich großartig überreden müssen, mich mit Andreas erpresst oder sonst wie unter Druck gesetzt. Eines Tages war ich von selbst soweit.

Es war im Frühjahr vor sieben Jahren, als Béla mich mit dieser einmaligen Gelegenheit überraschte. Die kleine Kneipe an der Ecke, erschwinglich in der Ablösesumme für das Inventar und in der Kaution. Er hatte bis dahin rund vierzigtausend Mark zusammengekratzt. Das reichte für den Start in die Freiheit. Ich fand, ich hätte ihn lange genug zappeln lassen, stellte es mir auch sehr schön vor, ihn den ganzen Tag in meiner Nähe zu haben, nur durch eine Wand oder die Zimmerdecke getrennt, und bei gedämpfter Musik kleine Heile-Welt-Geschichten zu schreiben.

Wir gingen hin und schauten uns das Lokal an. Es sah gemütlich aus, richtig urig. Dicke Eichenbalken an der Decke, auch mitten im Raum, eine rustikale Einrichtung. Der Schankraum war nicht übermäßig groß, es gab sechs Tische insgesamt. Dann gab es noch einen kleinen Saal in einem Anbau. Neben dem Tresen war eine Doppeltür, durch die der Saal mit dem Schankraum verbunden werden konnte. Béla geriet aus dem Häuschen bei der Vorstellung, dass er darin am Samstagabend zusammen mit Werner und Andreas für ein volles Haus sorgen könnte.

Die Toiletten waren auf dem Hof, aber der war zur Hälfte überdacht. Natürlich gehörte eine Wohnung dazu, die wir uns jedoch bei der ersten Besichtigung nicht anschauen konnten.

Den Pachtvertrag für fünf Jahre unterschrieb ich nach der zweiten Besichtigung im Wohnzimmer des Vorpächters. Es lag dem Schankraum gegenüber und war ein winziges Kämmerchen, in dem nur Platz für den Fernseher und zwei Sessel war. Ein kleiner, runder Tisch stand auch dabei. Bevor ich unterschrieb, wollte ich die Wohnung sehen. Sie lag im oberen Stockwerk.

Ich sagte bereits, es war im Frühjahr. Draußen war es sonnig, angenehm warm. Wer denkt da an den nächsten Winter? Wer denkt überhaupt an Sturm und Frost, wenn er einen Mann neben sich hat, der einem allein mit seinen Händen den Körper in Brand setzen kann? Wenn dieses Feuer erst den Kopf erreicht hat, denkt niemand mehr.

Durch eine Tür ging es vom Vorraum in einen dämmrigen und kühlen Flur. Links führte eine Treppe hinauf in die Wohnung, geradeaus ging es in die Küche. Eine große Küche, in jeder Hinsicht doppelt bestückt, zwei Gasherde, zwei Kühlschränke, eine riesige Gefriertruhe, daneben noch eine kleinere. Jede Menge Schränke, zwei Arbeitstische mit ein paar Stühlen dabei, der Spültisch mit zwei Becken und einem eingebauten Geschirrspüler. Die Wände waren mit Ölfarbe gestrichen, in einem schmutzigen Gelb, aber wir wollten ja renovieren.

Von der Küche aus betraten wir einen weiteren Anbau, in dem sich kein Saal, nur ein Waschbecken, die Toilette und eine mit einem Plastikvorhang verhängte Duschkabine befanden. Großartig abgeteilt vom Rest war dieses provisorische Bad nicht. Und einen knappen Meter hinter der Duschkabine stand ein breites Tor sperrangelweit offen, das hinaus auf den Hof führte. Es war mit Rollen in einer Halterung auf der Außenmauer befestigt.

Béla schaute mich an, dreimal das Szeretlek im Blick und

das Versprechen auf den Lippen: «Machen wir alles schön, Liska.» Er war sehr nervös, hatte Angst, ich könne nein sagen. Ich schwieg erst einmal. Vielleicht war ja oben Platz, um ein Bad einzubauen.

Sieben Zimmer, war uns gesagt worden. Das größte davon war drei Meter lang, zweieinhalb Meter breit und voll gestopft mit einer kompletten Schlafzimmereinrichtung. Ein dicker Mensch hätte unmöglich am Doppelbett vorbei zum Schrank gehen können. Béla legte mir einen Arm um die Schultern. «Können wir eine Wand einschlagen, Liska, haben wir ein schönes, großes Zimmer.»

«Können wir auch zwei Wände einschlagen», sagte ich, «haben wir zwei schöne, große Zimmer.»

Die anderen Räume waren alle kleiner als das Schlafzimmer des Pächters. Auf dem Weg nach unten rechnete ich kurz durch. Sieben kleine Kammern, drei rausgerissene Wände, das machte drei einigermaßen akzeptable Zimmer und ein kleines Bad. Dann unterschrieb ich. Für fünf Jahre. Es ist ein schönes Gefühl, einen Menschen, den man liebt, restlos glücklich zu machen. Dieses Gefühl hatte ich auf dem Heimweg. Leider hielt es nicht lange.

Sonja erwartete uns mit unverhohlener Spannung. Wie macht man einem vierzehnjährigen Mädchen klar, dass man manchmal eine Verschlechterung in Kauf nehmen muss, wenn man sich verbessern will? Ich hatte in all den Jahren nie ernsthafte Probleme mit ihr gehabt, nicht einmal, als Béla auftauchte, kein Anflug von Eifersucht, niemals ein «Mutti gehört mir». Als wir ihr sagten, dass wir umziehen wollten, hatte sie zum ersten Mal protestiert. Béla hatte ihr in schillernden Farben beschrieben, wie schön und bequem es war, nachts nur die Tür hinter sich zu schließen und eine Treppe hinaufzusteigen. Tagsüber alles dicht beieinander, ein richtiges Familienleben. Das hatte sie eingesehen, außerdem, sieben Zimmer, das klang nach viel und groß. Das klang nach dem späten Film am Samstagabend, obwohl Mutti noch ein paar Seiten schreiben wollte und dafür Ruhe brauchte.

«Stell es dir lieber nicht zu toll vor», sagte ich. «Es ist ein altes Haus. Die Zimmer sind klein.»

Es waren nicht nur kleine Zimmer und ein altes Haus. Es war ein Drama in drei Akten. Der erste Akt wurde vierzehn Tage nach Unterzeichnung des Pachtvertrages aufgeführt. In den Hauptrollen Béla Szabo als jugendlicher Held, voller Elan, voller Pläne, Heinz Böhring als väterlicher Freund und Berater in Sachen Renovierung, Lisa Müller und ihre Tochter als Statisten.

Ich konnte nichts mehr sagen, als ich durch die ausgeräumte Wohnung ging. Aber das Haus sprach für sich. Die Zwischendecke musste zu Anfang des vergangenen Jahrhunderts eingezogen worden sein. Da hatte man noch nicht mit Beton gebaut. Und aus massiver Eiche waren die Balken auch nicht, sonst hätten sie nicht derart gefedert. Dazu orgelten die Dielenbretter bei der kleinsten Bewegung. Es klang wie die Titelmusik zu einem Gruselfilm.

Heinz sagte tonlos: «Ach, du Schande!»

Sonja hatte es die Sprache verschlagen. Sie tat so, als wolle sie von einem Fenster auf die Straße schauen, tatsächlich aber stand sie da und weinte still vor sich hin. Heinz schaute mich an, als wolle er fragen: «Worauf hast du dich eingelassen, Lisa?»

Er sprach es nicht aus, stellte stattdessen eine Mängelliste zusammen. Vier von den sieben Zimmertüren ließen sich gar nicht schließen, weil die Rahmen völlig verzogen waren. Zwei der übrigen Türen ließen sich zwar schließen, danach aber nur noch mit Gewalt öffnen. Dabei knirschte es in der

Mauer verdächtig. Die sollten wir also besser auch offen lassen. Bei der letzten Tür war fast alles in Ordnung, da war lediglich auch das Schloss derart mit gelbweißer Farbe beschmiert, dass sich nichts mehr rührte, wenn man die Klinke drückte.

«Das kann man abkratzen», sagte Heinz.

Von insgesamt zehn Fenstern war keins dicht. An dreien war das Glas zerkratzt, bei einem die Scheibe gesprungen. Die Rahmen brauchten dringend einen neuen Anstrich, vier von ihnen brauchten eigentlich neues Holz. Die Fußböden – «Müsste man rausreißen», sagte Heinz. «Da müssen neue Balken rein, sonst sitzt ihr eines Tages im Erdgeschoss. Ein Bad kannst du hier jedenfalls nicht einbauen.»

Wände einreißen konnten wir auch nicht. Die Wände, die es uns ermöglicht hätten, aus sechs kleinen Kämmerchen drei mittelgroße Räume zu machen, trugen die Dachkonstruktion. Es war halt alles ein bisschen verwinkelt, und der Hausbesitzer nicht einverstanden mit größeren Umbauten.

Ach, bevor ich es vergesse, es gab eine Ölheizung, allerdings nur für den Schankraum und den kleinen Saal. In den oberen Zimmern gab es nicht mal die Möglichkeit, einen Ofen aufzustellen. Ein Kamin war zwar da, er war nur total verrottet. Küche und Bad waren auch nicht beheizbar.

Aber vor Schimmelbildung in der prächtigen Dusche im Anbau mussten wir uns nicht fürchten; die Ecke war ausreichend belüftet. Das Rolltor zum Hof ließ sich zwar schließen, obwohl ich damit kaum noch gerechnet hatte. Doch auch im geschlossenen Zustand waren auf jeder Seite gute zehn Zentimeter Freiraum zwischen Tor und Mauer. Die Ecke zu heizen wäre pure Verschwendung gewesen.

Der zweite Akt begann auf der Heimfahrt. Während Heinz und Béla vorne im Wagen feststellten, dass meine Schrankwand wahrscheinlich auch in völlig auseinander genommenem Zustand nicht über die Treppe hinauf zu transportieren war, dass man die Einzelteile aber vermutlich durch eines der Fenster ins Haus schaffen konnte. Wobei sich dann nur noch die Frage stellte, ob das überhaupt zweckmäßig war, weil wir sie in keinem Zimmer unterbringen konnten, erklärte Sonja neben mir mit versteinerter Miene: «Ich ziehe da nicht ein. Glaub nur nicht, dass du mich in diese Bruchbude kriegst.» Danach sprach sie kein Wort mehr, drei Wochen lang.

Während dieser drei Wochen bemühten sich Béla und Heinz mit Spachtelmasse, Fensterkitt, Holzleim, Dielenbrettern, Unmengen von Nägeln und Schrauben, Tapeten und Teppichböden die gröbsten Mängel zu verdecken. Abends berichtete Béla von den großartigen Fortschritten. Es klang jedes Mal, als zögen wir in Kürze in einen Palast. Hatte ich das jungenhaft Unbekümmerte wirklich einmal für eine Tugend gehalten? Damals konnte ich mich daran nicht mehr erinnern. Aber es ließ sich nichts rückgängig machen. Und nachts vergaß ich für eine halbe Stunde, was uns bevorstand.

Meta nahm die Gardinen von meinen großen Fenstern ab, wusch sie, ließ sie trocknen, zerschnippelte sie und nähte viele kleine Gardinen daraus. Ab und zu schaute Meta auch nach Sonja, die – inzwischen völlig versteinert –, nachmittags reglos vor ihrem Schreibtisch saß.

Ich saß derweil an der Kasse im Drogeriemarkt und hatte das Gefühl, vor einem Berg zu stehen, den ich niemals überwinden konnte. Meine sichere Zeit lief ab. Wenn ich abends heimkam, sagte Meta: «Rede mal mit dem Kind, Lisa. Das gefällt mir nicht, wie sie da immer sitzt.»

Ich versuchte jeden Morgen, mit Sonja zu reden. Béla

blieb solange im Bett, um uns nicht zu stören. Ich erreichte trotzdem nichts. Zuerst schaute Sonja durch mich hindurch, später verzichtete sie auf das Frühstück.

Nach den drei Wochen räumte sie ihren Kleiderschrank aus, brachte einen Großteil ihrer Garderobe zu den Böhring-Mädchen hinüber und löste damit wahre Jubelstürme aus. Es waren besondere Stücke, von denen sie sich nie hatte trennen wollen. Was machte es schon, wenn sie nicht mehr passten? Sie waren schön, sie waren teuer gewesen, sie waren der Beweis dafür, dass es uns gut gegangen war. Das blaue Kleid mit den weißen Spitzen passte inzwischen Metas Ältester. Während Marion es anzog, sprach Sonja zum ersten Mal wieder. «Wenn ich die Sachen mitnehme, stinken sie eines Tages, oder sie faulen mir weg.»

Der dritte Akt begann mit unserem Einzug. Wir hatten ein bisschen Pech mit dem Wetter. Anfang Mai, viel Regen, viel Wind, das Thermometer kam selten über zehn Grad, richtiges Novemberwetter, wie Allerheiligen auf dem Friedhof, so fühlte ich mich.

Aber ich gab mir Mühe, glücklich zu wirken, Optimismus zu verstrahlen und es damit Béla gleichzutun. Ich dachte, wenn ich Sonja mit gutem Beispiel vorangehe, könnte ich ihr begreiflich machen, dass ein harmonisches und geregeltes Familienleben einer modernen Zweizimmerwohnung mit Bad vorzuziehen war.

Mit den Möbeln gab es weniger Schwierigkeiten als erwartet. Die Einrichtung von zwei Zimmern ließ sich bequem auf sieben Kämmerchen verteilen. Zwei für Sonja, vier für Béla und mich, eins für die überzähligen Küchengeräte. Herd, Kühlschrank und so weiter. Wir hatten die Kücheneinrichtung mit dem Inventar der Gaststätte übernehmen müssen.

Nachdem alles aufgestellt war und sich Andreas mit

Freundin, Werner mit Frau, Heinz und Meta samt ihren Töchtern – es hatten alle fleißig mitgeholfen – verabschiedet hatten, saßen Béla und ich auf der Couch in einem Zimmerchen. Sonja hatte sich in das Zimmer verkrochen, in dem ihr Schreibtisch stand. Dort schrieb sie ihr Elend in ein Tagebuch. Alle Bitten: «Setz dich doch zu uns», waren im Knarren der Fußböden untergegangen.

Es war ungemütlich. Die winzige Gardine blähte sich trotz geschlossenem Fenster unaufhörlich, als würde sie mit einem Föhn bearbeitet. Nur war der Luftzug auf dem Gesicht nicht so warm. Béla holte mir eine Wolldecke vom Bett und zur Aufwärmung von innen einen Sherry. Er musste ziemlich laufen, ehe er alles beisammen hatte. Und die Gruselfilmmusik begleitete ihn.

«Hier werde ich nur Spukgeschichten schreiben können», sagte ich, als er zurückkam.

Wir hatten die Couch im allerletzten Zimmerchen aufgestellt, Tisch und Sessel natürlich auch. Der Schrank stand nebenan – zum Teil. Ein weiterer Teil stand in dem Verlies neben unserem «richtigen Schlafzimmer». Heinz hatte von sämtlichen Teilen oben etwas absägen müssen, die Decken waren halt sehr niedrig. Es sah scheußlich aus mit all den frischen Sägekanten.

«Am besten stelle ich mir einen Tisch vors Fenster», sagte ich. «Wenn ich da sitze, habe ich das ganze Haus im Rücken. Da fallen mir bestimmt viele Scheußlichkeiten ein.»

Béla drückte mir das gefüllte Glas in die Hand, wickelte mir die Wolldecke um Bauch und Beine, setzte sich neben mich und versuchte, den oberen Teil von mir mit Zärtlichkeit zu erwärmen. «Liska, nimm es doch nicht so schwer. Alte Häuser sind gemütlich. Wie viele Abende hatten wir schon, wo wir so sitzen konnten?»

Zugegeben, nicht viele. Wahrscheinlich hätte ich sie an zwei Händen abzählen können. Er küsste mich auf den Hals. «Wir gehen jetzt ins Bett, dann wird dir warm, überall, verspreche ich dir.»

«Zuerst muss ich unter die Dusche.»

Béla erhob sich wieder. «Ich gehe mit.»

Es war ein Vergnügen besonderer Art. Ich kam mir vor wie unter einer Gießkanne auf einem winterlichen Zeltplatz. Solange das heiße Wasser lief, war es noch erträglich. Glücklicherweise bezog unser Freiluftbad das warme Wasser von einem Durchlauferhitzer, und der schien relativ neuwertig zu sein. Aber wir konnten nicht die ganze Nacht in der Kabine stehen und uns berieseln lassen. Béla riskierte es als Erster. Kaum war er draußen, schrumpfte ihm die stattliche Männlichkeit zu einem traurigen Anhängsel zusammen. Ich sah es durch einen Spalt im Duschvorhang. «Ist es sehr kalt?», fragte ich.

Er bibberte ein wenig, während er sich in fieberhafter Eile mit dem Frottiertuch bearbeitete. «Es geht.»

«Ich komme hier erst raus, wenn du mir ein angewärmtes Tuch bringst», sagte ich. «Aber eins von den großen. Wo du es anwärmst, interessiert mich nicht. Steck es dir meinetwegen zwischen die Beine.»

Béla schlüpfte, immer noch mit diesen panikartigen Bewegungen, in Hemd und Jeans. Der Eile wegen verzichtete er auf den Slip, klemmte sich prompt die Vorhaut im Reißverschluss ein, fluchte und hüpfte von dannen.

Ich wartete, unter der Dusche ließ es sich aushalten. Ich wartete fünf Minuten, zehn Minuten. Béla kam mit seinem Bademantel zurück, die großen Tücher hatte er nicht finden können. Meta hatte einen Teil unserer Wäsche eingeräumt. Aber der Mantel reichte mir vom Hals bis weit über die Füße.

Und ab ins Bett. Es war kalt und klamm, ich war auch noch nicht völlig trocken. Und Béla hatte sich am Reißverschluss schlimmer verletzt, als ich vermutet hatte. Sein ansonsten viel zu williger Freund wollte nicht mehr. Es wurde nichts aus der heißen Nacht. Wir zitterten uns in den Schlaf. Irgendwie fand ich es sogar ein bisschen lustig, aber nicht lange.

Am nächsten Morgen erwachte ich gegen halb sieben von einem ungewohnten Geräusch, ein Zischen und Fauchen, nicht übermäßig laut. Es kam aus der Küche. Dort saß Sonja vor ihrem Frühstück, hinter ihr gaben acht Gasflammen und zwei offene Backöfen ihr Bestes, um ein bisschen Wärme zu verbreiten. Draußen regnete es immer noch, auch der Wind hatte kaum nachgelassen.

Sonja schaute nicht einmal auf, als ich hereinkam. «Hast du gewusst, dass man hier nicht heizen kann?»

«Nein.»

«Aber du warst doch hier, verdammt nochmal! Du hast dir doch angeblich alles so gründlich angeschaut.»

«Herrgott, die Bude war voll gestopft bis in den letzten Winkel. Da war nicht viel zu sehen. Und der Pächter hat uns gesagt, es gibt Ölheizung. Gibt es auch, für das Lokal und den Saal.»

Sonja biss ein Stückchen von ihrem Toast ab, fragte mit vollem Mund. «Und was machen wir im Winter?»

«Uns wird schon was einfallen. Es gibt elektrische Heizgeräte, stellen wir eben so was auf. Strom haben wir ja.»

Dass die elektrischen Leitungen und die Sicherungen nicht auf die zusätzliche Belastung durch drei Radiatoren ausgelegt waren, konnte ich zu dem Zeitpunkt noch nicht ahnen. Aber wir bemerkten es schon am frühen Nachmittag.

Béla hatte sich gleich nach dem Frühstück um ein paar Heizkörper bemüht. Er sorgte sich zwar ein wenig um die Stromrechnung, fand jedoch, dass Frauen nicht frieren durften, weil sie sonst schlechte Laune bekamen.

Die Radiatoren wurden verteilt, einen in Sonjas Arbeitszimmer. «Du kannst ihn heute Abend nach nebenan schieben», sagte Béla. Einen in unser Schlafzimmer und einen neben die Couch ins Wohnzimmer. Eingeschaltet wurden sie natürlich auch. Und augenblicklich fielen im Schankraum die Kühlung für den Tresen und in der Küche die Gefriertruhe aus.

Béla schaltete die Sicherung wieder ein. Er war ein bisschen ratlos. «Probieren wir erst einen.» Mit einem funktionierte es, beim zweiten wurde es kritisch. Wie wir später herausfanden, durfte der Geschirrspüler nicht laufen, wenn wir zwei Räume heizen wollten. Den dritten Heizkörper konnten wir vergessen.

Sonja fauchte mich an: «Hauptsache, du hast einen Mann im Bett.»

Ich fauchte zurück: «Dahin kommst du auch noch.»

Zur Antwort bekam ich: «Ich gehe morgen nach der Schule zu Meta. Ich stinke bereits, ich muss mal baden. Du kannst nicht von mir verlangen, dass ich mich in den Schuppen stelle. Und du wärst auch wahrscheinlich nicht einverstanden, wenn Béla mir anschließend den vorgewärmten Bademantel bereithält.» Das hatte sie also mitbekommen. Dann ging sie auf die Tür zu, drehte sich noch einmal um. Sie hatte Tränen in den Augen. «Das verzeihe ich dir nie. Nie in meinem Leben.»

Das tat sie auch nicht. Am nächsten Morgen war sie bereits aus dem Haus, als ich um halb sieben in die Küche kam, um ihr beim Frühstück Gesellschaft zu leisten und noch einmal in Ruhe über alles zu reden. Mittags kam sie nicht heim, wie sie angekündigt hatte. Abends sah ich sie flüchtig durch das Flurstück zur Treppe huschen. Als ich ihr nachging, hatte sie die Tür ihres Arbeitszimmers so weit als möglich zugedrückt. Durch den Spalt zischte sie mich an: «Lass mich bloß in Ruhe.»

Am nächsten Tag bekam ich sie gar nicht zu Gesicht. Abends erschien Heinz und erklärte, dass meine Tochter seit Mittag bei Meta saß und sich die Augen aus dem Kopf weinte. Er klopfte mir auf die Schulter und tröstete: «Mach dir keine Sorgen, Lisa. Sie kriegt sich schon wieder ein. In dem Alter sind sie ein bisschen schwierig. Lass sie ein paar Tage bei uns. Sie kann bei Marion im Zimmer schlafen.»

Das tat sie von da an öfter. All die Jahre war ich gut mit ihr ausgekommen, hatte mir eingebildet, wir hätten ein Verhältnis, wie es zwischen Mutter und Tochter nicht besser sein könne, daran hätte auch Béla nichts geändert. Und plötzlich war da diese Wand zwischen uns, auf der in dicken, schwarzen Buchstaben gepinselt stand: «Bélas Traum.»

Anfangs dachte ich noch, das gibt sich wieder. In den ersten Wochen nach dem Umzug war ich ohnehin ziemlich beschäftigt. Die Eröffnung musste vorbereitet werden. Béla war viel unterwegs, um die diversen Einkäufe zu tätigen, ein paar Aushilfskellner für den Abend zu verpflichten und zusammen mit Andreas und Werner für die Galavorstellung zu proben. Ich nahm Bierfässer in Empfang, schrubbte den Saal, verteilte Lampions, Girlanden, rotgrün karierte Tischdecken, Aschenbecher und Blumenväschen mit Nelken.

Spätabends richtete Béla das Podium für die musikalische Darbietung her. Die Lautsprecher wurden in Position gebracht, Unmengen von Kabeln verlegt. Ich spülte derweil sämtliche Gläser, Teller, Tassen und das Besteck mit der Hand, weil man die Biergläser nicht dem Geschirrspüler anvertrauen durfte. Es gäbe dann keinen richtigen Schaum, hatte uns der Vorpächter erklärt. Aber der Geschirrspüler durfte ohnehin nicht laufen, weil wir unser Schlafzimmer vorheizen wollten. Das Wetter hinkte immer noch dem Kalender hinterher. Und wir rechneten damit, dass Sonja gegen Abend heimkam. Sie sollte auch nicht im kalten Zimmer sitzen müssen.

Mir war zum Heulen zumute. Ich fühlte mich degradiert, aber Bélas hoffnungsfrohe Erwartung wirkte ansteckend. Er schäumte förmlich über von rosigen Zukunftsvisionen. Dass ich gleich nach der Eröffnung eine Putzfrau bekäme, war selbstverständlich. Kein Mensch erwartete, dass ich morgens in aller Herrgottsfrühe aufstand, den Tresen polierte oder gar die Klos schrubbte. Es wurde leider nichts daraus. Es ging so ziemlich alles schief, was schief gehen konnte.

Der Eröffnungsabend war noch ein Erfolg. Das Bier floss in Strömen, die Aushilfskellner wieselten mit voll beladenen Tabletts durch den Saal, dass es eine Freude war. Im Schankraum war ebenfalls jeder Tisch besetzt, und vor dem Tresen standen sie in Doppelreihen. An dem Abend war auch die Küche geöffnet, ausnahmsweise, wir wollten daraus keine Regel machen. Es gab nur Kleinigkeiten; Kartoffelsalat mit Würstchen, kalte Koteletts und Schnittchen.

Béla und seine Freunde begeisterten die Anwesenden mit modernen Rhythmen. Im Saal wurde getanzt. Punkt zwölf stand Béla auf, nahm Andreas das Mikrophon aus der Hand, bat seine Gäste um Verständnis und ein bisschen Platz in der Saalmitte. Er möchte jetzt einmal mit seiner Frau tanzen, sagte er. Er sagte tatsächlich: «Mit meiner Frau.» Da wusste ich, dass er zu mir gehörte, auch wenn er neben Andreas saß.

Werner setzte sich ans Keyboard, Andreas schlug die ersten Akkorde auf der Gitarre an. Der Gitarrentango, irgendwann hatte ich Béla erzählt, wie sehr ich dieses Stück mochte. Dass ich leidenschaftlich gerne tanzte, wusste er auch. Und ich hatte nicht einmal gewusst, dass er tanzen konnte. Er machte sich hervorragend. Anschließend ging jeder zurück an seine Arbeit.

Als wir nachts um halb vier Kassensturz machten, sah es viel versprechend aus. Um vier fiel ich ins Bett wie ein Stein und Béla ausnahmsweise neben mich. Um halb sieben klingelte der Wecker. Irgendwie schaffte ich es hinunter in die Küche und stellte fest, dass Sonja wieder nicht heimgekommen war.

Béla kam nur Sekunden nach mir herunter. Zum Frühstücken war ich noch zu müde. Nur ein Kaffee, dann ans Großreinemachen. Bis um elf war alles wieder in Ordnung. Béla ging nach vorne, öffnete die Eingangstür, stellte sich hinter den Tresen und harrte der Dinge, die da kommen sollten. Ich war damit beschäftigt, rotgrün karierte Tischdecken zu waschen, zu trocknen und zu bügeln.

Um zwei schloss Béla die Eingangstür. Mittagspause bis um fünf. Bis dahin hatte er siebzehn Mark und achtzig Pfennig eingenommen. Aber wer hat schon die Zeit, vormittags in eine Kneipe zu gehen? Drei alte Männer. Von fünf bis acht sah es auch düster aus. Als ich mich um halb neun hinter den Tresen stellte, standen fünf Männer davor. Béla setzte sich mit seinem Keyboard an den Tisch in der Ecke. Er spielte, ich zapfte von Zeit zu Zeit ein Bier, goss auch mal einen Schnaps ein. Es war ein Freitag, und gegen neun füllte sich der Raum allmählich.

Ein paar Mal wurde ich nach der Speisekarte gefragt, aber die Leute blieben, obwohl es nichts zu essen gab. Béla hielt sie. Leider war es ihm nicht vergönnt, seine Gäste bis weit nach Mitternacht auf die Stühle zu kleben, wie er sich das vorgestellt hatte. Ich schaffte das einfach nicht allein hinter dem Tresen. Und dann noch an den Tischen zu bedienen.

Verdammt, ich hatte nur zwei Hände! Vor kaum zwei Tagen hatte ich das erste Glas unter einen Zapfhahn gehalten. Ich war es auch nicht gewohnt, mich mit voll beladenen Tabletts durch einen Pulk von Leuten zu schieben, die sich entweder unterhielten oder mit verzückten Mienen der Musik lauschten und nicht daran dachten, mir Platz zu machen. Die mit den verzückten Mienen waren in der Hauptsache junge Frauen.

In der Nacht hatten wir den ersten richtigen Streit. Und Béla dachte nicht daran, diesmal klein beizugeben. Wir lebten nicht mehr in einer Wohnung, für die ich allein Miete und Strom bezahlte. Es ging für ihn nicht mehr um ein paar Mark, die ich verdient und zum Fenster hinausgeworfen hatte. Jetzt ging es um die gemeinsame Zukunft.

Er war sauer. Seiner Meinung nach hätten wir das Doppelte einnehmen können, wenn ich als Wirtin zurechtgekommen wäre und ihn hätte weiterspielen lassen. Nachdem er mir einen energisch-männlichen Vortrag über meine Unfähigkeit, meine Launenhaftigkeit und meine Unbeherrschtheit gehalten hatte, wurde er handgreiflich. Sehr sanft natürlich, zur Versöhnung.

Seine Fingerspitzen zogen weiche Kreise um meinen Nabel und wanderten von dort aus zu den Leisten hinüber. «Du musst dir etwas mehr Mühe geben, Liska», flüsterte er.

Trotz des Flüsterns war da ein Ton, der mir klarmachen sollte, wer in diesem Haus der Herr war. Ich dachte an den Vortrag, den mein Vater mir über die Unterdrückung der Frau gehalten hatte, dachte gleich anschließend: Nicht mit mir, mein Freund.

Béla flüsterte weiter: «Nicht immer gleich schreien. Es ist alles noch ungewohnt. Aber es wird dir sicher bald Spaß machen.»

Das glaubte ich nicht. Ich war müde und wütend, mir taten die Füße weh, die Arme und der Rücken auch. Meine Hände waren noch eiskalt und vom Gläserspülen rissig und rotgeschwollen. «Hör mit der Fummelei auf», sagte ich.

Danach war er erst recht sauer. Zwei Tage lang sprach er noch in diesem Oberlehrerton auf mich ein. Dann erkannte er, dass er mit seinem Herr-im-Haus-Gehabe nur einen Stein ins Bett bekam, und ging wieder zur gewohnten Tonart über.

Nach knapp einem Monat wussten unsere Gäste bereits genau, dass unsere Hauptattraktion ein unberechenbarer Faktor war. Natürlich kamen sie nicht ausschließlich, um Béla spielen zu hören. Sie kamen der Atmosphäre wegen, ein gepflegtes Bier zur Musik oder umgekehrt. Und wenn es nicht zu viele waren, kam die ungeschickte Gans am Zapfhahn zurecht. Aber wenn es mehr wurden. Und es gab nicht mal eine Musikbox als Ersatz. Das hätte Béla als Sakrileg empfunden. Zu essen gab es auch nichts. Dann gingen sie wieder. Und wenn es weniger wurden, gab es wieder Musik.

In diesem Monat hatten wir dreimal darüber diskutiert, ob wir uns einen Aushilfskellner leisten konnten. Wir konnten nicht, fand Béla, noch nicht, und wir mussten erst einmal sehen, wie wir am Ende des Monats dastanden. Auch die Putzfrau musste warten. Meist machten wir nachts noch das Gröbste weg. Morgens wechselten wir uns ab, einmal durfte ich ausschlafen, einmal er.

In dem Monat hatte ich Sonja viermal zu Gesicht bekommen, zweimal, als sie kurz nach neun am Abend ins Haus kam, zweimal, als sie es kurz vor zehn wieder verließ. «Ich gehe zu Meta. Bei dem Krach kann ich nicht schlafen, und wir schreiben morgen eine wichtige Arbeit.»

Und fünfmal stand Heinz neben mir hinter dem Tresen, eigentlich als Gast gekommen. Aber als ich nach Béla rief, erbarmte er sich. «Lass ihn spielen, ich mach das.» Dann grinste er. «Ich wollte schon immer wissen, wie man sich hinter der Theke fühlt.»

«Beschissen», flüsterte ich.

Heinz legte mir den Arm um die Schultern. «Ach, Lisa, betrachte es doch mal von der angenehmen Seite. Ihr seid zusammen, baut euch eine gemeinsame Existenz auf. Ihr liebt euch, das ist die Hauptsache, der Rest ist Übung.» Und das ausgerechnet aus seinem Mund.

Sechsmal hatten wir diskutiert, ob wir die Küche doch öffnen sollten. Es musste keine üppige Speisekarte sein, nur in etwa die Auswahl wie bei der Eröffnung. Trotzdem, noch mehr Arbeit.

Mein Geburtstag ging in Diskussionen unter. Die Schreibmaschine verstaubte in einem der Kämmerchen. Das war also das geregelte Leben. Hauptsache, du hast einen Mann im Bett! Liebe am Nachmittag, zwischen zwei und fünf. Nicht jeden Tag, dreimal, viermal in der Woche, und ich konnte es nicht einmal genießen, war mit meinen Gedanken immer schon beim Abend.

Ich fühlte mich aus allem herausgerissen, von allem getrennt, was vorher wichtig gewesen war. Meine Tochter, meine Eltern, die Kolleginnen. Ich hasste die Kneipe, ich hasste das Haus, manchmal hasste ich sogar Béla, der mir das angetan hatte.

Das erste halbe Jahr war eine Katastrophe. Im Sommer waren es die Gäste. Waren es zu viele, kam ich allein nicht zurecht. Waren es zu wenige, stand unsere Existenz auf der

Kippe. Zum Herbst hin hatte ich das einigermaßen im Griff. Da konnte ich auch zwanzig Mann am Tresen und sechs vollbesetzte Tische bewältigen und immer noch zwischendurch etwas zu essen aus der Küche holen.

Aber dann kamen die kalten Nächte. Wenn der Geschirrspüler lief, und nachts lief er meist, durften wir nur ein Zimmer heizen. Im Herbst war Sonja wieder häufiger bei uns. Manchmal saß ich morgens mit ihr in der Küche, hinter uns fauchten acht Gasflammen und zwei offene Backöfen. Über uns sprachen wir nicht, nur über die Böhrings, bei denen zwar die Zimmertemperaturen angenehm waren, ansonsten jedoch ein arktisches Klima herrschte.

«Sie hatten wieder Krach», sagte Sonja oft. «Die halbe Nacht haben sie gestritten, wieder mal ums Geld. Als Heinz aus der Schicht kam, ging es los. Wir sind aufgewacht, Marion und ich. Dann heulte auch noch Marion los: ‹Der arme Papa, immer hackt Mama auf ihm herum.› Nachdem sie sich eine halbe Stunde lang gestritten hatten, hat Meta sich auf die Couch gelegt. Marion ging nach nebenan und kroch zu Heinz ins Bett, um ihn zu trösten. Da konnte ich endlich weiterschlafen.»

Nach solchen Nächten zog sie meist kurzzeitig ihr eigenes Bett vor. Aber nie für lange. «Also ich finde», hörte ich regelmäßig von ihr, «Meta hat Recht. Heinz gibt wahnsinnig viel Geld für sich aus. Und er ist viel unterwegs. Soll ich dir mal was sagen? Ich glaube, er geht fremd, da muss er seiner Freundin wohl Geschenke machen. Das ist eine Sauerei. Wenn Meta nicht putzen würde, könnten sie die Miete nicht bezahlen, oder sie hätten nichts zu essen.»

Wenn Meta mit ihm schlafen würde, dachte ich jedes Mal, müsste er nicht einer Freundin Geschenke machen. Wie kann ich denn heiraten, wenn ich dazu nicht bereit bin? Ich kann es doch nicht nur tun, um Kinder in die Welt zu setzen. Und gläubig in dem Sinne war Meta bestimmt nicht. Laut sagte ich: «Übertreibst du nicht ein bisschen?»

«Nein», sagte Sonja. Dann ging sie zur Schule, und ich dachte an Heinz. Er geht fremd. Was sollte er sonst tun? Bei den Böhrings hatte sich nichts verändert, auch wenn Meta sich inzwischen ab und zu die Haare wusch. Mehr tat sie nicht damit. Sie trug sie lang über den Rücken hinunterhängend, im Nacken mit einem Gummi zusammengehalten. Die ehemals dunkelblonde Farbe war bereits von Unmengen grauer Strähnen durchzogen. Der perfekte Rahmen für ihr müdes Gesicht.

Ich saß noch eine Viertelstunde am Küchentisch, dann ging ich nach nebenan und holte mir unter der Dusche den nächsten Schnupfen. Anlass genug, um vor der eigenen Tür zu kehren.

Im Februar geschah das, was ich zwar einkalkuliert, aber trotzdem nicht richtig mitberechnet hatte, als Béla noch Luftschlösser baute. Ein paar Tage dicke Luft. Sonja hatte gefragt, ob wir auch in diesem Jahr keinen Urlaub machen würden. Im Vorjahr war er ausgefallen. Kein Mensch macht Urlaub, wenn er gerade sein Glück mit einer neuen Existenz versucht.

Ob sie dann wohl zusammen mit einer Schulfreundin und deren Eltern nach Gran Canaria fliegen könne, wollte Sonja wissen. Die würden sie gerne mitnehmen. Entscheidung bitte bis zum Abend, wegen der Hotelbuchung.

«Was wird das kosten?», erkundigte sich Béla.

Sonja zuckte mit den Achseln, schaute mich an, während sie ihm antwortete: «Keine Ahnung, vielleicht tausend Mark.»

Béla schüttelte den Kopf. «Das ist zu viel.»

Sonja riss empört die Augen auf, stieß ein entrüstetes «Der spinnt wohl!» hervor und forderte: «Sag doch was, Mama! Soll ich wegen eurer verdammten Kneipe den ganzen Sommer hier in der Bruchbude hocken? Heinz und Meta mieten sich einen kleinen Campingwagen. Sie fahren nach Spanien, aber mitnehmen können sie mich nicht. Meta schläft schon mit den Kindern im Vorzelt. Im Wagen ist nur Platz für zwei Personen.»

Bei den Böhrings wurde neuerdings unterteilt in Kinder und Personen. Marion gehörte zu den Personen. Heinz ebenfalls. Meta theoretisch auch, aber sie betätigte sich lieber als Glucke und saß auf den jüngsten Eiern. Ich weiß nicht, ob ich mir noch Gedanken über Metas Gründe machte. Wahrscheinlich nicht mehr, ich hatte genug mit uns zu tun.

Sonja war den Tränen nahe, presste sekundenlang die Lippen aufeinander und fuhr fort: «Ich habe früher nie um einen Pfennig betteln müssen. Wir sind immer in Urlaub gefahren. Wenn ich was zum Anziehen brauchte, hat Mama es gekauft. Wir hatten genug Geld. Du, mit deiner Schnapsidee, ruiniert hast du uns.»

Es war das erste Mal, dass sie Béla angriff. Bisher hatte sie die Schuld an der Misere ausschließlich mir in die Schuhe geschoben. Wenn ich nein gesagt hätte, säßen wir noch in unserer schönen, warmen Wohnung. Wie oft in den letzten Monaten hatte ich ihr im Stillen schon Recht gegeben?

«Du bekommst das Geld», entschied ich knapp. Bevor Béla dazu kam, lauthals zu protestieren, erklärte ich: «Ich habe noch ein paar Seiten oben liegen. Ich werde mich in den nächsten Tagen darum kümmern und eine Geschichte fertig schreiben. Es wird ohnehin Zeit, dass ich mich wieder an die Maschine setze.»

Sonja bedankte sich nicht, nickte nur, einigermaßen zufrieden mit meinem Machtwort. Béla schwieg.

Drei Tage lang versuchte ich während unserer Mittagspause, ein paar Seiten heile Welt und zärtliche Liebe zu produzieren. Aber in der Umgebung brachte ich nichts in dieser Art zustande und verlangte schließlich von Béla tausend Mark, nach Möglichkeit etwas mehr. Sonja brauchte ja auch Taschengeld.

Das war in der Nacht zum Mittwoch, wir lagen schon im Bett und konnten am nächsten Morgen etwas länger schlafen. Damals war der Mittwoch unser Ruhetag. Es gab keinen Streit. Béla murmelte etwas, das nach einer Zustimmung klang, und rollte sich auf die Seite.

Ich schlief rasch ein. Kurz nach sechs erwachte ich einmal. Da stieg er gerade aus dem Bett und ging zur Tür. Ich nahm an, dass er zur Toilette wollte, schlief wieder ein. Als ich das nächste Mal erwachte, war es zehn vorbei. Ich lag allein im Bett und ging davon aus, dass Béla dabei war, Frühstück zu machen.

Am Ruhetag gab er sich immer viel Mühe. Ließ die Gasflammen lodern, bis in der großen Küche einigermaßen erträgliche Temperaturen herrschten. Brachte mir den ersten, heißen Kaffee ans Bett und hielt mir den dicken Bademantel bereit, damit ich nicht eine Sekunde länger frieren musste als unbedingt nötig. Er war, weiß Gott, kein Ekel und auch kein Egoist, der für seinen Traum alle anderen vergaß.

Ich wartete unter der warmen Decke ein paar Minuten auf meinen Kaffee, ehe mir auffiel, dass es im Haus still war. Kein Rumoren aus der Küche, kein Klappern von Geschirr, kein Zischen von Flammen. Es war eisig im Schlafzimmer, mein Bademantel lag über dem Stuhl am Fußende des Bettes. In ihn hineinzuschlüpfen, kostete Überwindung.

Ich ging hinunter, nicht etwa vom ersten Hauch einer bösen Vorahnung geplagt, nur verwirrt grübelnd, ob Béla mir etwas von einer wichtigen Besorgung erzählt und ich es vergessen hatte. In der Küche sah es noch genauso aus wie in der Nacht. Mit Ausnahme des rot glühenden Lämpchens am Geschirrspüler, das anzeigte, er war mit seinem Programm durch. Von Béla keine Spur, kein Zettel auf dem Tisch, gar nichts.

Minutenlang stand ich da und betrachtete das rote Lämpchen, grub in meinem Hirn nach einer Erklärung und stieß auf ein paar bittere Erinnerungen. Sie trieben mich in den Schankraum. Der Tisch in der Ecke, auf dem normalerweise das Keyboard stand, war leer. Als ich dann wieder nach oben rannte, verblassten die alten Erinnerungen, weil sie keinen Vergleich mehr boten.

Ich weiß nicht mehr, ob ich verzweifelt oder nur wütend war, als ich die offene Kleiderschranktür sah. Hätten wir die Möbel nicht auf mehrere Räume verteilen müssen, wäre mir bestimmt nicht entgangen, dass er einen Koffer gepackt hatte. Zum ersten Mal einen Koffer, zusätzlich zum Keyboard.

Bis dahin hatten ihn seine Ausflüge nur zu Andreas geführt. Der konnte mit einer frischen Jeans aushelfen, auch mit ein bisschen Zärtlichkeit. Andreas hätschelte und bedauerte ihn. Armer Béla, wie war das Leben doch schön und leicht ohne Frau. Es ist nicht einfach, einen Drachen zu lieben. Nur war Andreas inzwischen verheiratet. Und ich konnte mir nicht vorstellen, dass seine Gisela von einem Logiergast im Ehebett begeistert war. Natürlich wäre die Wohnzimmercouch eine Möglichkeit gewesen, nur sprachen der Koffer und noch etwas dagegen.

5. Kapitel

Als Sonja um zwei aus der Schule kam, saß ich auf der Couch im eiskalten Wohnkämmerchen. Gefrühstückt hatte ich nicht. Ich hatte genug zu tun gehabt, das Geld zu zählen, das Béla mir gelassen hatte. Zweihundert Mark in Münzen und kleinen Scheinen, das Wechselgeld für die Kasse. Der Rest war weg, ebenso das Sparbuch und das Scheckheft.

Sonja ging die Sache von der praktischen Seite an. «Hast du schon bei Andreas angerufen?»

Ich schüttelte den Kopf.

«Dann mach das mal. Der tickt ja wohl nicht sauber! Uns hier einfach im Dreck sitzen zu lassen.»

Ich schüttelte noch einmal den Kopf. Obwohl ich keine Erklärung dazu lieferte, begriff Sonja, dass ich meinen Stolz hatte. Ihre nächste Frage lautete: «Warst du schon auf der Bank?»

Ich schüttelte den Kopf zum dritten Mal.

«Dann gehen wir am besten sofort», entschied Sonja. Völlig verkneifen konnte sie sich die Schadenfreude und die Schwarzmalerei nicht. «Hoffentlich hat er das Konto nicht abgeräumt.»

Er hatte! Abgeräumt und um satte fünftausend überzogen. Ich ließ die Schecks sperren, mehr konnte ich nicht tun. Das Sparbuch lief auf seinen Namen. Ich hatte mich ja immer geweigert, eins anzulegen.

Am Donnerstagmorgen lieferte die Brauerei die übliche Anzahl Bierfässer. Sie hätten sie gleich wieder mitnehmen können. Ich konnte kein Fass anschlagen. Sonja ging nach

Mittag zu den Böhrings, um bloß nicht in Gefahr zu geraten, mir helfen zu müssen. Eine Viertelstunde später stand Heinz neben mir. Glücklicherweise hatte er in der Woche Frühschicht. Er half mir den ganzen Abend, ging auch in den Keller und schlug ein neues Fass an. An dem Tag war noch eine Menge los.

Gut fünfzigmal wurde ich gefragt, warum Béla heute nicht spielte. Ich sagte jedes Mal, dass sein Vater – der seit Jahren unter der Erde lag – plötzlich erkrankt und Béla für ein paar Tage nach Ungarn gefahren sei.

In jeder Atempause hielten Heinz und ich Kriegsrat, im Flüsterton, damit nicht morgen die halbe Stadt wusste: Dieser hinreißende Kerl hatte die launische Zicke endlich sitzen gelassen.

«Ich muss zusehen, dass ich so schnell wie möglich aus dem Vertrag komme», wisperte ich. «Ich kann die Kneipe allein nicht halten. Wie soll ich das denn schaffen?»

Heinz war die Ruhe selbst. «Nun reg dich doch nicht auf, Lisa. In ein paar Tagen ist er wieder da.»

«Diesmal nicht», widersprach ich und erklärte ihm, was Béla alles mit auf Reisen genommen hatte.

«Warte erst mal ab», meinte Heinz. «Ich helfe dir.»

«Und was mache ich nächste Woche, wenn du Spätschicht, oder übernächste Woche, wenn du Nachtschicht hast?» Heinz winkte ab, seiner Meinung nach war Béla bis dahin längst zurück.

«Ja, vielleicht. Er hat noch ein paar Sachen hier. Aber wenn er kommt, kann er sie nehmen und für immer verschwinden. Ich habe genug, mir reicht es wirklich.»

Heinz lächelte nur.

Nach einer Woche begrub ich meinen Stolz und rief Andreas an, meine einzige Hoffnung. Es fiel mir nicht leicht, aber ich wusste nicht weiter. Bis dahin hatte ich einiges versucht, um aus der misslichen Lage herauszukommen. Ein paar positive Antworten hatte ich erhalten und eine negative.

Schon zum nächsten Ersten hätte ich wieder im Drogeriemarkt anfangen können. Sonja und ich wären vorübergehend bei meinen Eltern untergekommen, bis ich eine neue Wohnung gefunden hätte. Die Bank hatte sich bereit erklärt, trotz des überzogenen Kontos die ausstehenden Forderungen der Brauerei und andere Rechnungen zu begleichen. Das hätte ich dann in Raten abstottern können. Ich fühlte mich wie Karl-Josef nach der Scheidung. Ein leeres Bett und ein Haufen finanzieller Verpflichtungen. Trotzdem, es wäre überschaubar gewesen. Aber da war noch die negative Antwort. Ich kam aus dem Vertrag nicht raus.

Zwar erklärte sich die Brauerei bereit zu inserieren, damit ich einen Nachfolger fand und sie einen, der ein paar Fässer mehr pro Woche verkaufte. Nur ließ sich der Hausbesitzer auf nichts ein. Er wusste genau, dass er die Bruchbude nicht noch einmal an den Mann brachte. Ein Pachtvertrag über fünf Jahre, und ich hatte ihn unterschrieben.

Ich hatte die Konzession beantragt. Ich hatte alles beigebracht, was erforderlich war, die Unbedenklichkeitsbescheinigung vom Finanzamt, das polizeiliche Führungszeugnis, das Gesundheitszeugnis, den Nachweis über die Schulung bei der Handelskammer. Ich hatte vom Ordnungsamt die Genehmigung erhalten, ein Lokal zu führen. Ich war voll zurechnungsfähig, im Besitz sämtlicher Kräfte. Es gab kein Schlupfloch.

Als ich den Hörer abhob, war ich bereit, Kniefälle zu tun. «Béla, es tut mir Leid, dass ich dir wegen Sonjas Urlaub so zugesetzt habe. Komm zurück, ich brauche dich. Ich liebe dich.»

Alles vergebens.

«Er ist nicht hier», sagte Andreas, klang ehrlich erstaunt und erkundigte sich vorsichtig: «Wann ist er denn weggefahren?»

«Letzte Woche. Wenn er nicht bei dir ist, wo kann er sein? Ich würde dich das nicht fragen, wenn mir nicht das Wasser bis zum Hals stünde.»

«Tut mir Leid, Lisa, ich weiß es nicht. Bei mir war er nicht. Er hat auch nicht angerufen. Ich höre zum ersten Mal, dass er unterwegs ist. Aber du kennst ihn doch. Er ist eben sehr impulsiv und meint es nicht so. Er kommt zurück, wenn er sich beruhigt hat, das weißt du doch. Er liebt dich.» Schön, das ausgerechnet von ihm zu hören, aber es half mir im Moment nicht. Ebenso wenig wie der Rat, den Andreas mir abschließend gab: «Warte noch ein paar Tage ab.»

Etwas anderes blieb mir auch gar nicht übrig. Insgesamt wurden es einundzwanzig Tage, drei volle Wochen. Und ich musste nur selten einen der Gäste in den Keller schicken, um ein neues Fass anzuschlagen. Heinz stand ja nach der ersten Woche nicht mehr zur Verfügung.

Zu Tode schuften musste ich mich trotzdem nicht. Es sprach sich schnell herum, dass Béla nicht seinen kranken Vater in Ungarn besuchte und auch nicht mit seiner baldigen Rückkehr zu rechnen war. Wie die Leute das erfuhren, blieb mir ein Rätsel. Aber die meisten waren nun einmal gekommen, um ihn spielen zu hören, und nicht, um mich Bier zapfen zu sehen. Für eine witzige Unterhaltung über den Tresen hinweg war ich in den drei Wochen auch nicht zu gebrauchen.

Meine Mutter lieh mir etwas Geld für Einkäufe, wir mussten ja essen. «Hab ich es dir nicht gesagt, Lisa, so einen Mann hat man nie für sich allein. Wie viel brauchst du denn? Aber sag um Gottes willen Papa nichts davon.» Das Geld für Sonjas Urlaub wollte sie mir nicht borgen.

«Das sehe ich nicht ein, Lisa. Wie kann das Kind an Urlaub denken, wenn du nicht weißt, ob du am Ersten die Pacht bezahlen kannst? Ich werde mal mit ihr reden, damit sie dir ein bisschen hilft. Sie kann dir doch tagsüber zur Hand gehen.»

Sonja dachte nicht daran. Sie war begeistert gewesen, als ich versuchte, unser Leben wieder in geregelte Bahnen zu lenken. Da mir das nicht gelang, war ich in ihren Augen eine Niete.

Aber in gewisser Weise waren die drei Wochen auch heilsam. Wäre Béla schon nach ein paar Tagen zurückgekommen, hätte ich ihm vielleicht in der ersten Wut wirklich seine restlichen Sachen vor die Füße geworfen und mich anschließend durch den Rest der fünf Jahre gemogelt.

So jedoch hatte ich genug Zeit zum Nachdenken, mir über dies und jenes und alles klar zu werden. Wir waren aufeinander angewiesen, einmal in geschäftlicher Hinsicht. Dann war da die private Seite. Er fehlte mir bereits nach einer Woche so sehr, dass ich nachts manchmal glaubte, verrückt zu werden.

Als die zweite Woche zu Ende ging, konnte ich mir schon nicht mehr erklären, dass ich mich über ein paar Kleinigkeiten aufgeregt hatte. Gut, das Haus war alt und fürchterlich, die Wohnung nur ein besseres Rattenloch in Sibirien. Aber so viel Zeit verbrachten wir nicht darin. Die paar Stunden Schlaf. Und in den Nächten war Béla besser als jeder Radiator. Komisch, er hatte nie kalte Füße. Und er hatte sich nie beschwert, wenn ich ihm meine zwischen die Schenkel schob.

Dass ich unter der Dusche jedes Mal ein Drama aufführte,

nahm er mit Humor. Jetzt war niemand da, der mir den Bademantel bereithielt. Es war auch niemand da, der mich nachts in den Arm nahm. «Schlaf weiter, Liska, du wirst denken, du träumst nur.» War mir das wirklich manchmal zu viel gewesen? Ich konnte es mir kaum noch vorstellen. Da stellte ich mir lieber vor, wie er zur Tür hereinkam, was er sagte. Ob er sich diesmal entschuldigte. Ob er mir erklärte, wo er gewesen war. Ob er mich um Verzeihung bat. Ich stellte es mir einen ganzen Abend vor, während ich mich hinter dem Tresen langweilte und drei Männer davor.

In der Nacht schrieb ich noch ein bisschen. Den Anfang der Geschichte zweier Hitzköpfe, die beide nicht um einen Deut nachgeben konnten, bei denen es ständig polterte und krachte, bis sie sich nach langen Kämpfen endlich zusammengerauft hatten. In den folgenden Nächten schrieb ich weiter, im dicken Pullover, zwei Paar Socken an den Füßen, mit klammen Fingern.

Sonja schlief im Nebenzimmer. Ich hätte den zweiten Radiator aufstellen können, ausnahmsweise lief der Geschirrspüler nicht. Seit nicht mehr so viel zu tun war, lief er nur noch jeden zweiten Tag. Doch darüber dachte ich nicht nach. Vielleicht wurde die Geschichte nur deshalb so gut, weil ich so entsetzlich fror.

Ich schickte sie ab. Und schon zwei Tage später rief mich die zuständige Redakteurin an. Es war eins von den kleinen Wundern, die einem neuen Auftrieb geben. Die Redakteurin freute sich tatsächlich. «Ich dachte schon, dass ich von Ihnen gar nichts mehr höre. Sind Sie umgezogen?»

Es war mir nicht aufgefallen, dass Annette von und zu in der arktischen Kälte aus Versehen ihre eigene Anschrift samt Telefonnummer auf den Briefkopf gesetzt hatte. Aber umgezogen war ich ja tatsächlich.

«Dann waren Sie wohl zu beschäftigt», meinte die Redakteurin. «Freut mich, dass Sie jetzt wieder Zeit haben.» Da drang ein glockenhelles Lachen aus dem Hörer. «Ich habe die Geschichte dreimal gelesen, sie ist phantastisch. Haben Sie noch nie daran gedacht, etwas anderes zu schreiben?»

«Ich habe eine Menge anderes hier liegen», sagte ich. «Ich weiß nur nicht, wohin damit.»

«Wenn ich es mir einmal ansehen dürfte. Vielleicht kann ich Ihnen einen guten Tipp geben. Ich kenne ja auch ein paar Leute aus dem Literaturbetrieb.»

So kam es, dass ich morgens auf der Post war, während Béla unser gemeinsames Reich betrat und erst einmal vorsichtig Ausschau nach dem Drachen hielt.

Die Redakteurin hatte mich kurz nach fünf am vorherigen Nachmittag angerufen. Da stand ich schon hinter dem Tresen und konnte nicht auf der Stelle etwas unternehmen. Ich hatte natürlich noch in der Nacht mein Privatmanuskript zusammengerafft, ordentlich abgeheftet und versandfertig gemacht.

Als ich von der Post zurückkam, war ich ziemlich guter Laune. Immerhin stand mir ein schönes Honorar für die Kurzgeschichte in Aussicht. Die halbe Nacht hatte ich mir vorgestellt, dass ich mir an den langweiligen Abenden eine Menge in dieser Art ausdenken könnte. Im Kopf vorformulieren, dann eine Stunde Sibirien. Man kann auch mit klammen Fingern schnell tippen, wenn der Kopf voll genug ist und es einen davor graust, allein im kalten Bett zu liegen. Und wo mich die Redakteurin jetzt schon persönlich angerufen hatte, wer weiß, mit ein bisschen Glück, vielleicht wurde ich öfter als hin und wieder eine Geschichte los. Vielleicht sogar einmal im Monat, und wir wären gerettet.

Du kannst deiner Freundin sagen, dass ihre Eltern nun doch zwei Doppelzimmer buchen können, mein Schatz, dachte ich, als ich den Flur betrat. Du fliegst nach Gran Canaria, Mutti bringt das Geld zusammen. Und gar nicht mehr so lange, dann kann Mutti auch einen Mann engagieren, der sie abends hinter dem Tresen vertritt, dann kann sie den nämlich bezahlen. Dann hat sie mehr Zeit. Dann kann sie mehr schreiben. Dann verdient sie noch mehr Geld. Dann spielt es eines Tages keine Rolle mehr, dass wir keinen Nachfolger für die Kneipe finden. Dann schütteln wir die Pacht locker aus dem Ärmel und leisten uns die Bruchbude als Grabstein für einen schönen Traum.

Zuerst fiel mir nicht auf, dass über der Lehne eines Küchenstuhls eine Lederjacke hing. Es war eine neue Jacke, deshalb brachte ich sie nicht automatisch mit Béla in Verbindung. Und ich war in Gedanken nicht in der Küche. Ich saß im Geist in einem Zimmer am Schreibtisch. Es war ein großes, helles und gemütlich warmes Zimmer. Die neue elektronische Schreibmaschine surrte sanft – oder noch besser ein Computer.

Ich wollte mir nur rasch einen Kaffee machen und weiterträumen. Es war noch etwas Zeit, ehe ich die Kneipe öffnen musste, Viertel vor elf. Dabei lohnten sich die Vormittage gar nicht. Während ich die Kaffeemaschine mit Wasser füllte, überlegte ich, ob ich ab sofort nicht erst um fünf aufmachen sollte.

Bis zehn Uhr schlafen. Das klingt nach lange, aber wenn man erst nachts um halb drei ins Bett kommt, ist es eine kurze Nacht. Eine Viertelstunde für ein einsames Frühstück. Dann Putzfrau spielen, unter die Dusche, anschließend noch ein bisschen Haushalt. Mittagessen mit Sonja, ein paar Einkäufe.

Es knarrte auf der Treppe. Béla kam langsam durch den Flur bis zur Küchentür. Schick sah er aus. Graue Flanellhose mit scharfer Bügelfalte, hellblaues Hemd, dezente Krawatte und ein Pullover in Mattblau darüber. Dazu trug er schwarze Lederschuhe. In der Tür blieb er stehen, lehnte sich gegen den Rahmen.

«Hallo, Liska.» Seine Stimme klang ein wenig rau.

«Hallo», sagte ich, kümmerte mich weder um das Herzklopfen noch um die weichen Knie und drehte mich wieder der Kaffeemaschine zu. Leicht machen wollte ich es ihm nicht.

«Bin ich wieder da, Liska.»

«Das sehe ich», sagte ich. «Willst du auch einen Kaffee?»

«Ja, bitte.»

Ich füllte noch etwas Wasser nach, nahm einen Filter und die Kaffeedose aus dem Schrank, anschließend zwei Tassen. Er stand noch in der Tür, aber nicht mehr gegen den Rahmen gelehnt. «Liska, bitte.» Er machte eine Bewegung mit der rechten Hand, als wolle er sie mir entgegenstrecken, aber dann schob er sie doch lieber in die Hosentasche. «Bist du so kalt.»

«Das drückst du falsch aus», sagte ich. «Es muss heißen: Ist dir kalt? – Nein, mir ist nicht kalt. Ich habe mich warm angezogen. Aber was ist mit dir? Findest du es zu kalt hier? Soll ich das Gas andrehen?»

Er kam zum Tisch, setzte sich auf den Stuhl, auf dessen Lehne die Lederjacke hing. Sofort musste ich mir vorstellen, wie er das Ding trug. Es war eine Blousonjacke, modisch weit geschnitten, mit engem Taillenbund. Himmel, bei seiner Figur, und dann diese graue Hose. Er sah selbst in Jeans zum Reinbeißen aus.

«Welches Modemäuschen hat dich denn beim Einkleiden

beraten?», fragte ich. Mir kam erst in dem Moment der Gedanke, dass er mit einer Frau zusammen gewesen sein könnte. Bis dahin hatte ich mir das nicht vorstellen können. Aber es lag auf der Hand. Der Mann im neuen Gewand. Von alleine wäre Béla doch nicht auf die Idee gekommen, seine geliebten Jeans gegen ein gutbürgerliches Outfit einzutauschen. Und Andreas lief immer in ähnlicher Aufmachung herum.

Er roch auch so anders. Ich kannte den Duft nicht, vielleicht eine neue Kreation, die gerade erst auf dem Markt war. Verdammt nochmal! Ich hatte es nicht gewagt, mir die übliche Marke zu kaufen, als die Körperlotion ausging. Im Supermarkt hatte ich mir irgendein billiges Zeug besorgt.

Eine andere Frau! Die Wut hielt sich nur für den Bruchteil einer Sekunde. Dann kam die Angst. Andreas als Rivale war etwas anderes. Aber eine andere Frau war eine andere Frau und konnte ihm dasselbe bieten wie ich. Vielleicht sogar mehr. Jetzt würde er gleich sagen, dass es keinen Sinn mehr hätte mit uns. Nicht mit mir, mein Lieber, dachte ich. Wenn hier einer den Schlussstrich zieht, dann ist das Lisa Müller oder Annette von und zu. Der Mann, der mir einen Tritt gibt, muss noch geboren werden.

Meine erste Frage hatte er nicht beantwortet, mich nur mit regloser Miene angeschaut. Eine Spur Unsicherheit im Blick. Bist du so kalt, Liska. Das kannst du annehmen, mein Freund, kalt wie ein toter Fisch. Heulen werde ich erst, wenn du weg bist.

Meine zweite Frage beantwortete er auch nicht. «Ist dir das Geld ausgegangen? Tut mir Leid, aber die Schecks musste ich sperren lassen. Hoffentlich siehst du das ein. Ich musste mir Geld bei meiner Mutter borgen und konnte nicht verantworten, dass du mir noch mehr Schulden an den Hals hängst, immerhin habe ich ein Kind, für das ich sorgen muss.»

«Liska», sagte er langsam und vorsichtig, damit ihm kein Satz durcheinander geriet, nur kein Zeichen von Schwäche zeigen, keine Spur von Nervosität. Er kam nicht als Bittsteller, und er wollte, dass ich das begriff. «Bitte, setz dich. Wir müssen reden. Ganz ruhig, ja?»

«Ich bin ganz ruhig.» Ich holte den Kaffee, schenkte uns beiden ein. Dann setzte ich mich ihm gegenüber, zündete mir eine Zigarette an. Und dann redeten wir, ganz ruhig. Zuerst über ihn.

Es tat ihm nicht Leid, dass er mich mit der Kneipe sitzen gelassen hatte, höchstens um das Geld. Aber er hatte einmal sehen wollen, wie das ist, wenn man es mit beiden Händen gleichzeitig ausgibt, wie ich das normalerweise tat. Und was er in den drei Wochen ausgegeben hatte, konnten wir rasch wieder hereinholen, wenn wir uns jetzt ein bisschen anstrengten. So viel war es nicht gewesen, ein paar läppische tausend Mark. Was meinen Verdacht bezüglich der Beratung in Modefragen anging, lag ich nicht völlig daneben. Er war in Düsseldorf gewesen, hatte da eine Frau kennen gelernt.

Ich hätte ihn erwürgen können für dieses Geständnis, mehr noch für die beiläufige Art und Weise, in der es über seine Lippen kam. Aber ich musste mir keine Sorgen machen, wie er mir eilig und eifrig versicherte, es war nichts Ernstes gewesen, nur etwas für den Mann auf Reisen. Ich war die einzige Frau, die er wirklich liebte. «Szeretlek, Liska.» Von ganzem Herzen und für alle Zeit, die Erholungspausen mitgerechnet.

Dann sprachen wir über mich, vielmehr über Heinz, der mir so tatkräftig geholfen hatte, bei der Arbeit und über den herben Verlust hinweg. Ich versicherte ihm, er müsse sich ebenfalls keine Sorgen machen. Heinz sei schließlich verheiratet und denke nicht daran, seine Familie zu verlassen. Wir hätten ja früher jahrelang ein Verhältnis gehabt. Und wenn man sich schon so lange kannte! Heinz sei natürlich gerne bereit gewesen, einzuspringen.

Und was das Geld anging. Da käme ich jetzt blendend zurecht. Ich hätte eine Geschichte verkauft und eine größere Sache in Aussicht. Ich hätte alles umorganisiert in den drei Wochen. Die Kneipe als Hobby, das Schreiben als Beruf. Und ein Hobby betrieb man nur stundenweise.

Béla hatte ohnehin schon nach der Uhr geblinzelt. Es war inzwischen elf vorbei. Was uns beide anging, gab er sich Mühe, cool und lässig über den Dingen zu stehen. Dass ich ihn in den drei Wochen betrogen haben sollte, noch dazu mit Heinz, glaubte er mir nicht. Was vor seiner Zeit zwischen Heinz und mir gewesen war, stand auf einem anderen Blatt. Da gab er sich großzügig, das ginge ihn nichts an, fand er.

Aber jetzt: «Das hätte Heinz nicht getan. Er ist mein Freund, er würde nie mit meiner Frau …»

«Ich bin nicht deine Frau, mein Lieber», unterbrach ich ihn. «Wir sind nicht verheiratet.»

Trotzdem, meinte er, das solle Heinz ihm bitte selbst und ins Gesicht sagen. Die Sache mit den neuen Öffnungszeiten schockte ihn entschieden mehr. «Kannst du so nicht machen, Liska, machst du mir Geschäft kaputt.» Wenn er sogar die Artikel vergaß, musste er kurz vor einer Nervenkrise stehen.

«Ich kann dir nichts kaputt machen», widersprach ich. «Es ist mein Geschäft.» Die Betonung lag überdeutlich auf dem vorletzten Wort. Himmel, war Rache schön. Ich hatte nicht gewusst, wie grausam ich sein konnte. Aber es tat so gut, sein entsetztes Gesicht zu sehen.

«Du musst versuchen, mich zu verstehen», fuhr ich fort. «Auf dich kann ich mich nicht verlassen. Du hast mir schon mehrfach versprochen, es wird nicht wieder vorkommen. Und ich hatte gedacht, jetzt, wo ich dir deinen großen Traum erfüllt habe, wärst du auch mit Herz und Seele bei der Sache. Aber nein, eine kleine Meinungsverschiedenheit um läppische tausend Mark für meine Tochter, und Béla ist drei Wochen lang wie vom Erdboden verschluckt.»

«War nicht nur das Geld, Liska», murmelte er. «War alles. Immer Ärger, immer Streit, nichts war gut, und immer war ich schuld. Hab ich doch auch nicht gewusst, wie es aussieht da oben. Hab ich gedacht, wir machen alles neu, dann bist du zufrieden und Sonja auch.» Er hob die Achseln, ließ sie wieder sinken. Es wirkte resignierend, er tat mir ein bisschen Leid.

«Musst du auch Verständnis für mich haben», bettelte er. «War erst alles so schön mit uns. Und dann war ich dir zu viel. Aber ich brauche einmal ein Lächeln. Du musst mir sagen, dass du mich brauchst. Dass du mich willst, Liska. Nicht immer nur hinlegen und stillhalten und schimpfen.»

Allmählich beruhigte er sich wieder, hob die Tasse, trank einen Schluck Kaffee und griff danach ebenfalls zu einer Zigarette, bevor er aufzählte, eine lange Liste meiner Sünden. Meckern und schimpfen und ein langes Gesicht. Unzufriedenheit, Lustlosigkeit und nur, wenn alles nach meiner Nase gegangen war, noch ein bisschen Leidenschaft. Wie er es darstellte, klang es fast, als spräche er über Meta, und so schlimm war ich wahrhaftig nicht gewesen, fand ich.

Danach war ich wieder an der Reihe. Ich zählte nicht auf, versuchte nur, ihm begreiflich zu machen, wie ich mir mein Leben mit ihm vorgestellt hatte. Dass ich ihn durchaus begehrte, aber nicht siebenmal in der Woche. Dass ich es nicht mehr als Liebe empfand, wenn Sex zu einer Zwangshandlung wurde. Es war ja mal schön, aus dem Schlaf gerissen zu werden. Es war auch mal schön, sich in Arbeitskittel und mit Gummihandschuhen, den Putzeimer neben dem linken Bein, über einen Tisch im Lokal zu beugen, weil es ihn plötzlich danach verlangte. Und nachmittags, wenn wir Zeit hatten. Das war die persönliche Seite, danach kam die allgemeine.

Wir saßen bis weit nach Mittag zusammen am Küchentisch und gaben uns redlich Mühe, einen goldenen Mittelweg zu finden, auf dem wir beide einigermaßen zufrieden sein konnten. Zum ersten Mal wurde uns beiden klar, dass wir grundverschiedene Interessen und Vorstellungen vom Glück hatten. Ihm machte es nichts aus, in einem Stall zu schlafen. In seiner Heimat hausten viele Menschen schlimmer, als ich es mir vorstellen konnte. Da wäre ein Haus wie dieses schon fast Luxus gewesen. Ihm reichten ein warmes Bett, genug zu essen, die Musik, andächtiges Publikum, eine liebevolle Frau, ein guter Freund in der Hinterhand und ein paar Mark auf der Seite für Unvorhersehbares.

Ich wollte eine vernünftige Wohnung und ein paar Stunden täglich für die Schreibmaschine. Ich wollte einen Mann, auf den ich mich verlassen konnte. Und ich wollte wissen, wie viel Geld mir im nächsten Monat zur Verfügung stand.

Was die rein praktische Seite anging, kamen wir nach zähen Verhandlungen zur Einigung. Eine Putzfrau für den Vormittag und eine Frau, die von abends acht bis Mitternacht im Lokal aushalf. Ich durfte am Nachmittag meine schriftstellerischen Ambitionen austoben. Béla durfte von acht bis Mitternacht Musik machen.

Kurz vor zwei wurden wir durch Sonja unterbrochen. Sie kam zur Eingangstür herein und wunderte sich auf dem kurzen Weg zur Küche, dass ich die «Bude» noch nicht aufgemacht hatte. Da klang verdächtiger Jubel in ihrer Stimme mit.

Bei der Küchentür blieb sie stehen. Die letzten Strahlen ihres Lächelns bekam ich gerade noch mit, ehe sich der eiserne Vorhang über ihr Gesicht legte. Es kam kein Wort mehr über ihre Lippen. Sie drehte sich auf dem Absatz um. Erst als sie die Eingangstür erreicht und aufgerissen hatte, rief sie: «Du weißt ja, wo du mich finden kannst. Ruf an, wenn er wieder weg ist. Ich stehe ihm sonst nur beim Packen im Weg.»

Ich kam nicht dazu, ihr zu antworten. Als die Tür hinter ihr ins Schloss fiel, stand Béla auf. Er stand noch ein paar Sekunden neben dem Tisch, schaute mich an. Dann ging er langsam zur Tür, weiter zur Treppe und die ersten Stufen hinauf. Damit verschwand er aus meinem Blickfeld.

Ich weiß nicht, wie lange ich noch in der Küche saß. Ich hörte ihn oben hin und her gehen, Schranktüren öffnen und diverse andere Geräusche. Im Geist sah ich ihn seine restlichen Sachen zusammenpacken. Gleichzeitig sah ich mich am Küchentisch sitzen. An meinem eigenen, an dem ich seit Jahr und Tag Liebesgeschichten, hin und wieder auch eine Mordgeschichte schrieb.

Ich sah mich alt und grau, runzelig und dürr. Ich sah Sonja als junge Frau, die am Sonntagnachmittag auf einen kurzen Besuch hereinschaute. Die mich kühl und sachlich fragte, wie es mir ging. Und ich sagte, es ginge mir toll. Ich wolle am Abend zum Tanztee fahren. Sonja meinte, in meinem Alter solle ich mich lieber nicht mehr hinters Steuer setzen. Sie schüttelte den Kopf, als sie feststellte, dass ich wohl hundert werde könnte, und es würde sich bei mir doch nie etwas ändern. Hauptsache, du hast einen Mann im Bett. Aber den hatte ich nicht, und die alten Männer beim Tanztee waren so gehemmt.

Irgendwann stand ich vom Stuhl auf. Von dem Hochgefühl, das mich auf dem Heimweg von der Post begleitet hatte, war nicht viel übrig. Ich nahm das Geschirr vom Tisch, trug es zum Ausguss, dann rief ich nach Béla. Er kam sofort herunter, als ob er darauf gewartet hätte. Wieder blieb er bei der Tür stehen und schaute mich nur an.

«Geh nicht», sagte ich. «Du wirst dich doch von dem dummen Ding nicht einschüchtern lassen. Wir beide waren uns einig.»

Er rührte sich nicht von der Tür weg. «Ich will nicht, dass du gehst», sagte ich. «Ich liebe dich. Ich brauche dich. Ich will, dass du bei mir bleibst.»

Keine Antwort, keine Reaktion. Er schaute mich an, und es rührte sich kein Muskel in seinem Gesicht. Was sollte ich denn noch sagen? Nichts! Als ich mir den Pullover über den Kopf zog, kam er langsam näher. Einen Meter vor mir blieb er wieder stehen, immer noch mit dieser reglosen Miene. Er schaute mir zu, wie ich mich aus der Jeans schälte. Wer den letzten Schritt tat, weiß ich nicht mehr. Wahrscheinlich er, vermutlich ich, jedenfalls war er plötzlich bei mir.

Wie hatte ich das vermisst! Das heisere Liska, seine Hände, die zur gleichen Zeit in meinem Rücken, im Nacken, an den Hüften und an zwanzig oder dreißig anderen Stellen waren. Seine Lippen am Mundwinkel. Das war es, was ich so mochte, was ich vor ihm mit keinem Mann erlebt hatte. Die Art zu küssen, das Zögern dabei, das Spielen, Abwarten, dass er nicht gleich mit Zunge und Zähnen über mich herfiel.

Er schob mich zurück, bis ich gegen den Tisch stieß, drückte mich dagegen. «Sag es, Liska, sag es.»

«Ich will dich.»

Er hob mich auf den Tisch, knöpfte mir die Bluse auf. Es war kalt in der Küche. Ich bekam eine Gänsehaut, erst von der Kälte, dann von der Hitze. Irgendwann hob er mich vom Tisch herunter, schob mich rückwärts auf die Tür zu.

Er war ein durchtriebener Mistkerl. Von wegen, die restlichen Sachen packen. Ausgepackt hatte er und den Radiator in unser Schlafzimmer geschoben. Es war noch nicht richtig warm, aber angenehmer als in der Küche. Und auf dem Bett war es auch bequemer als auf dem Küchentisch. Wir fielen übereinander her, als hätte man uns ein Jahr lang mit gefesselten Händen hinter Klostermauern gehalten und uns jeden Abend pornographische Geschichten vorgelesen.

Bis kurz nach vier blieben wir oben. Ich wäre gerne liegen geblieben und hätte ein bisschen geschlafen. Béla ging hinunter und machte uns einen starken Kaffee, ich machte uns später noch ein paar belegte Brote. Wir waren beide ziemlich hungrig. Als er um fünf nach vorne ging und die Tür öffnete, sagte er: «Ab jetzt, Liska. Du hast drei Stunden für deine Arbeit.»

Ich nutzte die Zeit, um zu duschen und mich für den Abend zurechtzumachen. Anschließend ging ich noch einmal hinauf, trug den Tisch und die Schreibmaschine ins Schlafzimmer, dort war es angenehm warm. Als Heinz um halb acht kam, hatte ich sieben Seiten geschafft.

Heinz klopfte kurz gegen die Tür, die ich so weit als möglich zugedrückt hatte. Béla hatte ihn hinaufgeschickt. Er kam herein, seine Miene war eine Mischung aus Grinsen und Unbehagen. «Du hast ja eine überaus lebhafte Phantasie. Warum erzählst du ihm solch einen Quatsch? Hast du gedacht, er geht auf mich los, und ich verabreiche ihm eine Tracht Prügel?»

Sein Grinsen gewann die Oberhand. «Oder war es kein

Quatsch, hattest du Sehnsucht nach den alten Zeiten? Da hättest nur einen Ton sagen müssen, solange er noch unterwegs war.»

«Und dann?»

Immer noch grinsend schüttelte Heinz den Kopf. «Kein und dann, Lisa. Die alten Zeiten sind vorbei. Du wolltest einen Mann für dich allein, jetzt hast du einen. Vielleicht nicht ganz für dich allein. Aber er geht aus deinem Bett nicht zu Frau und Kindern. Und weißt du, ich mag ihn. Ich käme nicht auf den Gedanken, ihm die Frau wegzunehmen. Das habe ich ihm auch gerade gesagt.»

«Spielverderber», sagte ich.

Béla hatte mir zwar nicht geglaubt, sich aber dennoch von Heinz bestätigen lassen, dass ich während der drei Wochen gelebt hatte wie eine Nonne.

«Er ist fremdgegangen», sagte ich. «Mit einer Frau.»

Wehgetan hatte es auch vorher, als ich es aussprach, versetzte es mir noch einmal einen gewaltigen Stich. Ganz ruhig, Lisa. Noch einmal langsam von vorne. Er hat dich betrogen, nicht zum ersten Mal. Bisher hat er dich mit einem Mann betrogen und es offen zugegeben. Jetzt war es eine Frau, das hat er auch sofort gestanden. Für ihn gibt es da keinen großen Unterschied. Er kommt zurück, er kommt immer zurück, als sei nichts gewesen. Und du dumme Kuh wirst verrückt bei dem Gedanken, er könne auf Nimmerwiedersehen verschwinden.

Heinz schaute mich abwartend an. Als ich schwieg, stellte er fest: «Über die Frau würde ich mich an deiner Stelle nicht aufregen, Lisa. Das ist normal.»

«Ich weiß aber nicht, wo er sie aufgegabelt hat», sagte ich. «Mir hat er erzählt, er wäre in Düsseldorf gewesen. Vielleicht im Puff.»

«Da sind die Frauen sauber», meinte Heinz. «Und du hast ihn nun doch nicht endgültig rausgeworfen?»

Die Antwort erübrigte sich. Ich sagte trotzdem: «Ich bin doch auf ihn angewiesen. Ohne ihn muss ich die Kneipe über kurz oder lang zumachen, wahrscheinlich über kurz. Das kann ich mir nicht leisten, weil ich weiter dafür bezahlen muss.»

So konnte man es auch darstellen, es klang sogar glaubhaft. Lisa macht nüchtern abwägend aus der Not eine Tugend. Dann konnte ihr kein Mensch nachsagen, sie wolle nur einen Mann im Bett haben. Heinz hörte mir zu, mehr tat er nicht. Irgendwann fragte er: «Ist es wirklich nur das Geld, Lisa?»

«Nein, verdammt!»

«Sag nicht verdammt», meinte er. «Es wäre schlimm, wenn es anders wäre. Dann hättest du einen Grund, verdammt zu sagen. Das kannst du mir glauben.»

Nach Bélas Rückkehr aus Düsseldorf – ob er tatsächlich dort gewesen war, habe ich nie erfahren, wollte es so genau auch gar nicht wissen –, sah es aus, als könnten wir noch einmal bei Null anfangen. Wir hatten beide dazu gelernt, unsere Aussprache hatte auch viel geklärt. Ich gab mir Mühe, nicht bei jeder Kleinigkeit zu schimpfen oder beleidigt zu sein. Und Béla hatte in den drei Wochen die Erfahrung machen müssen, dass auch mit anderen Frauen nicht alles eitel Sonnenschein war.

Hin und wieder verriet er etwas. Dass er sie in einer Diskothek kennen gelernt hatte. Dass ihr Freund sie geschlagen hatte und er dazwischen gegangen war. Dass er anschließend nur versucht hatte, sie zu trösten. Dass sie jung gewesen war, um einiges jünger als er, hübsch, aber prüde. Da brauchte es nicht viel für das heilige Versprechen: «Es wird nie wieder vorkommen, Liska.»

Dreimal am Tag schwor er mir ewige Liebe, war zu Unmengen von Kompromissen bereit, gab hier ein bisschen nach und da ein bisschen mehr. Manchmal krachte es noch leicht im Gebälk, aber nur sehr leise, meist knisterte es nur.

Eine friedliche Zeit – wäre Sonja nicht gewesen, es hätte eine harmonische Zeit sein können. Wenn sie sich bei uns blicken ließ, dann nur um zu sticheln und zu orakeln. Dass es mir eines Tages noch bitter Leid täte, ihn wieder aufgenommen zu haben. Dass ich mir nicht einbilden solle, er würde von nun an treu und brav an meiner Seite leben. Meist hörte ich ihr nicht zu, es kam doch immer nur dieselbe Leier.

Nachmittags schrieb ich. Täglich drei Stunden, viel war das nicht. Doch es kamen bald noch ein paar Stunden hinzu. Béla fand überraschend schnell eine ältere Frau, die morgens das Lokal putzte. Ein paar Wochen später fand sich auch eine junge Frau, die abends für ein paar Stunden hinter dem Tresen aushalf und an den Tischen bediente.

Anita Ludwig hieß sie, war zwei Jahre jünger als Béla, mit einem Beamten verheiratet, Mutter von zwei kleinen Kindern. Ihr Sohn war vier Jahre, ihre Tochter gerade sechs Monate alt. Ihr Mann verdiente nicht allzu üppig, er stand erst am Beginn seiner Laufbahn, und sie hatten gebaut. Das Geld reichte seitdem hinten und vorne nicht, und mit den kleinen Kindern kam eine reguläre Arbeit nicht infrage. Die paar Stunden abends bei uns kamen ihr in jeder Hinsicht gelegen, die fasste Anita kaum als Arbeit auf. «Früher sind wir dreimal in der Woche ausgegangen», erzählte sie mir treuherzig.

Sie brauchte den Trubel um sich herum, das Männerlachen, den Geruch von Bier und den Zigarettenqualm. Dafür auch noch bezahlt zu werden, war für sie die Krönung des Vergnügens. Währenddessen spielte ihr Mann den Babysitter und bereitete sich gleichzeitig auf eine Prüfung vor, die ihn in die nächste Gehaltsklasse befördern sollte. «Wenn ich zu Hause rumsitze», sagte sie, «gehe ich ihm nur auf die Nerven.»

Das konnte ich mir lebhaft vorstellen. Sie war ein quicklebendiges Persönchen. Kleiner als ich, aber ein paar Kilo schwerer. Flink und rosig und immer einen Scherz auf den Lippen. Die Leute mochten sie. Ich mochte sie auch, verschaffte sie mir doch ein paar zusätzliche Stunden am Abend, um zu schreiben. Und was noch wichtiger war, Béla kam ausgezeichnet mit ihr zurecht, sodass er keine Einwände erhob, wenn ich mich kurz nach zehn noch einmal an die Schreibmaschine setzen wollte.

Jeden zweiten Samstag gab es im Saal einen Tanzabend, bei dem Béla zusammen mit Andreas und Werner spielte. Dass sie weder Disco noch Tanztee boten, sondern eine nette Mischung, sprach sich rasch herum. Wir wurden jeden zweiten Samstag zum Treffpunkt für die mittleren Jahrgänge. Auch in der Woche musste die Saaltür häufig geöffnet werden, weil der Schankraum zu klein war, um all den Leuten Platz zu bieten. Trotzdem blieb mir Zeit genug für meine Geschichten.

Mein Privatmanuskript bekam ich nach zwei Monaten von der Redakteurin zurück. Mit einem seitenlangen Begleitbrief, der im Wesentlichen aussagte, es sei eine gute Arbeit, für einen Roman jedoch ein bisschen holprig. Es gäbe ja keinen richtigen Zusammenhang zwischen den Bettszenen. Mit anderen Worten, es fehlte jegliche Handlung, obwohl die Akteure sehr aktiv waren. Wenn ich es noch einmal gründlich überarbeiten würde und so weiter.

Das tat ich. Nach sechs Monaten hatte ich das Manuskript auf gute zweihundert Seiten gebracht und mich bezüglich des roten Fadens an den vergangenen Jahren mit Béla orientiert. Mit einem Unterschied! Als der jugendliche Liebhaber nach etlichen kürzeren Trips vom großen Ausflug zurückkam, hatte seine Angebetete die Nase gestrichen voll. Sie hatte sich zwischenzeitlich mit einem guten alten Freund getröstet. Und gemeinsam ließen sie den Heimkehrer über die Klinge springen.

Ich schickte das Manuskript noch einmal an die Redakteurin. Die Antwort war eine herbe Enttäuschung. Es las sich gut, fand sie, spannend und unterhaltsam, aber es war weder Krimi noch Liebesroman. Auf Anhieb konnte sie mir nicht raten, welchem Verlag ich das anbieten könnte.

Monatelang versuchte ich es auf eigene Faust, bekam Absage um Absage, schrieb aber bereits eifrig am zweiten Roman. Zwischendurch schrieb ich auch noch ein paar Geschichten für die Fernsehillustrierte, die immer prompt gekauft wurden. Und wie es schien, färbte die heile Welt allmählich auf unser Leben ab.

Sonja stellte ihre Unkereien ein, kam nur noch heim, wenn sie etwas zum Anziehen brauchte oder Geld. Ihren Urlaub in dem Jahr verbrachte sie in der Bretagne, in einem Zelt, zusammen mit einer anderen Schulfreundin und deren Eltern. Der Spaß kostete nur vierhundert Mark, und die musste ich nicht aus der gemeinsamen Kasse nehmen.

Heinz bastelte in seiner Freizeit an unserem Domizil. Baute ein winziges, aber beheizbares Duschbad in den Anbau, wechselte Fenster aus, hobelte Türen ab, trank abends sein Bier zum Dank und wollte ansonsten keine Bezahlung.

Jetzt hatten wir also, was wir haben wollten, einen gemeinsamen, regelmäßigen Alltag. Natürlich gab es nochmal

Krach um Kleinigkeiten, nicht der Rede wert, die Versöhnung folgte meist noch in derselben Nacht. Da lagen wir zuerst jeder auf seiner Kante vom Bett. Irgendwann sagte ich: «Ich habe es nicht so gemeint, Béla, tut mir Leid, nicht mehr böse sein.» Oder er streckte die Hand aus. «Kann ich so nicht einschlafen, Liska.»

Gut ein Jahr nach seinem ersten Ausflug in die Arme einer anderen Frau fragte er mich zum ersten Mal, ob ich ihn heiraten wolle. Lieber heute als morgen, es lief doch alles bestens. Aber Vorsicht ist die Mutter der Porzellankiste, und aus Schaden wird man klug. Ich sagte: «Warten wir noch ein bisschen.»

Das taten wir, noch ein Jahr. Dann war ich mir meiner Sache sicher, auch wenn Sonja düster prophezeite: «Das wirst du eines Tages bitter bereuen.»

Das konnte ich mir nicht mehr vorstellen. In den vergangenen beiden Jahren hatte Béla sich benommen, als gäbe es außer mir keine Frauen – auch keinen «guten» Freund mehr. Andreas war Vater einer Tochter geworden. Komisch, alle bekamen sie nur Mädchen. Andreas war maßlos stolz auf die Kleine, schleppte wöchentlich größer werdende Stapel Fotografien mit sich herum, die er unentwegt vorzeigte. Wenn sie samstags zusammen auf dem Podium standen, waren sie nur zwei Männer, die sich seit ewigen Zeiten kannten und gut verstanden. Dass seine weiblichen Fans ihn anhimmelten, nahm Béla gelassen zur Kenntnis. Es schmeichelte ihm natürlich, aber ich war die Einzige.

Wir hatten noch die Hälfte vom Pachtvertrag vor uns, ein sattes Polster für Notzeiten oder den Grundstein für ein besseres Lokal auf der hohen Kante. Es kam darauf an, wie man es sehen wollte. Béla sah das Polster, ich den Grundstein. Das

Manuskript meines ersten Romans kam immer noch mit schöner Regelmäßigkeit zurück und wurde, wenn ich die Enttäuschung über die erneute Absage verarbeitet hatte, wieder abgeschickt. Aber irgendwie hatte ich den Glauben verloren, sah meine Zukunft zwar noch am Schreibtisch und meine Sicherheit in den Bierfässern, die Béla pro Woche anschlug. Er schlug inzwischen doppelt so viele an wie zu Beginn.

Ich fand unsere Startposition günstig, als ich JA sagte. Auf meinem ersten Buch, wenn es denn jemals gedruckt wurde, sollte Lisa Szabo stehen, das machte sich besser als Lisa Müller. Natürlich war das nicht der Grund. Ich liebte Béla. Manchmal war ich verliebt in ihn wie ein Teenager. Obwohl er immerzu in meiner unmittelbaren Nähe war, bekam ich Herzklopfen, wenn er unvermittelt nach mir rief oder plötzlich in der Tür auftauchte. Oder wenn er mich beim Mittagessen fragte, ob er mich zum Nachtisch ein bisschen füttern solle. «Eine Stunde, Liska.» Das war oft wie der erste Abend, hinreißend, atemberaubend, jedes Mal einmalig neu. Es war alles in bester Ordnung.

Meine Tochter war fast siebzehn. Und auch wenn es wehtat, dass sie mir so fremd geworden war, ein schlechtes Gewissen ihr gegenüber hatte ich nicht mehr. Dass Jugend auch so kompromisslos sein muss, einmal gesündigt, für immer in Ungnade.

Sonja war auf ihre Art ein durchtriebenes Biest. Eine Zeit lang gab sie sich redlich Mühe, mir zu beweisen, dass Béla gegenüber den Reizen anderer Frauen nicht immun geworden war. Als eine solche betrachtete sie sich inzwischen. Da konnte es geschehen, dass sie an unserem Ruhetag nach Hause kam und abends nur mit einem Slip bekleidet im Wohnzimmer erschien, sich zu Béla auf die Couch setzte, oder, damit er eine bessere Aussicht hatte, ihm gegenüber in einen Sessel. Mit ihrer Oberweite konnte ich nicht konkurrieren, Erbteil von Müllers, genauso wie das blonde Haar. Béla versuchte ein paar Minuten lang, konzentriert auf den Bildschirm des Fernsehers oder sonst wohin zu schauen. Dann verlangte er regelmäßig: «Zieh dir etwas über, Sonja. Das ist zu kalt so.»

«Mach dich doch nicht lächerlich», widersprach sie. «Hier drin sind es vierundzwanzig Grad. Es ist viel zu warm, um etwas anzuziehen.»

Béla schickte einen Hilfe suchenden Blick in meine Richtung und schlug die Beine übereinander, damit nicht auffiel, dass ihn der Anblick eines halb nackten und blutjungen Mädchens nicht kalt ließ. «Liska, sag du ihr bitte, sie muss etwas überziehen. Das geht doch nicht.»

Bevor ich dazu kam, erhob Sonja sich mit triumphierendem Lächeln und schwebte der Tür entgegen. «Mein Gott, bist du prüde. Tu doch nicht so, als ob dir das unangenehm wäre. Heinz macht auch kein Theater, wenn die Mädchen so in der Wohnung herumlaufen. Marion schläft sogar oft bei ihm im Bett. Das sollte ich mal bei dir versuchen.»

«Die Mädchen sind seine Kinder», erwiderte Béla.

Es klang immer wie eine Entschuldigung und machte mich regelmäßig wütend auf Sonja. Es war widerlich, ihn so zu provozieren. Das sagte ich ihr auch mehrfach, sie grinste und meinte: «Worüber regst du dich eigentlich auf? Er ist doch praktisch schon mein Stiefvater, und vor seinem Vater wird man sich ja wohl nicht genieren müssen.»

Großes Aufheben machten wir nicht um unsere Hochzeit. Sie fiel natürlich auf einen Mittwoch. Am Vormittag um elf war die Trauung, eine Sache von zehn Minuten, mit Andreas und Werner als Trauzeugen. Mittags führte Béla uns in ein

Nobelrestaurant in Köln. Danach saßen wir bei Kaffee und Kuchen mit meinen Eltern, Andreas und Werner, jeweils mit Frau und Kind, der kompletten Familie Böhring und meiner Tochter zusammen. Abends feierten wir allein und richtig.

Die Hochzeitsnacht – man müsste sich Erinnerungen in Formen gießen und so festhalten können. Wenn ich da an Karl-Josef dachte, der um eins in der Nacht neben mich ins Bett gefallen war und nicht einmal mehr den Arm hochgebracht hatte, um das Licht auszumachen.

Am nächsten Morgen bekam ich um neun das Frühstück ans Bett gebracht und anschließend noch einen kleinen Nachschlag vom köstlichen Menü der Nacht. Dann hatte der Alltag uns wieder.

Ein relativ friedlicher Alltag. Hin und wieder bemerkte ein Gast, dass wir neuerdings Ringe an der rechten Hand trugen. Er bekam einen ausgegeben, aber damit hatte es sich auch.

Ob ich glücklich war? Ja, das war ich. Monatelang war ich restlos glücklich und zufrieden.

Sogar Sonja schien einzusehen, dass der Mensch nicht zum Alleinsein geschaffen ist und man für die wahre Liebe gerne den einen oder anderen Preis zahlt. Sie lebte praktisch immer noch die meiste Zeit bei den Böhrings. Manchmal kam sie am Nachmittag vorbei und erzählte mir wie in alten Zeiten von den wichtigen Arbeiten in der Schule. Inzwischen hießen einige Klausuren, andere Referate, dann gab es noch Tests, und für alles gab es Einser, nur wenn es schlecht gelaufen war, eine Zwei. Aber das waren die Ausnahmen.

Schlecht gelaufen war es auch immer nur, wenn Sonja wieder einmal die halbe Nacht nicht hatte schlafen können. Bei Böhrings wurde zwar nicht mehr lautstark gestritten. Aber es brodelte ständig unter der Oberfläche wie in einem

Vulkan. Zwei feindliche Lager gab es. Auf der einen Seite Meta mit den beiden Jüngsten, auf der anderen Seite Heinz mit der Ältesten. Des Ausgleichs und der gerechten Verteilung wegen hätte Sonja sich auf die andere Seite schlagen müssen. Das sah sie nicht ein. Und dann stritten nachts nicht Heinz und Meta ums Geld, sondern Sonja und Marion darüber, wer welche Rechte hatte und welche Pflichten.

«Eines Tages», erzählte Sonja, «will Marion mit ihrem Papa nach Amerika abhauen. Die halbe Nacht hat sie mir erklärt, dass sie dort leben werden wie ein Liebespaar. Sie ist bescheuert, Mama, aber in dem Alter.»

Zu der Zeit war Marion dreizehn. Ich traf sie hin und wieder zufällig in der Stadt. Ein paar Tage vor dieser Unterhaltung mit Sonja hatte ich sie noch gesehen. Groß und dürr, mit Lippenstift, der so dick aufgetragen war, dass sie wie ein Clown aussah. Sie hielt eine Zigarette in der Hand, die sie bei meinem Auftauchen noch rasch zu verstecken suchte. Mit der freien Hand winkte sie eifrig zu mir herüber und rief quer über die Straße: «Hey, Lisa!»

Sie setzte ein Lächeln auf, von dem ich nicht wusste, ob es verlegen oder schuldbewusst war, und brüllte ihrem Gruß die saloppe Feststellung hinterher: «Sieht man dich auch mal wieder!»

Sie hatte mir Leid getan, entsetzlich Leid. Am liebsten hätte ich sie in die Arme genommen. Da war noch so viel Kind an ihr, und sie versuchte, mit aller Gewalt erwachsen zu wirken, nicht mehr nur Papas Große zu sein, sondern die Frau, mit der er reden konnte.

Heinz erzählte manchmal, dass sie ihn regelmäßig fragte, wie es auf der Arbeit gewesen sei. Dass sie, wenn er Frühschicht hatte, mit ihm aufstand, sein Frühstück machte und die Brote, die er mit zur Arbeit nahm. Dass sie sich mittags oder abends an den Herd stellte und sein Leibgericht für ihn kochte. Das hatte Meta nie getan.

Und meine Tochter stand voll und ganz auf Metas Seite, hatte nicht das geringste Verständnis für ein junges Mädchen, das von der Mutter behandelt wurde wie ein überflüssiges Möbelstück. Wen hätte Marion denn lieben sollen, wenn nicht ihren Vater? Ich erinnerte Sonja daran, dass sie mit dreizehn doch auch für Béla geschwärmt hatte. Da war er noch der junge Gott am Keyboard gewesen, der nach kurzem Ansingen jeden Hit nachspielen konnte. Da war es noch unwichtig, dass er nach Streitereien für ein paar Tage verschwand. Vielleicht nicht unwichtig, aber keineswegs seine Schuld. «Habt ihr euch gezankt, Mutti?» Und wenn wir uns gezankt hatten, dann lag es garantiert an mir.

Aber jetzt war das ganz etwas anderes. «Das kannst du nun wirklich nicht vergleichen, Mama», bekam ich zur Antwort. «Was ich an Béla bewundert habe, war lediglich seine Fähigkeit als Musiker. Die hat er, das kann ihm niemand absprechen. Aber seine Qualitäten als Mensch, also, vielen Dank.»

«Mir reichen seine Qualitäten als Mensch», sagte ich.

«Du musst es ja wissen», sagte Sonja ein bisschen von oben herab und fügte noch eine spitze Bemerkung hinzu: «Mal sehen, wie lange es diesmal funktioniert. Fühl dich nur nicht zu sicher. Ein Trauschein ist keine Garantie.»

Wie Recht sie hatte.

6. Kapitel

Es kam schleichend. Béla machte ein paar zarte Andeutungen. So zart, dass kein Mensch begreifen konnte, wie bitterernst es ihm war. Vielleicht lag es an diesem Goldköpfchen, das Andreas und Gisela uns mit schöner Regelmäßigkeit einmal im Monat vorführten. Ein wahres Prachtexemplar von einem Baby, lieb und süß, furchtbar intelligent und überaus großzügig im Verteilen von Zärtlichkeiten. Sie wusch Béla das halbe Gesicht mit ihren Küsschen. Wenn sie abends heimfuhren, stellte er jedes Mal fest, dass kleine Kinder etwas Wundervolles seien.

Ich sagte dann immer: «Aber sie bleiben nicht klein und wundervoll.» Anschließend erzählte ich ihm meist noch von Sonjas letzter Stippvisite, dass es wehtat, sich mit ihr zu unterhalten, immer nur über die Böhrings. Sobald es persönlich wurde, kamen gehässige Bemerkungen.

Einmal meinte Béla: «Wenn du noch ein Kind hättest, Liska, wäre es für dich nur halb so schlimm.» Einmal fragte er auch: «Wäre es nicht schön, Liska, wenn wir beide ein Kind hätten?»

Ich lachte: «Wunderschön, ich kann mir das gut vorstellen. Die Wiege im nicht zu großen Kinderzimmer. Ich hetze treppauf, treppab, um zu hören, ob es noch schläft oder schon brüllt. Nein, Béla, das könnte ich nicht. Noch einmal jede Nacht aus dem Schlaf gerissen werden. Die ersten Zähne, das Krabbelalter. Wo soll hier ein Baby krabbeln? Wann soll ich schreiben, wenn ich mich auch noch um ein kleines Kind kümmern muss?»

«Machst du ein Jahr Pause mit dem Schreiben», meinte er. «Es klappt doch nicht. Du hast schon so viel Enttäuschung eingesteckt. Ein Baby wird dich nicht enttäuschen.»

Auf die Schreibpause mochte ich nicht näher eingehen, wir hätten nur gestritten. Ich sagte einfach: «Ich bin zu alt für ein Baby.»

Das war zwei Monate vor meinem nächsten Geburtstag, dann wurde ich siebenunddreißig. Béla lachte: «Aber nein, Liska, du bist nicht alt. Du siehst jung aus, du wirst eine schöne Mama.»

Er hatte sich das in den Kopf gesetzt, versuchte es zuerst mit Schmeicheleien, dann mit einem üblen Trick. Das war Anfang April. Als ich nachts die Pille nehmen wollte, fand ich die Packung nicht. Ich suchte danach, normalerweise lag sie im Nachttisch neben dem Bett. Béla lag schon im Bett und lockte, Sehnsucht und Erregung vom Scheitel bis zu den Fußsohlen: «Komm, Liska, du kannst morgen früh weitersuchen.»

Das tat ich, ohne Erfolg. Es war nicht nur der Streifen verschwunden, aus dem ich zur Zeit schluckte, auch der für den nächsten Monat. Béla hatte bereits ein paar Gäste, als ich herunterkam. Wir gingen in die Küche, um die Sache zu klären. Mich hörte man vermutlich trotzdem bis in den Schankraum.

«Entweder du gibst mir das Zeug auf der Stelle zurück, oder ich gehe sofort zum Frauenarzt.»

Das musste ich. Zurückgeben konnte er mir nichts mehr, selbst wenn er gewollt hätte. Er hatte alle Pillen ins Klo geworfen. Wir sprachen danach ein paar Tage lang nicht miteinander. Béla versuchte es zwar. «Liska, hab ich es nicht böse gemeint. Liska, versteh mich doch, ich möchte so gern ein Kind haben.»

«Dann sieh zu, wo du eins herbekommst», gab ich zur Antwort. «Von mir kriegst du es nicht. Wir waren uns doch einig, dass ich keine Kinder mehr will. Erinnerst du dich? Ich habe es dir ganz zu Anfang klar und deutlich gesagt.»

Das hatte ich doch, damals, an dem Weihnachtstag, vielleicht nicht klar und deutlich, aber unmissverständlich, fand ich. «Und damit du nicht mehr in Versuchung kommst, mein Freund», fuhr ich fort, «werde ich mich sterilisieren lassen. Ich habe mich bereits im Krankenhaus angemeldet. Mein Arzt hält das für die beste Lösung, auch für die gesündere. Wenn man raucht, kann man nicht ewig die Pille schlucken.»

Mitte April ging ich ins Krankenhaus. Bis dahin hatte ich mich geweigert, mit ihm zu schlafen. Er drängte nicht, unternahm nicht einen einzigen Versuch, mich mit Zärtlichkeit umzustimmen. Ich hielt seine Reaktion für Verärgerung, Enttäuschung und Wut, mehr sah ich nicht dahinter.

Mir fiel auch nichts auf, als ich ein paar Tage nach dem Eingriff wieder heimkam. Béla hatte mich regelmäßig besucht, sich teilnahmsvoll erkundigt, ob es schlimm gewesen sei, ob ich noch Schmerzen hätte. Er war vielleicht ein bisschen stiller als sonst. Es brauchte eben seine Zeit, ehe man Herzenswünsche begraben hatte. Dass er auch in punkto Leidenschaft zurückhaltend war, hielt ich anfangs für Rücksicht. Ebenso, dass er absolut keine Einwände erhob, wenn ich mich den ganzen Abend an den Schreibtisch setzte, nicht einmal nach unten kam, um zu fragen, ob ich helfen müsste.

Manchmal sagte er schon um fünf: «Kannst du ruhig schreiben, wenn du willst, Liska. Wir kommen zurecht, Anita und ich.»

Dieser eine verdrehte Satz war für mich kein Alarmzeichen. Und das Pummelchen, das hinter dem Tresen stand oder zwischen den Tischen umherwieselte, betrachtete ich nicht als Konkurrenz. Eine verheiratete Frau mit Eigenheim und zwei Kindern. Mit einem, wie Anita betonte, wunderbaren Ehemann, der morgens die Kinder versorgte, damit sie länger schlafen konnte, wo es nachts doch so spät wurde.

Als Béla dann an einem Donnerstag im Juli kurz nach Mittag zum Großmarkt fahren musste, weil er mittwochs bei den Einkäufen die Gulaschsuppe vergessen hatte, als er um fünf noch nicht zurück war, war ich wirklich ahnungslos. Um fünf öffnete ich, ein wenig sauer, weil ich schreiben wollte. Um sechs wurde ich nervös, um sieben dachte ich an einen Unfall. Kurz nach sieben erschien dann der Angetraute unserer Kellnerin, der wunderbare Herr Ludwig. Ich kannte ihn flüchtig, aber so aufgelöst hatte ich ihn noch nie gesehen.

Er hatte kurz zuvor ein tränenreiches Briefchen der lieben Anita auf seinem Nachttisch gefunden. Als er nachmittags aus dem Amt gekommen war, hatte er sich noch in keiner Weise über die Stille im Haus gewundert, sondern sie genossen. Sie war auch hinlänglich erklärt. Beim Frühstück, Anita war ausnahmsweise einmal mit aufgestanden und hatte mitgeteilt, dass sie am Nachmittag die Kinder zu ihrer Mutter bringen und ihrem Gynäkologen einen Besuch abstatten wolle. Anita trug sich nämlich mit dem Verdacht einer Schwangerschaft. Und nun stellte sich die Frage, wer sie in diesen Zustand versetzt hatte. Ihr Mann oder meiner.

Die Frage hätte ich Herrn Ludwig noch am selben Abend beantworten können. Da fand ich auch ein Briefchen, knapp gehalten und sauber formuliert. Béla teilte mir darin mit, dass er mir meine einsame Entscheidung nicht verzeihen könne. Dass Anita ein warmherziger Mensch sei und eine mütterliche Frau. Dass sie schwanger war, im zweiten Monat. Dass sie beide sich nach reiflichem Überlegen entschlossen hatten und so weiter.

Das Geschäftskonto hatte er großzügigerweise nicht angerührt, nur das Sparbuch mitgenommen. Unseren Grundstein für das neue Lokal brauchte er nun zur Gründung einer Familie, das stand auch in dem Brief.

Die erste Hälfte der Nacht stand ich hinter dem Tresen und sah kaum, wer auf der anderen Seite stand. Ich fühlte mich wie erschlagen, völlig leer im Innern. In der zweiten Hälfte lag ich wach, horchte in mich hinein und hatte das Gefühl, mein Herz setze aus.

Am nächsten Morgen rief ich Heinz zu Hilfe. An wen hätte ich mich sonst wenden sollen? Sein Lächeln werde ich nie vergessen, dieses zuversichtliche und wissende Lächeln. «Jetzt mach dir keine Sorgen, Lisa. Inzwischen müsstest du doch wissen, dass er immer wieder kommt.»

«Diesmal nicht. Er ist mit Anita weg. Sie ist schwanger von ihm. Er wollte doch unbedingt ein Kind. Und ich wollte nicht.»

Heinz ließ einen langen Seufzer hören, als ob er an meinem Verstand zweifle. «Anita ist verheiratet, hat schon zwei Kinder, einen anständigen Mann und ein neues Haus. Mal sehen, was schwerer wiegt.»

«Du glaubst doch nicht im Ernst, dass der Ludwig sie zurücknimmt! Weißt du, was der mir hier für ein Theater gemacht hat?»

«Trotzdem», sagte Heinz und fügte hinzu: «Lisa, manchmal denke ich, du hast überhaupt keine Ahnung, wie es in einem Mann aussieht. Ich meine jetzt nicht nur in Béla, ich meine alle, den Ludwig eingeschlossen. Natürlich wird er sie wieder aufnehmen, was soll er denn sonst tun, mit zwei kleinen Kindern? Meinst du, er findet so schnell eine neue Frau?

Seine Mutter ist zu alt, die Schwiegermutter ist auch nicht mehr die Jüngste. Er muss arbeiten. Ihm bleibt nichts anderes übrig. Und du glaubst nicht, wie viele es gibt, denen nichts anderes übrig bleibt.»

Lieber, guter, geduldiger Heinz.

Ihn vor meinem Bett liegen zu sehen, war schlimmer als alles, was ich jemals für schlimm gehalten hatte. Ich begriff nicht, was ich gesehen hatte. Es war widersinnig und absurd. Ich wäre gern noch einmal hinaufgegangen, um mich zu vergewissern. Aber ich wusste, dass ich es niemals schaffte, einen zweiten Blick in sein zerschossenes Gesicht zu werfen.

Die Polizisten dachten wohl, ich könne den Tatsachen nicht ins Auge schauen. Das Gefühl hatte ich zuerst auch. Bevor wir hinaufgegangen waren, war es schlimm gewesen, furchtbar, entsetzlich, grauenhaft. Aber ich hatte genau gewusst, dass sie ein Tuch wegziehen und ich sagen musste: «Das ist mein Mann.»

Er war es nicht! Ich konnte nicht aufhören, nach Béla zu fragen. «Wo ist mein Mann? Ich will sofort mit meinem Mann reden.»

«Der Arzt kommt gleich», sagte Offermann.

«Ich brauche keinen Arzt. Ich bin in Ordnung.»

Das war ich nicht. Es stand auf der Kippe, das fühlte ich. Jeden Augenblick konnte ich abstürzen, mitten hinein in den Wahnsinn. Es war doch Wahnsinn. Aber allmählich bekam ich meine Gedanken unter Kontrolle, wenigstens in diesem einen Punkt. Béla war nicht tot. Es war tröstlich und immer noch entsetzlich, immer noch furchtbar und grauenhaft, aber es war auch gut.

«Das ist nicht Ihr Mann?», vergewisserte Offermann sich zum dritten oder vierten Mal mit zweifelndem Unterton.

Ich schüttelte noch einmal den Kopf. Sie waren mehr als überrascht. Auf die Idee waren sie noch nicht gekommen, wie auch? In der Wohnung standen keine Fotografien offen herum, die ihnen einen Vergleich erlaubt hätten. In Fotoalben hatten sie verständlicherweise noch nicht geblättert.

Der alte Dussing war nicht bereit gewesen, sich die Leiche anzuschauen. «Nein, meine Herren. Das können Sie nicht von mir verlangen. Da spielt mein Herz nicht mit.» Er hatte sich nur eine kurze Beschreibung angehört, Größe, Figur, dunkles, lockiges Haar, und dann gesagt: «Das ist Béla.»

Und er lag da oben, als ob er dahin gehörte. Mit Hose, Hemd und Strickjacke bekleidet, Pantoffel an den Füßen, keine Papiere, keine Schlüssel in der Tasche. Drei Schusswunden in der Brust und eine im Kopf.

Offermann fragte, ob ich den Mann kenne. Natürlich kannte ich ihn – seit achtzehn Jahren. Ich kannte ihn nicht nur, ich liebte ihn auch ein bisschen. Immer noch, sonst hätte mich sein Anblick kaum so außer Fassung gebracht, dass ich zuerst nur «O mein Gott, nein» schreien konnte.

Ist es für einen Mann, der immer von Freiheit und Abenteuer träumte, ein würdiges Ende, erschossen zu werden? Hätte er das einem Herzversagen in späteren Jahren oder einem Unfall mit dem Motorrad vorgezogen? Armer Heinz, kaum anzunehmen, dass man ihn vorher danach gefragt hatte.

«Seine Frau arbeitet für uns», sagte ich.

Ja, so weit hatten wir es gebracht. Meine Putzfrau und ich. Nicht genug damit, dass Meta mir ihren Mann für runde sieben Jahre als Trost in einsamen Stunden abgetreten, dass sie sich jahrelang um meine Tochter gekümmert hatte, damit ich Geld verdienen konnte. Jetzt machte sie auch noch meinen Dreck weg.

Als wir vor zwei Jahren das Musikstübchen eröffneten, fragte sie mich nach der Putzstelle. Recht war es mir nicht, ich hatte ihr gegenüber in dieser Hinsicht große Hemmungen und zählte ihr ein paar von meinen Gründen auf.

Meta sah das anders. «Red doch keinen Quatsch! Zwischen uns beiden ist nie etwas gewesen, worüber ich mich aufgeregt hätte. Gelitten habe ich auch nicht. Und ich hatte nie das Gefühl, von dir ausgenutzt zu werden. Also, was soll's. Du brauchst eine Putzfrau, Lisa, und ich brauche das Geld.»

Das brauchte sie wirklich, Heinz hatte sich mit der Zeit, zusätzlich zum Motorrad, noch ein zweites und kostspieliges Hobby zugelegt, seine älteste Tochter, den Goldfasan im Hühnerhof, dem er jeden Wunsch von den Augen ablas. Weil er im Gegenzug von Marion bekam, was wir alle brauchen, Bewunderung, Anerkennung und Liebe. Papa, der starke Mann, der einsame Wolf, dem Marion dann von Zeit zu Zeit das Fell über die Ohren zog.

Es war ihr nicht allzu gut bekommen, von Heinz dermaßen verwöhnt und bevorzugt zu werden. Die Ansprüche wuchsen genauso wie Marion selbst. Mit acht Jahren hatte sie erklärt, dass sie Papa eines Tages heiraten werde. Und dabei spielte sie mit der Puppe, die er ihr zum Geburtstag geschenkt hatte, die laufen, sprechen und das Höschen nass machen konnte, schon einmal vorab Vater-Mutter-Kind. Mit vierzehn behauptete Marion immer noch, für sie käme nur ein Mann infrage, wie Papa einer war. Aber da musste es zu Weihnachten schon eine komplette Wintergarderobe sein. Und kein billiges Zeug aus der Kaufhalle.

Aber mehr als das, was sie von Heinz bekam, hatte Marion auch nie gehabt. Meta behandelte das Mädchen mit einer besonderen Art von Gehässigkeit, ging in der Fürsorge für die beiden Jüngsten auf, tat häufig so, als ob die Älteste nicht existiere, beklagte sich jedoch regelmäßig, dass Heinz es Marion «hinten und vorne zusteckte» und für den Rest der Familie kaum etwas übrig blieb. «Wenn ich nicht putzen ginge …»

Als sie mich um die Putzstelle bat, hatte sie noch die feste Anstellung in der Grundschule. Und ich begriff nicht, warum sie die aufgeben wollte.

«Da bin ich den ganzen Nachmittag weg», sagte sie. «Morgens zu arbeiten, wäre mir lieber. Da sind die Kinder in der Schule. Das ist ein Grund. Der andere ist, die Schule zahlt schlecht. Das lohnt sich kaum.»

Ich fragte, warum sie nicht in ihren Beruf zurückging. «Du bist eine ausgebildete Krankenschwester, Meta, und überall suchen sie händeringend nach Pflegepersonal. Du könntest viel mehr verdienen als mit einer Putzstelle.»

Sie winkte ab. «Das bringe ich nicht mehr. Ich bin zu lange draußen. Außerdem, Schichtarbeit. Ich müsste ja auch wieder Nachtschicht machen. Ich kann doch die Kinder nachts nicht allein lassen.»

Dass auch die Jüngsten zu dem Zeitpunkt schon keine Kinder mehr waren, Susanne war vierzehn, Anika dreizehn, sah Meta nicht oder wollte es nicht sehen. Sie war eine Glucke und würde sich niemals ändern, dachte ich. Seitdem putzte sie für uns, zuerst nur das Lokal, später auch die Wohnung. Und jetzt lag ihr Mann tot in meinem Schlafzimmer.

Der alte Dussing schüttelte fassungslos den Kopf und murmelte: «Das gibt's doch nicht, der Heinz?!»

In meinem Kopf verwischte sich erneut alles. Es war hirnrissig, ich dachte trotzdem unentwegt den Satz, den ich in der vergangenen Nacht zu Dierk Römer gesagt hatte. «Du kennst ihn nicht.»

Damit hatte ich gemeint, dass Dierk nicht beurteilen konnte, wie mir zumute war, wenn ich Béla gegenüberstand. Dass ich es niemals schaffen würde, in Bélas Augen zu sehen und dabei zu erklären: «Es hat keinen Sinn mehr mit uns.» Dass Béla mich nur in die Arme nehmen musste, um alle guten Vorsätze und alle Vernunft zunichte zu machen.

Aber sie kannten sich wirklich nicht, waren sich nie begegnet, ich hatte nie ein Foto gezeigt. Irgendwann war Dierk jedoch beim Lesen meiner Geschichten darüber gestolpert. «Ist dir schon mal aufgefallen, dass du immer den gleichen Typ Mann beschreibst, Lisa? Dunkles, lockiges Haar und so weiter.»

Auch Heinz war dieser Typ. Gewesen! Eine Verwechslung? Erschossen, nur weil er einem anderen ähnlich sah? Guter Gott, hilf mir doch, dachte ich. Lass mich nicht den letzten Rest Verstand verlieren.

Offermann brachte mich auf das Naheliegende zurück, wollte wissen, ob ich eine Erklärung hätte, wie Heinz in mein Schlafzimmer gekommen sei und was er da zu tun gehabt hätte. Woher hätte ich das wissen sollen?

Heinz hatte gewusst, dass ich Sonntagnacht nach München gefahren war und wie lange ich wegbleiben wollte. Er hatte mich danach gefragt am frühen Sonntagabend, als er sein Bier austrank und sich von mir verabschiedete.

«Wann sehen wir uns wieder, Lisa?»

«Am Freitag.»

Heinz grinste, ein komisches Grinsen, ein bisschen gehässig und ein bisschen verletzt. Er warf einen kurzen Blick zu Béla hinüber. «Dann hat er ja vier Tage lang sturmfreie Bude.»

«Wenn er die Gelegenheit beim Schopf packt», sagte ich

und grinste ebenfalls, «ist er ein toter Mann. Ich finde schon einen, der das für mich übernimmt.»

«Brauchst gar nicht lange zu suchen», antwortete Heinz. «Kannst dich vertrauensvoll an mich wenden.»

Es war nur ein Scherz gewesen, von meiner Seite aus bestimmt nicht mehr. Ein kleines Geplänkel zwischen Freunden, die mehr voneinander wussten als gut war für den Seelenfrieden. Mit Heinz hatte ich offen reden können, immer und über alles, auch über die Sache auf dem Tisch.

Mitte September, als ich innerlich noch nicht so ausgebrannt war, hatte ich ihm davon erzählt. Er hatte gelächelt und gefragt: «Soll ich die Augen mal für dich offen halten? Es müsste doch mit dem Teufel zugehen, wenn wir nicht rausfinden, wer das Weib war. Es war doch ein Weib, oder?»

Am vergangenen Sonntag war Heinz rasch wieder ernst geworden. Bevor er ging, hatte er gesagt: «Bis Freitag dann. Ich komme auf jeden Fall. Meta hat neulich so eine komische Andeutung gemacht. Darüber sollten wir unbedingt einmal reden, aber in aller Ruhe, nicht jetzt.»

Meta ging in unserer Wohnung ein und aus, machte auch sauber, wenn ich nicht da war. Sie musste zwangsläufig mehr sehen als ich. Es lag nahe zu denken, dass Heinz herausgefunden hatte, mit wem Béla mich betrog, und es mir erzählen wollte. Hatte er sich nur im Tag geirrt? Unsinn, er war doch nicht senil gewesen. Und wie war er in die Wohnung gekommen? Béla musste ihn hereingelassen haben. Großer Gott, steh mir bei, dachte ich.

Ich hörte, dass ein paar Leute die Treppe hinaufgingen. Offermann schickte endlich den alten Dussing heim und stellte weitere Fragen, wollte wissen, ob das Lokal gut lief. Ob normalerweise viel Geld in der Wohnung war, ob es einen Tresor gab. Ob Béla nachlässig war, wenn er aus dem Haus ging. Zum Beispiel, dass er Türen und Fenster offen ließ. Anscheinend dachte er nun an eine günstige Gelegenheit für einen Mann, der sich auskannte und wusste, dass niemand zu Hause war.

Das war ausgemachter Schwachsinn. Ich konnte fast wieder normal denken. Was war denn mit der Frau, die unsere Wohnung in großer Eile und durch den Garten verlassen haben sollte? Und was war mit dem offenen Fenster in meinem Bad?

Ganz automatisch beantwortete ich Offermanns Fragen. Einen Tresor hatten wir nicht, nur eine Kassette in Bélas Arbeitszimmer. Da konnte nicht viel drin sein. Béla brachte die Tageseinnahmen regelmäßig zur Bank. Und Heinz war kein Dieb.

Das behauptete Offermann auch nicht. Ich wartete darauf, dass er mich nach einer Waffe fragte – die offene Schranktür in Bélas Schlafzimmer –, dass er sich zumindest erkundigte, ob eine Waffe in der Wohnung gewesen wäre.

Es war eine da gewesen. Béla hatte sich eine gewünscht, nur zur Sicherheit. Und ich hatte mich darum gekümmert, dass sein Wunsch in Erfüllung ging. Wie auch das Lokal, gehörte die Pistole offiziell mir. Geschossen hatte Béla nur zweimal damit, zum Ausprobieren, auf Blechdosen im freien Feld. Danach hatte er die Waffe zwischen die Wäsche in seinen Schrank gelegt. Da musste sie sein. Ob die Polizei noch nicht nachgeschaut hatte? Oder hatten sie nichts gefunden? Aber die Schachtel mit der Munition hätten sie doch sehen müssen, wenn sie Bélas Schrank kontrolliert hatten.

Offermann fragte nicht danach, wollte nur wissen, ob Heinz seine Frau schon mal begleitet hätte, wenn sie hier sauber machte. Nein, bestimmt nicht. Außerdem kam Meta am Morgen und war immer kurz vor Mittag mit der Arbeit fertig.

Heinz war hergekommen, um mit Béla zu sprechen, eine andere Möglichkeit sah ich nicht. Er war doch nicht nur mein Freund gewesen, wollte zuerst mit Béla reden, von Mann zu Mann, wie es so schön heißt. «Jetzt sei vernünftig. Wenn Lisa dahinter kommt, mit wem du dich amüsierst, ist der Teufel los. Das lohnt sich doch nicht. Willst du dafür alles aufs Spiel setzen?»

Dann mit mir, morgen Abend. «Ich habe mich mal in aller Ruhe mit Béla unterhalten. Die Sache ist längst ausgestanden, du brauchst dir wirklich keine Sorgen mehr zu machen.»

Lieber, guter Heinz. Irgendetwas war schief gegangen. Die Pistole! Ich musste nachsehen, ob sie noch im Schrank lag. Es war unmöglich, solange Offermann mich mit seinen Fragen festhielt. Ich hätte auch nicht hinaufgehen können, solange Heinz noch oben lag.

Offermann fragte, wann genau ich zuletzt mit Béla gesprochen hätte. Kurz vor sieben! Worüber wir gesprochen hatten, interessierte ihn nur noch in einem Punkt. Er ging natürlich von meiner Ankunftszeit daheim aus. Wenn ich meinem Mann also gesagt hatte, dass ich kurz nach zehn am Kölner Hauptbahnhof einträfe, durfte man davon ausgehen, dass Béla das Haus etwa um Viertel nach neun verlassen hatte, um mich abzuholen. Eine halbe Stunde später hatte der alte Dussing den ersten Schuss gehört, gleich darauf den zweiten, den dritten, den vierten.

Der Tatsache, dass Béla nicht am Bahnhof gewesen und auch zwischenzeitlich – für den Fall, dass wir uns verpasst hätten –, noch nicht wieder eingetroffen war, maß Offermann scheinbar keine Bedeutung zu. Beiläufig erkundigte er sich, welchen Wagen Béla fuhr; Farbe, amtliches Kennzeichen. Sein Kollege ging daraufhin für ein paar Minuten hinaus. Was er machte, musste mir niemand erklären.

Jetzt leiten sie die Fahndung nach ihm ein, dachte ich. Sag es ihm, Lisa, sag ihm, dass du Béla am Telefon mit deiner Ankunftszeit belogen hast. Sag ihm auch, warum, er erfährt es ja doch. Sag ihm, was du vermutest. Es kommt ja doch raus, es kommt alles raus.

Offermann kam wieder auf Meta zurück. Heute war doch unser Ruhetag. Bestand die Möglichkeit, dass Meta nicht am Vormittag sauber gemacht hatte, sondern erst gegen Abend, und dass Heinz sie ausnahmsweise doch einmal begleitet hatte?

Woher sollte ich das wissen? Es war noch nie vorgekommen. Aber es war ein Strohhalm. Warum sollten sie nicht ausnahmsweise einmal zusammen hergekommen sein und einen Fremden in der Wohnung überrascht haben, der die Pistole in Bélas Schrank schon gefunden hatte, nun in meinem Schlafzimmer nach Schmuck oder Geld suchen wollte, sofort auf Heinz schoss? Und Meta floh in Panik über den Balkon.

Irgendwann sah Offermann ein, dass ihn seine Spekulationen nicht weiterbrachten und es sinnvoller sei, mit Meta zu sprechen. Ich bestand darauf, mitzukommen. Er hatte nichts dagegen. Als wir losfuhren, glich das Haus immer noch einem Bienenstock. Die Leiche wurde gerade abtransportiert, mein Bettzeug ebenfalls. Mein Bettzeug!

Ich fragte Offermann danach. Er sagte, mein Bett sei benutzt gewesen. Das Schlafzimmer einer Frau, wie man auf den ersten Blick erkannte. Und der alte Dussing hatte ihnen bereitwillig erzählt, dass die Frau des Hauses seit ein paar Tagen auf Reisen war. Dass wir eine Zugehfrau hatten, die regelmäßig für Ordnung sorgte, hatte er ihnen ebenfalls anvertraut.

Das benutzte Bett hatte Offermann auf die Idee gebracht, mich zu fragen, ob Béla eine Affäre mit einer anderen Frau hätte. Er bedauerte das inzwischen, erklärte etwas von polizeilichen Ermittlungen, bei denen leider manchmal auch Dinge ans Tageslicht kamen, die mit dem eigentlichen Fall nichts zu tun hatten und den Betroffenen nur unnötigen Ärger machten.

Es macht nichts, Polizist, dachte ich. Mein Mann hat eine Affäre, da bin ich sicher. Nicht die erste, aber die anderen konnte ich irgendwie wegstecken, diese nicht, dafür ist es diesmal zu persönlich. Und eben, als ich noch glauben musste, er wäre tot, dachte ich für einen Moment, sie hätte geschossen, vielleicht, weil er das Verhältnis beenden wollte, weil er sah, dass ich daran zerbrach, weil er mich liebt.

Und jetzt erzähl mir, wie benutzt mein Bett war. Sah es aus, als hätte nur jemand darin geschlafen? Hatte Béla sich aus lauter Liebe, Sehnsucht und Verlangen nach mir in mein Bett gelegt? «Es riecht nach dir, Liska.» Oder sah es aus, als hätten sich zwei Leute darin amüsiert? Natürlich erzählte er mir nichts, und ich mochte ihn nicht fragen.

Kurz nach Mitternacht klingelten wir Meta aus dem Schlaf. Allzu fest geschlafen haben konnte sie nicht. Der elektrische Türöffner summte nach höchstens fünf Sekunden. Meta empfing uns im Nachthemd, mit nachlässig übergeworfenem Bademantel, aus dem überall lose Fäden heraushingen, in der offenen Wohnungstür stehend. Das Nachhemd reichte ihr bis auf die Waden. Es war aus einem dünnen, verwaschenen Stoff, Streublümchen auf ehemals rosafarbenem Untergrund, sackartig geschnitten und uralt. Die Blümchen waren kaum noch zu erkennen, die rosa Farbe vom Waschen grau geworden.

Während der Fahrt hatte ich mir vorgestellt, dass die Polizisten erst einmal mich reden ließen. Was ich Meta sagen wollte, hatte ich mir zurechtgelegt. Wie ich es sagen musste, damit es nach Anteilnahme klang. Aber als ich ihr gegenüberstand, hatte ich keine Anteilnahme, nicht für sie. Ich hatte nur das Bedürfnis, sie windelweich zu prügeln für das armselige Leben, das Heinz an ihrer Seite gehabt hatte.

Sie überließen mir das Reden tatsächlich, zumindest die ersten Worte. Als Offermann mein erbärmliches Stottern hörte, schaltete er sich ein. «Frau Böhring, wir sind von der Kriminalpolizei.»

Meta stand da wie zur Salzsäule erstarrt, das graue und in letzter Zeit aufgeschwemmte Gesicht völlig ausdruckslos.

«Haben Sie mich verstanden, Frau Böhring?», fragte Offermann und zückte seinen Dienstausweis. Meta deutete ein Nicken an und trat einen Schritt zurück in den Flur.

Es roch nach Sauerkraut, ein kalter, abgestandener Geruch. An den Wänden hingen noch die alten Fotos. Heinz als junger Mann neben der schweren Maschine eines Freundes, im Karatedress und mit Boxhandschuhen in Siegerpose. Offermann betrachtete die Galerie mit sichtlichem Interesse, auch sein Kollege schaute sich die Bilder im Vorbeigehen an. Ich konnte nicht einmal weinen.

Meta schlurfte in ausgetretenen Gesundheitslatschen vor uns her auf das Wohnzimmer zu. Noch bevor sie es erreichte, wurde eine der anderen Zimmertüren geöffnet. Marion steckte den Kopf in den Flur. Sie sah aus, als hätte sie geweint. Die Nase war rot und geschwollen, die Augenlider ebenfalls. Warum sie geweint hatte, musste man nicht fragen.

Ihre Unterlippe war aufgeplatzt, auf der linken Wange hatte sie eine tüchtige Schwellung, die sich bis zum Auge hinaufzog. Da hatte jemand kräftig ausgeholt. Wahrscheinlich hatte sie wieder Krach mit Meta gehabt, und Heinz war nicht da gewesen, um ihr beizustehen. Er würde auch nie mehr für sie da sein.

Marions Augen gingen von einem zum anderen, registrierten die beiden Männer und wurden etwas weiter, blieben kurz an mir haften und richteten sich dann auf Meta. In der Stimme schwang noch das Schluchzen mit. «Was ist denn los, Mama?» Dann, hysterischer, was angesichts der Uhrzeit, der beiden fremden Männer und ihrer dienstlichen Mienen wohl berechtigt war: «Ist was mit Papa?»

«Geh wieder ins Bett», sagte Meta im Vorbeigehen. Es klang teilnahmslos und gleichzeitig drohend. Marion schloss die Tür tatsächlich wieder. Ich hörte sie laut aufschluchzen.

Dann saßen wir zu viert im Wohnzimmer. Die Einrichtung war noch dieselbe wie vor achtzehn Jahren. Verwohnt, verschlissen, schäbig und armselig. Und ich saß da in einem Sessel mit dem Nerzmantel im Schoß. Das letzte Kapitel im neuen Roman: «Meine Putzfrau und ich!»

Offermann saß im zweiten Sessel und betrachtete die Wetzspuren auf der Armlehne, die die Familienkatze dort im Laufe der Jahre hinterlassen hatte. Noch ein Beweis für die Feindseligkeit und den Kleinkrieg, der nicht mit Worten ausgetragen werden konnte, weil man sich irgendwann nichts mehr zu sagen hatte.

Vor ein paar Jahren hatte Heinz sich einen Vogel gekauft, einen Beo. Ein äußerst redegewandter kleiner Komiker, er begrüßte jeden, der ins Zimmer kam. Und er sagte nicht einfach guten Tag, er erkundigte sich höflich: «Wie geht es Ihnen?» Antwortete auch gleich: «Danke, bestens.» Und dabei hüpfte er außen auf seinem Bauer herum, bewegte den Kopf, als ob er sich verbeugte. Außerdem kommentierte er die Werbespots im Fernsehen. «Was 'n Quatsch.»

Man verstand ihn sehr gut. Heinz gab sich viel Mühe mit ihm, brachte ihm auch ein paar Sätze bei, die Meta nicht gefielen. Da fand Meta, dass die Kinder auch ein Tier brauchten, und holte einen ausgewachsenen Kater aus dem Tierheim. Heinz durfte es nicht mehr riskieren, den Vogel aus dem Bauer zu lassen. Aber der Beo war nicht daran gewöhnt, eingesperrt zu sein. Er zeterte und schimpfte von früh bis spät: «Was 'n Quatsch.» Heinz verschenkte ihn schließlich an einen Arbeitskollegen.

Offermanns Kollege hatte sich einen Stuhl aus der Essecke geholt. Meta saß auf der Couch zwischen einem Kopfkissen und einer zurückgeschlagenen Wolldecke, ein Häufchen Elend, das anscheinend nicht begriff, worum es ging.

Offermanns Blick schweifte von den Krallenspuren zu den Zeichen der Zerrüttung auf der Couch hinüber, als könnten ihm das Kopfkissen oder die Wolldecke den nötigen Aufschluss geben. Er begann noch rücksichtsvoll. Traurige Nachricht, müssen Ihnen leider mitteilen – und so weiter. Dann die ersten Fragen.

«Er ist nochmal weggegangen», sagte Meta. «So um Viertel vor acht. Wohin, hat er nicht gesagt, tut er nie. Muss er auch nicht. Ich will das gar nicht wissen.» Sie sprach so grau und verwaschen, wie ihr Nachthemd aussah.

«Weggegangen?», hakte Offermann nach. «In Strickjacke und Pantoffeln, bei dem Wetter?»

Meta hob die Achseln. «Er wird das Auto genommen haben. Das kann man auch mit Pantoffeln fahren.»

«Er hatte keinen Autoschlüssel bei sich», sagte Offermann. «Auch keine anderen Schlüssel.»

Meta ließ die Achseln sinken. «Vielleicht hat er ihn im Auto stecken lassen, das macht er oft. Die sind alle an einem Bund.»

«Und Papiere?», fragte Offermann.

«Die lässt er immer im Auto.»

Offermann war die Ruhe selbst. Ich bewunderte ihn. Ich hätte Meta schütteln können, bis ich die gesamte Lethargie aus ihr herausgeschüttelt hatte.

«Er ist tot», sagte ich. «Begreifst du das nicht? Heinz ist tot, er wurde erschossen.» Mir schwebte immer noch der Anblick vor Augen, sein blutiges Gesicht und die Löcher in seiner Brust.

Meta nickte flüchtig. «Ich hab's gehört, Lisa.»

Offermann bedauerte, sie das fragen zu müssen, tat es aber trotzdem. Nach ihrer Reaktion musste das wohl auch sein. «Frau Böhring, wo waren Sie zwischen neun und zehn heute Abend?»

«Hier», sagte Meta und schaute ihm direkt ins Gesicht. Sie wusste genau, was die Frage bedeutete, presste kurz die Lippen aufeinander und erklärte: «Ich bin immer froh, wenn ich abends meine Ruhe habe. Ich gehe nie weg.»

«Hat Ihr Mann den Schlüssel zur Wohnung Szabo mitgenommen, als er ging?», bohrte Offermann weiter.

Meta schüttelte den Kopf, gleichzeitig erklärte sie: «Da wäre er gar nicht rangekommen. Und da hatte er auch nichts zu tun.»

«Ich würde den Schlüssel gerne sehen», sagte, vielmehr verlangte Offermann.

Meta erhob sich, schlurfte in die Küche, kam mit drei Schlüsseln zurück. Haustür, Lokal und Wohnung. Sie legte alle drei auf den Tisch, setzte sich wieder auf die Couch und schaute mich an, nicht mehr gar so apathisch, wie mir schien. Da war etwas in ihrem Blick, ich hatte plötzlich die Worte von Heinz im Kopf. «Meta hat neulich eine komische Andeutung gemacht.» Meta machte immer nur komische Andeutungen.

Für eine Weile vergaß ich, was ich in München getan, gesagt und zur Antwort bekommen hatte. Es war auch absurd gewesen, Dierk Römer zu verdächtigen.

«Wie war es denn bei dir, Lisa?», erkundigte sich Meta scheinbar ohne jeden Zusammenhang. «War es schön? Waren viele Leute da? Und haben alle dein Buch gelobt?»

Sie schluckte trocken, schaute wieder zu Offermann hin. «Wissen Sie schon, dass sie ein Buch geschrieben hat? Es ist wirklich ein gutes Buch. Ich habe auch ein bisschen drin gelesen. Normalerweise lese ich nicht. Aber wo sie es geschrieben hat, da musste ich wenigstens mal reinsehen, hat mir gefallen. Vor allem diese eine Geschichte. Du weißt schon, welche ich meine, Lisa. Hast du ihnen die mal gezeigt? Das solltest du tun.»

Meta lächelte einen Hauch von Verlorenheit ins Zimmer und nickte gedankenversunken. «Da liegen eine Frau und ihr Freund auf dem Bett», erzählte sie. Ich hätte ihr liebend gerne den Mund zugehalten. «Der Freund ist wütend, weil die Frau es nicht schafft, sich von ihrem Mann zu trennen. Er könnte sie dafür umbringen, sagt er. Und da fragt sie ihn: Warum mich? Können Sie sich vorstellen, wie es weitergeht?»

Ich glaube, sie war betrunken. Offermanns Kollege saß nur auf dem Stuhl. Er hatte bisher noch kein Wort gesagt. Offermann betrachtete Meta mit ausdrucksloser Miene. Ich konnte sehen, wie es hinter seiner Stirn arbeitete. Dann beugte er sich im Sessel vor, nachdem er mich mit einem undefinierbaren Blick gestreift hatte. So undefinierbar nun auch wieder nicht! Ich dachte, er könne Gedanken lesen. Aber er las an der falschen Stelle, viel zu weit vorne. Seine Stimme klang weich. «Frau Böhring, hatte Ihr Mann ein Verhältnis mit Frau Szabo?»

Aufatmen oder im Boden versinken? Was fiel ihm denn ein? In meiner Gegenwart!

Meta lachte kurz auf. «Heinz und Lisa? Ja, sie hatten mal was miteinander, ziemlich lange sogar, sieben Jahre, davon fünf an einem Stück. In den letzten beiden hat Lisa öfter Schluss gemacht. Aber wenn sie sonst keinen fand, war Heinz wieder gut genug. Bis Béla auf der Bildfläche erschien, da hat sie Heinz einen Tritt gegeben. Ich hab's nie verstanden. Heinz war nicht schlecht im Bett, wirklich nicht. Und ich hab mich nie eingemischt, hab sie in Ruhe gelassen. Ich hab damals zu ihm gesagt, du bist ein Trottel, wenn du dich abschieben lässt. Aber so war er. Er sagte, ich mag den Jungen. Seitdem sind sie gute Freunde, Heinz und Béla, Heinz und Lisa. Seitdem hat Lisa mit anderen Männern nichts mehr im Sinn.»

Auch sie redete, als ob ich nicht da wäre. «Sie hat genug mit Béla zu tun. Der ist schon fast zu viel Mann für eine Frau. Vielleicht ist er mit den Jahren etwas ruhiger geworden, wenn ein Mann älter wird, lässt das ja auch nach. Aber bei Béla glaub ich's nicht, und so alt ist er ja noch nicht mit seinen fünfunddreißig. Nein!» Meta schüttelte den Kopf, sprach weiter, als krame sie in lieben, alten Erinnerungen: «Lisa ist ausgelastet, die kann keinen zweiten gebrauchen. Béla und Bücher, was anderes hat sie nicht im Kopf.»

Ihre Finger zupften eine Feder aus dem Kissenbezug. Sie betrachtete die Feder und stieß einen langen Seufzer aus. «Jetzt schreibt sie schon seit Monaten an einem neuen», erklärte sie leise. «Aber sie macht ein großes Geheimnis draus, will mir nicht sagen, worum es geht.»

Ihr Kopf kam ruckartig in die Höhe, ihre Pupillen waren klein wie Nadeln und genauso spitz. «Warum nicht, Lisa? Was ist denn so schlimm an einem Roman, dass man nicht darüber reden kann? Ist doch alles nur erfunden. Oder nicht? Ist es diesmal eine wahre Geschichte?»

Sie schaute Offermann an, fühlte sich zu einer Erklärung verpflichtet: «Das machen viele, hören oder sehen was und machen einen Roman draus. Aber bei Lisa kann ich mir das nicht vorstellen. Sie ist nicht der Typ, der andere Leute durch den Dreck zieht, um damit Geld zu verdienen. Oder, Lisa? Meinst du, wenn man die Namen ändert, macht es nicht mehr so viel aus?»

Der letzte Satz kam mit erstaunlicher Schärfe. Ihr Blick saugte sich an meinem Gesicht fest. «Mich würde das wirklich mal interessieren, Lisa, wie du darüber denkst und worüber du gerade schreibst.» Sie wusste es, das verriet ihr Ton. Ganz genau wusste sie es. Ihr Gesicht wirkte kalt, fast feindselig.

«Ich zeige es dir bei Gelegenheit», sagte ich rasch. «Aber jetzt ist das doch unwichtig, Meta. Hast du eine Ahnung, wo Béla ist?»

Sie schien verwundert. «War er nicht am Bahnhof?»

Ich schüttelte den Kopf. Offermann schaute mit unbewegter Miene zwischen ihr und mir hin und her. Für ihn musste das alles sehr aufschlussreich sein.

«Verstehe ich nicht», murmelte Meta. «Heute früh sagte er noch, dass er dich abholt, egal, wie spät es wird. Hast du schon bei Andreas angerufen? Da wollte er nämlich hin. Marion hat noch was vorbei gebracht. Ich hatte vergessen, die Sachen aus der Reinigung zu holen. Es fiel mir erst am

Nachmittag ein. Da bin ich auch schnell noch gegangen. Marion hat das Paket zu euch gebracht. Das war so gegen sieben. Da hat Béla zu ihr gesagt, dass er jetzt zu Andreas fährt. Wenn er sich hinlegt, hört er vielleicht den Wecker nicht. Und von Andreas wären es nur ein paar Minuten bis zum Bahnhof.»

Hört den Wecker nicht, so ein Blödsinn. Bélas Wecker konnte man gar nicht überhören. Ich zweifelte trotzdem nicht daran, dass er genau das zu Marion gesagt hatte. Bei dieser Gelegenheit hatte er vermutlich auch die Ankunftszeit erwähnt, die ich ihm genannt hatte. Vielleicht hätte ich mich wundern sollen, dass auch Meta so gründlich informiert war. Es entsprach nicht Marions Art, ihrer Mutter bis ins kleinste Detail zu berichten. Andererseits, wenn ein Mensch Prügel bezieht, erzählt er viel, vor allem die nebensächlichen Dinge. Und zum Wundern hatte ich keine Zeit.

Meta stutzte plötzlich, runzelte die Stirn, kniff die Augen zusammen. Dann kam es auch schon. «Du wolltest doch erst um Viertel nach zwei in Köln sein. Ist die Lesung in Frankfurt ausgefallen, oder gab es diesmal nichts zu feiern?»

«Es ist nichts so fein gesponnen», flüsterte meine Mutter dicht neben mir. «Alles kommt ans Licht der Sonne.»

Offermann betrachtete mich mit undurchdringlichem Blick.

«Ich habe einen früheren Zug bekommen», erklärte ich rasch. «Darf ich mal telefonieren, Meta?»

Meine Handtasche, in der das Handy steckte, hatte ich in der Aufregung im Lokal liegen lassen. Meta zeigte stumm auf die Tür zum Flur. Ich hatte das Gefühl, dass ich mich auf sehr dünnem Eis bewegte. Aber noch hielt es. Béla war nicht daheim gewesen, als Heinz in die Wohnung kam. Béla hatte die Wohnung um sieben, kurz nach meinem Anruf, verlassen, um zu Andreas zu fahren. Béla konnte nicht geschossen haben. Er saß seit dem frühen Abend bei seinem Freund. Daran klammerte ich mich. Es war halb eins vorbei, noch reichlich Zeit, ehe Béla aufbrechen müsste, um mich vom Bahnhof abzuholen.

Ein Handy besaß er nicht. Die Nummer von Andreas kannte ich auswendig. Nachdem ich gewählt hatte, ertönte das Freizeichen, dreimal, viermal. Im Wohnzimmer verlangte Offermann, Meta solle ihre Töchter wecken, damit er ihnen ein paar Fragen stellen könne. Meta protestierte, während sich eine verschlafene Frauenstimme am anderen Ende der Leitung meldete.

«Gisela, hier ist Lisa», sagte ich. Wie ich Béla mein verfrühtes Eintreffen daheim erklären sollte, wusste ich noch nicht. Mir würde schon etwas einfallen, vielleicht ging es auch im allgemeinen Wirbel unter. «Kann ich Béla sprechen?»

«Er ist nicht hier.»

«Ist er schon zum Bahnhof gefahren?»

«Nein, er war gar nicht hier.»

Zwei Sekunden für den Absturz, hinauf kam ich so schnell nicht wieder. Nachdem ich mich für die späte Störung entschuldigt und aufgelegt hatte, stand ich nur da.

Im Wohnzimmer erklärte Meta, dass sie nicht vorhatte, ihre Kinder mitten in der Nacht aus dem Schlaf zu reißen und von der Kriminalpolizei befragen zu lassen. Offermann hielt dagegen, das Mädchen mit den blonden Haaren sei doch kein Kind mehr. Und da es bereits nach dem Vater gefragt habe, müsse man es nicht aus dem Schlaf reißen. Außerdem interessierte ihn Marions zerschlagenes Gesicht.

«Ich hab ihr eine runtergehauen», erklärte Meta ruhig. «Können auch zwei oder drei gewesen sein. Ich hatte ihr gesagt, sie soll um halb elf zu Hause sein, und sie kam um halb zwölf. Mehr kann sie Ihnen auch nicht sagen. Sie war im Kino, weiß nicht mal, wann ihr Vater gegangen ist. Da war sie nämlich schon weg. Ich habe doch eben gesagt, sie hat um sieben das Paket aus der Reinigung zu Lisa gebracht. Das hat sie auf einem Weg erledigt.»

Ihre Stimme klang nicht mehr so mechanisch wie zu Anfang, auch nicht mehr so traumverloren. Jetzt brach der Tiger durch. Wenn es um ihre Töchter ging, zeigte Meta die Krallen. Dass sie die für Marion zeigte, wunderte mich. Aber nur kurz, ich hatte nicht die Zeit, darüber nachzudenken, glaubte zu begreifen, was sich abgespielt hatte.

«Er war gar nicht hier», hörte ich Gisela immer noch sagen. Natürlich nicht! Es war eine Ausrede gewesen, um Marion abzuwimmeln, die sonst vielleicht noch ein Weilchen geblieben wäre, weil die Kinovorstellung erst um acht begann.

«Manchmal denke ich», flüsterte Heinz dicht neben mir, «du hast überhaupt keine Ahnung ...»

Doch, ich hatte eine, seit Wochen schon. Eine fürchterliche Ahnung, wer diesmal meine Rivalin war. Und von Heinz hatte ich das nicht erfahren, war selbst darauf gekommen. Langsam, Lisa, dachte ich, verlier jetzt nicht die Nerven. Dein Bett war benutzt! Sie waren in der Wohnung, Béla und seine neue Liebe, daran gibt es wohl nichts zu rütteln. Ruhetag, wahrscheinlich kam sie schon am Nachmittag. Sie ging unter die Dusche, öffnete das Fenster in deinem Bad, damit der Dunst abziehen konnte. Dann ging sie mit deinem Mann in dein Bett. Und plötzlich stand Marion mit den Sachen aus der Reinigung in der Diele. Sie hatte garantiert den Schlüssel bei sich und nicht klingeln müssen.

Marion sah, wer bei Béla war. Anschließend ging sie zum

Kino. Und dort traf sie sich vermutlich mit Heinz, der erst später zum Kino fuhr. Marion erzählte ihm … Weiter konnte ich nicht denken, weil nur noch ein Satz kam. Es ist vorbei. Aus und vorbei!

Wir hatten viel überstanden, das konnten wir nicht überstehen, das nicht.

7. Kapitel

Und ich hatte geglaubt, nach Anita könne keine Krise mehr kommen, mit der wir nicht fertig würden. Als er damals zurückkam, sogar schneller als erwartet, vielleicht nicht ganz aus eigenem Antrieb, er hatte sich das wohl ganz anders vorgestellt, ein neues Leben mit Frau und Kind. Doch schon nach kurzer Zeit bekam Anita Sehnsucht nach ihren Kindern, nach dem pflegeleichten Herrn Ludwig, vermutlich auch nach dem Eigenheim.

Es war nicht jedermanns Sache, sich mit der großen Leidenschaft in einem billigen Pensionszimmer einzuquartieren und dort stundenlang herumzusitzen, weil der Mann fürs Leben viel unterwegs war, um ein Lokal auszukundschaften, in dem die Gäste gerne ein bisschen Musik hören wollten. Das Geld auf dem Sparbuch würde nicht ewig reichen.

Knapp zwei Wochen hielt Anita durch. Dann fiel ihr plötzlich ein, dass das dritte Kind nur von ihrem Mann sein konnte. Da war es Béla, der einen ausgeräumten Schrank und ein Zettelchen fand. Und dann stand er nachts neben unserem Bett. Verletzt, zerknirscht und voller Reue.

Ich hatte eine hässliche Zeit hinter mir, in der mir nicht einmal mehr der Gedanke gekommen war, die Kneipe aufzugeben. Es war diesmal auch kein Stoff für eine Kurzgeschichte, keine Idee, das Elend und die Verzweiflung in Worte zu fassen und ein hübsches Honorar dafür zu kassieren. Völlig leer und tot im Kopf war ich und hohl hinter den Rippen. Ich hatte nur ein paar Mal flüchtig darüber nachgedacht, Anitas Kind aufzuziehen. Wenn Béla denn unbedingt ein eigenes haben musste.

Es war halb vier in der Nacht, als er heimkam. Ich hatte ihn nicht kommen hören, erwachte, als er die Hände um mein Gesicht legte, war zu überrascht und hatte nicht die Kraft, wütend zu werden. Zuerst dachte ich, dass ich nur träumte, aber seine Küsse schmeckten nach Salz. Er weinte, ich hatte ihn noch nie weinen sehen. Ich schlang die Arme um seinen Nacken und hielt ihn fest, ließ mich küssen und streicheln, hörte sein Stammeln: «Liska, mach ein bisschen Platz. Und sag jetzt nicht mein Freund.»

Ich sagte nicht mein Freund, auch sonst nichts, ich hatte nicht den Atem, etwas zu sagen.

Die Ludwigs versöhnten sich ebenfalls, wie Heinz es vorausgesagt hatte. Ein Jahr später sah ich Anita einmal mit dem Kinderwagen in der Stadt. Ich hätte gerne einen Blick hineingeworfen. Sie hatte einen Sohn bekommen, das wusste ich von unseren Gästen. Es gab ein paar darunter, die sich spitze Bemerkungen hin und wieder nicht verkneifen konnten. Ich wollte nur sehen, ob der Kleine dunkelhaarig war. Aber Anita wechselte die Straßenseite, als sie mich kommen sah. Dann eben nicht. Meta erzählte mir später, der Junge sei rothaarig – wie sein Vater.

Ich stellte eine neue Kellnerin ein, keine junge, keine hübsche, nur eine tüchtige. Nach außen hin schien alles wie früher, aber so war es nicht mehr. Béla war stiller geworden und nachdenklicher. Wenn er sich unbeobachtet fühlte, bekam sein Blick etwas Weites, so weit, dass man sich darin verlieren konnte. Ich wusste lange Zeit nicht, was es war. Als ich es endlich begriff – war es nicht mehr zu ändern.

Ich sprach einmal mit meinem Arzt darüber. Es gab Möglichkeiten, die durchtrennten Eileiter wieder zusammenzufügen. Mikrochirurgie, aber die Aussichten auf Erfolg waren minimal. Und ich ging auf die Vierzig zu. Es lohnte nicht mehr, sich solch einem Eingriff zu unterziehen. Béla fand sich damit ab, dass er nie ein eigenes Kind haben würde, jedenfalls nicht von mir. Und von einer anderen wollte er nichts mehr.

Wir saßen die restliche Zeit in der Bruchbude ab, sparten ein kleines Vermögen zusammen und schauten uns beizeiten nach einem neuen Lokal um. Den Pachtvertrag zu verlängern, wäre uns beiden nicht in den Sinn gekommen. Wir fanden unseren Prachtbau in der Herderstraße, alles ganz neu. Bei der ersten Besichtigung waren noch die Handwerker im Haus. Beim Innenausbau durfte Béla mitplanen.

Als er zum ersten Mal vor dem großen Bogen Millimeterpapier saß, schaute er plötzlich auf. «Weißt du, was ich denke, Liska? Es ist gut so. Jetzt sind wir beide allein. Wir müssen nicht nachdenken über das, was Kinder wollen und brauchen. Willst du einen Kamin im Wohnzimmer, Liska? Soll ich Heinz fragen, ob er einen bauen kann?»

Sonja wollte nicht mitkommen. Ich hatte sie gefragt, sie schüttelte nur den Kopf. «Nein, Mama. Die nächste Pleite kannst du allein erleben. Ich suche mir ein Zimmer in Köln oder eine kleine Wohnung. Vorausgesetzt, ich bekomme den Studienplatz dort. Wenn nicht, ich gehe auch nach Berlin oder sonst wohin, ist mir vielleicht sogar lieber.»

Nach Berlin musste sie nicht gehen. Sie bekam ihren Studienplatz in Köln, bekam durch Vermittlung von Andreas auch eine kleine Wohnung, die sie sich mit einer Kommilitonin teilte. Als wir «Bélas Musikstübchen» eröffneten, war sie bereits umgezogen. Sie kam auf eine Stunde vorbei, zusammen mit ihrer Freundin, um ein bisschen zu protzen. Mein Vater – das «Stief» davor ließ sie geflissentlich weg –, der hochtalentierte Musiker, und meine Mutter, die begnadete, leider noch unentdeckte Schriftstellerin.

Ich hatte das Gefühl, Sonja nicht mehr zu kennen. Was war aus meinem Mädchen geworden, das mit elf Jahren um friedliche Nachmittage kämpfte? Das zu Weihnachten in Spitzenkleid und Lackschuhen Muttis Freund begutachtete? Wie sie da am Eröffnungsabend vor dem Tresen saß, neunzehn Jahre alt, erwachsen und sehr von oben herab. Wie sie plötzlich nach meinem Arm griff. «Ach, Mama, ich hab ein kleines Problem.» Hundert Mark reichten, um ihr Problem zu lösen, von Béla noch einmal die gleiche Summe. Aber das erfuhr ich erst ein paar Tage später.

Heinz war natürlich auch da. Später, als der größte Rummel vorüber war, ging ich mit ihm hinauf in die Wohnung. Sonja und ihre Freundin hatten sich bereits verabschiedet. Heinz wollte sich anschauen, wohin er den Kamin bauen sollte. Es gab Bausätze dafür, und das Wohnzimmer war groß genug. Natürlich schaute er sich auch die anderen Räume an.

Getrennte Schlafzimmer. Ich weiß nicht mehr, wer von uns beiden die Idee hatte, Béla oder ich. Aber wir glaubten beide, dass es nach acht Jahren eine Bereicherung für unsere Beziehung sein könnte. Etwas, das nicht unentwegt zur Verfügung stand, stieg im Wert. Ich wartete darauf, dass Heinz eine Bemerkung zu den Schlafzimmern machte. Das tat er nicht.

So sprachen wir über meine Zukunftspläne. Um das Lokal musste ich mich nicht kümmern. Béla hatte ausreichend Personal eingestellt, drei Kellner, einen nur für den Tresen. Einen Koch, Küche gab es auch, und um die Putzstelle hatte Meta sich beworben. Ich hätte viel Zeit zum Schreiben, hatte auch noch einen Rest Hoffnung, trotz all der Absagen.

Ich war in melancholischer Stimmung, als ich mit Heinz durch die großen Räume ging. So viel Platz für zwei Personen. Die Böhrings hatten nicht einmal die Hälfte für fünf. Metas winzige Küche, in der meine Tochter groß geworden war. Marions kleines Zimmer, in dem Sonja so viele Nächte verbracht hatte, dass man sie nicht mehr zählen konnte.

Heinz trat auf den Balkon hinaus, nachdem wir wieder im Wohnzimmer angekommen waren. Er schaute in den Garten hinunter, der noch wüst aussah, überall Dreck, keine Spur von dem Rasen, der dort wachsen sollte. Dann drehte Heinz sich zu mir um und meinte. «Sieht aus, als hättest du es geschafft, Lisa.»

Ich lachte. «Noch nicht ganz. Geschafft habe ich es, wenn ich mein erstes Buch in der Hand halte.»

Heinz lachte ebenfalls. «Du kriegst nie genug. Wenn du es in der Hand hältst, muss es sich auch gut verkaufen. Und dann kommt das zweite und das dritte. Und nach dem fünften oder sechsten gibt es immer noch etwas, was du noch nicht hast.»

Dann legte er mir den Arm um die Schultern. «Gehn wir wieder nach unten, bevor Béla auf dumme Gedanken kommt.»

«Aber doch nicht bei dir», sagte ich.

Heinz zuckte mit den Achseln und grinste. «Weiß man's?»

Warum konnten wir nicht bleiben, was wir waren? Liebe, nette Nachbarn, die vor langen Jahren zu Silvester mit der Pfirsichbowle auf einen milden Winter anstießen. Die sich beim Tanzen ein wenig beflirteten und dabei noch genau wussten, wo die Grenzen waren.

Anfang Mai, gut drei Monate bevor ich den Geflügelsalat

mit Salmonellen zu mir nahm und anschließend feststellen musste, dass mein Mann doch nicht völlig immun gegen die Reize anderer Frauen geworden war, hatte ich einen neuen Roman begonnen. Ich hatte es geschafft. Mein erstes Buch war erschienen und schon nach drei Wochen auf Platz achtzehn der Bestenliste gestiegen, ein Riesenerfolg.

Mit Beginn des nächsten Jahres erwartete Dierk Römer das Manuskript für den zweiten Beststeller. Er plante ihn fest ein und setzte auf meine Zuverlässigkeit. Ich traute mir auch zu, in sieben Monaten einen kompletten Roman zu verfassen. An einer Schreibmaschine saß ich nämlich nicht mehr, sondern am Computer. Da ging das alles etwas schneller.

Und so ein Computer hat noch einen weiteren Vorteil. Es liegt kein Papier herum, auf dem die Putzfrau zufällig über etwas stolpern kann, was ihr bekannt vorkommt. In meinem neuen Roman sollte die Hauptfigur nämlich ein Mann sein. Ein enttäuschter, verbitterter, gedemütigter, betrogener Mann. Nicht betrogen im herkömmlichen Sinne. Ein Mann, der seine Träume gehabt hatte und sie begraben musste, einen nach dem anderen, bis ihm nichts mehr blieb.

Das gibt es auch, sogar oft, dass Männer die Opfer sind. Auch wenn sie es nicht wahrhaben wollen und sich ihrem Elend zum Trotz der Welt und ihrer ehemaligen Geliebten gegenüber weiterhin als strahlende Karatekämpfer, freiheitsliebende Motorradfahrer oder geschickte Heimwerker präsentieren.

Ich begann mit dem Schluss, richtig schön ergreifend. Wie er sich aufs Motorrad setzt, in der schwarzen Lederkluft und mit dem Helm auf dem Kopf immer noch wie ein junger, dynamischer Mann wirkend. Und wie es drinnen aussah, ging keinen etwas an. Zerbrochen! Ein Scherbenhäufchen dort, wo früher das Herz war, Spinnweben um die Seele, ausgetrocknet und verstaubt nach achtzehn trostlosen Ehejahren.

Er denkt nicht mehr an Frau und Kinder, nicht einmal mehr an die schöne Tochter, die ihm lange Jahre ein kleiner Lichtblick war, jetzt jedoch in ein Alter kam, in dem Papa unwichtig wurde, auch wenn sie hin und wieder mit ihm ins Kino ging. Er denkt nur noch an Brückenpfeiler und Lastwagen, an scharfe Kurven und eine glitschige Fahrbahn, auf der ein Motorrad leicht ins Rutschen geriet. Ein herrliches Psychodrama, soziale Realität. Eine lieblose Ehe und ein ganz normaler Verkehrsunfall im November.

Ich fand die Szene phantastisch, wenn ich mir auch beim besten Willen nicht vorstellen konnte, dass Heinz sich eines Tages tatsächlich auf seine Maschine setzte, um sein tristes Dasein in der von mir beschriebenen Form zu beenden. Er mochte früher einmal davon gesprochen haben, aber die Zeit hatte vieles verändert.

Heinz hatte sich mit den Jahren ein paar kleine Trösterchen zugelegt. Das Motorrad für Freiheit und Abenteuer, seine älteste Tochter als Dekoration und für den Vaterstolz. Und für das, was der Mann sonst noch braucht, hatte er auch eine stille Ecke gefunden. Ich wusste nicht, wie sie hieß, wie alt sie war, wie sie aussah, das spielte auch gar keine Rolle.

Ich wünschte ihm von ganzem Herzen, dass er zufrieden war und dass sie ihn für ein paar Stunden in der Woche vergessen ließ, was ihm das Leben mit Meta und den Kindern vorenthielt. Ich wünschte es ihm wirklich. Leider gehen nicht alle Wünsche in Erfüllung.

Heinz war fünfundvierzig und sah immer noch sehr gut aus, als ich ihn zur Hauptfigur meines neuen Romans machte. Er war seit achtzehn Jahren verheiratet, Vater einer schönen und zweier unscheinbarer Töchter. Meta mochte mehr als dreimal mit ihm geschlafen haben. Ich wusste nicht genau, wie lange es gedauert hatte, ehe sie mit Marion oder Anika schwanger geworden war, bei Susanne hatte jedenfalls einmal gereicht. Und viel mehr war da nie gewesen. Heinz hatte mir nicht in typischer Fremdgängermanier etwas vorgelogen. Sonja hatte es bestätigt.

Mit meiner Tochter hatte Meta mehr als einmal offen über ihr Eheleben und ihre Bedürfnisse gesprochen. Und meine Sonja hatte sich daran orientiert. Mit vierzehn Jahren empfand sie es noch als eklig, eine fremde Zunge in den Mund geschoben zu bekommen, von anderen Körperteilen ganz zu schweigen. Mit fünfzehn teilte sie mir einmal beiläufig mit, dass sie wahrscheinlich eines Tages ein Kind haben würde, man konnte sich ja künstlich befruchten lassen. Mit sechzehn stellte sie fest, dass eine Adoption einem leiblichen Nachkommen vorzuziehen sei, einmal, weil es in Indien und anderswo so viele arme Kinder gab, dann natürlich auch, weil man sich auf diese Weise die Plackerei der Schwangerschaft ersparte.

Meine Sonja! Mit siebzehn versuchte sie ein paar Mal, ihren angehenden Stiefvater zu provozieren, entschloss sich nebenbei, Biologie zu studieren, und träumte davon, eines Tages viele kleine Retortenbabys heranzuzüchten für Frauen, die ihre und Metas Einstellung in punkto Sexualität teilten. Meine Sonja, die mit einundzwanzig …

Ende April war sie für zwei Tage bei uns gewesen, hatte sich eine ekelhafte Erkältung eingefangen. Und wir hatten doch so ein schönes Gästezimmer. Am zweiten Abend saßen wir zusammen, und sie erzählte mir, dass sie kürzlich mit einem Mann geschlafen habe. Zum ersten, wahrscheinlich auch zum letzten Mal. Sie hatte nur wissen wollen, wer die

Sache richtig darstellte, Meta oder ich. Jetzt wusste sie es. Es lohnte wirklich nicht, sich von einem Mann das Leben und den Unterleib durchrütteln zu lassen. Es war enttäuschend gewesen.

Ich weiß nicht, wen sie sich für ihren Test ausgesucht hatte, vermutlich eine Art Karl-Josef. Das sagte ich ihr auch. Sie war doch noch so jung, sie war hübsch, gescheit und gesund. Sie konnte doch aus einer trüben Erfahrung nicht die Bestätigung für Metas verkorkste Ansichten ziehen und sich damit um so viel Schönes betrügen. Ich versuchte ihr klarzumachen, dass es gravierende Unterschiede gab, dass zum Beispiel ein Mann wie Béla, weiter kam ich nicht.

Sie winkte ab. «Hör auf, Mama. Erzähl mir nicht wieder was von seinen Qualitäten, sonst komme ich noch auf die Idee, es einmal auszuprobieren. Tatsache ist, es hat nichts mit Béla zu tun, nur mit deiner Veranlagung. Manche Frauen haben eine sehr ausgeprägte Libido. Sie nehmen einiges auf sich, um ihre Bedürfnisse auszuleben. Du gehörst anscheinend dazu.»

«Es geht nicht um Bedürfnisse», widersprach ich. «Es geht um Liebe. Es geht darum, einen Menschen zu haben, der zu einem gehört. Der …»

«Quatsch», unterbrach sie mich noch einmal. «Du willst doch nicht ernsthaft behaupten, dass Béla jemals zu dir gehört hat? Der macht, was er will, und nimmt, was er kriegen kann. Sollen wir beide eine Wette abschließen? Wenn ich es darauf anlege, geht er auch mit mir ins Bett. Seine Skrupel kann ich ihm bestimmt ausreden. Da muss ich ihm vielleicht nur erzählen, dass er nicht der erste Vater ist, der mit seiner Tochter schläft. Außerdem ist er nur mein Stiefvater, und ich bin erwachsen. Er macht sich nicht mal strafbar. Willst du wetten?»

Ich wollte nicht, und sie fuhr fort: «Weißt du, was Meta damals immer gesagt hat?»

Meta hatte viel gesagt. Ich hätte meine Tochter damals nicht Meta überlassen dürfen. Ich hatte doch gewusst, dass es bei Meta hinten und vorne nicht stimmte. Ich hatte zwar nicht genau gewusst, warum. Aber ich hatte meine Vermutungen. Und die hatte ich so gründlich, dass ich mir einbildete, einen Roman darüber schreiben zu können.

Nach der ergreifenden Szene, in der Heinz – im Roman hieß er natürlich anders –, mit dem Motorrad stürzte, kam die erste Rückblende, das junge Paar auf dem Standesamt. Ich glaubte nicht, dass Heinz und Meta kirchlich getraut worden waren. Es passte nicht zu ihm, zu ihr noch weniger, Brautkleid und Schleier, Blumenstrauß und schicke Frisur, womöglich noch ein Parfüm und manikürte Fingernägel. Lieber einfach und bescheiden. Eine Hochzeit in kleinem Rahmen.

Ein junger Mann, ein bisschen wild und noch so stark, dass er Bäume ausreißen konnte. Und eine junge Frau, die etwas mit sich herumtrug, über das sie nicht reden durfte, das Kind vom Oberarzt. Zwei Menschen, die vom ersten Tag an nur eine winzig kleine Chance hatten. Als der Mann nach kurzer Zeit anfing, sich mit der Nachbarin zu trösten …

Ich hatte ursprünglich nicht vor, mich aus dem Drama auszuklammern, war durchaus bereit, meinen Teil der Schuld auf mich zu nehmen. Aber dann erzählte Heinz mir an einem Abend Ende Mai, dass es in Wirklichkeit doch ganz anders gewesen war.

Er kam oft am Abend oder am Wochenende auf ein Bier. In der letzten Maiwoche hatte er Spätschicht, kam erst kurz vor elf. Béla saß am Keyboard, spielte seine hinreißenden Improvisationen. Ich hatte eigentlich schon um zehn hinaufgehen und arbeiten wollen. Aber ich hatte bereits den halben Nachmittag geschrieben, und es gefiel mir nicht, ging eindeutig in die falsche Richtung. Schon ab Seite dreißig war nicht mehr der Mann das Opfer. Er amüsierte sich im fremden Bett, zeigte kein Verständnis für die Nöte seiner Frau. Warum hätte er sich auch Mühe geben sollen, ihrem sonderbaren Verhalten auf den Grund zu gehen, wenn es nebenan die Entspannung ohne Probleme gab und seine Frau gute Miene zum bösen Spiel machte?

Als Heinz dann kam, setzte ich mich mit ihm an einen Tisch, statt hinaufzugehen und mich noch ein paar Seiten weiter vom Ziel weg zu schreiben. Ich wollte ihn nicht aushorchen. Mir wäre nicht einmal im Traum die Idee gekommen, ihn zu fragen: «Sag mal, warum ist es eigentlich bei euch von Anfang an so schief gegangen? War es meine Schuld?» Aber dann ergab es sich so.

Heinz war deprimiert, sprach über die alten Zeiten, als wir noch friedlich miteinander auf einer Etage gelebt hatten. Er bemerkte die Blicke, die ich in die Ecke schickte, in der Béla spielte. Zuerst grinste er noch.

«Du behältst ihn im Auge, als könnte er jeden Moment aufstehen und verschwinden. Läuft da wieder was bei ihm?»

Ich schüttelte den Kopf. Sein Ausflug mit Anita schien Béla geheilt zu haben. Dass ich ihn anschaute, hatte andere Gründe. Es war einer von den Tagen, an denen ich es kaum erwarten konnte, mit ihm hinaufzugehen.

Heinz schwieg ein paar Sekunden lang. Plötzlich legte er seine Hand auf meine, drückte meine Finger. Dann hob er den Kopf, schaute mich an und sagte schwerfällig: «Wir beide hätten damals zusammenbleiben sollen, Lisa. Wir hätten uns eine Menge erspart. Meinst du nicht auch, es hätte mit uns funktionieren können? So schlecht war ich doch nicht, immerhin warst du ein paar Jahre zufrieden mit mir. Heute wärst du es vielleicht nicht mehr. Deine Ansprüche sind gestiegen, und jetzt, wo du berühmt wirst, brauchst du einen Mann, den du vorzeigen kannst.»

«Wer sagt dir, dass ich berühmt werde?»

Heinz zuckte mit den Schultern. «Das hab ich im Gefühl. Du hast immer erreicht, was du dir in den Kopf gesetzt hast. Du hast genau die Portion an Hartnäckigkeit, Ehrgeiz und Egoismus, die man braucht, um das zu schaffen, was andere für unmöglich halten. Wart's ab, bald kommen die Zeitungen und das Fernsehen. Und es ist ein Unterschied, ob du in einem Interview sagst, mein Mann ist Musiker. Das hat was, da denken alle; sieh an, zwei Künstler, sie haben bestimmt viele gemeinsame Interessen, kein Wunder, dass sie sich gut verstehen. Stell dir vor, du müsstest sagen, mein Mann arbeitet bei Rheinbraun. Da würden alle denken, du meine Güte, worüber unterhält sie sich denn mit dem?»

Heinz lachte, ein paar Leute schauten zu uns herüber. «Aber wer weiß, vielleicht würden sie auch denken, ich wäre ein As im Bett. Irgendeinen Grund müsste es ja geben. Irgendeinen Grund gibt es immer, wenn zwei Leute zusammenbleiben, die nicht zueinander passen.»

Das war mein Stichwort. Ich konnte es nicht ignorieren, wo er es selbst auf den Tisch legte. Es ging mir nicht um den Roman, nur darum, dass er reden wollte, reden musste. Ich kannte ihn so gut. «Und was für ein Grund ist es bei dir?», fragte ich.

Heinz zuckte noch einmal mit den Schultern und grinste. «Es ist mehr als einer. Bei drei Kindern überlegt man sich das. Meinst du, das hätte ich damals nicht getan? Nicht nur überlegt, ausgerechnet habe ich es mir. Hast du eine Ahnung, was ich gezahlt hätte? Nein, Lisa, du hättest dein Leben lang im Drogeriemarkt an der Kasse sitzen müssen, ich hätte auf deine Kosten gelebt. Und das hättest du nicht lange mitgemacht. Unter dem Strich stand immer: Lass es, wie es ist, Heinz. Das habe ich getan, sonst wäre für mich selbst nichts geblieben. Und etwas will man schließlich vom Leben haben.»

«Und wenn es nur ein Motorrad ist», sagte ich.

Heinz grinste, meine Hand hatte er inzwischen losgelassen. «Etwas mehr ist es schon.»

«Du hast eine Freundin?!»

Sein Grinsen verlor sich. Er wurde wieder melancholisch, stieß die Luft aus. «Eine Freundin», murmelte er. Und etwas lauter: «Meine Freundin sitzt mir gerade gegenüber, und mehr als eine hatte ich nie. Was ich sonst noch habe, darf ich nicht als Freundin bezeichnen. Manchmal denke ich, ich sollte damit aufhören, solange ich noch genug Stolz habe, es zu schaffen. Eines Tages bricht es mir das Kreuz.»

«Das klingt bitter», sagte ich.

Heinz nickte. «Es ist bitter. Ich hätte nie gedacht, dass ich so tief sinke.» Nach einer kleinen Pause, in der er sich eine Zigarette anzündete, einmal tief inhalierte und den Rauch zur Decke hinaufblies, fuhr er fort: «Kannst du dir vorstellen, dass ich dafür bezahle? Natürlich kannst du. Du kannst dir alles vorstellen, nicht wahr? Und du wirst dich damals ja auch gefragt haben, was ich tue, nachdem du mir einen Tritt gegeben hattest. Anfangs war es schlimm für mich. Wochenlang habe ich es mit Selbst-ist-der-Mann versucht. Eine traurige Angelegenheit. Ich war einfach nicht dran gewöhnt, weißt du. Ich hatte das vorher nie nötig gehabt.»

Er atmete tief durch. «Irgendwann bin ich zum ersten Mal in den Puff gegangen, blieb mir ja nichts anderes übrig. Drei

Kinder und eine Frau, die nicht will. Wenn mir das früher einer prophezeit hätte, den hätte ich für verrückt erklärt. Heinz Böhring muss zu einer Nutte gehen. Heinz Böhring, der sich die Frauen immer aussuchen konnte.»

Er versuchte noch einmal zu grinsen, es gelang ihm nicht mehr. «Sogar seine schöne Nachbarin hat er ins Bett gekriegt, obwohl er zu dem Zeitpunkt schon verheiratet war. Und früher, ach, Lisa.»

Er winkte ab. Dann erzählte er mir von seinem ersten Motorrad.

Vierzehn war er gewesen, hatte die Kiste auf einem Schrottplatz aufgestöbert und sie in einer Garage mit zusammengebettelten Ersatzteilen wieder flott gemacht. Viel zu jung für den Führerschein, aber er hatte genug Mumm in den Knochen, um sich nachts mit der Maschine auf die Straße zu wagen und den Mädchen zu imponieren. Verrückt waren sie nach ihm gewesen. Keine hatte sich vorstellen können, dass er noch so jung war. Er wurde dann ja auch älter. Und für ihn war es undenkbar gewesen, sich an eine Einzige zu binden.

Zwölf Jahre lang war er ein freier Mann, ganz und gar frei. Seine wilde Zeit, nannte er das. Dann ein schlimmer Unfall, das linke Bein so kaputt, dass die Ärzte dachten, sie müssten amputieren. Aber sie hatten es doch wieder zusammenflicken können. Sogar tanzen konnte er damit. «Ich spüre es hin und wieder noch», sagte er. «Wenn das Wetter umschlägt, weiß ich oft nicht, wohin damit. Wenn es wenigstens richtige Schmerzen wären, aber es ist nur ein lästiges Gefühl, ganz komisch.»

Ein halbes Jahr lang hatte er damals im Krankenhaus gelegen. Da hatte er Meta kennen gelernt.

«Es ging mir ziemlich dreckig», sagte er. «Ich dachte, jetzt bin ich ein Krüppel. Und sie war – ganz anders als die Mädchen, die ich kannte. Ruhig und kühl war sie. Man hatte das Gefühl, sie steht über den Dingen. Sie hatte eine Menge zu tun auf der Station, aber sie hatte trotzdem immer Zeit, sich für ein paar Minuten neben ein Bett zu setzen. Nicht nur neben meins. Und dann machte sie einem klar, dass noch nicht alles vorbei ist. Sie hat mir Mut gemacht. Wenn sie nicht gewesen wäre, hätte ich vielleicht die Schlaftabletten gesammelt, die sie mir abends gaben.»

Er schaute mich an, als wisse er nicht, wie er mir das alles erklären sollte. Nach ein paar Sekunden sprach er weiter: «Sie sah gut aus. So hast du sie ja gar nicht gekannt, Lisa. Immer schick, tolle Frisur. Sie hatte das Haar damals hellblond gefärbt und trug es schulterlang. Wenn sie Dienstschluss hatte, kam sie oft nochmal ins Zimmer ohne den weißen Kittel. Traumhaft sah sie aus, wenn sie sich zurecht gemacht hatte. Da lag ein alter Mann bei mir im Zimmer, der sagte oft: Und ein Engel tritt durch die Tür.»

Heinz nickte versonnen vor sich hin, lächelte wehmütig. «Als das Bein so weit wieder in Ordnung war», fuhr er fort, «kam sie immer, um mich zu massieren. Es war ein bisschen steif, weißt du. Sie fing unten an und arbeitete sich hoch. Und irgendwann war sie ganz oben. Sie hatte einen Griff, kann ich dir sagen.»

Das Bein massieren, dachte ich, Sonja hatte einmal davon gesprochen. Béla nannte es füttern. Es hatte wohl jeder einen speziellen Ausdruck, den nur zwei Menschen als das erkannten, was er war. Die Frage, die Aufforderung.

Mich hatte er nie gebeten, ihm das Bein zu massieren. Mir hatte er nicht einmal erklärt, woher die Narben stammten. Ich hatte ihn danach gefragt, mehr als einmal. Jedes Mal hatte er geantwortet: «Da hat Amor ein paar Mal daneben geschossen, aber richtig getroffen hat er am Ende doch.» In dem Moment wurde mir klar, dass Meta ihm einmal sehr viel bedeutet haben musste.

«Sie ging ganz schön ran», sagte er. «Manchmal wusste ich gar nicht, ob ich mir schon die Zunge abgebissen hatte oder nicht. Da lagen ja noch zwei im Zimmer, die durften nicht merken, was vorging. Meta machte ein Gesicht dabei, irgendwie komisch, so nüchtern, fast schon kalt, als ob sie nur etwas untersuchen muss, was sie persönlich nicht interessiert. Und ich dachte, sie hat Feuer und eine eiserne Selbstbeherrschung. Da siehst du, wie der Mensch sich täuschen kann.»

Das wehmütige Lächeln verlor sich, seine Stimme klang ein wenig straffer. «Als ich aus dem Krankenhaus entlassen wurde, wollte sie nichts mehr mit mir zu tun haben. Aber so schnell gab Heinz Böhring damals nicht auf. Ich hab nicht locker gelassen. Ich Idiot habe nicht begriffen, warum sie plötzlich so abweisend war. Ich bin nicht mal auf den Gedanken gekommen, dass sie einen anderen hat. Ich meine, warum machte sie so was mit mir, wenn sie jemanden hat, mit dem sie …»

Er brach ab und schüttelte den Kopf, als könne er es immer noch nicht fassen, sprach in gedämpftem Ton weiter: «Irgendwann gab sie nach, war wenigstens bereit, mal mit mir auszugehen. Vielleicht nur, weil der andere ihr gut zugeredet hatte. Vielleicht dachten sie, sie würden mich auf diese Weise los. Wir sind ins Kino gegangen, das weiß ich noch, als wäre es gestern gewesen. Ich saß da neben ihr in der letzten Reihe, wollte ihr den Arm um die Schultern legen, sie schüttelte ihn ab. Ich brachte sie heim, wollte sie küssen. Sie drehte den Kopf zur Seite. Aber ich konnte nicht vergessen, was sie mit mir gemacht hatte. Ich dachte, wenn sie einen schon mit der Hand ins Paradies befördern kann, wohin kommt man dann erst, wenn sie einen richtig ranlässt?»

In dieser Art erzählte er noch eine halbe Stunde weiter. Wie ihn gerade das Spröde gereizt hatte. Verrückt gemacht hatte es ihn, glaubte er doch, dass unter der kalten Schale ein Vulkan brodelte. Gebettelt um eine Nacht hatte er. Dann endlich war Meta bereit, mit ihm zu schlafen. Und er hatte sich mit seinen Vorstellungen und Phantasien so hochgeschaukelt, dass er überzeugt war, den Himmel auf Erden zu erleben.

«Ich hätte es vorher nicht geglaubt», sagte er. «Aber das spielt sich tatsächlich zum größten Teil im Kopf ab. Du kannst einen Mann auf eine Kuh festbinden; solange er überzeugt ist, es sei eine Möwe, wird er mit ihr fliegen und notfalls auch tauchen. Ich meine, so ein Nümmerchen von fünf Minuten kann nicht die Welt sein. Man hält es nur dafür, wenn es auf die Art passiert. Sie wurde gleich schwanger. Ehrensache, dass ich sie geheiratet habe.»

Er machte eine Pause, starrte in sein Bierglas, setzte es an und trank einen Schluck. Dann schaute er wieder mich an, grinste kurz, aber es wirkte nicht fröhlich.

«Ich hab's noch nie einem Menschen erzählt, Lisa. Ich hab's ja zuerst auch nicht gemerkt, und wer spricht schon gerne von seiner eigenen Blödheit? Ein Siebenmonatskind. Vielleicht weißt du es noch, Marion wog nur knapp vier Pfund, als sie geboren wurde. Das sah doch alles normal aus. Ich habe mich erst viel später gewundert, als die beiden anderen da waren. Da habe ich mich oft gefragt, wie kommt der Goldfasan in den Hühnerstall?»

Heinz nickte gedankenverloren vor sich hin, seufzte einmal nachdrücklich. In Bélas Musik schwang Sehnsucht, er spielte mit geschlossenen Augen. Ich fragte mich, ob er mit seinen Gedanken bereits in meinem Schlafzimmer war. Auch wenn sich, wie Heinz es gerade gesagt hatte, der größte Teil nur im Kopf abspielte, es waren unsere Köpfe.

«Du kennst sie ja auch schon so lange», sagte Heinz. «Du weißt, wie sie ist. Aber hättest du von ihr gedacht, dass sie nur einen Dummen gesucht hat, dass sie mich mit einem Kind aufs Kreuz legt? Und du kommst nicht drauf, von wem sie es hat. Da kommst du nicht drauf, Lisa.»

In dem Moment hielt ich mich für außergewöhnlich klug, um nicht zu sagen hellsichtig. Ich hatte es all die Jahre gedacht. Der Oberarzt.

Heinz machte noch eine Pause, nickte wieder, als könne er nicht mehr aufhören. «Von ihrem Vater», sagte er.

Im ersten Moment dachte ich, ich hätte etwas überhört oder gründlich missverstanden. Erst als Heinz weitersprach begriff ich allmählich, dass ich ihn richtig verstanden hatte. «Du weißt ja, dass ihre Mutter starb, als sie gerade zwölf war. Danach hat der Alte sie sich regelmäßig vorgenommen. Und du musst nicht glauben, es hätte aufgehört, als wir geheiratet haben. Wir haben drei Monate mit dem Schwein unter einem Dach gelebt. Es ist mir nicht aufgefallen. Ich möchte nicht wissen, wie oft sie morgens zu ihm ins Bett gekrochen ist, wenn ich aus dem Haus war. Jahrelang ging es so, auch später noch, sie hat ihn ja oft genug besucht. Und wenn sie nicht zu ihm fuhr, kam er zu uns.»

Heinz trank noch einen Schluck. «Als ich dahinter kam, ich war nahe dran, dem Alten die Gurgel durchzuschneiden. Getan habe ich es nicht. Ich glaube, man kann nichts tun, wenn es so an die Substanz geht. Nicht mal sie konnte ich vor die Tür setzen. Ich wollte es tun. Aber was wäre dann aus Marion geworden? Du weißt ja, wie sie mit dem Kind umging, und Marion konnte doch nichts dafür. Das habe ich mir immer wieder gesagt. Marion darf man dafür nicht büßen lassen. Man muss ja froh sein, dass sie mit geraden Knochen auf die Welt kam und ihren gesunden Verstand hat. Und den hat sie, Lisa. Meine beiden sind nicht so helle.»

Dann begann er, mir von seiner Ältesten vorzuschwärmen, die gar nicht seine Älteste war, die er trotzdem ein bisschen mehr liebte als seine beiden. «Sie ist jetzt in einem gefährlichen Alter», sagte er. «Siebzehn, und so wie sie aussieht, da muss man höllisch aufpassen. Ich kann sie mir doch nicht von jedem Kerl antatschen lassen.»

Er lächelte zärtlich, stolz und verloren. «Aber sie hat auch nichts im Sinn mit grünen Jungs. Sie ist Papas Mädchen. Sie weiß ja nichts von der Sache. Ich könnte es ihr auch nie sagen. Damit würde ich ihr doch den Boden unter den Füßen wegziehen.»

Ende Mai war das. Heinz war schon lange weg, da saß ich immer noch an dem Tisch, wie blind und taub vom Begreifen. Vom eigenen Vater! Mir erschien das so ungeheuerlich. Um halb zwei ging ich mit Béla hinauf in die Wohnung. Die Sehnsucht vom frühen Abend war vergessen. Er bemerkte, dass ich mit meinen Gedanken woanders war.

«Was ist los, Liska», scherzte er. «Arbeitest du noch?»

Wir standen bereits unter der Dusche. Er zog mich an sich, küsste mich auf die Stirn und flüsterte: «Jetzt habe ich den Computer ausgeschaltet.»

Hatte er nicht, die Gedanken kreisten unaufhörlich weiter in meinem Hirn. «Kannst du dir vorstellen, dass ein Mann mit seiner eigenen Tochter schläft?», fragte ich.

Béla brauchte ein paar Sekunden, um das zu verdauen. Er stieß die Luft aus. «Bist du verrückt, Liska? Das darfst du nicht sagen. Heinz ist …»

«Ich rede nicht von Heinz», unterbrach ich ihn. «Ich meine das ganz allgemein. Mit Heinz hat es überhaupt nichts zu tun.»

Béla glaubte mir nicht. Er hatte gesehen, dass ich stundenlang mit Heinz zusammengesessen, dass die meiste Zeit Heinz geredet und dabei einen sehr bedrückten Eindruck gemacht hatte. Den Eindruck eines Mannes, der sich etwas von der Seele reden musste. Oder ein Geständnis ablegte, so sah Béla es.

«Wenn es nichts mit Heinz zu tun hat, wie kommst du dann auf so eine schmutzige Idee?»

«Ich will darüber schreiben.»

Béla schüttelte den Kopf und verzog gleichzeitig das Gesicht. «Liska, das ist nicht gut.»

Vielleicht hatte er Recht. Meta war jeden Tag in der Wohnung. Wenn sie etwas las, aber ich war bis dahin vorsichtig gewesen. Ich wollte ab sofort noch vorsichtiger sein.

Am nächsten Tag fing ich noch einmal ganz neu an, begann immer erst, wenn Meta die Wohnung verlassen hatte. Zwar hatten die Figuren bei mir andere Namen, trotzdem mochte Meta gerade beim Anfang die eine oder andere Szene vertraut vorkommen und Erinnerungen wecken. Ich wollte nicht unbedingt herausfinden, wie sie darauf reagierte.

Die erste Szene ließ ich fast unverändert. Der Unfall auf regennasser Straße. Ein Herbstmorgen mit Nebel und feuchtem Laub. Eine Wiederholung, Anfang und Ende einer Beziehung, die nie eine Chance hatte. Ein Mann auf dem Weg zur Arbeit, der dort nicht ankommen will. Während er auf die enge Kurve zufährt, sich daran erinnert, wie es zu Anfang gewesen war, während er grübelt, auf welch niederträchtige Weise man ihn benutzt und hintergangen hat, dreht sich für ihn die Zeit um zwanzig Jahre zurück. Als das

Motorrad ins Schleudern gerät, ist er wieder der junge Mann, nach dem alle Mädchen verrückt sind. Er stürzt, bleibt schwer verletzt und bewusstlos liegen.

Im Krankenhaus kommt er wieder zu sich. Da beugt sie sich gerade über ihn. Eine junge Frau, die in der Lage ist, einem Menschen Mut zu machen. Hübsch und still, so still, dass sie mit niemandem über den Ekel reden kann. Nach Dienstschluss geht sie heim, und da wartet jemand auf sie – seit sie zwölf Jahre alt ist.

Noch eine Rückblende. Vater und Tochter am offenen Grab der Ehefrau und Mutter. Und abends allein in einem großen Haus. Alles ist plötzlich kalt und verlassen. Das Kind weint sich in den Schlaf, der Mann weint ebenfalls. Er ist noch jung, zu jung, um zu verzichten. Ein paar Wochen lang hält ihn die Trauer um seine Frau fest. Aber das Kind ist seiner Mutter zu ähnlich, es ist groß für sein Alter und gut entwickelt.

Wochenlang schrieb ich von mittags bis weit in die Nacht hinein. Manchmal kam Béla am frühen Nachmittag und fragte, ob ich mich für eine Stunde in die Sonne legen möchte. «Du bist so blass, Liska. Mach eine Pause, ruh dich ein bisschen aus.»

Manchmal ging ich hinunter. Aber ich blieb nie lange im Garten. Wenn Béla sich zu mir gelegt hätte. Im letzten Jahr hatte er das getan, jeden Nachmittag. Ich hatte ihm «Rote Träume» erzählt, nicht die Morde, nur die Fortschritte, die ich machte, die Leidenschaft und die Zärtlichkeit. Davon inspiriert, hatten wir uns gegenseitig mit Sonnenschutzmittel eingecremt, bis die Flasche leer war und wir beide randvoll mit Lust. Dann waren wir hinaufgegangen. Zuerst unter die Dusche, weil wir vor Sonnenmilch klebten, dann ins Bett. Nicht in diesem Jahr.

Ich fragte ihn ein paar Mal, warum er nicht bei mir blieb. Er zuckte mit den Schultern. Einmal wollte er rasch zur Bank, ein andermal waren es die Unterlagen für den Steuerberater, die er noch zusammenstellen musste, oder die Fahrt zum Steuerberater. Es war immer etwas anderes, Ausreden gab es genug.

Er wollte nichts hören über den neuen Roman. Und ich hatte keine Lust, allein in der Sonne zu liegen. Da ging ich lieber hinauf und schrieb noch ein paar Seiten. Schrieb mich durch die ersten Nächte, in denen das Kind in die Arme des Vaters flüchtet, dort nur Trost sucht und stattdessen Zudringlichkeit findet.

Eine fremde, ungewohnte Zärtlichkeit, Küsse auf den Mund, Hände auf den Schenkeln. Das Kind duldet sie aus Furcht, auch den Vater zu verlieren, wenn es sich ihm widersetzt. Und der Mann ist sehr behutsam, er geht nicht gleich bis zum Äußersten.

Dann ein Zeitsprung. Der junge Mann im Krankenhaus, seine Angst, die Schmerzen, die Verzweiflung, die Minuten, in denen er Hoffnung schöpft. Wenn die Krankenschwester an seinem Bett sitzt. Eine Szene, in der sie ihm das Bein massiert, sich höher und höher hinaufarbeitet, sein Glied umfasst. Ihren Blick dabei, der feste Griff, die Teilnahmslosigkeit.

Sezierend nannte ich ihren Blick. Mir schien der Ausdruck so treffend, obwohl vielleicht etwas anderes dahinter gesteckt hatte. Vielleicht war Heinz in solchen Momenten für sie das hilflose Opfer. Einer, an dem sie sich rächen konnte, einer, der ihr das Gefühl von Macht gab. Aber das hatte er nicht begriffen. Nach ihrem Dienst ging sie heim, und dort war einer, gegen den sie sich nicht wehren konnte.

Ich hatte anfangs große Probleme mit den Szenen, in denen Vater und Tochter alleine agierten. Es war eine Situation, die ich nicht nachvollziehen konnte. Mit dem eigenen Vater! Allein die Vorstellung jagte mir kalte Schauer den Rücken hinunter. Ich hatte ihn ja ein paar Mal zu Gesicht bekommen damals, ein großer, stattlicher, irgendwie beeindruckender Mann war er gewesen.

Aber wenn ich darüber nachdachte, sah ich unweigerlich mich mit meinem Vater im Bett liegen. Und für mich war mein Vater immer ein alter Mann gewesen. Ich hatte ihn nie jung gesehen. Es gab Fotos von ihm, sogar Kinderfotos. Aber auf den alten Fotos war er nicht mein Vater. Mein Vater war für mich nie schlank gewesen, seine Hände sah ich immer nur rau und rot, grobe Hände, die zupacken konnten, aber keine Zärtlichkeit hatten. Dass er mich mit diesen Händen anfasste, meine Brust berührte, mir den Slip auszog, da kam der pure Ekel hoch.

Metas Ekel war der rote Faden, der sich durch den Roman ziehen musste. Doch Metas Ekel erschöpfte sich in dem Satz: «Ich bring das einfach nicht mehr, den alten Säcken den Hintern zu waschen.» Als sie das sagte, war sie fast sechsundzwanzig und hochschwanger. Vom eigenen Vater! Knapp zwei Jahre vorher hatte sie Heinz kennen gelernt. Und er hatte ihr schon nach kurzer Zeit deutlich zu verstehen gegeben, dass sie ihm gefiel. Warum hatte sie die Gelegenheit nicht beim Schopf ergriffen?

Und sie hätte auch vorher schon Gelegenheit gehabt, dem Martyrium daheim zu entfliehen, fand ich. Zuerst war sie ein hilfloses, abhängiges Kind gewesen. Aber irgendwann war sie eine junge Frau im Beruf, die ihr Geld verdiente, die sich unabhängig hätte machen können. Getan hatte sie das nicht. Ich verstand es nicht, ging von mir aus und von dem, was ich getan hätte. Irgendwann kam ich zu dem Schluss, dass Meta mit dieser Beziehung einverstanden gewesen sein musste, weil sie nie versucht hatte auszubrechen.

Also noch einmal von vorne. Das Kind im Bett des Vaters, die ersten Zärtlichkeiten, nichts daran ist erschreckend oder abstoßend. Zu Anfang ist daran nicht einmal etwas ungewöhnlich. Vater und Tochter hatten schon immer eine sehr enge Beziehung. Der Tod der Mutter schweißt sie nur enger zusammen. Irgendwann ist kein Platz mehr für einen Dritten. Aber er kommt. In Gestalt eines jungen Mannes, der bereit ist, mit seinem Leben abzuschließen.

Mit diesem Übergang hatte ich noch größere Schwierigkeiten als mit dem Anfang. Es war so widersprüchlich. Wenn Meta ihren Vater geliebt hatte, so geliebt, wie ich es beschrieb, was hatte sie dann dazu veranlasst, sich an Heinz zu vergreifen? Neugier auf einen jungen Mann? Oder hatte sie sich verliebt? War sie sich plötzlich der Tatsache bewusst geworden, dass sie seit langem in einer verbotenen Beziehung lebte? Dass sie sich inzwischen selbst strafbar machte, wenn sie mit ihrem Vater schlief? Vielleicht war es der Versuch gewesen, sich zu lösen. Und das hatte sie nicht geschafft.

Und weiter im Text: Die ersten Monate, in denen der junge Mann sich von seinen Verletzungen erholt und verliebt. Die Zeit nach seiner Entlassung aus dem Krankenhaus, das Bein geheilt, das Herz entflammt.

Ich sah ihn noch vor meiner Wohnungstür stehen – an dem Weihnachtstag. Und so wie er damals in unseren friedlichen Nachmittag mit Omas selbst gebackenen Plätzchen und dem Kinderchor aus dem Radio eingedrungen war, so war er vermutlich auch in die Beziehung zwischen Meta und ihrem Vater eingebrochen. Ahnungslos und unbeschwert, draufgängerisch, ein Hans Dampf in allen Gassen. Unbekümmert noch für eine kurze Zeit.

Sie gaben seinem Drängen nach, als Meta schwanger wurde. Das Standesamt, drei Monate mit dem Schwiegervater unter einem Dach. Er wusste nicht, dass dieser Mann sein Rivale war. Aber instinktiv lehnte er ihn ab und brachte Meta dazu, ihr Elternhaus zu verlassen.

Die neue Wohnung, die Nachbarin. Die Mineralölsteuer zur Silvesterbowle, ein Tanz vor dem Ikea-Couchtisch. Ein kleines Spiel mit dem Feuer, die schwangere Frau schlafend im Nebenzimmer. Die Jahre, in denen ich regelmäßig mit Heinz schlief. Metas Verhalten in der Zeit und ihr Verhalten, als ich die Beziehung beendete, dass sie mich praktisch aufforderte, sie erneut aufzunehmen. Es erschien mit einem Mal in einem anderen Licht.

Aber es erschien vieles in einem anderen Licht. Ich hätte gerne einmal mit Sonja darüber gesprochen. Die Bemerkung über Väter, die mit ihren Töchtern schliefen, die sie im April gemacht hatte, ließ darauf schließen, dass Meta ihr irgendwann etwas erzählt hatte. Aber mit Sonja zu reden, bei dem zwiespältigen Verhältnis, das wir hatten, ihr zu erklären, dass ich über die Böhrings schrieb? Hauptsache, du hast einen Mann im Bett. Hauptsache, du hast Erfolg. Lieber nicht. Ich erinnerte mich selbst an vieles. Und so, wie ich mich daran erinnerte, schrieb ich es nieder.

Die ersten Monate der Ehe, Nachtdienst und regelmäßige Besuche beim Vater. Und er kam sonntags zu Besuch, verbrachte mit Tochter, Schwiegersohn und «Enkelkindern» einen gemütlichen Nachmittag. Ein paar Jahre lang.

Die Sonntagnachmittage später, wenn Heinz auf Schicht war und Meta die Kinder nach dem Essen zum Spielplatz schickte. Wie oft hatte ich es gehört, wenn ich an der

Schreibmaschine saß. In meiner Wohnung war es still. Dann hörte ich die Kinderstimmen im Treppenhaus und wenig später die festen Schritte, das Klingeln in der Nachbarwohnung. Metas Stimme: «Tag, Papa. Ich habe schon auf dich gewartet.»

Und der eine Sonntag, an dem ich ihn nicht hatte kommen hören, hinüberging und Meta mich auf einen Kaffee hereinbat. Als sie mir nachdrücklich versicherte, dass ich nicht störe. Als es ihr anscheinend nicht recht war, dass ich nach einer Tasse Kaffee wieder ging. Warum nicht? Weil sie dann mit ihm ins Bett gehen musste? Aber sie musste doch nicht! Sie war erwachsen, hätte nein sagen können. Bei Heinz hatte sie das unentwegt getan.

Fragen! Warum hatte sie Heinz überhaupt geheiratet? Ein uneheliches Kind war auch damals kein Weltuntergang mehr gewesen. Den Vater musste man nicht unbedingt angeben. Und davon abgesehen, sie hätte das Kind nicht bekommen müssen, in ihrem Beruf hätte es Mittel und Wege gegeben. Aber sie bekam das eine und noch zwei andere.

Noch mehr Fragen: Was machte Heinz so sicher, dass Susanne und Anika seine Töchter waren? Wann hatte er bemerkt, was zwischen seiner Frau und seinem Schwiegervater vorging? Erst nach Jahren, da war ich mir ziemlich sicher, als er ihn die Treppen hinuntergeprügelt hatte.

Auf meinem Schreibtisch lagen Unmengen von Zetteln, auf denen ich mir die wichtigsten Fragen notiert hatte. Was empfand Meta, wenn sie mit ihrem Vater schlief? Was empfand sie bei Heinz? Was empfand sie beim Anblick des Kindes?

Das Schlimmste, was mir passieren konnte, hatte sie damals gesagt. Und wie häufig hatte Marion als Säugling geschrien. Mir fiel ein, dass ich einmal abends von der Arbeit kam und Sonja abholen wollte. Meta öffnete mir die Tür, ging vor mir her ins Wohnzimmer. Dort saß Sonja auf der Couch. Meta setzte sich neben sie, nahm sie auf den Schoß, wo Sonja offenbar auch vorher gesessen hatte. Meta griff nach einem Kinderbuch und las die Geschichte von Putzibär. Und aus einem der Kinderzimmer drang das klägliche, erschöpft klingende Wimmern des Säuglings.

Ich streckte die Arme nach Sonja aus und sagte: «Gib sie mir, dann kannst du dich um das Baby kümmern.»

Zu früh geboren, zu leicht, Wochen im Brutkasten, immer noch so zart, so empfindlich. Und Meta sagte: «Die ist trocken und satt. Die soll schlafen. Man muss denen von Anfang an beibringen, dass es feste Zeiten gibt. Sonst schikanieren sie einen später.»

Wir waren knapp an einer Katastrophe vorbeigeschlittert, verdammt knapp. Ja, wir! Ich hatte es doch gesehen! Die wunde Haut mit den blutigen Kratern. Ich war mehr als einen Abend mit Sonja an der Hand und diesem flauen Gefühl in der Magengrube hinüber in meine Wohnung gegangen. Das jämmerliche Weinen im Ohr, im Kopf das Wissen, dass Marion nicht satt und trocken in ihrem Bettchen lag, weil Meta sie nicht regelmäßig versorgte. Randvoll mit Schuldgefühlen, weil ich dachte, es läge an mir. Das hatte es nicht getan.

Meta hatte das Kind gehasst, vielleicht nicht bewusst. Aber sie hatte in Marion den Grund allen Übels gesehen. In eine ungewollte Ehe gedrängt, an einen Mann gebunden, den sie nicht lieben konnte und nicht verlassen durfte. Weil ihr Vater vielleicht verboten hatte, ihn zu verlassen. Weil ihm eine verheiratete Tochter besser in seine Bedürfnisse passte. Weil er einen Dummen brauchte, falls nochmal etwas schief ging.

Papas Mädchen, dachte ich ab Mai oft. So hatte Heinz Marion bezeichnet, die Doppeldeutigkeit jagte mir Schauer über den Rücken. Ob Metas Vater sie auch so genannt hatte?

Er war drei Jahre zuvor gestorben, ganz plötzlich an einem Herzinfarkt. Bei seiner Beerdigung hatte ich neben Meta am offenen Grab gestanden. Sie hatte mich gefragt, ob ich es einrichten könne, sie zu begleiten. «Sonst stehe ich ganz allein auf dem Friedhof, ist doch sonst keiner da.»

Doch, ein paar Nachbarn waren gekommen, aber sie hielten sich im Hintergrund. Meta sah aus, als würde sie im nächsten Augenblick zusammenbrechen. Als sie den Sarg hinunterließen, legte ich ihr den Arm um die Schultern und dachte, ich müsse sie halten oder trösten. Sie schüttelte meinen Arm ab. Dann nahm sie die kleine Schaufel, die der Priester ihr hinhielt, warf ein Häufchen Erde in die Grube, das Gesicht steif und blass. Sie nahm auch eins von den Immergrün-Sträußchen, warf es ebenfalls auf den Sarg, drehte sich um, ging ein paar Schritte zur Seite, starrte von dort aus zur Grube hin. Als ich neben ihr war, nach ihrem Arm griff, weil ich sie wegführen wollte, sagte sie: «Tschüs, Papa.»

Tschüs, Papa!

Es war ein furchtbares Thema. Es war vor allem deshalb furchtbar, weil ich schrieb, dass Meta ihren Vater geliebt hatte und nicht ihren Mann. Das kam mir auch nach Wochen noch so ungeheuerlich vor. Aber es war die einzige Erklärung für alles.

Ein paar Mal versuchte ich, mit Béla darüber zu sprechen. Aber er dachte immer noch, mit dem Vater sei Heinz gemeint. Davon wollte er nichts hören. «Liska, denk dir etwas anderes aus. Schreib etwas, worüber die Leute lachen können. Oder schreib von der Liebe wie damals. Es ist nicht gut, was du machst.»

Das wusste ich selbst, aber ich war wie besessen, kaufte mir ein paar Bücher zum Thema. Eine psychologische Abhandlung über die Spätfolgen und Erfahrungsberichte von Frauen, die in ihrer Kindheit und Jugend missbraucht worden waren. Sie glichen einander sehr, es gab auch Parallelen zu Metas Verhalten.

Die Unfähigkeit, eine Partnerschaft aufzubauen, die Vernachlässigung der eigenen Person, sich mit Gewalt unattraktiv machen, Depressionen. Schläft am Küchentisch, hatte Sonja einmal gesagt, aber sie schläft nicht richtig. Sie tut so, als ob sie weint, aber sie weint nicht richtig.

Am Vormittag, wenn Meta putzte, las ich, am Nachmittag und Abend schrieb ich. Wenn Béla nachts hinauf in die Wohnung kam und mich noch vor dem Computer fand, wurde er manchmal ärgerlich. Nicht auf der Stelle. Zuerst stand er ein paar Minuten lang hinter mir. Das machte mich nervös. Ich kann nicht schreiben, wenn mir jemand über die Schulter schaut. Wenn ich dann aufhörte, beugte er sich hinunter, küsste mich auf den Nacken. «Komm ins Bett, Liska.»

«Ein paar Minuten noch. Ich schreibe diese Szene zu Ende, danach komme ich sofort.»

«Tust du nicht, Liska. Gestern hast du auch gesagt, du kommst sofort. Und wann bist du gekommen? Nach einer Stunde. Da war ich müde. Jetzt bin ich nicht müde.»

«Ich kann nicht immer mitten in der Arbeit aufhören.»

Béla lachte leise. Es klang gereizt. «Sollst du nicht immer, Liska. Und was heißt Arbeit? Es ist eine schmutzige Geschichte.»

Ich drehte mich zu ihm um und sagte: «Hör zu, mein Freund. Ich habe den halben Nachmittag in der Sonne gelegen und auf dich gewartet. Da hatte ich Lust, mit dir zu schlafen. Und du hattest keine Zeit. Jetzt hast du Lust, und ich habe keine Zeit. Mir ist die schmutzige Geschichte sehr wichtig.»

Das war sie – bis ich im August nach dem Genuss eines delikaten Geflügelsalates mit Salmonellen, dem Anblick meines Mannes vor dem Tisch im Lokal und den Beinen auf seiner Schulter zusammenbrach.

8. Kapitel

Danach lag ich ein paar Tage im Krankenhaus. Eingeliefert in der Nacht zum Sonntag, und bis zum Mittag wieder einigermaßen klar im Kopf. Ich war verletzt und wütend. Aber ich wusste genau, dass ich diesmal erheblich dazu beigetragen hatte. Béla war nun einmal nicht der Mann, der sich mehrfach hintereinander abweisen ließ. Ich wollte es nicht zu hart für ihn machen. Ihm ein bisschen den Kopf waschen und dann Schwamm drüber.

Ich wartete darauf, dass er kam, kurz nach zwei, wenn er das Lokal schloss. Als die Tür aufging, war ich enttäuscht. Meta in Begleitung ihrer beiden jüngsten Töchter. Marion hatte keine Lust gehabt zu einem Besuch am Krankenbett. Mit siebzehn hat man wohl anderes im Kopf.

Meta kam mit besorgter Miene zum Bett, Susanne und Anika hielten sich in ihrem Windschatten. Meta nahm eine Flasche Cola und ein Paket Zwieback aus ihrer Tasche, legte noch eine Tüte Salzstangen dazu. «Ich weiß ja nicht, ob du schon wieder was essen darfst, Lisa», begann sie. «Aber Cola und Salzstangen, das ist bei Durchfall gut.»

Die beiden Mädchen traten ans Fenster und langweilten sich dort. Meta setzte sich auf den Stuhl neben meinem Bett. «Wie fühlst du dich denn, Lisa?»

Ich zuckte mit den Schultern.

«Béla wäre gern gekommen», erklärte sie. «Aber er hatte was Dringendes zu erledigen, hat kurz angerufen. Ich soll dir ausrichten, er will zusehen, dass er es am Abend schafft, sich für eine Stunde loszueisen.»

Kurz angerufen! Warum Meta und nicht mich? Ich hatte ein Telefon neben dem Bett. Und was Dringendes zu erledigen! Das traf mich fast mehr als das, was ich in der Nacht gesehen hatte. Ich konnte mir bildlich vorstellen, was er erledigen musste. Wiederholen, wobei ich gestört hatte.

«Ich soll dich auch von Heinz grüßen», sagte Meta. «Und gute Besserung natürlich. Er musste zur Schicht, sonst wäre er mitgekommen.»

«Danke», sagte ich.

Meta wechselte das Thema und wurde dabei ein bisschen lebhafter. «Ich habe gestern Abend ein paar Seiten in deinem Buch gelesen. Es hat mir gefallen, wirklich. Dass sich ein paar Frauen zusammentun und ihre Männer aus dem Weg räumen, ist keine schlechte Lösung, finde ich.»

«Freut mich, dass es dir gefallen hat», sagte ich nur.

Béla kam erst am nächsten Vormittag, mit leeren Händen und einer Miene, die nicht unbedingt zerknirscht wirkte, eher abwartend. Er war sich anscheinend nicht sicher, was genau und wie viel davon ich in meinem Zustand mitbekommen hatte. Nervös war er, auch wenn er versuchte, es zu verbergen. Seine Sprache verriet ihn mal wieder.

Er zog sich den Stuhl neben mein Bett, auf dem am Tag zuvor Meta gesessen hatte. Kaum saß er, griff er nach meiner Hand, zog sie sich an die Lippen. «Habe ich es gestern leider nicht mehr geschafft. War viel zu tun, Liska.»

«Dass abends viel zu tun war, kann ich mir denken», sagte ich. «Und warum bist du nachmittags nicht gekommen? Hast du über Mittag durchgemacht?»

«Natürlich nicht. Liska. Kam ein Mann von der Brauerei, hat mich morgens angerufen, dass er mit mir sprechen will. Da habe ich Meta angerufen, hat sie dir doch ausgerichtet. Und ...»

«Ein Mann von der Brauerei!?», unterbrach ich ihn. «Am Sonntagnachmittag?»

«Ja, Liska. Er kam nicht geschäftlich, nur privat. Er heiratet bald und will …»

«Sag ihm, er soll es lassen», unterbrach ich ihn erneut.

Meine Hand hielt er noch an seine Lippen, drückte sie etwas fester dagegen, als er murmelte: «Liska, es tut mir Leid.» Wenigstens entschuldigte er sich, aber gleich darauf kam ein Dämpfer. «Konnte ich doch nicht ahnen, dass du noch einmal herunterkommst. Dachte ich, du wirst arbeiten und dann schlafen. Wenn du nicht gekommen wärst, hättest du nichts gesehen, wäre alles gut. Was soll ich mehr sagen?»

Das war der Gipfel! Man durfte also tun, was man wollte. Man durfte sich nur nicht erwischen lassen. Wenn ich nicht heruntergekommen wäre! Wenn er meine Hand nicht gehalten hätte, hätte ich sie ihm ins Gesicht gehauen.

«Du sagst am besten gar nichts mehr. Oder doch, du kannst mir ein paar Fragen beantworten. Wer war sie, und wie lange geht das schon? Ich bin ja in den letzten Wochen kaum noch unten gewesen, habe fast jeden Abend gearbeitet. Das sollte ich wirklich nicht tun, da bekomme ich nur die Hälfte mit. Wann gedenkst du, deinen Koffer und dein Keyboard zu packen? Sag mir nur rechtzeitig Bescheid, damit ich ein Klavier kaufen und einen Pianisten engagieren kann.»

Er küsste meine Hand, jeden einzelnen Finger bis hinauf zum Handgelenk. «Liska, bitte, nicht aufregen jetzt. Musst du keine Angst haben, ich gehe nicht weg. Reden wir über die Sache, wenn es dir besser geht, hm? Es war nichts. Es war nur so ein Moment. Weiß ich gar nicht, wie es passieren konnte. Wird auch nicht mehr passieren. Glaub mir, Liska. Musst du jetzt schnell gesund werden, ja? Und dann nicht mehr so viel arbeiten. Und nicht diese schmutzige Geschichte. Das macht krank. Nicht nur dich, auch andere. Deine Zettel hab ich weggeworfen, damit Meta sie nicht findet. Was meinst du, was passiert, wenn Meta liest, was du geschrieben hast? Sie wird Heinz den Hals umdrehen.»

«Ich schreibe nicht über Heinz», erklärte ich.

«Doch, tust du», widersprach er. «Mir musst du nicht ein Märchen erzählen.»

Er versuchte nur, mich vom Thema abzubringen, lächelte mich an. «Jetzt wirst du gesund, dann kommst du heim zu mir. Brauche ich dich doch so sehr, Liska.»

Natürlich brauchte er mich. Ich hatte die Konzession! Wenn ich ihn vor die Tür setzte, durfte er wieder tingeln gehen. Ein paar alten Frauen zum Tanztee aufspielen, sich auf Hochzeiten, Geburtstagen oder Betriebsfeiern als Alleinunterhalter betätigen.

Nach vier Tagen wurde ich aus dem Krankenhaus entlassen, auf eigenen Wunsch und eigene Verantwortung. Ich hätte es keinen Tag länger in diesem Bett ausgehalten. Béla führte sich auf, als seien wir ein Jahr lang getrennt gewesen. Natürlich holte er mich ab. Ich war noch etwas wacklig auf den Beinen.

Als wir daheim ankamen, ging ich hinauf in mein Zimmer und legte mich hin. Am späten Nachmittag stand ich wieder auf und warf einen Blick in mein Arbeitszimmer. Mein Schreibtisch sah aufgeräumt aus, er hatte tatsächlich all meine Notizen weggeworfen. Da lagen nur ein paar Briefe. Einladungen von Buchhändlern, die eine Lesung mit mir machen wollten. Der Verlag hatte die Schreiben an mich weitergeleitet. Insgesamt fünfzehn Anfragen, alle mit gleich lautendem Inhalt. Alle waren begeistert von «Rote Träume». Es hatte auch bereits sehr gute Rezensionen gegeben. Die Buchhandlungen baten um schnelle Antwort.

Aber ich konnte doch in der Situation nicht auf Reisen gehen. Fünfzehn Lesungen! Eine in Köln, das wäre kein Problem gewesen. Rein ins Auto, rauf auf die Autobahn, ein paar Stunden später wieder zurück. Aber all die anderen, Hamburg, Augsburg, Heidelberg, München, da konnte ich mich nicht anschließend in den Wagen setzen und zurückkommen. Um sechs rief ich Dierk Römer an und erklärte ihm erst einmal, dass ich gerade aus dem Krankenhaus entlassen worden war.

«Um Gottes willen, Lisa, davon wusste ich nichts. Ich hoffe, du bist wieder völlig in Ordnung. Was fehlte dir denn?»

«Es war nicht so tragisch», sagte ich, fügte jedoch gleich hinzu, dass ich mich noch nicht kräftig genug fühle, um durch die Gegend zu reisen.

Das sah Dierk ein, andererseits: «Wann soll die erste Lesung denn stattfinden?»

«Die Termine kann ich selbst ausmachen.»

«Dann ist das doch kein Problem. Wenn wir ein paar Wochen weiter sind, geht es dir bestimmt wieder prächtig.»

Möglich, aber da war ja noch der neue Roman. Dierk kannte das Thema, ich hatte es mit ihm besprochen. Im Gegensatz zu Béla fand er, es sei ein Wahnsinnsstoff. Er wusste sogar, woher ich die Idee genommen hatte. Und er hatte keine Einwände erhoben. Das tat er jetzt. «Lisa, du hast noch ein paar Monate Zeit, ehe du das Manuskript abliefern musst. Du solltest die Lesungen machen. Das ist wichtig.»

Die Buchhandlung in München kannte er. Ein großes Haus, sie würden eine Menge tun, das wusste er aus Erfahrung. Rundfunk, Presse. Es war Werbung, die ihn keinen Pfennig kostete.

Und ich konnte ihm nicht sagen: «Tut mir Leid, ich muss

zu Hause bleiben und meinen Mann lieben. Wenn ich ihm nicht zur Verfügung stehe, tut es vielleicht eine andere. Wenn es bis jetzt nur ein Moment war, es könnte rasch mehr daraus werden. Da muss er vielleicht nicht einmal selbst die Initiative ergreifen, das Weib wird ihn nicht in Ruhe lassen. Ich weiß doch, wie das ist mit ihm. Man kann ihn nicht wieder hergeben.»

Ich hielt mich am Roman fest, wie wichtig mir die Arbeit war. Dass ich es mir nicht leisten konnte, sie jetzt zu unterbrechen. Dass ich ohnehin noch einmal von vorne anfangen musste, weil Béla meine Notizen weggeworfen hatte.

Dierk war sauer, zuerst auf Béla: «Was fällt ihm denn ein?» Dann auf mich: «Das überlegst du dir aber noch.»

Das hatte ich nicht vor. Nach dem Anruf ging ich ins Bad, um zu duschen und mich für den Abend fertig zu machen. Und wenn es drei Uhr werden sollte, ich wollte bei Béla sitzen und mir die weibliche Kundschaft genau ansehen.

Ich musste das Make-up etwas dicker auftragen. Anschließend sammelte ich die Wattebällchen vom Beckenrand, warf sie in den kleinen Abfalleimer. Dann sah ich es. Eins von den Zellstofftüchern, die ich benutzte, um mich abzuschminken. Meta hatte den Eimer wohl am Montag geleert und ihn danach nicht noch einmal kontrolliert. Es lag nur dieses eine Tuch darin. Es war zusammengeknüllt und mit Lippenstift verschmiert, als hätte sich jemand noch den letzten Farbrest abgewischt, ein sehr helles Rosa, nicht meine Farbe. Blondinen bevorzugten sie.

Ich weiß nicht, wie lange ich da stand, mit beiden Händen auf dem Beckenrand abgestützt, weil meine Knie ständig nachgeben wollten. Unter dem Make-up grau im Gesicht. Nicht wütend. Nein, wütend war ich nicht. Es war nur so ein verdammt mieses Gefühl von Schwäche. «Es war nur so ein Moment», hörte ich Béla sagen. Von wegen!

Meine Zeit im Krankenhaus hatte er anscheinend genutzt, um sich noch einmal richtig auszutoben. Morgens an meinem Bett gesessen, meine Hand gehalten und mich beschworen, gesund zu werden: «Brauche ich dich doch so sehr, Liska!» Und nachts Heijuja. Dass er sie mit in unsere Wohnung genommen und in mein Badezimmer gelassen hatte, war mehr, als ich auf Anhieb verarbeiten konnte.

Ich ging hinunter, stellte mich zu ihm hinter den Tresen und hatte das Gefühl, jeden Augenblick erneut zusammenzubrechen. Wir gingen an dem Abend, vielmehr in der Nacht kurz vor zwei nach oben. Ich war müde, völlig erschöpft, stellte mich trotzdem noch unter die Dusche, und Béla kam zu mir, als gäbe es außer mir überhaupt keine Frauen.

Er war so sanft wie die Musik, die er den ganzen Abend gespielt hatte. Ich mochte die Art, wie er küsste, ich habe sie immer gemocht. Das habe ich ja schon erwähnt. Normalerweise konnte ich mich dabei fallen lassen. Aber als ich die Augen schloss, sah ich das Tuch in meinem Abfalleimer liegen. Er mochte keinen Lippenstift, das wusste ich zur Genüge. Er hatte ihr den Mund abgewischt, bevor er sie küsste.

Mir war so elend. Und er war so zärtlich. Mir wurde schwindlig unter der Dusche. Er nahm mich auf die Arme, trug mich in mein Zimmer. Er war sehr erregt, und ich wollte ihn auch. Ich wollte ihn so sehr, wollte ihm zeigen, dass ich besser war als jede Blondine, aber es ließ mich nicht los. Während er mich küsste, sah ich es vor mir. Das blonde Biest in unserer Wohnung, in meinem Bad.

«Wer ist sie?», fragte ich. «Ich will wissen, wer sie ist.»

Er hörte nicht auf, mich zu küssen, murmelte mit den Lippen an meinem Mund. «Vergiss sie, Liska, sie ist nicht wichtig.» Dabei glitten seine Lippen an meinem Hals hinunter.

Ich griff mit beiden Händen in sein Haar und zog seinen Kopf hoch. «Lüg mich nicht an, Béla. Sie war hier in der Wohnung.»

Er brauchte ein paar Sekunden, um das zu verdauen. Dann schüttelte er den Kopf in meinen Händen. «Nicht, Liska. Nicht schreien. Es war nicht, wie du denkst.» Er verzog den Mund, als wolle er grinsen. Dann zuckte er resignierend mit den Schultern. «Ja, sie war hier, am Sonntagnachmittag. Um zwei kam der Mann von der Brauerei, hat nicht so lange gedauert, wie ich dachte. Um drei waren wir uns einig, da wollte ich zu dir kommen. Aber als ich aus dem Haus kam, hat sie unten auf mich gelauert, Liska. Wollte ich kein Theater auf der Straße haben, verstehst du, bin ich mit ihr hineingegangen. Aber ich habe sie nicht angerührt, Liska. Sie wollte mit mir schlafen, ich wollte nicht. Hat ein bisschen gedauert, bis sie verstanden hat.»

Er lächelte wie ein Junge, der von einem geglückten Streich berichtete. «Sie war böse mit mir. Hat geschimpft. Hab ich fast zwei Stunden gebraucht, bis sie sich beruhigt. Da war es zu spät für das Krankenhaus. Sonst wäre ich noch gekommen.»

Er belog mich. Meta kam an sechs Tagen in der Woche, um im Lokal sauber zu machen, den Freitag ausgenommen, weil nach dem Ruhetag unten nichts zu tun war. Und sie kam an fünf Tagen, um in der Wohnung für Ordnung zu sorgen. Freitags wollte ich sie nicht eigens kommen lassen, nur um die Betten zu machen und die Bäder aufzuwischen. Und sonntags sollte sie auch nicht mehr arbeiten müssen, als unbedingt nötig. Da machte sie nur das Lokal sauber. Meta hatte den Eimer also wahrscheinlich am Montagmorgen geleert. Das Tuch musste später hineingeworfen worden sein, auf keinen Fall am Sonntagnachmittag.

Vielleicht war die Blonde mehr als einmal gekommen, und Béla wollte mir das nicht sagen, damit ich mich nicht noch mehr aufregte. Vielleicht hatte er sie mehr als einmal wegschicken müssen. Dass sie ihm nichts bedeutete, wollte ich nur zu gerne glauben.

Zwei Tage später rief Dierk Römer an in der Hoffnung, dass ich es mir mit den Lesungen überlegt hätte. «Du hattest einen tollen Einstieg, Lisa, davon können andere nur träumen. Du solltest jetzt am Ball bleiben. Du musst nicht jeden kleinen Laden abklappern, aber den großen darfst du nicht absagen. Ich war gestern hier in der Buchhandlung, sie wollen das wirklich ganz groß aufziehen.»

Wenn überhaupt, so hatte ich es mir vorgestellt, wollte ich die Buchhandlungen in meiner Nähe «abklappern». Nach München wollte ich auf keinen Fall. «Da kann ich nicht hin- und zurückfahren, Dierk. Da müsste ich mich noch extra um ein Hotelzimmer bemühen.»

«Das macht die Buchhandlung», erklärte Dierk ungerührt. «Und wenn du etwas gegen Hotelzimmer hast, du kannst auch bei mir übernachten. Ich habe Platz genug.»

Béla kam ins Zimmer, blieb abwartend bei der Tür stehen, als er sah, dass ich telefonierte. Dierk erzählte mir noch, dass das Fernsehen sich gemeldet habe. Eine kleine Diskussionsrunde, die während der Frankfurter Buchmesse gesendet und vorher aufgezeichnet werden sollte. Dierk wartete offenbar auf den Ausbruch von Begeisterung. Und Béla stand immer noch bei der Tür.

«Stimmt etwas nicht bei dir?», erkundigte sich Dierk. Da ich nicht sofort antwortete, sprach er weiter in einer Art Befehlston: «Lisa, ich habe in deinem Namen zugesagt. Du wirst das machen, es ist sehr wichtig. Du wirst auch während der Messe ein bisschen Zeit opfern müssen.»

Gegen ein bisschen Zeit hatte ich nichts einzuwenden. Aber ich wollte nicht mit Béla und meiner Ehe für den Erfolg zahlen. Ich hatte es sechsmal ausgehalten, verlassen zu werden, zweimal hatte ich glauben müssen, es sei endgültig. Beim letzten Mal war es schon furchtbar, aber da war ich jünger gewesen. Noch einmal konnte ich das nicht ertragen. Vielleicht eine Frage des Alters.

Allein der Gedanke, dass ich von einer Fahrt zurückkäme, und Béla wäre nicht mehr da. Es war blödsinnig, so zu denken. Er hatte auch bisher nicht gewartet, bis ich das Haus verließ, um seinen Koffer zu packen. Und betrogen hatte er mich sogar, während ich oben in meinem Bett lag. Trotzdem, ich wollte kein Risiko eingehen. Das blonde Biest war hartnäckig, wie die Besuche in unserer Wohnung bewiesen. Sie würde ihre Chance zu nutzen wissen, wenn die Bahn frei war. Und ob Béla standhaft blieb, dafür hätte ich meine Hand nicht ins Feuer gelegt.

«Ich überlege es mir», sagte ich und legte auf.

Béla kam ins Zimmer. «Was überlegst du dir, Liska?»

Ich zeigte auf die Briefe. Es waren am Morgen noch drei gekommen. Béla las jeden einzelnen. Er war begeistert. «Warum musst du überlegen, Liska? Das ist doch gut.»

Was die Lesungen betraf, war er einer Meinung mit Dierk Römer. «Liska, du darfst das nicht ablehnen. Mach dir doch deine Karriere nicht kaputt, wo sie gerade anfängt. Wie lange hast du davon geträumt?»

Sehr lange. Aber noch länger hatte ich davon geträumt, einen Mann zu haben. Einen gebildeten, kultivierten, gepflegten, leidenschaftlichen Mann und, verdammt nochmal, einen treuen.

«Soll ich dich etwa tagelang alleine lassen?»

Er brauchte ein paar Sekunden, ehe er verstand. Dann lachte er mich aus. «Liska. Es wird nichts passieren, ich verspreche es dir. Ich weiß, du bist sehr verletzt. Deshalb ist es vielleicht gut für uns beide, wenn du ein bisschen Abwechslung hast. Du wirst dich stark fühlen, wenn die Leute dich loben. Man ist immer stark, wenn man weiß, man ist gut. Und du bist gut. Szeretlek, Liska.»

«Ich dich auch», sagte ich.

Am nächsten Tag machte ich die Termine aus, fuhr mit gemischten Gefühlen zur ersten Lesung. Das war Anfang September in Köln. Ich wollte erst einmal testen und mich dabei nicht allzu weit entfernen. Ich hätte mich gefreut, wenn Sonja dabei gewesen wäre, hatte nachmittags mit ihr telefoniert und sie gebeten zu kommen. Aber sie hatte keine Zeit.

«Tut mir Leid, Mama, ausgerechnet heute Abend ist das schlecht. Es kommen ein paar Freunde von der Uni. Wir müssen uns mal zusammensetzen und arbeiten. Du weißt ja, wie das ist. Der eine ist hier besser und der andere da, wir helfen uns gegenseitig. Das verstehst du sicher.»

Natürlich verstand ich das, auch wenn ich enttäuscht war. Doch die Enttäuschung verging rasch. Eine Stunde gelesen, eine Stunde diskutiert, danach noch ein bisschen gefeiert. Ein Glas Sekt auf den Erfolg, dann auf die Autobahn. Noch vor zwölf war ich wieder daheim. Béla saß am Keyboard, um ihn herum verteilten sich etwa zwanzig Gäste, gut die Hälfte weiblichen Geschlechts, zwei Blondinen darunter, beide sehr jung und solo. Und eine – schien mir – betrachtete mich mit einem unwilligen Blick.

Die Kellner hatten noch eine Menge zu tun. Ich setzte

mich an den Tresen, müde, aber randvoll vom Applaus. Kurz nach eins zahlten die letzten Gäste. Die unwillige Blonde war schon vorher verschwunden, was mich ziemlich sicher machte, sie sei diejenige welche. Wir gingen hinauf. Béla verschloss noch rasch das Geld, dann stand er auch schon hinter mir im Bad. «Bist du müde, Liska?»

Ich nickte, während er sich daran machte, mir das Kleid auszuziehen, dann die Unterwäsche, danach schob er mich in die Duschkabine. Er hing mit seinen Lippen in meinem Nacken. «Erzähl mir, wie es war. Ich werde dich dabei ein bisschen füttern. Du magst doch? Sag nicht nein, Liska.»

Ich sagte nicht nein, sah im Geist noch die Blonde und ihren Blick. Béla zog sich ebenfalls aus, drehte das Wasser auf, kam zu mir. Er war hinreißend. Seine Hände und der Schaum auf der Haut. Er nahm den Duschkopf aus der Halterung, nachdem er gut zehn Minuten mit der Duschlotion hantiert hatte und ich kaum noch auf meinen Beinen stehen konnte. «Bist du immer noch müde, Liska?»

Ja, aber nur im Kopf.

«Den brauchst du jetzt nicht, Liska.»

Er spülte den Schaum ab, nahm mich hoch. Ich verlor ein bisschen den Verstand, ehe er endlich in mich eindrang. Danach trug er mich hinüber in mein Schlafzimmer. Wir waren beide tropfnass. Er trocknete mich ab, ließ etwas von meiner Körperlotion in seine Hand laufen und verrieb sie auf meinem Rücken. Dann nahm er sich meine Beine vor, begann das Spiel damit noch einmal von neuem. Ich glaube fast, die Dusche lief noch. Jedenfalls hatte ich ein Rauschen im Kopf und den Duft meines Parfüms in der Nase. Das Bett lud sich damit auf.

«Ich mag es, wenn du so riechst», flüsterte Béla. «Kann ich bei dir bleiben, Liska?» Ich schlief ein mit seinem Arm über der Taille und seinem Atem im Nacken. Ich war glücklich, zufrieden, satt – und überzeugt, meine Rivalin zu kennen.

Als ich am nächsten Morgen aufwachte, stand Frühstück auf dem kleinen Tisch neben dem Bett. Béla war schon unten. Er hatte mir einen Zettel unter das Gedeck geschoben. Drei kleine rote Herzchen, darunter ein dreimal unterstrichenes Szeretlek.

Ich ließ mir Zeit mit dem Kaffee. Es war fast zehn, als ich ins Bad ging. Kurz unter die Dusche, dann abfrottiert. Ich wollte mich eincremen. Die Flasche mit der Körperlotion stand noch neben meinem Bett. Sie war fast leer, der kleine Rest vom Boden reichte kaum für die Beine. Es kam mir nicht einmal komisch vor. Ich war zwar der Meinung, am vergangenen Morgen sei noch knapp ein Viertel in der Flasche gewesen. Aber ich wusste nicht, wie viel Béla in der Nacht verbraucht hatte.

Etwas später kam Meta in die Wohnung. Ich unterhielt mich mit ihr über die Lesung vom Abend. Dann gab ich ihr Geld für eine neue Flasche Körperlotion.

«Säufst du das Zeug in letzter Zeit?», erkundigte Meta sich. «Das ist doch erst vierzehn Tage her, dass ich die Flasche gekauft habe. Ich weiß genau, dass es vor vierzehn Tagen war. Bei dem Preis vergesse ich das nicht.»

Ich wollte ihr nicht widersprechen wegen einer Lappalie, erinnerte mich in dem Moment auch nicht genau. Aber normalerweise kam ich vier Wochen mit einer Flasche aus.

«Reicht es, wenn ich dir das Zeug morgen früh mitbringe?», fragte Meta.

«Wenn du früh genug kommst.»

«Ich bin immer um acht hier, das weißt du. Ich bringe es dir dann gleich rauf.»

Meta ging an ihre Arbeit, ich an meine. Während sie die

Blumen in meinem Arbeitszimmer goss und einmal flüchtig mit dem Staubtuch über die Regale wischte, las ich in einem der Bücher. Es war die Abhandlung über die Folgen von Kindesmissbrauch, geschrieben von einer Psychologin. Da ich das Buch vor mir auf dem Tisch liegen hatte, konnte Meta unmöglich erkennen, wovon es handelte.

Ich war wirklich sehr vorsichtig, solange sie in der Wohnung war. Obwohl mich der Gedanke reizte, sie mit dem Thema zu konfrontieren, nur einmal sehen, wie sie reagierte. Vielleicht doch das eine oder andere Detail von ihr persönlich erfahren. Aber wenn ich darüber nachdachte, kam ich mir gemein vor. Ich wollte auch Heinz keinen zusätzlichen Ärger machen, und den hätte er garantiert bekommen.

Den Computer schaltete ich erst ein, als Meta das Zimmer verlassen hatte. Ich schrieb weiter an der Stelle, an der Heinz bemerkte, dass sein Schwiegervater nicht aus reinem Familiensinn zu Besuch kam. Zu der Zeit hatte ich Béla noch nicht gekannt. Heinz hatte Nachtschicht gehabt und um halb zehn die Wohnung verlassen. Aus irgendeinem Grund, vermutlich, weil ihn der Verdacht schon lange quälte, kam er dann nicht erst morgens kurz nach sechs heim, sondern nachts.

Ungefähr halb drei war es gewesen. Ich hatte schon geschlafen, war früh zu Bett gegangen und hatte nicht gehört, dass Meta noch späten Besuch empfing. Wahrscheinlich war ihr Vater erst gekommen, nachdem die Kinder schliefen. Ich hatte die ganze Szene noch deutlich im Ohr. Zuerst das Poltern nebenan, wie Möbelrücken, dann Metas Schrei: «Hör auf, um Gottes willen, du schlägst ihn ja tot.»

Die Geräusche im Treppenhaus, als fiele jemand die Treppe hinunter, was auch so war. Das Brüllen, das mehr ein Weinen war: «Lass dich hier nie wieder blicken. Wenn ich dich hier noch einmal erwische, mache ich dich kalt.»

Noch einmal Metas Stimme: «Hast du dir wehgetan, Papa?»

Ein Klatschen, das verdächtig nach einem Schlag ins Gesicht klang. Und wieder das Weinen: «Halt bloß die Klappe, du Miststück. Hoffentlich hat er sich sämtliche Knochen gebrochen.» Und nach einer Sekunde das erstickt klingende: «Mach, dass du reinkommst und zieh dieses ekelhafte Ding aus.»

Ich saß aufrecht im Bett und fragte mich, was passiert sein mochte. «Zieh dieses ekelhafte Ding aus!» Damals hatte ich an Metas übliche Garderobe gedacht. Jetzt dachte ich eher an ein Stück Reizwäsche. Dass Heinz sie zusammen im Bett angetroffen hatte oder auf der Couch, jedenfalls in einer eindeutigen Situation. Danach war Metas Vater eine Zeit lang heimlich gekommen, und Meta hatte sich schön gemacht für ihn.

Zwei Tage nach der Lesung in Köln, zu der Sonja nicht hatte kommen können, weil sie angeblich abends mit Freunden lernen musste, brachte Marion eine neue Flasche Körperlotion. Natürlich hatte Meta sie morgens vergessen. Aber Marion kam gleich nach der Schule. Béla saß in seinem Arbeitszimmer über der Einkaufsliste. Er wollte am nächsten Tag zum Großmarkt. Ich arbeitete an einer Szene, die ich schon dreimal umgeschrieben hatte, weil sie mir nicht schlüssig erschien.

Mein Schreibtisch war mit neuen Zetteln übersät, dazwischen lag der Bücherstapel. Ich hatte die Tür zu meinem Zimmer geschlossen und nicht gehört, dass Marion die Wohnung betrat. Sie kam mit Metas Schlüssel herein. Ich hörte nur plötzlich ihre Stimme aus dem Nebenzimmer. «Ist Lisa nicht da?»

«Sie arbeitet», antwortete Béla knapp. Er klang ein bisschen unwirsch. Nun ja, er hielt nichts von meiner «schmutzigen Geschichte» und zeigte das auch offen.

Marion fiel sein Ton ebenso auf, sie interpretierte ihn jedoch falsch und konterte mit der in letzter Zeit für sie typischen Gönnerhaftigkeit: «Ist ja schon gut. Reg dich bloß nicht auf. Ich werde sie nicht belästigen. Ich stelle ihr nur die Flasche ins Bad, dann bin ich schon wieder weg.»

Ich hörte ihre Schritte in der Diele. Sie kam zurück, ging noch einmal zu Béla und erkundigte sich spöttisch: «Darf ich ihr wenigstens kurz guten Tag sagen? Oder hast du auch dagegen etwas einzuwenden? Ich würde ihr gerne zum Erfolg gratulieren.»

Was Béla ihr antwortete, verstand ich nicht. Gleich darauf klopfte sie bei mir an, öffnete die Tür, kam allerdings nicht sofort ins Zimmer. Ich ließ den Text vom Bildschirm verschwinden, obwohl es in dem Stück keine verräterischen Hinweise gab, aber sicher war sicher.

Marion lächelte mich an, drückte die Tür hinter sich zu und lehnte sich dagegen. «Dein Mann war auch schon mal freundlicher», meinte sie leichthin. «Irgendwie habe ich das Gefühl, er hat plötzlich was gegen mich. Hast du eine Ahnung, warum?»

Ja, die hatte ich! Béla war immer noch der Meinung, ich würde über Heinz schreiben. Und wenn Heinz sich an seiner Tochter verging, da kam für Béla nur die Älteste infrage. Ich hatte ihm schon hundertmal erklärt, dass es um Meta und ihren Vater ging. Überzeugt hatte ich ihn nicht. Aber das konnte ich Marion nicht erklären. Als ich den Kopf schüttelte, veränderte sich ihr Lächeln. Es wurde weicher, fast sehnsüchtig. So klang auch ihre Stimme.

«Wie fühlst du dich nach dem Bombenerfolg? Mama sagte, es wäre in Köln so toll gewesen. Du hättest viel Publikum gehabt.»

«Fast achtzig Leute», sagte ich.

Sie kam langsam näher, klang ehrlich und aufrichtig. «Das freut mich für dich. In meinem Mathekurs sitzen auch drei, die dein Buch lesen. Sonst kaufen die sich nur Taschenbücher, aber als ich gesagt habe, dass ich dich kenne, haben sie mal richtig investiert. Eine wollte wissen, ob du ihr das Buch signierst. Ich könnte es dir bei Gelegenheit mitbringen.»

Als ich nickte, wollte sie wissen: «Wo geht es denn als Nächstes hin?»

«Nach München.»

«Toll», sagte sie. «Und wann?»

«Nächsten Montag. Ich komme erst dienstags zurück.»

«Finde ich wirklich toll», erklärte sie noch einmal, gleichzeitig bückte sie sich, hob einen Zettel vom Boden auf. Ich hatte nicht bemerkt, dass einer runtergefallen war. Sie legte ihn achtlos auf den Schreibtisch. Es war eine kurze Notiz zu einem Zeitungsartikel, auf den ich zufällig gestoßen war. Ein Bericht über eine junge Frau, die mit ihrem Vater zusammen in einer Wohnung lebte, sogar drei Kinder von ihm hatte, behinderte Kinder.

«So toll finde ich das nicht», sagte ich. «Zwei Tage unterwegs, um eine Stunde zu lesen. Ich muss zusehen, dass ich bis Montag noch ein paar Seiten schaffe.»

Marion zeigte sich von meinem dezenten Hinweis keineswegs beeindruckt. Es war nicht mehr die Rede von nur kurz guten Tag sagen. Sie bemerkte die Bücher, las den oben liegenden Titel und griff nach dem Buch, blätterte darin und erkundigte sich: «Liest du die gerade?»

«Ja.»

«Und? Sind sie gut?»

«Kommt darauf an, wie man es sieht. Als Gutenachtlektüre sind sie nicht geeignet.»

«Kannst du mir mal eins leihen?»

«Warum?»

Marion zuckte kurz mit den Achseln. «Ist ein heißes Thema, finde ich, mit dem eigenen Vater.»

«Es ist ein schmutziges Thema», sagte ich. «Die Frauen, die das als Kinder oder junge Mädchen erleben mussten, sind kaputt. Sie sind nicht mehr fähig zu einer normalen Bindung. Einige sind auf dem Strich gelandet, andere in Psychotherapie, viele haben Selbstmordversuche hinter sich, manche sind drogenabhängig.»

Das schien sie zu beeindrucken, sekundenlang wirkte sie verlegen. Dann, nach kurzen Zögern, erklärte sie: «Kommt vielleicht drauf an, wie man es sieht. Wenn's einem gefällt, ist es doch eine andere Sache. Wenn er gut aussieht und mit einer Frau umgehen kann, ich meine, wenn man's freiwillig macht. Ich kenne eine, die schläft mit ihrem Vater. Sie ist begeistert, spricht ganz offen darüber, natürlich nur zu Leuten, von denen sie weiß, dass sie den Mund halten können.»

«Das kann ich mir kaum vorstellen.»

Noch ein flüchtiges Achselzucken. «Ist aber so, das kannst du mir ruhig glauben. Sie hatte vorher mal was mit einem Jungen. Sie sagt, das wäre überhaupt kein Vergleich. Mit ihrem Vater wäre es richtig toll. Und ich glaube ihr das. Ich meine, wenn ein Mann schon etwas älter ist und Erfahrung hat, der gibt sich wenigstens Mühe. Da hat man was davon. Die Jungs in unserem Alter sind nur darauf aus, ihn dir reinzustecken. Und dann musst du auch noch so tun, als ob sie dich damit ganz heiß machen, sonst sind sie beleidigt.»

Ja, daran konnte ich mich auch noch erinnern. Aber trotzdem! «Ich kann mir nicht vorstellen», sagte ich noch einmal, «dass es einem Mädchen wirklich Spaß macht, mit dem eigenen Vater zu schlafen.»

Marion hob erneut die Achseln. Es hatte etwas Abwertendes. Auch ihr Lächeln war plötzlich wieder anders, überheblich, irgendwie genüsslich und amüsiert. «Er ist nicht ihr richtiger Vater. An den kann sie sich kaum erinnern. Die sind schon ewig zusammen, ihre Mutter und er. Und er ist ein toller Typ, ich kenne ihn. Manchmal holt er sie von der Schule ab. Dann treiben sie es im Auto. Zu Hause ist das schlecht. Die Mutter ist zwar berufstätig, aber trotzdem oft zu Hause. Manchmal treffen sie sich auch in der Wohnung einer Freundin. Da ist es immer besonders toll. Ist ja ein Unterschied, ob man's im Bett macht oder auf dem Rücksitz im Auto. Er ist ganz verrückt nach ihr. Aber manchmal hat er Skrupel, ein schlechtes Gewissen und so. Er will sich auch nicht von ihrer Mutter trennen.»

Nach dieser Erklärung hatte sie es plötzlich sehr eilig, legte das Buch zurück auf den Stapel, warf einen kurzen Blick auf ihre Armbanduhr. «Du, ich muss los, ich wollte gar nicht so lange bleiben. Papa kommt gleich. Wir müssen noch einkaufen.»

Nachdem sie weg war, saß ich minutenlang einfach nur da. Mir kam nicht etwa die Erleuchtung, ich hatte doch die junge Blondine aus dem Lokal im Verdacht. Aber was Marion gesagt hatte, war ein Aspekt, den ich bisher nicht genügend berücksichtigt hatte.

Ich hatte mich ausführlich über die Empfindungen des Kindes ausgelassen, über die Ängste, das Unbehagen, die Schmerzen am Anfang. Auch über die Gefühle der Frau hatte ich bereits genug geschrieben. Aber da war ja auch noch das junge Mädchen, sechzehn, siebzehn, achtzehn Jahre alt. Ein Alter, in dem man die ersten sexuellen Erlebnisse hat, in dem viel darüber gesprochen wird, in dem man Vergleiche zieht. Und er war ein Mann mit Erfahrung. Das Herz liebte, der Körper durfte genießen. Und wieder ein Stück zurück im Text.

Als Béla auftauchte, um sich zu erkundigen, was Marion so lange bei mir gemacht und worüber wir gesprochen hatten, war ich bereits mitten in einer Liebesszene. Ein junges Mädchen, ein Mann Ende dreißig, attraktiv, zärtlich, geduldig, nicht nur auf schnelle Befriedigung aus.

Und montags fuhr ich nach München. Dort holte Dierk mich ab. Es war noch etwas Zeit bis zur Lesung. Wir tranken einen Kaffee, unterhielten uns über die erneute Änderung. Dierk hörte mir eine Weile schweigend zu, so aufmerksam, wie ich es von ihm gewohnt war. Als ich wieder schwieg, meinte er: «Ich weiß nicht, ob das gut ist. Das Thema Kindesmissbrauch ist sehr aktuell, in negativer Hinsicht. Wenn da plötzlich jemand behauptet, das Kind hat es genossen. Man wird dir den Kopf abreißen, Lisa.»

Ich erzählte ihm die kleine Story, die ich von Marion gehört hatte. «Bei der Jugendlichen und der erwachsenen Frau», erklärte ich, «muss ich von Genuss sprechen. Meta war ihrem Vater sexuell hörig, anders lässt sich das nicht erklären. Ich wüsste sonst beim besten Willen keinen Grund, warum sie auch als verheiratete Frau noch regelmäßig mit ihm geschlafen haben sollte. Ihren Mann hat sie jedenfalls nie geliebt.»

Ich sprach weiter über die Szene, die ich nun schon so oft geändert hatte, die mir immer noch nicht schlüssig erschien. Der Entschluss zur Ehe. «Die Schwangerschaft allein war kein Grund. Eine junge Frau mit unehelichem Kind, die im

Haus des Vaters wohnt, daran hätte kein Mensch Anstoß genommen. Vielleicht sollte ich die Frage aufwerfen, warum sie überhaupt schwanger wurde. Sie war in einem Alter, in dem jeder Arzt ihr bereitwillig ein Verhütungsmittel verschrieben hätte.»

«Es könnte eine Panne gewesen sein», meinte Dierk.

«Glaube ich nicht. Es reicht mir auch nicht als Erklärung. Ich denke eher an eine Art Schocktherapie, unbewusst. Auf der einen Seite war es schön mit Papa, auf der anderen Seite war es verboten. Sie ist in einen moralischen Konflikt geraten. In dieser Situation lässt sie sich mit einem jungen Mann ein. Und von dem wird sie schwanger. Es könnte doch genau umgekehrt sein. Das erste Kind ist von Heinz, die beiden anderen sind von ihrem Vater.»

Ich wollte noch mehr sagen. Dierk unterbrach mich, indem er lächelte und gleichzeitig abwinkte. «Mach es nicht komplizierter als es ist, Lisa. Lass es in der jetzigen Version. Die Älteste vom Vater, die beiden anderen vom Mann.»

Dann wurde es Zeit aufzubrechen. Während der kurzen Fahrt sprachen wir über die Lesung in Köln, die ich bereits als einen vollen Erfolg angesehen hatte. München wurde noch besser, voll besetzt bis auf den letzten Stuhl. Andächtige Stille, nach einer Stunde dann eine heiße Diskussion, die Dierk immer wieder aufs Neue in Gang brachte, wenn sie zu erschöpfen drohte. Alle möglichen Aspekte einer Zweierbeziehung wurden ausgeleuchtet. Und meine Beweggründe, es so und nicht anders niederzuschreiben. Da fragte auch jemand, ob ich persönliche Erfahrungen verarbeitet hätte. «Nein», sagte ich. «Natürlich nicht.»

Anschließend fuhren wir zu Dierk. Er hatte mir sein Gästezimmer angeboten. Wir saßen noch bis um zwei in der Nacht zusammen, sprachen über meine Zukunft, die großartige Karriere, an deren Anfang ich gerade erst stand. Dann ging er in sein Schlafzimmer, und ich legte mich ins Gästebett. Am nächsten Morgen brachte er mich zum Zug, küsste mich zum Abschied auf die Wange und wünschte mir eine gute Heimreise.

Am späten Nachmittag war ich in Köln. Béla holte mich ab. Es war alles in bester Ordnung. Ich war müde von der langen Zugfahrt, als wir daheim ankamen, aber ins Bett legen mochte ich mich nicht.

Béla holte mir eine Decke. «Leg dich auf die Couch, Liska.» Das tat ich, er setzte sich neben die Couch auf den Boden. Ich hatte Rock und Bluse ausgezogen, die Decke lag noch am Fußende.

«Bist du sehr müde, Liska?» Seine Fingerspitzen strichen über meinen Arm hinauf zur Schulter. Ich war nicht sehr müde, ich war genau in der richtigen Stimmung für seine Zärtlichkeit. Ein langsames Dahintreiben, sich fallen lassen, mitten hinein in seine Arme. Eine halbe Stunde Liebe, danach war ich sehr müde, und er ging nach unten.

Ich schlief bis kurz nach acht, machte rasch ein paar Notizen, nachdem ich mich frisch gemacht hatte. Dann ging ich ebenfalls hinunter. Béla stand noch hinter dem Tresen, vor neun fing er selten an zu spielen. Ich stellte mich zu ihm, noch randvoll vom Nachmittag. Was hätte ich dafür gegeben, die Leute heimschicken zu können. Verliebt wie am ersten Tag war ich. So ein Schock wie der im August war ganz heilsam, fand ich. Man spürte wieder, mit wem man seit endlosen Jahren zusammenlebte, wie sehr man ihn liebte und brauchte. Und nach dem Tuch in meinem Abfalleimer hatte ich nichts mehr gefunden.

«Bist du hungrig, Liska?», fragte er.

Ich nickte. Er bestellte mir in der Küche einen Fleischspieß mit Salat. Bevor ich mich damit an einen Tisch setzte, flüsterte er: «Kannst du mit dem Dessert warten?»

«Wenn ich mir Mühe gebe.»

Bis kurz vor zwei in der Nacht musste ich warten. Ich habe jede Minute genossen. Schon einmal im Geist durchlebt, wie es sein würde. Aber so viel Phantasie hatte ich nicht. Er war so wild, ließ mir kaum Zeit, aus den Schuhen zu kommen. «Hab ich dich so vermisst, Liska.» Zwei Tage immerhin und eine Nacht. Der Nachmittag zählte nicht, da hatten wir nicht genug Zeit gehabt, um jeden Zentimeter Haut zu küssen.

«Ich dich auch.» Aber bis ins Schlafzimmer kamen wir noch. Da wurde er ein wenig ruhiger, ließ sich Zeit. Es war vier vorbei, als wir einschliefen. Er lag dicht hinter mir, hielt mich mit Armen und Beinen fest, murmelte, bereits halb im Schlaf: «Szeretlek, Liska.»

Und ich murmelte zurück: «Ich dich auch.»

Am nächsten Morgen bemerkte ich das Haar, ein einzelnes, blondes Haar. Ich hatte darauf geschlafen. Es klebte mir auf der Wange und kitzelte beim Einatmen unter der Nase.

Es war zehn vorbei. Béla war bereits unten. Er hatte mir das Frühstück auf der Frisierkommode bereitgestellt. Unter der Tasse klemmte einer der vertrauten mit Herzchen bemalten Zettel. «Gut geschlafen, Kincsem?»

Zuerst hatte ich das Gefühl, keine Luft zu bekommen. Ich wickelte mir das Haar um einen Finger, zog den Morgenmantel über und ging hinunter. Das Lokal war noch geschlossen. Meta stand hinter dem Tresen und scheuerte die Platte blank.

Béla war in letzter Zeit nicht mehr zufrieden mit ihr. Er beschwerte sich oft, sie sei nicht sauber genug, hatte sie auch im Verdacht, sich heimlich das eine oder andere Glas zu genehmigen. Er hatte sogar schon davon gesprochen, ihr zu kündigen. Das hatte ich abgelehnt. So war Béla dazu übergegangen, sie zu kontrollieren. Das tat er auch an dem Morgen.

Als ich bei der Tür auftauchte, kam er mir lächelnd und mit ausgestreckten Händen entgegen. «Hast du gefrühstückt, Liska?»

Ich schüttelte den Kopf, während er mich in die Arme nahm. Dass Meta zuschaute, kümmerte ihn wenig. «Du musst etwas essen, Liska. Du hast noch ein paar anstrengende Wochen vor dir.»

«Ich habe keinen Appetit», sagte ich. Während er mich auf die Wange küsste, fuhr ich ihm mit dem Endes des Haares über die Schläfe. Es kitzelte ihn ebenso, wie es mich gekitzelt hatte. Er strich mit gespreizten Fingern seine Haare zurück. Ich strich ihm einmal mit meinem Finger über die Wange und unter der Nase vorbei. Er lachte. «Was machst du, Liska? Was ist das?»

«Nur ein Haar», sagte ich, rollte es vom Finger ab. «Ich habe es eben auf meinem Kopfkissen gefunden.» Dann schaute ich zu Meta hin. «Wann hast du mein Bett zuletzt frisch bezogen, Meta?»

Sie zuckte zusammen, als hätte ich sie unter Anklage gestellt. «Vorgestern. Du warst gerade weg, da habe ich das gemacht.»

Mit anderen Worten, wir hätten uns rein theoretisch in der Nacht in einem frisch bezogenen Bett lieben müssen. Aber ein glattgebügelter Kissenbezug wäre mir aufgefallen, ebenso der leichte Geruch von Waschpulver. Und den hatte ich nicht gerochen, nur mein eigenes Parfüm. Ich hatte zwar nicht besonders darauf geachtet, warum auch, es war alles vertraut gewesen. Der Duft der Bettwäsche, die leichten Knitter auf dem Kissenbezug.

Ich schaute Béla an, wedelte ihm mit der Hand vor den

Augen, das Haar schwang langsam mit. «Nie wieder?!», sagte ich. Dann drehte ich mich um und ging zur Treppe zurück. Ich fühlte mich so elend, all die Sprüche und dieses Getue in der Nacht.

Béla kam mir nach, sehr schnell sogar. «Liska, warte! Was soll das?» Mitten auf der Treppe holte er mich ein, griff nach meiner Schulter, hielt mich fest, drehte mich zu sich um. «Liska, ich weiß nicht, was das bedeutet! Glaubst du, ich hätte eine Frau mit hinaufgenommen?» Wie schnell er das begriffen hatte!

«Ja! Das glaube ich.»

Er blies die Backen auf und stieß die Luft aus. Dabei schüttelte er den Kopf. «Liska, das habe ich nicht getan.»

«Und wie ist das Haar in mein Bett gekommen?»

«Ich weiß es nicht, Liska.»

Wie er da vor mir auf der Treppe stand, wirkte er tatsächlich ratlos. Als er merkte, dass ich ihm nicht glaubte, wurde er wütend. Und wie immer, wenn er wütend wurde oder sehr erregt war, verfiel er in diese verdrehte Aussprache. «Liska, weiß ich es wirklich nicht. Habe ich dir gesagt, es wird nicht mehr vorkommen. Ist es auch nicht.»

Er warf einen Blick nach unten zu der offenen Tür, hinter der Meta jedes Wort mithören konnte. Dann griff er nach meinem Arm und schob mich die Treppe hinauf. Erst als er die Wohnungstür hinter uns geschlossen hatte, sprach er weiter.

«Was willst du, Liska? Warum zeigst du mir ein Haar und machst mir Vorwürfe nach solch einer Nacht? Musst du mich jetzt auf die Probe stellen, weil du zwei Tage nicht da warst? Soll ich sagen, ja, habe ich dich betrogen, wenn ich nicht habe? Ich habe nicht, Liska, nicht mehr seit dem letzten Mal da unten. Ich schwöre es dir.»

Er hatte sehr heftig gesprochen, wenn auch nicht allzu laut, damit Meta am Ende nicht doch mithörte. Dann riss er mich an sich. Seine Lippen waren plötzlich überall. Ich war nahe daran, mich fallen zu lassen. Wenn es nur das Haar gewesen wäre, hätte ich es vielleicht geschafft. Irgendein Teil in meinem Hirn suchte bereits nach einer plausiblen Erklärung.

Hin und wieder nahm Meta Bügelwäsche mit heim und erledigte die Arbeit, die sie am Vormittag nicht geschafft hatte, am Nachmittag in ihrer Wohnung. Sie ließ sich auch manchmal von ihren Töchtern dabei helfen. Es war nicht auszuschließen, dass Marion den Bezug gebügelt hatte und eins von ihren Haaren darauf geraten war. Aber wovon war das Kissen geknittert? Wieso roch es nach meinem Parfüm und nicht nach Waschpulver?

«Lass mich los», verlangte ich. «Und rühr mich nie wieder an.»

Danach fing es an mit den Rekonstruktionen. Es war entsetzlich, begreifen zu müssen, wer die Blonde tatsächlich war. Es gab nicht viele, mit denen Béla abends für ein halbes Stündchen hinauf in die Wohnung gehen konnte. Es gab nur eine, bei der das unverfänglich wirkte, meine Tochter.

Und an dem Samstagabend im August war Sonja noch bei mir gewesen, gegen zehn Uhr in meinem Arbeitszimmer erschienen. Einer von den üblichen Kurzbesuchen. Sie war knapp bei Kasse, schaute mir ein paar Minuten lang zu, erkundigte sich, ob ich gut vorankäme. Nachdem ich ihr das Geld gegeben hatte, erklärte sie: «Dann will ich dich nicht länger stören. Ich setz mich noch für ein Stündchen unten hin. Tust du das eigentlich gar nicht mehr?»

«Doch, hin und wieder, wenn ich Zeit habe.»

«Aber heute hast du keine», stellte Sonja fest, drehte sich

um und ging. Rosa Lippenstift trug sie nicht. Aber vielleicht legte sie welchen auf, als sie kam, um Béla eine Szene zu machen und ihn noch einmal zwischen ihre Beine zu bekommen. Sie hatte es mir doch angekündigt. «Sollen wir beide eine Wette abschließen? Seine Skrupel kann ich ihm ausreden!»

Ich wollte das zuerst nicht glauben, alles in mir wehrte sich dagegen. Vielleicht hat die Natur im Innern eine Barrikade errichtet und mit Fotos beklebt. Das süße Baby, das niedliche kleine Mädchen im Kindergarten, das eifrige Schulkind mit seinen Büchern und Heften. Und das elfjährige Persönchen, das in Spitzenkleid und Lackschuhen Muttis Freund begutachtet. Wenn dazwischen ein anderes Bild auftaucht, die Siebzehnjährige, die mit blankem Busen ins Wohnzimmer schwebt, schaut man schnell weg. Aber Marions Wink mit dem Zaunpfahl konnte ich nicht ignorieren.

Es war grausam. Die eigene Tochter. Vielleicht war es zuerst nur ein Test für sie, den Unterschied kennen lernen. Wo sie doch mit ihrem ersten Versuch so trübe Erfahrungen gemacht hatte und ich immer schwärmte. Und dann musste es ihr ähnlich ergangen sein wie mir. Sie kam nicht los von ihm. Und sie wusste immer genau, wann ich nicht daheim war. «Wann gehst du denn wieder auf Tournee, Mama?» Wir telefonierten oft miteinander.

9. Kapitel

Nach dem kurzen Anruf bei Andreas ging ich nicht zurück ins Wohnzimmer, wo Meta und Offermann darüber verhandelten, ob man drei Kinder mitten in der Nacht mit der Kriminalpolizei und der Nachricht vom Tod des Vater konfrontieren durfte.

Ich wollte auch noch bei Sonja anrufen, aber ich schaffte es nicht. Béla war jetzt bei ihr, dafür hätte ich meine Hand ins Feuer gelegt. Doch mich davon zu überzeugen, war eine andere Sache. Und mir dann eine harmlose Erklärung anhören zu müssen. Es war doch völlig harmlos, wenn ein Mann, der seine Frau spät in der Nacht vom Bahnhof abholen wollte, vorher noch einen kurzen Abstecher zur Stieftochter machte. Nur mal sehen, wie es ihr geht, mal hören, was das Studium macht und ob das Geld diesen Monat reicht. Es reichte nie.

Neben dem Telefonregal lag die Tür zu Marions Zimmer. Und wenn sie in unsere Wohnung geplatzt war, vielleicht nicht einmal aus Versehen. Ich nahm an, dass sie schon seit geraumer Zeit gewusst hatte, was zwischen meiner Tochter und meinem Mann vorging. Warum hätte sie mir sonst von einem Mädchen erzählen sollen, das sie gut kannte, das ein Verhältnis mit dem Stiefvater hatte und es genoss?

Ich klopfte nicht an, um Offermann, der mit bewundernswerter Geduld seinen Standpunkt vertrat und Meta von der Wichtigkeit seines Anliegens zu überzeugen versuchte, kein Alarmsignal zu geben. Ich öffnete die Tür, trat ein. Marion lag ausgestreckt auf ihrem Bett, die Arme unter dem Nacken verschränkt. Zwischen ihrem Sweatshirt und dem Slip klaffte ein breiter Streifen nackter Haut. Nicht nur ihr Gesicht war zerschlagen, auch auf den Hüften und dem flachen Leib gab es frische Spuren. Meta hatte sie übel zugerichtet. Es sah fast aus, als wäre sie mit derben Schuhen auf ihr herumgetrampelt.

Geschlafen hatte Marion vermutlich auch vor unserem Eintreffen nicht, das Bett sah nicht danach aus. Vielleicht hatte sie so gelegen wie jetzt, oder das Gesicht ins Kissen gedrückt, sich den Ärger mit Meta von der Seele geweint und darauf gewartet, dass Heinz heimkam, um sie zu trösten.

Als ich die Tür hinter mir schloss, richtete sie sich auf und hockte sich im Schneidersitz hin. Neben dem Bett brannte eine kleine Lampe an der Wand. Das Licht fiel ihr seitlich aufs Gesicht. Es war starr wie eine Gipsmaske, auch so weiß, oder eher grau, nur die Schwellung auf ihrer Wange leuchtete förmlich.

«Was ist mit Papa?», hauchte Marion, während ich überlegte, ob ich mich auf die kleine Schlafcouch setzen sollte, die ihrem Bett gegenüberstand, auf der Sonja unzählige Nächte verbracht hatte. Hundertprozentig sicher war ich nicht auf meinen Beinen. Trotzdem zog ich es vor, am Fußende des Bettes stehen zu bleiben. «Er ist tot, Marion.»

Sie schüttelte den Kopf, zuerst energisch, dann mechanisch.

«Marion, du warst doch um sieben bei uns …»

Weiter kam ich nicht. Sie riss die Augen auf, stellte das Kopfschütteln ein. «Ich war im Kino.»

«Das weiß ich, Marion. Aber vorher hast du noch die Sachen aus der Reinigung zu uns gebracht.»

Sie nickte kurz. «Ich war aber nicht lange da, nur ein paar

Minuten.» Sie fuhr sich mit gespreizten Fingern durchs Haar, betastete eine Stelle auf der Kopfhaut, verzog kurz das Gesicht wie unter Schmerzen. Die Augen immer noch so weit aufgerissen, schluckte sie heftig. «Ist er wirklich tot, Lisa? Das kann doch nicht sein. Sag, dass es nicht stimmt!»

«Doch, ich habe ihn selbst gesehen.» Sie tat mir entsetzlich Leid, aber ich musste doch wissen, was in meinem Schlafzimmer geschehen war, wer Heinz erschossen hatte. «War Béla allein?»

Sie schüttelte wieder den Kopf. Ebenso gut hätte sie mir einen Schlag in die Magengrube versetzen können. Ich wusste es, natürlich wusste ich es, vermutete es zumindest. Aber es bestätigt zu bekommen. Meine Stimme war so kurzatmig, als drücke mir jemand die Kehle zusammen. «War Sonja bei ihm?»

Marion murmelte: «Das kann doch gar nicht sein.»

Also galt das Kopfschütteln nicht meiner Frage. Ich versuchte es noch einmal. «Marion, als du bei uns warst, war Sonja da?»

Nur dieses Kopfschütteln, von dem ich nicht wusste, ob es Antwort auf meine Frage oder Verneinung des Todes sein sollte. Nach ein paar Sekunden flüsterte sie: «Béla stand in der Diele, als ich reinkam. Er telefonierte mit dir. Dann sagte er, er fährt lieber zu Andreas. Wenn er sich hinlegt, hört er den Wecker nicht.»

Sie war also dazugekommen, als ich mit ihm sprach. Zeitlich kam das hin. Dann hatte vielleicht sie das Rascheln von Stoff verursacht, das ich durchs Telefon hörte. Aber trotzdem konnte Sonja da gewesen sein – in meinem Schlafzimmer. Wenn die Tür geschlossen war, konnte Marion sie nicht sehen.

Mir erzählte er, er wolle sich hinlegen und ein bisschen

auf Vorrat schlafen, was er nicht eine Sekunde lang vorhatte. Hinlegen schon, zu meiner Tochter in mein Bett. Vermutlich war das ihre Idee gewesen. Das Tüpfelchen auf dem i, mit Mamas Mann in Mamas Bett. Dass junge Frauen so unerbittlich und grausam sein können.

«Hat Béla gesagt, du sollst gehen?»

Marion starrte mich an, als habe sie nicht verstanden. Ich wiederholte die Frage, da senkte sie den Kopf und nickte.

«Ich sollte eigentlich noch die Blumen gießen und mal über die Glastüren der Vitrine wischen. Das hatte Mama vergessen. Ich hatte auch noch Zeit, der Film fing erst um acht an. Aber Béla wollte nicht, dass ich was tue. Er sagte, nicht ich werde bezahlt für die Arbeit, sondern Mama. Da soll sie die Arbeit auch gefälligst selbst machen.»

Sie sprach wie in Trance, zeichnete mit einem Finger Muster auf das Bettzeug zwischen ihren Beinen. «Er hat mir die Sachen vom Arm gerissen und gesagt, ich soll Mama einen schönen Gruß bestellen. Wenn sie die Arbeit nicht mehr schafft, soll sie es sagen. Dann sucht er sich eine andere Putzfrau.»

«Hast du Sonjas Auto gesehen?»

«Béla ist weggefahren», flüsterte sie. «Und ich bin ins Kino gegangen. Ich war im Kino, als Papa …»

«Béla ist weggefahren?», fragte ich. «Bist du ganz sicher?»

Ich weiß, es muss herzlos klingen. Der einzige Mensch, der immer für sie da gewesen war, war auf dem Weg in die Gerichtsmedizin, und ich quälte sie mit Fragen. Ich wollte sie ja auch in den Arm nehmen, etwas sagen, um sie zu trösten. Aber mir fiel nichts ein, und ich musste doch wissen, wer Heinz erschossen hatte. Mein Mann oder meine Tochter.

Marion nickte und murmelte. «Wir sind zusammen aus dem Haus gegangen.»

Ich hatte keinen Boden mehr unter den Füßen. Ich konnte doch mein Kind nicht ans Messer liefern. Und wenn Sonja hundertmal ein Miststück und ein Biest war. Sie war so begabt, sie hatte Zukunft und ich nur so wenig Hoffnung.

Ich wollte Marion noch einmal fragen, ob sie Sonjas Auto gesehen hätte. Dazu kam ich nicht mehr. Die Tür wurde aufgerissen. Plötzlich war Meta hinter mir, griff nach meiner Schulter und versuchte, mich zur Tür zu ziehen. Hinter mir machte Offermann sich bemerkbar: «Fräulein Böhring, wir würden Ihnen gerne ein paar Fragen stellen.»

Marion starrte ihn an und flüsterte: «Stimmt es, was Lisa gesagt hat, ist Papa wirklich tot?»

«Ja», sagte Offermann. Er wollte scheinbar noch etwas hinzufügen. Doch Marion begann auf dem Bett zu wippen, als säße sie auf einem Schaukelpferd. Sie wippte ein paar Mal vor und zurück, so heftig, dass sie mit dem Hinterkopf gegen die Wand schlug. Dann schrie sie los, immer nur ein Wort: «Nein! Nein! Nein!»

Meta nahm die Hand von meiner Schulter, war mit einem Schritt am Bett und saß auch bereits neben ihr, nahm ihre Tochter in die Arme, so behutsam, als zöge sie einen zerbrechlichen Gegenstand an ihre Brust. Es war so ein ungewohntes Bild. Metas raue Hände auf dem blonden Haar, das alte, verwaschene Nachthemd dicht bei dem schicken Sweatshirt. Metas Stimme, das monotone: «Ist gut. Ist ja gut. Ist ja alles gut.»

Wann würde ich so sitzen? Genauso! «Ist ja gut.»

Nichts war gut. Sonja war erwachsen! Sie war eine intelligente junge Frau, die man für das, was sie getan hatte, zur Rechenschaft ziehen würde. Keine Gnade. Lebenslänglich.

Nein, Zweifel hatte ich nicht, überhaupt keine Zweifel. Ich kannte doch Béla, er hätte wahrscheinlich versucht, mit Heinz zu reden, zu verhandeln, zu beschwichtigen. Meine Tochter hatte abgedrückt, weil Heinz ihr den Kopf zurechtsetzen wollte. Eine andere Möglichkeit sah ich nicht.

Aber Marion weiter auszufragen, hatte keinen Sinn, nicht in dieser Nacht. Sie war zu keiner vernünftigen Antwort fähig. Das sah auch Offermann ein. Er und sein Kollege brachten mich heim. Noch während der Fahrt ging es weiter mit Fragen. Und es ging offensichtlich in eine ganz bestimmte Richtung, meilenweit von uns weg. Metas Verhalten war ihnen nicht geheuer gewesen.

Wie lange ich die Familie schon kannte, wollte Offermann wissen. Ob die Ehe der Böhrings glücklich gewesen sei. Welch ein Hohn nach den Auskünften, die Meta höchstpersönlich gegeben hatte! Obwohl ich nur seinen Nacken und den vollendet frisierten Hinterkopf sah – ich saß im Fond, und er drehte sich beim Sprechen nicht um –, konnte ich seine Gedanken lesen.

Danach hatte Meta gewusst, dass bei uns abends niemand zu Hause war. Sie hatte ihren Mann unter einem Vorwand in unsere Wohnung gelockt und ihn dort erschossen. Anschließend war sie über den Balkon geflohen, weil sie damit rechnen musste, dass die Schüsse in der Nachbarschaft gehört worden waren und sie gesehen wurde, wenn sie das Haus durch den Vordereingang verließ. Dann hatte sie daheim abgewartet. Es war im Prinzip einfach, kein Anzeichen von Trauer, nicht einmal ein Erschrecken bei der Nachricht. Die Frage, wie Meta in den Besitz einer Schusswaffe gelangt sein könnte, stellte sich Offermann anscheinend nicht.

«Die Ehe war nicht glücklich», erklärte ich. «Sie war auch

nicht unglücklich, es war gar keine Ehe. Sie lebten seit der Geburt der jüngsten Tochter wie Bruder und Schwester zusammen. Manchmal gab es Krach, den gibt es unter Geschwistern auch.»

Damit erreichte ich, dass Offermann sich zu mir umdrehte. Ich wollte nicht, aber etwas in mir machte sich selbständig und sprach es aus. «Sie liegen falsch. Meta hat ihren Mann nicht erschossen. Sie hatte keinen Grund, das zu tun. Es war so, wie sie sagte. Es war ihr egal, was Heinz tat.»

Offermann grinste. «Das können Sie aus eigenem Erleben beurteilen, nehme ich an. Ich darf wohl auch annehmen, dass Herr Böhring sich anderweitig getröstet hat, nachdem Sie das Verhältnis beendet hatten. Er war ein gut aussehender Mann.»

Ich nickte andeutungsweise. Offermann fragte mit so gönnerhaftem Unterton, dass er auch gleich hätte anfügen können, ich glaube Ihnen kein Wort: «Aber Sie wissen nicht, mit wem?»

In meinem Hinterkopf sagte Heinz noch einmal: «... musste zu einer Nutte gehen.» Da Offermann mich immer noch anschaute, reichte es, den Kopf zu schütteln. Er drehte sich wieder nach vorne und schwieg erst einmal. Für ihn war die Sachlage klar. Er erklärte mir, welche Spuren sie gefunden hatten.

Fußabdrücke in dem Stück aufgeweichter Erde zwischen dem regengetränkten Rasen und den Betonplatten, die um das Haus herumführten. Die Abdrücke waren zwar nicht sonderlich scharf, sie hatten sie trotzdem mit Gips ausgegossen und vermessen. Schuhgröße siebenunddreißig oder achtunddreißig, kleine Füße. Frauenfüße in Pumps oder Stiefeletten. Die Absätze hatten sich tief in die weiche Erde eingedrückt. Darauf basierte ihre Annahme, dass eine Frau die Wohnung in großer Eile verlassen hatte.

Ich glaubte zu wissen, was sich abgespielt hatte. Wenn Béla das Haus zusammen mit Marion verlassen hatte und alleine weggefahren war. Es war ihm zu riskant gewesen, mit Sonja zusammen auf die Straße hinauszutreten. Wo die Gefahr bestand, dass Marion sich noch auf dieser Straße befand. Und wo Marion so gerne Geschichten erzählte von Mädchen, die sie kannte, die mit ihren Vätern oder Stiefvätern schliefen.

Béla hatte nach meiner kurzen Unterhaltung mit Marion im September nicht locker gelassen, wieder und wieder gefragt, worüber ich mit ihr gesprochen hatte. Oder sie mit mir. Vermutlich hatte er Angst gehabt. Er wusste schließlich, dass Sonja und Marion beinahe wie Geschwister aufgewachsen waren. Und wahrscheinlich dachte er, dass sie sich nun, wo sie älter waren, das eine oder andere anvertrauten.

Wie auch immer; Sonja blieb allein in unserer Wohnung zurück und wartete auf Béla, der vielleicht gesagt hatte: «Ich fahre einmal um den Block, dann ist Marion sicher weg, dann komme ich zurück.» Aber stattdessen kam Heinz. Sonja öffnete ihm die Tür, weil sie dachte, Béla käme zurück. Dann gab es tüchtig Krach, eine Moralpredigt, vielleicht die Drohung: «Ich werde mit deiner Mutter reden.» Sein Todesurteil! Sonja hatte Heinz nie gemocht, in all den Jahren war er ihr suspekt gewesen. Sie hätte sich von ihm nie etwas sagen oder gar drohen lassen.

Als Béla nach seiner Runde um den Block zurück in die Wohnung kam, war Sonja weg. Die Balkontür stand offen, in meinem Schlafzimmer lag ein Toter. Und wo war Béla jetzt? Bei Sonja, wo sollte er sonst sein! Um sie zu beruhigen, irgendetwas mit ihr abzusprechen.

Nach ein paar Sekunden drehte Offermann sich wieder zu mir um. «Das Buch, von dem Frau Böhring sprach», erkundigte er sich, «ist das ein Kriminalroman?»

«In gewissem Sinne, es gibt sechs Morde.» Ich wunderte mich, dass ich ihm ruhig und beherrscht antworten konnte und nicht mit dem herausplatzte, was mir durch den Kopf ging.

Er nickte, irgendwie anerkennend. «Gleich sechs. Und der neue Roman hat die gleiche Thematik?»

«Nein.»

«Ich nehme an», sagte Offermann gedehnt, «dass Sie auch mir das Thema nicht verraten, wenn Sie schon Frau Böhring gegenüber solch ein Geheimnis daraus machen.»

Warum ritt er jetzt darauf herum? Ich wusste nicht, was ich von ihm halten sollte. «Ich rede nicht gern über Arbeiten, die noch nicht abgeschlossen sind.»

«Mit niemandem?»

«Nur mit meinem Verleger. Er muss schließlich wissen, was ihn erwartet.»

«Aber es besteht die Möglichkeit», meinte Offermann, «dass Frau Böhring es weiß. Sie sprach darüber in einem merkwürdigen Ton. Das ist Ihnen aufgefallen. Und Sie haben rasch das Thema gewechselt. Frau Böhring geht bei Ihnen ein und aus. Es wäre verwunderlich, wenn sie nicht längst wüsste, an welchem Thema Sie arbeiten. Andere Leute durch den Dreck ziehen.»

Den letzten Satz sprach er nachdenklich aus, fügte noch etwas hinzu, womit er sich allerdings wieder auf die falsche Fährte begab: «Eine Ehe, die seit langen Jahren keine Ehe mehr ist. Ein Mann, der sich mit anderen Frauen tröstet. Seine Frau kann es akzeptieren. Aber sie kann nicht hinnehmen, dass es vor aller Öffentlichkeit breitgewalzt wird.»

Ich hörte ihm nicht richtig zu. Dass Meta über den Roman Bescheid wusste, war mir vollkommen klar. Ihre Reaktion hatte das deutlich gemacht. Vielleicht war sie gerade wegen meiner Vorsicht stutzig geworden. Es lenkte ein bisschen von Sonja und Béla ab, darüber nachzudenken.

Früher hatte ich Meta oft etwas erzählt oder seitenweise vorgelesen, während sie Staub wischte und die Pflanzen goss. Hatte ich sie neugierig gemacht? Hatte sie in den letzten Wochen einen Blick riskiert, wenn ich unterwegs war und Béla unten im Lokal? Ich konnte mir nicht vorstellen, dass Meta den Computer in Gang brachte. So in Gang, dass sie ein paar Seiten lesen konnte. Aber völlig auszuschließen war es nicht.

Und dann? Hatte sie sich erkannt, sich gefragt, wer oder was mich auf die Idee gebracht hatte? Wenn ja, musste sie auch eine Antwort gefunden haben. Es gab nur eine Möglichkeit: Heinz! War das ein Grund gewesen, ihn zu töten? War er nicht mehr nur der ungeliebte Mann gewesen, sondern ein Verräter? Aber warum, verdammt, hätten sie dann mein Bettzeug abtransportiert? Hatte das eine gar nichts mit dem anderen zu tun? Waren Béla und Sonja beide kurz nach sieben aufgebrochen?

Offermann unterbrach das konfuse Gewimmel in meinem Hirn, als er sagte: «Wir sind da.»

Die Haustür stand unverändert offen, immer noch bewacht von einem jungen Polizisten in Uniform. Wir gingen hinauf in die Wohnung. «Hier war keine einzige Tür abgeschlossen», erklärte Offermann, als wir die Diele betraten. «Auch die Haustür war nur ins Schloss gezogen. Macht Ihr Mann das immer so, wenn er das Haus verlässt?»

«Normalerweise schließt er hinter sich ab.»

«Dann können wir davon ausgehen, dass er in großer Eile war», stellte Offermann fest.

Kannst du nicht, dachte ich. Es war anders. Du kommst nicht darauf, wie es war. Oder doch?

«Sie haben Marion Böhring ziemlich viele Fragen gestellt», meinte er. Und er hatte die meisten vom Flur aus mitgehört. Wir hatten das Wohnzimmer erreicht. Die Balkontür war in der Zwischenzeit geschlossen worden. Den Rahmen hatten sie sich gründlich vorgenommen. Er sah ziemlich verschmiert aus.

Auf eine Reaktion wartete Offermann nicht. Er lächelte mich an, freundlich und harmlos fragte er: «Können wir vielleicht einen Kaffee bekommen?»

Sein Kollege setzte sich in einen Sessel. Insgesamt waren noch ein halbes Dutzend Leute in der Wohnung beschäftigt. Ich ging in die Küche und brühte eine große Kanne Kaffee auf, stellte Geschirr für die anderen auf den Tisch, nahm drei Tassen mit ins Wohnzimmer. Das alles geschah ganz automatisch. Ich hatte Angst, entsetzliche Angst.

Offermann grinste wieder leicht, als ich die Tassen füllte. «Marion Böhring hat also gesehen, dass Ihr Mann das Haus verließ und wegfuhr. Und zwar allein. Mir kam es so vor, als glaubten Sie das nicht. Warum nicht? Und was glauben Sie nicht? Dass Ihr Mann allein war? Oder dass er tatsächlich wegfuhr? Vielleicht tat er nur so, hm? Und als Marion Böhring außer Sichtweite war, ging er zurück ins Haus. Der Gedanke, dass es so gewesen sein könnte, macht Sie ziemlich nervös. Oder täusche ich mich?»

Du hältst dich für einen großen Menschenkenner, dachte ich. Du täuschst dich nicht. Aber ich kann kämpfen. Ich habe immer um Béla gekämpft. Um meine Tochter nicht so sehr, jetzt werde ich das tun. Und ich werde gewinnen.

Ich wartete darauf, dass er fragte: «Wer ist Sonja?» Aber meine Frage nach ihr schien er nicht gehört zu haben. Nach ein paar Sekunden sagte ich: «Mein Mann hat Heinz Böhring garantiert nicht erschossen. Warum hätte er das tun sollen? Sie kannten sich seit ewigen Zeiten, und sie verstanden sich sehr gut. Mein Mann weiß, dass ich früher ein Verhältnis mit Heinz hatte. Dass das seit langem vorbei ist, hat seine Frau Ihnen bereits gesagt.»

Offermann griff nach einer gefüllten Tasse. Er nahm weder Zucker noch Milch, trank einen Schluck, stellte die Tasse bedächtig zurück. «Es ist normalerweise auch nicht üblich, dass Ehefrauen oder Ehemänner über einen Ehebruch informiert werden.»

Er sprach in genau dem Ton weiter, in dem er seine Tasse zurückgestellt hatte. «Herr Böhring lag in Ihrem Schlafzimmer, Frau Szabo. Solange uns niemand erklären kann oder will, wie er dahin gekommen ist und was er da wollte, gehen wir vom Naheliegenden aus.»

Und das Naheliegende war, Heinz war tot und Béla verschwunden. Meta war angesichts der Hiobsbotschaft weder in Tränen aus- noch zusammengebrochen, hatte stattdessen ein paar mysteriöse Andeutungen über ermordete Liebhaber und andere Romanthemen gemacht. Ich hatte einem völlig verwirrten Mädchen eine Menge Fragen gestellt und mich ansonsten nicht ganz an die Wahrheit gehalten. Und sie hatten die Schachtel mit der Munition gefunden, in Bélas Kleiderschrank. Dass ich die Pistole rechtmäßig besaß, interessierte nur noch am Rande.

«Wo ist die Waffe, Frau Szabo?»

«Ich weiß es nicht. Wenn sie nicht im Schrank liegt, weiß ich es wirklich nicht.»

Offermann fragte weiter und weiter. Die ersten Stunden

seien für die Ermittlungen die wichtigsten. Das erklärte er mir in der Nacht mindestens fünfmal – und bohrte, stocherte, löcherte, während das Team von der Spurensicherung unsere Wohnung dreimal umräumte und den gesamten Dreck aufsammelte, den Meta in den letzten Monaten übersehen hatte. Sie gingen mir entsetzlich auf die Nerven, alle zusammen. Nicht, dass ich müde war. An Schlaf dachte ich nicht.

Es wurde drei, es wurde halb vier. Und Béla kam nicht heim. Es ging auf fünf zu, als die Wohnung sich endlich leerte. Bis dahin hatten wir geklärt, dass mein Mann zurzeit ein Verhältnis mit einer Blondine hatte. Dass es nicht das erste Verhältnis war und vermutlich nicht das letzte sein würde. Dass ich mir mein Glück mit ihm davon in keiner Weise trüben ließ. Wie hatte Meta so schön gesagt: «Béla ist schon fast zu viel Mann für eine Frau.»

Recht hatte sie. Und wenn man als rechtmäßige Ehefrau in keiner Hinsicht zu kurz kam, worüber sollte man sich dann aufregen? Da gönnte man ihm sein Vergnügen. Wenn also mein Bett benutzt gewesen war, hatte das nichts mit Heinz und ganz bestimmt nichts mit seinem Tod zu tun.

Offermann hörte mir schmunzelnd zu und wollte wissen, warum ich Béla, bei einer derart großzügigen Einstellung, mit meiner Ankunftszeit beschwindelt hatte. Vier Stunden Differenz! Warum hatte ich mir am Bahnhof nicht sofort ein Taxi genommen? Warum eine halbe Stunde gewartet auf einen Mann, von dem ich genau wusste, dass er mich nicht abholen konnte, nicht um die Zeit? Was hatte ich denn gehofft, hier vorzufinden, wenn ich überraschend hereinplatzte? Hatte ich vielleicht Heinz als guten, alten Freund und Vertrauten aus früheren Tagen auf meinen Mann und dessen Verhältnis gehetzt?

Jetzt kam es knüppeldick. War ich tatsächlich erst um zwanzig nach zehn in Köln angekommen? In welcher Frankfurter Buchhandlung hatte ich gelesen? Welche Blutgruppe hatte ich? Nach meiner Schuhgröße musste er mich nicht fragen. Die hatte er bereits kontrolliert.

Als wir in die Wohnung kamen, hatte ich die Schuhe bei der Tür ausgezogen, weil mir die Füße schmerzten nach einem Tag und einer halben Nacht in Pumps. Offermann hatte meine Schuhe vom Teppich hochgenommen, einen Blick unter die Sohlen geworfen, mit höflichem Lächeln festgestellt, dass keine Gefahr für den Teppich bestand, weil meine Schuhe nicht so nass und schmutzig waren, wie man nach dem Wetter draußen vermuten sollte. Aber wir waren ja auch durch die Vordertür hereingekommen.

Ich nannte ihm die Buchhandlung und meine Blutgruppe. Er notierte sich das, notierte sich auch, dass ich an einer Wurstbude im Kölner Hauptbahnhof nach einem Kaffee gefragt hatte. Er ging als Letzter aus der Wohnung und mit dem Hinweis, dass Béla sich morgen früh bei ihm melden sollte.

Mein Schlafzimmer hätte ich benutzen können, da waren sie nun wirklich fertig. Es sah fast so aus wie immer. Nur die blanke Matratze und die Blutflecken vor dem Bett erinnerten daran, dass da vor ein paar Stunden ein Mensch gestorben war. Ich ging ins Gästezimmer und legte mich so wie ich war auf das Bett. Schlafen konnte ich nicht, auch nicht weinen. Ich fühlte mich selbst ein bisschen tot, lag noch wach, als es draußen zu dämmern begann.

Béla war nicht heimgekommen. Bei Sonja hatte ich nicht angerufen. Ich hatte zwar unentwegt mit dem Gedanken gespielt, aber geschafft hatte ich es nicht. Ich schaffte es auch am Morgen nicht. Um zehn stand ich auf, ging in die Küche und machte mir einen starken Kaffee. Nachdem ich drei Tassen getrunken und drei Zigaretten geraucht hatte, benutzte ich Bélas Bad, um zu duschen.

Ich war nicht mehr so nervös wie in der Nacht. Die Stunden auf dem Bett hatten mir gut getan, einfach nur liegen und alles noch einmal im Kopf herumwälzen, die Einzelheiten sortieren, sich der einen oder anderen Tatsache bewusst werden. In Pantoffeln und Strickjacke wäre Heinz bestimmt nicht mit seiner Tochter ins Kino gegangen. Heinz konnte gar nicht im Kino gewesen sein, das hätte Marion mir bestimmt gesagt. Und die Vorstellungen dauerten immer ungefähr zwei Stunden. Der alte Dussing hatte die Schüsse aber schon um Viertel vor zehn gehört. Und wenn Heinz, wie Meta behauptete, die Wohnung um Viertel vor acht verlassen hatte, ergab sich daraus eine Zeitdifferenz von zwei Stunden, die ich bis dahin im Trubel nicht bedacht hatte.

Nun gut, ich wusste nicht, um welche Zeit Heinz unsere Wohnung betreten hatte, das wusste noch niemand. Aber wenn Béla die Wohnung kurz nach sieben verlassen hatte, wäre er nicht zweieinhalb Stunden um den Block gefahren. Er musste nach wenigen Minuten zurückgekommen sein.

Heinz konnte sie zwar später überrascht haben. Vielleicht war er bei einer Freundin gewesen, auf dem Rückweg bei uns vorbeigefahren, hatte Sonjas Auto gesehen und von Meta eine komische Andeutung gehört. Aber er hätte klingeln müssen und ihnen Zeit verschafft, sich anzuziehen. Sie hätten sogar mein Bett notdürftig herrichten können. Als Heinz ins Haus gelassen wurde, saßen nur ein Mann und seine Stieftochter im Wohnzimmer. Er mochte ihnen eine Moralpredigt halten, aber das wäre doch kein Grund gewesen, auf ihn zu schießen.

Ich wusste endgültig nicht mehr, was ich denken sollte. Bevor ich das Haus verließ, ging ich in mein Arbeitszimmer, schaltete Computer und Drucker ein und ließ ausdrucken, das erste Kapitel, das zweite, das dritte. Etwas über hundert Seiten. Genug für den Anfang, mehr als reichlich, um Metas Neugier zu befriedigen.

Es war nur ein Strohhalm. Aber ich hielt ihn fest umklammert. Ich hatte doch sonst nichts. Während der Drucker lief, sah ich die Bücher auf dem Schreibtisch liegen. Da lagen sie nun seit Monaten, gut sichtbar für jeden, der ins Zimmer kam. Spielte es eine Rolle, dass ich die Titelseiten nach unten gedreht hatte? Und all die Notizzettel, keine Namen darauf, nur die Fragen. «Was empfand sie, wenn sie mit ihrem Vater schlief?»

Meta hatte nicht versuchen müssen, den Computer in Betrieb zu nehmen. Sie hatte nur einen Blick auf die Zettel werfen müssen und auf die Bücher, das hatte gereicht. Es wäre ein mehr als großer Zufall gewesen, wenn ich von alleine auf dieses Thema gekommen wäre.

Meta wusste Bescheid, hatte sich auch denken können, wer mich auf die Idee gebracht hatte. Und auf ihre verdrehte Art hatte sie versucht, der Polizei das Motiv zu nennen. Meine Tochter konnte mit diesem Mord nichts zu tun haben. Und mein Mann noch viel weniger. Dass sie ein Verhältnis miteinander hatten, musste eine andere Geschichte sein.

Das mit dem Haar auf meinem Kissen war sieben Wochen her. Ein paar Tage später fuhr ich nach Hamburg. Ich weiß nicht, wie oft wir bis dahin gestritten hatten. Ich wollte nur, dass Béla es zugab, sagte ihm nicht, dass ich wusste, mit wem er mich betrog. Ich wollte ihren Namen von ihm hören, drohte ihm alle möglichen und unmöglichen Konsequenzen an, wenn er mir nicht endlich die Wahrheit sagte.

Er blieb dabei. Es sei nur einmal gewesen. Schließlich

wurde er ebenfalls wütend, spielte den Beleidigten, erging sich seinerseits in Vermutungen, warum ich einen Streit nach dem anderen provozierte. Früher hatte ich doch auch nicht so ein Theater gemacht. Wenn ich es nun tat, noch dazu grundlos, konnte es nur eine Erklärung geben: ich hatte einen anderen Mann und wollte ihn loswerden. Dann lenkte er wieder ein und wollte mit mir schlafen. Ich wollte nicht. Aber ich wusste, wenn ich es nicht tat, verlor ich ihn. Das hätte ich nicht ertragen.

Es war nicht mehr schön in seinen Armen, es war ein Gefühl von Ohnmacht. Mein Körper reagierte mit Lust auf ihn, und neben der Lust verglühte ich an meiner Angst. Wenn ich morgens aufwachte, fühlte ich mich wie ein Häufchen Asche. Dann stand ich lange vor dem Spiegel. Vierzig Jahre alt! Ich konnte mir pfundweise Cremes auf die Haut schmieren. Ich war nicht mehr einundzwanzig, und das sah man.

Und das Schlimme war, er hatte mich nie als Einundzwanzigjährige gesehen. Plötzlich dachte ich, ich sei schon eine alte Frau gewesen, als ich zum ersten Mal mit ihm schlief. Wie hatte er mich überhaupt je lieben können? Und wie konnte er es jetzt noch, wo er sie gehabt hatte? Mindestens – wenigstens einmal! Musste ich ihm das glauben? Und wenn ich ihm das glauben musste, konnte es dann nicht doch irgendeine andere gewesen sein? Die Blonde, die mir im Lokal aufgefallen war? War Sonja doch noch ausschließlich meine Tochter und nicht meine Rivalin?

Ich wurde nicht fertig mit der Situation und stürzte mich kopfüber in die Arbeit, um nicht unentwegt grübeln zu müssen, ob ich beiden Unrecht tat. Aber arbeiten konnte ich auch nicht richtig. Wenn Sonja zu Besuch kam, wurde es unerträglich. Wenn sie mich fragte, wann die nächste Lesung war, glaubte ich an meiner Antwort zu ersticken.

Den halben Tag saß ich am Schreibtisch, starrte den Computer an, erkannte oft nicht einmal die Schrift auf dem Monitor. Ich tippte hier etwas dazu, nahm dort etwas weg, verdarb mir Szenen, die bereits abgeschlossen und gut gelungen waren, durch unsinnige Änderungen. Und meine Mutter flüsterte mir zu: «Was nützet mir ein schöner Garten, wenn andere drin spazieren gehen.» Aber doch nicht das eigene Kind.

Ich beschrieb Zettelchen mit der Ungeheuerlichkeit: «Er betrügt dich in deinem eigenen Bett. Er betrügt dich mit deiner eigenen Tochter.» Oft lagen solche Sätze tagelang auf dem Schreibtisch. Ich las sie morgens, wenn ich mich hinsetzte, und mittags und abends, zwanzigmal am Tag. Und ebenso oft fragte ich mich, ob es die Wahrheit sei und was ich tun konnte. Bei jeder anderen Frau hätte ich Béla den Namen ins Gesicht geschrien. Bei ihr jedoch …

Allein die Vorstellung, dass er mich anstarrte, schuldbewusst den Kopf senkte und nach einer Entschuldigung oder Erklärung suchte. Oder dass er mir schlicht und einfach sagte: «Es tut mir Leid, Liska, ich liebe sie.» Man wird verrückt dabei, ganz langsam, aber ganz sicher.

Und dann setzt man sich in den Wagen, oder man lässt sich zum Zug bringen. Man lässt sich zum Abschied küssen, fährt nach Hamburg, Hannover, Augsburg, Bremen, Heidelberg, Kassel, Aachen. Man liest dreißig Seiten über Liebe und Mord und sieht Bilder von einer jungen Frau, die man noch ein bisschen als Kind betrachtet, auch wenn sie einen fast um einen Kopf überragt. Man schaut mit dem geistigen Auge zu, wie sie sich auf dem Laken rekelt, wie sie geliebt wird. Und dann diskutiert man darüber, ob jeder Mensch imstande ist, zu töten oder töten zu lassen. Vom Freund oder einer Freundin.

Manchmal war ich nahe daran, mit Meta zu reden. Sie zu bitten, mein Schlafzimmer im Auge zu behalten, wenn ich nicht da war. Ihr von meinem Verdacht zu erzählen oder nur zu sagen: «Tu mir einen Gefallen und pass auf, was hier vorgeht. Du hast doch längst mitbekommen, dass etwas nicht in Ordnung ist. Ich weiß nicht, was sich im Haus abspielt, wenn ich den Rücken gekehrt habe, aber ich muss es wissen.»

Ausgerechnet mit Meta!

Natürlich sah und hörte sie eine Menge. Sie sah die Zettel liegen, hörte uns streiten, Bélas Leugnen und meine Wut, die gar keine richtige Wut war, nur Angst. Ich hatte panische Angst, dass er ging, wenn ich mich noch länger so aufführte.

Dann versuchte ich, die Sache auf meine Weise zu beenden. Das war schon Anfang Oktober. Sonja kam auf einen kurzen Besuch wie üblich. Sie kam am Nachmittag, es war fünf vorbei. Nachdem sie Béla begrüßt hatte, der bereits hinter dem Tresen stand, kam sie zu mir nach oben. Wir saßen im Wohnzimmer. Ich hatte uns Kaffee gemacht.

Ich war so müde, als ich ihr gegenübersaß, verbraucht und alt. Sie kam mir gewollt oder ungewollt einen großen Schritt entgegen. «Was ist los, Mama? Immer noch schwach auf den Beinen? Allmählich müsstest du es doch überstanden haben. Oder hast du andere Probleme? Béla schleicht auch durch die Gegend, als ob der Weltuntergang vor der Tür steht. Habt ihr Krach?» Und dann mit diesem hämisch genüsslichen Unterton: «Macht er wieder Spielchen?»

In dem Moment hasste ich sie. Ich hätte sie ohrfeigen mögen, vor die Tür setzen und ihr nachbrüllen: «Und komm nicht auf die Idee, mein Haus noch einmal zu betreten!» Stattdessen nickte ich flüchtig und wollte sehen, wie weit sie es trieb.

Sie grinste. «Und da ist er noch hier?»

«Wie du siehst.»

Sie wurde nicht rot, da zuckte kein Muskel, kein Lidschlag zeigte Schuldbewusstsein oder Erbarmen. «Und warum? Ist er nicht abkömmlich oder sie? Ist sie verheiratet?»

Ich kam nicht zu einer Antwort. Sie sprach ohne Pause weiter, gab sich ein wenig ungläubig und amüsiert. «Das war Anita auch. Da wäre er aber diesmal nicht sehr überzeugend. Nein, da nehme ich eher an, er hat selbst keine Lust auf einen Urlaub. Das sieht ja jetzt ein bisschen anders aus als damals. Hier ist eine Menge mehr zu verlieren als in der alten Kneipe. Viel Umsatz, tolle Wohnung, alles nur vom Feinsten. Da überlegt sich auch Béla dreimal, ob er das aufs Spiel setzt.»

Du kaltes Miststück, dachte ich. Sie schaute mich fragend an. «Warum wirfst du ihn nicht endlich raus, Mama?»

Das hättest du wohl gerne, dachte ich und sagte: «Warum sollte ich? Ich gönne ihm seine kleine Abwechslung. Ab und zu braucht er das eben. Das weißt du doch.»

Ich brachte sogar ein Lächeln zustande. Sie war sich ihrer Sache so sicher, wurde auch nicht blass, als ich weitersprach: «Und beschweren kann ich mich nicht. Er ist seitdem sehr aufmerksam, überaus zärtlich und leidenschaftlich. Ein Mann, wie eine Frau ihn sich nur wünschen kann.»

Damit hatte ich sie! Mitten ins Herz getroffen! Sie würgte ein bisschen an der Frage: «Du schläfst noch mit ihm?»

«Natürlich», sagte ich und lachte leise, es fiel nicht einmal schwer. Ich fühlte mich wirklich stark in dem Moment.

Sie klang ein wenig atemlos. «Hast du überhaupt keinen Stolz, Mama?»

Ich lachte immer noch. «Was hat das mit Stolz zu tun? Wir beide haben doch im April festgestellt, dass ich ausgeprägte Bedürfnisse habe. Béla ist mein Mann. Wenn jemand das Recht hat, mit ihm zu schlafen, bin das ich. Ich lasse mir von einem kleinen Mädchen meine Rechte nicht beschneiden. Ich würde mich ihm nicht anbieten, nicht in solch einer Situation. Aber solange er mich will. Und das will er, jede Nacht. Du müsstest ihn erleben, wenn ich nein sage.»

Sie hatte die Stirn gerunzelt. Nicht bei den ersten Worten, irgendwo in der Mitte. Auf meine Bedürfnisse ging sie nicht ein, fragte nur: «Kleines Mädchen? Weißt du, wer es ist?»

Ich schaffte es noch einmal zu lächeln, schaute ihr dabei fest in die Augen und nickte.

«Und warum kaufst du dir die Kleine nicht?»

Ja, warum tat ich das nicht, wo sie mir so günstig gegenübersaß und ich nur den Mund aufmachen musste? Aber damit hätte ich nicht viel erreicht. Meine Methode fand ich besser.

«Das ist doch nicht meine Aufgabe, mein liebes Kind. Er hat sich das Süppchen eingebrockt, nun soll er es auch auslöffeln. Das ist bei kleinen Mädchen nicht so einfach wie bei einer Erwachsenen. So ein junges Ding glaubt doch an Ewigkeit, wenn ein Mann ihm mal zwischen die Beine fasst. Er weiß nicht, wie er sie auf elegante Weise loswerden soll. Aber da darf er sich von mir keinen guten Tipp erhoffen.»

Ich wartete auf eine verräterische Reaktion. Und ich wusste beim besten Willen nicht, wie ich dann reagieren sollte. Aber Sonja zuckte mit keiner Wimper, nur mit den Achseln. So verletzlich, wie ich gedacht hatte, war sie wohl doch nicht.

Ein paar Sekunden lang war es still im Zimmer. Dann meinte sie: «Du kannst mir nicht erzählen, dass du das so wegsteckst, Mama. Dann würdest du nicht herumschleichen wie kurz vor dem Todesurteil.»

«Das hat andere Gründe», erklärte ich und hoffte, dass es

überzeugend klang. «Ich habe Schwierigkeiten mit dem Roman. Ich komme einfach nicht weiter.»

Bis dahin hatte ich mit ihr nicht über das Thema gesprochen. Es interessierte sie nicht, worüber ich schrieb. Es hatte sie nie interessiert. Nur das Geld, das ich damit verdiente, war immer wichtig gewesen.

«Wenn ich das Manuskript im Januar nicht abliefern kann, gibt es Ärger», sagte ich. «Das Problem ist, dass ich mich mit dem Thema festgelegt habe. Und es gibt Situationen, in die kann ich mich einfach nicht hineinversetzen. Ich kann mir nun einmal nicht vorstellen, ein Verhältnis mit meinem Vater zu beginnen. Freiwillig, verstehst du, nicht unter Zwang oder Drohungen. Das Mädchen ergreift die Initiative, der Mann will eigentlich gar nicht. Dem müssen seine Skrupel erst ausgeredet werden. Nachdem er sich dann auf ein Verhältnis eingelassen hat, ist er erpressbar. Und sie nutzt ihn schamlos aus.»

Das tat sie doch! Der Unterhalt jeden Monat, das Geld, das nie reichte. Hier noch ein Schein und da noch ein Schein von Mama. Und zusätzlich hier noch einer und da noch einer von ihm. Darüber sprachen wir manchmal, wenn sie uns besucht hatte.

Ich rechnete damit, dass sie zusammenzuckte. Aber da kam nichts. Kaltes Biest, dachte ich und erzählte noch ein bisschen. Von der Verführung, den Erpressungen. Sie hörte mit unbewegter Miene zu. Irgendwann meinte sie: «Du hättest bei deinen Morden bleiben sollen, Mama. Wenn du dich da nicht hineinversetzen kannst, wie bist du denn überhaupt auf so eine Idee gekommen?»

«Ich habe mich vor einiger Zeit mit Marion unterhalten. Sie hat mir von solch einem Fall erzählt. Ich dachte, das Thema ist gut. Daraus kann man etwas machen. Sogar einen

Mord. Wenn die Mutter dahinter kommt, mit wem sie betrogen wird …»

Den Rest ließ ich offen.

Sonja murmelte: «Blödes Huhn.» Ob sie damit Marion oder mich meinte, blieb offen. Sie schaute an mir vorbei zum Fenster. «Und wen bringt die Mutter um, den Mann oder die Tochter? Wahrscheinlich keinen von beiden. Kannst du dir nicht vorstellen, wie Mütter in so einer Situation reagieren? Sie drücken beide Augen zu und tun, als ob sie von nichts eine Ahnung haben. Vielleicht fühlen sie sich sogar schuldig, weil sie selbst dem Mann nicht geben, was er braucht.»

Ich hätte nicht sagen können, ob sie wütend war. Ihre Stimme klang danach. Kurz darauf ging sie. Und ich machte die nächste Tour, verletzt auf eine Art, die ich nicht begreifen konnte.

Das Fernsehinterview, ich weiß nicht, wie ich es überstanden habe. Wie ich im Studio sitzen konnte, lässig und cool, lächeln und reden und innerlich sterben beim Gedanken: jetzt sind sie zusammen, liegen in meinem Bett. Jetzt will sie von ihm wissen, was Sache ist. Wen liebst du, Béla, mich oder meine Mutter? Wann schaffst du endlich klare Verhältnisse?

Die Buchmesse war noch schlimmer. Zwei Tage. Die Nächte im Hotel, allein in einem fremden Zimmer. Warum hatte ich mich auf ein Hotelzimmer eingelassen? Ich hätte über Nacht heimfahren können, gut zweieinhalb Stunden Fahrt. Morgens in aller Herrgottsfrühe wieder auf die Autobahn. Béla war dagegen gewesen.

«Liska, sei vernünftig, nimm den Zug. Du kannst nicht mit dem Wagen fahren. Das sind fünf Stunden Autobahn jeden Tag. Ich hätte keine ruhige Minute, wenn du unterwegs bist.»

Die Heimfahrt war schrecklich. Gute zwei Stunden Fahrt

bis Köln und so viele Gedanken. Béla holte mich am Bahnhof ab, es war früher Nachmittag. Morgens hatte ich noch ein Interview gegeben. «Du siehst müde aus, Liska», stellte er fest.

«Ich habe nicht viel geschlafen.»

Er legte mir den Arm um die Schultern, erst nur leicht, als ich nicht protestierte, zog er mich fester an sich. «Du warst bei mir mit deinen Gedanken, das konnte ich fühlen. Aber ich habe gut geschlafen mit deinen Gedanken.»

Als wir ankamen, bestand er darauf, dass ich mich sofort hinlegte. «Jetzt schläfst du, Liska. Danach fühlst du dich besser.»

Schlafen konnte ich nicht. Ich hatte unentwegt das Bedürfnis, mein Bett zu untersuchen. Seins auch. Nach gut einer Stunde stand ich wieder auf. Béla lag auf der Couch im Wohnzimmer. Er schlief. Es war ein ungewohnter Anblick. Er legte sich nur dann am Nachmittag ein Weilchen hin, wenn es in der Nacht sehr spät geworden war.

Ich hatte immer noch das Bedürfnis, mein Bett abzusuchen nach Haaren oder anderen Spuren. Gleichzeitig hatte ich das Bedürfnis, mit ihm zu schlafen. Ich war völlig konfus, ging ins Bad und ließ Wasser in die Wanne, nur klares Wasser. Es fiel mir erst auf, da war die Wanne bereits halb voll gelaufen. Bis dahin hatte ich das Waschbecken betrachtet.

Es war nicht sauber. Überall Wasserspritzer. Das Handtuch daneben war auch nicht frisch. Meta wurde wirklich nachlässig. Ich musste einmal mit ihr reden. Als ich mich dann umdrehte, sah ich das klare Wasser in der Wanne und kippte etwas Badeöl hinein. Ich blieb eine Viertelstunde im Wasser liegen. Dann frottierte ich mich ab. Die Körperlotion ging schon wieder zur Neige.

Sie war hier gewesen! Ich hatte mir vor der Abreise eine

neue Flasche zum Mitnehmen gekauft und bei der, die ich im Gebrauch hatte, die Füllhöhe mit einem feinen Strich markiert. Jetzt stand die Lotion ein bisschen darunter. Nun ja, Béla liebte den Duft, das wusste sie. Und sie kämpfte mit allen Mitteln. Ich cremte mich ein, ging zurück ins Wohnzimmer. Béla schlief noch. Ich weckte ihn.

«Ist es spät geworden gestern Abend?»

Er antwortete nicht, rieb sein Gesicht an meinem Bein. «Wie du duftest, Liska.»

«Sie muss doch genauso riechen. Sie benutzt meinen Kram.»

«Nicht, Liska, nicht wieder damit anfangen», flüsterte er. «Hier war niemand. Komm zu mir.»

Ein paar Minuten lang war er nur Béla und ich eine Frau. Ich knöpfte ihm das Hemd auf und wartete, aber er war nur zärtlich. Dann fragte ich ihn noch einmal. «Ist es gestern Abend spät geworden?»

«Nicht viel später als sonst», murmelte er, seufzte und richtete sich auf. «Aber es war viel zu tun. Die Hochzeit, du weißt doch. Der Mann von der Brauerei. Ich bin nicht einmal zum Essen gekommen. Und heute Morgen musste ich früh aufstehen und Meta beim Aufräumen helfen. Wir sollten einen Kaffee trinken, was meinst du? Aber zieh dir etwas an, du wirst dich erkälten.»

Es war das erste Mal, dass er mich aufforderte, mir etwas anzuziehen. Ich holte mir den Morgenmantel. Er ging in die Küche. Wir tranken den Kaffee dort, saßen uns am Tisch gegenüber. Er war mir plötzlich fremd, griff nach meiner Hand. Ich entzog sie ihm und wünschte, er hätte es nicht zugelassen. Er sollte aufstehen, zu mir kommen, mich küssen, mich lieben.

Um fünf ging er nach unten. Ich lief von einem Zimmer

ins andere, stand eine Weile an der Balkontür und schaute in den Garten hinunter, ohne etwas zu sehen. Er hatte mich nicht geliebt, obwohl ich zwei Nächte nicht da gewesen war. Ein weiterer Beweis, ebenso brauchbar wie alles andere, fand ich. Genauso gut wie das Zellstofftuch mit dem abgewischten Lippenstift. Das Haar auf meinem Kissen, der Duft der Bettwäsche. Und dann war da noch ein anderes Tuch, das ich in meinem Abfalleimer fand.

Liasan-Intimpflege. Es lag oben auf den benutzten Wattebällchen und wäre mir vielleicht nicht einmal aufgefallen, hätte nicht die aufgerissene Hülle daneben gelegen. Ich erinnerte mich gut, dass ich diese Hüllen schon in Sonjas Tasche gesehen hatte.

Vor drei Wochen war das, bis dahin hatten wir uns große Mühe gegeben zu tun, als sei alles in Ordnung. Miteinander gesprochen, über alles Mögliche, nur nicht über die Panik, die mich allmählich auffraß. Uns erklärt, wie sehr wir uns liebten, wie sehr wir uns brauchten, dass wir ohne einander nicht existieren konnten. Miteinander geschlafen. Er mit mir, weil es ihm der beste Beweis seiner Liebe schien. Ich mit ihm, um das Loch im Innern zu füllen.

Dann kam ich aus Hannover zurück, natürlich auch erst am nächsten Tag, und fand diesen Fetzen in meinem Bad, mit dem sie sich den Hintern abgewischt haben musste. Es war wohl nicht die Zeit gewesen zu duschen. Zuerst bekam ich einen Weinkrampf, dann einen Tobsuchtsanfall.

Béla bestritt erneut, dass jemand bei ihm gewesen war. «Liska, fang doch nicht wieder an. Es war doch alles gut.»

Ich schrie ihn an: «Für dich vielleicht. Wenn ich mit dir schlafe, ist für dich immer alles gut. Aber für mich ist es das nicht. Sie war hier, gib es zu.»

«Nein, Liska, nein. Bitte sei still, es war niemand hier.»

Als er Anstalten machte, mir einen Arm um die Schultern zu legen, schlug ich ihm ins Gesicht. Und er steckte das klaglos ein. Es war mein letzter Beweis sozusagen.

10. Kapitel

Es schwankte wieder. Auch wenn ich mir krampfhaft einzureden versuchte, dass die eine Sache und die andere nichts miteinander zu tun hatten, glauben konnte ich es nicht. Es war wie ein großes Puzzle – in sämtliche Einzelteile zerlegt. Ich brachte es nicht richtig zusammen, wollte das auch gar nicht. Ich wollte das Bett nicht mehr sehen. Und meine Tochter nicht mehr, die sich die Waffe aus Bélas Schrank holte, um einen alten Freund zu erschießen.

Meinen Freund, der für mich einen Namen herausfinden wollte, den ich längst herausgefunden hatte. Die Bücher auf dem Schreibtisch. Missbrauchte Kinder, die irgendwann erwachsen wurden. Und Heinz, der an solch ein Kind gebunden war. Sein merkwürdiges Grinsen am Sonntagabend. Der Blick, den er zu Béla in die Ecke geschickt hatte, diese komische Bemerkung. «Brauchst nicht lange zu suchen. Du kannst dich vertrauensvoll an mich wenden.»

Nein, nicht komisch. Das war eine Sache gewesen, die ihn betraf, auch wenn sie ihn persönlich nicht viel anging. Mir war fürchterlich kalt. Es war ein Gefühl, als hätte ich einen Stein im Innern. Aber Meta hatte auch gewusst, dass bei uns eine Waffe im Schrank lag.

Bevor ich zum Wagen ging, rief ich unsere Angestellten an, dann hängte ich das Schild an die Eingangstür. «Geschlossen.» Knapp zehn Minuten später stand ich Meta erneut gegenüber. Sie war noch im Nachthemd, sah übernächtigt und sehr alt aus. Die Augen klein und rot, der Mund nur ein schmaler Strich.

«Hier», sagte ich und wedelte ihr mit den Seiten vor dem Gesicht. «Du wolltest doch unbedingt wissen, wovon mein nächster Roman handelt. Er handelt von der Liebe zwischen Vater und Tochter. Eine sehr große Liebe, leider eine verbotene. Jetzt werde ich wohl ein paar Seiten umschreiben müssen. Ich wollte eigentlich keinen Krimi daraus machen, jetzt ist es einer. Während du liest, würde ich mich gerne noch einmal mit Marion unterhalten. Ist sie da?»

«Natürlich», sagte Meta ruhig, den Seiten schenkte sie keine Beachtung. Ich hatte sie mit meiner Erklärung in keiner Weise erschreckt oder außer Fassung gebracht. Es war ein kleines Aufatmen im Innern, ein ganz kleines.

«Die konnte ich so nicht zur Schule schicken», sagte Meta.

Ich versuchte, mich an ihr vorbei in den Flur zu drängen. Sie hielt mich an der Schulter zurück. «Du kannst nicht mit ihr reden, Lisa. Im Moment kann keiner mit ihr reden, die Polizei auch nicht. Sie waren schon da. Aber sie haben das eingesehen und sind wieder gegangen. Marion ist fix und fertig.»

«Das bin ich auch.»

«Gehn wir erst mal rein», schlug sie vor. Meine Schulter ließ sie nicht los, dirigierte mich durch den schmalen Flur, vorbei an den alten Fotografien auf das Wohnzimmer zu. «Soll ich dir einen Kaffee machen?»

«Nein, ich habe schon genug Kaffee getrunken.»

«Was sagt Béla denn?», erkundigte sich Meta, während sie wie in der Nacht zwischen dem Kissen und der Wolldecke auf der Couch Platz nahm.

«Er ist nicht nach Hause gekommen.»

Das verstand sie nicht. Da kam ein bisschen Leben in das unbewegte Gesicht. «Ist ja komisch. Wo kann er denn sein?»

Ich zuckte mit den Achseln und schob ihr über den Tisch die Seiten zu. Dabei sagte ich: «Um Béla werde ich mich später kümmern. Jetzt möchte ich, dass du das liest. Und ich möchte auch, dass du weißt: Die Polizei verdächtigt dich.»

Meta lächelte. Es war ein merkwürdiges Lächeln, ein bisschen abwesend, ein bisschen zufrieden. «Kann ich mir denken. Lass sie doch. Sie können mich verdächtigen, solange sie lustig sind. Beweisen müssen sie es mir, Lisa, beweisen. Und das können sie nicht. Ich war den ganzen Abend hier, Susanne und Anika werden das bezeugen. Außerdem, warum hätte ich es tun sollen? Ich war auf ihn angewiesen. Er hat gut verdient. Wie es jetzt weitergeht, weiß kein Mensch. Ich hatte kein Motiv.»

Ich zeigte auf die Seiten. «Da ist dein Motiv.»

Meta lächelte nicht mehr, sie grinste. «Dein neuer Roman, was? Hast du es ihnen gezeigt?»

«Nein.»

«Willst du es ihnen zeigen?»

«Nein.»

Meta seufzte. «Dann ist es doch gut. Seit wann weißt du das schon und von wem?»

«Seit Mai. Heinz hat es mir erzählt.»

Meta presste die Lippen aufeinander, atmete zitternd ein und aus und quetschte zwischen den Zähnen durch: «Der Treckskerl.» Sie schaute mich an mit zusammengekniffenen Augen. «Aber du bist auch nicht besser. Für dich war das ein gefundenes Fressen, was? Ist doch mal was anderes als das Normale.»

Sie lachte kurz und rau. «Die große Liebe! Ja, es war eine sehr große Liebe. Es war der Himmel auf Erden. Und wenn man im Himmel ist, darf die Welt ruhig untergehen. Was denkt so ein Kerl sich eigentlich? Glaubt er, nur weil ein

Kind zu ihm ins Bett kommt, darf er machen, was er will? Der hält das noch für sein gutes Recht. Jetzt mach mal brav die Beine auseinander. Papa ist ganz lieb zu dir, kriegst auch was Feines, wenn du stillhältst. Und wenn du nicht stillhältst, muss der liebe Papa sich was anderes suchen. Dann steht ihr aber alle dumm da, dann geht der liebe Papa nämlich. Dann ist keiner mehr da, der Püppchen kauft und Kleidchen und Brötchen.»

Sie riss unvermittelt die Seiten an sich. «Mal sehen, ob du das richtig beschrieben hast. Wenn nicht, kann ich dir ein paar Tipps geben, damit alles echt wirkt.»

Sie lehnte sich auf der Couch zurück. «Soll ich das etwa alles lesen? Das dauert aber. Ich kann nicht so schnell lesen wie du. Willst du die ganze Zeit hier sitzen?»

«Wenn du mich nicht mit Marion reden lässt, muss ich hier sitzen bleiben.»

Sie wurde ungehalten. «Was willst du denn noch von ihr? Sie weiß überhaupt nichts. Das hast du doch in der Nacht schon mitgekriegt. Sie war im Kino und damit basta.»

Es war nicht einfach. Aber es war auch nicht so schwer, wie ich es mir vorgestellt hatte. «Bevor sie ins Kino ging, war sie in meiner Wohnung. Ich will nur wissen, wen sie da gesehen hat.»

Meta gab sich erstaunt. Ob sie es wirklich war, konnte ich nicht beurteilen. Sie war irgendwie anders seit der Nacht, ganz anders als in all den Jahren, die ich sie kannte. Viel kälter und härter, glatter, so glatt, dass es nirgendwo einen Ansatzpunkt gab. «Wen soll sie denn gesehen haben?»

«Meinen Mann», sagte ich. «Und eventuell meine Tochter.»

Meta kniff wieder die Augen zusammen. «Ja, und?»

«Sonja hat ein Verhältnis mit Béla.»

Jetzt riss Meta die Augen auf. «Ach», stieß sie hervor.

Ihr Verhalten machte mich wütend. «Mein Gott, jetzt tu nicht so erstaunt!», fuhr ich sie an. «Ich weiß es seit ein paar Wochen, du weißt es vermutlich schon länger. Es interessiert mich nicht, seit wann du es weißt. Ich will nur wissen, ob Sonja gestern Abend bei ihm war. Ob Marion sie gesehen hat, sie oder ihr Auto.»

Meta machte keine Anstalten, nach Marion zu rufen. Doch sie erhob auch keine Einwände mehr, als ich es tat. Marion kam ins Wohnzimmer, blieb bei der Tür stehen, das Gesicht so rot und verquollen, dass die Schwellung auf ihrer Wange kaum auffiel. Bevor ich etwas sagen konnte, erklärte sie: «Lass nur, Mama. Lass sie nur fragen, ist doch nichts dabei. Ich kann ihr gerne erzählen, was ich gesehen habe. Das kann ich jedem erzählen.»

Ihre Stimme klang, als hätte sie die ganze Nacht geweint. Sie schaute mich an, schien einen Teil des Gesprächs mitgehört zu haben und begann gleich: «Sonja habe ich nicht gesehen, ihr Auto auch nicht. Als ich reinkam, hat Béla mit dir telefoniert, hab ich dir doch gestern schon erzählt. Er hat aufgelegt und gesagt, dass er jetzt zu Andreas fährt. Er hat mir das Paket aus der Reinigung abgenommen, die Sachen weggeräumt und seine Jacke geholt. Da bin ich gegangen. Ich war schon auf der Treppe, da hat das Telefon geklingelt. Ich weiß nicht, wer ihn angerufen hat.»

«Gestern hast du gesagt, du wärst zusammen mit ihm aus dem Haus gegangen.»

Sie schluckte trocken, hielt meinem Blick stand. «Bin ich auch. Er hat nicht lange telefoniert, nur ein paar Sekunden. Ich war noch auf Treppe, als er aus der Wohnung kam. Er hatte es sehr eilig. Das letzte Stück zur Haustür hat er mich richtig geschubst. Dann ist er losgefahren.»

Ich fuhr zurück. Die schlaflose Nacht machte sich bemerkbar. In der Nacht davor hatte ich auch nicht allzu viel geschlafen. Dierk Römer, war es wirklich erst einen Tag her, dass er mich zum Zug nach Frankfurt gebracht hatte? Es schien Lichtjahre weit weg. Ich wusste fast nicht mehr, wie er aussah. Sein Gesicht sah ich noch vor mir, der Rest war blass geworden. Ich hatte ihn mit Béla verglichen, vergleichen müssen, als er neben mir im Bett lag.

Ich machte mir noch einmal Kaffee. Es war kurz nach elf. Lange hatte ich mich nicht bei Meta aufgehalten. Dann saß ich in der Küche und versuchte, eine Art Bilanz zu ziehen. Aber ich hatte den Überblick verloren. Béla hatte mich betrogen und ich ihn. Ich war heimgekommen mit dem Vorsatz, mich von ihm zu trennen. Lieber ein Ende mit Schrecken, als ein Schrecken ohne Ende, hatte ich gedacht und ihn ein bisschen mit meiner Ankunftszeit beschwindelt. Vier Stunden.

Ich hatte mir vorgestellt, ich könne heimkommen, meinen Mann und meine Tochter in meinem Bett erwischen. Es würde hart werden, das hatte ich gewusst. Aber ich hatte mein Herz mit beiden Händen festhalten wollen, damit er es nicht noch einmal in die Finger bekam. Mit unbewegter Miene hatte ich zum Schrank gehen und ein paar Sachen packen wollen. Und dann zurück nach München fahren, diesmal mit dem Wagen und ein bisschen mehr Gepäck, auch dem Computer. Zu einem Mann, bei dem ich in erster Linie Ruhe finden würde, beruflich jede Unterstützung, auch ein bisschen Zärtlichkeit und Leidenschaft, aber mehr nicht.

Nach der ersten Tasse Kaffee versuchte ich, Sonja zu erreichen. Sehr mutig war ich noch nicht. Aber Meta hatte praktisch ein Geständnis abgelegt. «Beweisen müssen sie es mir. Susanne und Anika werden das bezeugen.» Natürlich, die Mädchen würden alles bezeugen, was Meta ihnen abverlangte.

In Sonjas Wohnung hob niemand den Hörer ab. Ein gutes Zeichen – eine Vorlesung an der Uni? Oder ein schlechtes Zeichen – mit Béla auf der Flucht? Nach der zweiten Tasse Kaffee rief ich Dierk Römer an. Er klang zuerst erfreut, nur hielt das nicht lange vor. «Was ist los, Lisa? Du klingst so merkwürdig. Hat es Ärger gegeben?»

Da konnte ich endlich weinen. «Mächtigen Ärger.»

«Beruhige dich, Lisa», bat er. «Ich konnte doch nicht tatenlos zuschauen, wie dieser Kerl dich kaputtmacht. Vielleicht war es eine blöde Idee. Aber ich wollte es für dich ein bisschen leichter machen. Und ich dachte, man kann mit ihm reden. Wenn ich geahnt hätte, wie er reagiert …»

Herr im Himmel, steh mir bei, dachte ich. Das gibt es doch nicht! Will der Mann mir jetzt auf die beiläufige Tour erklären, dass er meinen Mann für mich aus dem Weg geräumt hat? Da ist dir aber leider ein kleiner Fehler unterlaufen, mein Lieber, du hast den Falschen erwischt.

Ich weiß nicht, ob ich flüsterte oder in den Hörer brüllte: «Was? Ich habe es geahnt, ich wollte es nur nicht wahrhaben. Um Gottes willen, was hast du angerichtet!»

Wir brauchten eine Weile, um das zu klären. Natürlich hatte Dierk Heinz nicht erschossen. Er hatte Béla angerufen, um ein Gespräch von Mann zu Mann zu führen. «Jetzt hör mal zu, mein Lieber. Das hat doch keinen Zweck mehr. Am besten ist, ihr trennt euch. Lisa kommt zu mir, und du behältst dein Lokal. Das können wir regeln wie erwachsene Menschen.»

So hatte Dierk es nicht ausgedrückt, aber es spielte keine Rolle, was er gesagt hatte. Ich war furchtbar wütend auf ihn.

«Wenn du dich nicht eingemischt hättest, wäre das nicht passiert.»

«Lisa, red keinen Unsinn! Das eine hat doch mit dem anderen nichts zu tun.»

«Doch», sagte ich. «Doch, das hat es. Du verstehst das nur nicht.» Ich verstand es auch nicht, aber ich war sicher, dass es so war. Es gab eine direkte Verbindung zwischen Dierks Anruf und den Schüssen auf Heinz, eine einfache, gerade Linie, es musste eine geben.

Dierk schwieg ein paar Sekunden, dann meinte er in sehr zurückhaltendem Ton: «Ruf mich an, wenn sich etwas Neues ergibt. Tust du das?»

«Ja.»

Noch ein paar Sekunden Schweigen, dann sagte er: «Und jetzt beruhige dich. Wenn dein Mann heimkommt, sagst du ihm einfach, ich hätte mir einen üblen Scherz erlaubt. Du darfst ihm auch erzählen, ich wäre ein Typ, der gerne mit Erfolgen prahlt, die er nicht hatte.»

Dann legte er auf, sagte nicht «bis bald, Lisa», wie er es sonst tat. Und ich saß wieder am Tisch, trank noch einen Kaffee und noch einen, rauchte und weinte.

Als Offermann gegen Mittag anrief, um sich zu erkundigen, warum Béla bisher nicht bei ihm erschienen war, war ich kaum imstande zu antworten. «Mein Mann ist noch nicht heimgekommen.»

Er wird auch so bald nicht kommen, dachte ich. Es muss ihn ziemlich getroffen haben. Er hat seinen Stolz. In dem Punkt ist er ganz von der alten Sorte. Ein Mann darf mal, hin und wieder. Eine Frau darf nie.

Gegen drei legte ich mich auf die Couch und heulte dort weiter. Um Heinz, um Béla, um Sonja, um Marion, um Meta, um die letzten Monate und die letzten Tage, um alles und nichts. Um fünf hatte ich endlich Kopfschmerzen, durch die Nase atmen konnte ich schon lange nicht mehr. Trotzdem war mir leichter.

Ich nahm zwei Schmerztabletten und ging ins Bad. Diesmal in mein eigenes, obwohl ich dafür den Weg durch mein Schlafzimmer nehmen musste. Und die Blutflecken vor dem Bett waren fast wie eine Mauer. Aber ich kam daran vorbei, duschte heiß und kalt im Wechsel, presste mir minutenlang ein kaltes Tuch aufs Gesicht und sah danach immer noch fast so aus wie Marion, natürlich nicht so jung und nicht so zerschlagen, nur so verweint. Aber mit etwas Schminke hoffte ich, das zu überdecken.

Meine Hand zitterte, ich verschmierte die Wimperntusche, nahm ein Zellstofftuch und wischte den schwarzen Streifen vom Oberlid, warf das Tuch in den Abfalleimer. Und da sah ich es. Es lag obenauf. Liasan-Intimpflege! Benutztes Tüchlein und aufgerissene Hülle nebeneinander. Das war der Punkt oder der Paukenschlag, mit dem das Konzert endet.

Die Kopfschmerzen ließen allmählich nach, meine Nase wurde wieder frei. Ich war nur noch müde. Und absolut sicher, zumindest in diesem einen Punkt. Sonja war am Nachmittag gekommen, sie hatten ein paar Stunden Zeit bis sieben. Sie war unter die Dusche gegangen, hatte danach das Fenster geöffnet. Sie hatten miteinander geschlafen, vielleicht mehrfach, für zwischendurch hatte Sonja das Tuch benutzt. Anschließend hatten sie noch essen gehen wollen in einem netten Lokal in Köln.

Sonja war vorausgefahren. Béla hatte gezwungenermaßen auf meinen Anruf gewartet. Er hatte auch mein Schlafzimmer wieder herrichten wollen. Aber dann war zuerst Marion und kurz nach ihr Dierks Anruf gekommen. Daraufhin hatte er die Wohnung fluchtartig verlassen. Was interessierte ihn noch das zerwühlte Bett, nachdem er nun wusste, dass ich mit gleicher Münze zahlte.

Marion hatte daheim erzählt, bei uns wären alle ausgeflogen. Und Meta hatte Heinz unter einem Vorwand in unsere Wohnung geschickt, um ihn dort zu töten. Aber nein, so konnte es auch nicht gewesen sein. Marion war von uns aus zum Kino gegangen. Meta hatte nicht wissen können, dass sich niemand in der Wohnung aufhielt. Ich hatte noch im Einschlafen die Stimme von Heinz im Kopf: «Da kommst du nicht drauf, Lisa.»

Béla rief kurz nach drei in der Nacht an. Ich hatte mich wieder im Gästezimmer ins Bett gelegt. In meinem Zimmer zu schlafen, hätte ich nicht geschafft. Ich war rasch eingeschlafen. Doch als das Telefon klingelte, war ich auf der Stelle hellwach und so erleichtert, als ich seine Stimme hörte.

Es fiel mir zuerst nicht auf, wie er meinen Namen aussprach. Dieses Ächzen vor dem Lisa. Das K fehlte, das weiche Sch auch, er gab sich große Mühe, meinen Namen so auszusprechen, wie es alle anderen taten, nur klang er aus seinem Mund hart.

«Du bist wieder da», stellte er fest. Und es klang fast wie ein Grinsen. «Hab ich nicht damit gerechnet, dass du zu Hause bist.»

«Warum rufst du denn an, wenn du nicht damit gerechnet hast?»

Ich konnte förmlich sehen, wie er die Schultern anhob und sich um Gleichgültigkeit bemühte. Aber seine Stimme verriet, dass er die nicht hatte, nicht haben konnte. «Nur Vorsicht, Lissa. Wollt ich dir nicht unbedingt begegnen, aber muss ich mir ein paar Sachen holen.»

«Wo bist du jetzt?»

«Bei Andreas.»

«Und wo warst du gestern Abend?»

«Ist doch nicht wichtig. Aber wenn dich wirklich noch interessiert, auch bei Andreas.»

«Warum belügst du mich? Ich habe in der vergangenen Nacht bei Andreas angerufen. Gisela sagte, du wärst nicht da.»

Zwei Sekunden herrschte Stille in der Leitung. Dann lachte er leise, seine Stimme klang etwas ruhiger. Er versuchte es humorvoll und wurde nur sarkastisch. «Da siehst du, wie es ist, Lissa. Man kann sich nie auf das verlassen, was eine Frau sagt. Ich habe Gisela gesagt, ich bin nicht da, wenn Lissa anruft. Ich wollte nicht gestört werden. Ich musste ein bisschen feiern mit meinem Freund. Ich hatte einen guten Grund zu feiern, ich bin doch jetzt wieder ein freier Mann. Dein Römer hat mich angerufen.»

Er lachte noch einmal. Es klang verletzt und so hässlich. «Dein Römer sagte, ich habe eine Frau gehabt, jetzt hat er eine. Vielleicht kommt die Frau noch einmal zu mir. Sie muss ihre Sachen packen. Aber wenn ich nett bin, kann ich packen. Dann muss sie sich nicht lange aufhalten. Ich war nicht nett, Lissa. Deine Sachen musst du selbst packen. Ich habe mir nur eine gute Flasche genommen und bin zu Andreas gefahren.»

«Das glaube ich dir nicht.»

«Ich weiß, Lissa, du glaubst mir nie. Aber es macht nichts. Ich glaube dir auch nicht mehr. Warum hast du hier angerufen?»

«Du kommst am besten sofort heim», sagte ich, nun ebenfalls ruhig. «Dann erkläre ich dir alles. Dann können wir auch klären, wer eine Frau und wer einen Mann hat. Und wir können klären, wer gestern Abend hier in der Wohnung war, und wer sie um welche Zeit verlassen hat.»

«Was soll das, Lissa?» Er wurde ungehalten und etwas lauter. «Machen wir Ratespiele, oder willst du wieder streiten? Hast du wieder Haare gefunden oder Tücher? Du musst nicht mehr Theater spielen, ich weiß jetzt Bescheid. Pack deinen Kram und geh zu Römer. Ich komm nach Hause, wenn du weg bist.»

«Nein, du wirst jetzt kommen, auf der Stelle. Es waren diesmal keine Haare, Béla. Es nur ein Tuch im Abfalleimer. Und ein Toter. In meinem Schlafzimmer.»

Wieder war es ein paar Sekunden lang still in der Leitung. Als er mich dann fragte, klang seine Stimme atemlos: «Soll das ein Trick sein, Lissa, damit ich nach Hause komme? War dein Römer nicht gut? Bin ich auch nicht mehr, Lissa, jetzt nicht mehr. Ist besser, wir sehen uns nicht. Weiß ich nicht, was passiert, wenn ich dich sehe.»

«Kein Trick, Béla. Heinz ist tot. Ich glaube, er wurde mit deiner Pistole erschossen. Sie liegt jedenfalls nicht mehr in deinem Schrank. Die Polizei hat die ganze Wohnung danach abgesucht, aber gefunden haben sie nichts.»

Ich hörte seinen heftigen Atem. «Ist nicht meine Pistole», keuchte er. «Ist deine, Lissa.» Dann schrie er etwas in den Hörer, so laut, dass mir das Ohr schmerzte, vermutlich ein Schimpfwort oder ein Fluch in seiner Muttersprache. Ich verstand es nicht. Und dann war die Leitung tot.

Seine Reaktion erschien mir normal, als ob er wirklich keine Ahnung gehabt hätte. Ich stand noch ein paar Minuten in der Diele. Dann ging ich zurück ins Bett. Ich schlief sogar noch einmal ein. Als ich das nächste Mal aufwachte, war es kurz vor neun. Ein trüber Tag. Samstag. Béla war nicht heimgekommen, aber damit hatte ich auch nicht wirklich gerechnet. Ich war hungrig und ging zuerst in die Küche. Nachdem ich gefrühstückt hatte, rief ich endlich Sonja an.

Ich wusste nicht genau, was ich sagen sollte. Offen reden? «Hör zu, mein liebes Kind. Ich weiß, dass Béla mich seit Monaten mit dir betrügt. Ich weiß auch, dass du am Donnerstag mit ihm zusammen warst. Ich will jetzt nur von dir hören, wann genau du die Wohnung verlassen hast. Und es ist besser, du sagst mir die Wahrheit.» Etwas in dieser Art. Ich hoffte inständig, es zu schaffen. Aber dann brach meine gesamte Theorie zusammen.

Das Mädchen, mit dem Sonja sich die Wohnung teilte, nahm meinen Anruf entgegen. Mit verschlafener, leicht kratziger Stimme und dem launigen Hinweis: «Hier spricht der automatische Anrufbeantworter. Sie sind wohl nicht ganz bei Trost, Mensch, hier schlafen doch alle.»

Ich nannte meinen Namen. Ich glaube, ich war ruhig dabei.

«Oh, 'tschuldigung», nuschelte sie. «Ich rufe Sonja schon. Aber seien Sie gnädig mit ihr. Wir haben zwei Tage durchgemacht, es waren fast drei. Wir sind erst um sechs ins Bett gekommen.»

«Was habt ihr?» Da fing es an, dieses Zittern im Innern und die Ungläubigkeit. Zwei Tage durchgemacht!

«Gefeiert», erklärte sie mit der betonten Nachsicht einer immer noch schweren Zunge. «Am Donnerstag kamen die Prüfungsergebnisse, da haben wir mittags angefangen, bei Jörg. Die großen Feten hält man besser bei anderen, da hat man anschließend eine aufgeräumte Bude, meinte Sonja. Und gestern hatte ich Geburtstag. Hätte sich nicht gelohnt, zwischendurch eine Pause einzulegen. Es war gerade so schön. Aber um fünf heut früh haben wir aufgehört und sind nach Hause gekrochen, ganz großes Ehrenwort. Da waren nämlich alle Flaschen leer.»

Etwas brach in mir zusammen; der Damm, hinter dem sich das ganze albtraumhafte Gedankengespinst aufgestaut hatte. Jetzt stürzte es von oben nach unten, rieselte vom Kopf in die Füße. Mir wurde ganz schwer und ganz leicht. Ich mochte es nur noch nicht glauben. Nun erzähl schon, Mädchen, erzähl mir alles, aber lüg mich nicht an. «Und Sonja hat auch gefeiert?»

«Klar doch, sie hat zwei Flaschen allein leer gemacht. Am Donnerstag die mit dem Bourbon, die war aber nur noch halb voll. Und gestern die mit diesem rötlichen Gesöff, weiß nicht, wie es heißt. Es schmeckt wie Glöckchen im Ohr. Ja, und den Schampus natürlich, zum Nachspülen. Sie meinte schon, den Durst müsste sie von ihrem Alten geerbt haben. Aber sie hatte sich das verdient, also nicht schimpfen. Vierzehn Tage an einem Stück haben wir gebüffelt, keine freie Minute hat sie uns gegönnt.»

Die Stimme klang träge, als schliefe das Mädchen im Stehen. Ich fühlte, wie mein Herzschlag sich beschleunigte. Es rieselte immer noch von oben nach unten, aber die Flut ließ bereits nach. Was immer das Mädchen mir erzählte, das Tuch in meinem Eimer sprach dagegen. Es musste nicht unbedingt am Donnerstag benutzt worden sein. Es kamen auch der Montag, der Dienstag und der Mittwoch in Frage. Vierzehn Tage an einem Stück gebüffelt?

«An einem Stück wohl kaum», sagte ich. «Sonja war doch Anfang der Woche zu Hause, und …»

«Wann soll denn das gewesen sein?»

«Ich weiß nicht, ich war nicht da. Aber mein Mann sagte …»

«Nee», unterbrach sie mich, nuschelte mir mit träger

Stimme vor: «Wir waren in den letzten beiden Wochen jeden Morgen an der Uni und haben jeden Nachmittag zusammengesessen bis elf oder zwölf in der Nacht. Hat sich gelohnt, wir sind alle durchgekommen. Ohne Sonja wären bestimmt ein paar von uns durchgerasselt. Sie ist ein erstklassiger Sklaventreiber. Hat sie das von Ihnen? Ich ruf sie jetzt mal. Ich muss wieder ins Bett.»

Vierzehn Tage an einem Stück, dachte ich. Das war doch eine abgesprochene Sache. «Wenn meine Mutter anruft, erzähl ihr.» Aber die Erleichterung rieselte weiter, um meine Füße musste sich bereits eine Pfütze gebildet haben.

Am Donnerstagabend war sie bestimmt nicht in unserer Wohnung gewesen. Sie hatte mit Freunden die erstklassigen Prüfungsergebnisse gefeiert. Ihre Ergebnisse waren immer erstklassig. Die Polizei konnte das nachprüfen. Meine Tochter hatte ein Alibi für die Mordzeit. Mein Mann ebenfalls. Er war nach einem Anruf meines Liebhabers zu seinem Freund geflohen. Den Rest konnten wir unter uns ausmachen, irgendwann – wenn ich mutig genug war.

Dann hatte ich ihre Stimme im Ohr, nicht viel munterer als die des Mädchens. Aber das änderte sich rasch. «Mama? Du rufst zu einer denkbar ungünstigen Zeit an. Können wir das auf den Nachmittag verschieben? Oder besser auf den Abend, ich ruf dich zurück, wenn ich wieder denken kann. Im Moment habe ich einen Kopf wie …»

«Wir können nichts verschieben», unterbrach ich sie. «Mach dir einen starken Kaffee, lass die Finger von deinem Auto, ruf dir ein Taxi und komm nach Hause. Heinz ist tot.»

«Was?» Es klang, als sei auch sie völlig ahnungslos. «Sag das nochmal! Hat er sich doch noch den Hals gebrochen mit seiner verdammten Maschine. Die arme Meta …»

«Hat er nicht», unterbrach ich sie noch einmal. «Er wurde erschossen.»

«Was?» Jetzt schien sie völlig fassungslos.

Und auch ein eiskaltes Biest, dachte ich, kann sich nicht so verstellen. Es polterte ein wenig. Das mussten die letzten Steine sein, die mir vom Herzen fielen. «Kommst du nach Hause? Wir müssen reden, wir beide.»

Immer noch fassungslos und ein bisschen kleinlaut sagte sie: «Ja, natürlich, Mama. Ich komme sofort.»

Ich hatte den Hörer noch nicht ganz aufgelegt, als ich den Schlüssel in der Tür hörte. Es war Meta. In ihrem alten grauen Wollmantel, darunter trug sie einen Arbeitskittel. An ihrem Arm hing die braune Tasche, mit der sie seit Jahr und Tag Einkäufe machte. Dicht hinter ihr kam Marion in die Diele.

«Ich bin spät dran», sagte Meta. «Aber ich dachte, dass unten nichts zu tun ist. War ja geschlossen gestern. Willst du heute auch nicht aufmachen?»

Ich schüttelte den Kopf. Meta lächelte dünn und ein wenig abfällig, wie mir schien. «Béla ist wohl noch nicht da, was?»

Ich erzählte ihr, dass Béla in der Nacht angerufen und aufgelegt hatte, als ich ihm sagte, was geschehen war. «Es hat ihn ziemlich getroffen.»

Meta nickte, lächelte weiter ihr dünnes, abfälliges Lächeln. «Kann ich mir denken.» Dann fragte sie: «Soll ich zuerst noch was einkaufen? Du brauchst doch sicher was fürs Wochenende. Marion kann schon mal anfangen zu putzen.»

Ich konnte ihr nicht sofort antworten, konnte nicht einmal den Kopf schütteln. Was fiel ihr denn ein, hier aufzutauchen, auch noch Marion mitzubringen, als sei überhaupt nichts gewesen? Aber den Kopf muss ich wohl geschüttelt haben. Meta sagte lakonisch: «Du musst es ja wissen. Wenn dir noch was einfällt, der Extra-Markt hat bis vier auf.»

Dann schaute sie sich um, langsam und bedächtig, als ob sie sich etwas Besonderes einprägen müsse, fast genüsslich, aber vielleicht kam mir das nur so vor. Marion stand neben ihr, hielt den Kopf gesenkt, die Schultern hingen nach unten und das blonde Haar gleich mit. Es verdeckte ihr halbes Gesicht. Auf ihrer linken Wange und unter dem Auge hatte die Haut sich bläulich verfärbt.

Meta ging mit ihr um wie mit einem Handfeger. «Fang mal in Lisas Badezimmer an», kommandierte sie. «Wenn Béla nicht heimgekommen ist, ist bei dem ja nichts zu tun. Lisas Schlafzimmer mache ich.»

Sie ging auf die Tür zu. Offermann hatte ihr gesagt, wo es passiert war, sie konnte doch nicht einfach da hineingehen. Ich wollte sie aufhalten, da hatte sie bereits die Klinke gedrückt und die Tür aufgestoßen. So schwungvoll, dass die Tür gegen die Wand schlug. Sie ging nicht gleich hinein, stand bei der Tür und ließ den Blick wandern. Auch Marion setzte sich in Bewegung, den Blick auf den Fußboden gerichtet, auf mein Schlafzimmer zu.

«Nicht», sagte ich. «Setz dich in die Küche oder ins Wohnzimmer, Marion. Aber geh da nicht hinein.» Und etwas heftiger zu Meta: «Warum hast du sie mitgebracht?»

Marion ging weiter, als hätte sie mich nicht gehört, an Meta vorbei ins Zimmer und weiter ins Bad. Ich hörte, dass sie dort die Tür hinter sich schloss. Dann hörte ich nichts mehr von ihr.

Meta hatte derweil mit den Schultern gezuckt und geantwortet: «Ich konnte sie nicht mit den Kindern alleine zu Hause lassen. Am Ende macht sie Dummheiten.» Und in einem Atemzug, wobei sie auf die Flecken im Teppich deutete: «Ob ich das rauskriege, weiß ich aber nicht. Das hätte man sofort auswaschen müssen.»

Ich wurde noch etwas lauter. «Komm da endlich weg! Und hol das arme Ding aus dem Badezimmer! Das halte ich nicht aus!»

Meta drehte sich zu mir um. Sie lächelte, tat jedenfalls so, zog die Oberlippe an. «Man hält viel aus, Lisa, 'ne ganze Menge, viel mehr, als du dir vorstellen kannst. Er war ein Schwein. Bei dir nicht, da hat er den guten Freund rausgekehrt, hat dir erzählt, was du hören wolltest.»

Die schäbige Tasche baumelte noch von ihrem Arm. Sie griff hinein, streckte mir die Seiten entgegen, die ich ihr gebracht hatte. «Hier», sagte sie. «Es war nicht das, was ich erwartet hatte. Und du hast schon mal besser geschrieben. Ich hab noch nicht alles gelesen. Aber was ich gelesen hab, reicht mir. Und das hat er dir erzählt, ja?»

Das hatte ich ihr doch bereits gesagt. Sie führte sich auf wie ein Literaturkritiker. Schon mal besser geschrieben, nicht das, was ich erwartet hatte. Was hatte sie denn erwartet?

Als ich nickte, meinte sie: «Wenn er gedacht hat, damit kann er sich reinwaschen ...» Sie sprach den Satz nicht zu Ende, erklärte stattdessen: «Mir hat er mal gesagt, ehe er das über die Lippen bringt, beißt er sich lieber die Zunge ab. Ich hätt nicht gedacht, dass er es rumerzählt.»

Ja, was, zum Teufel, hatte sie denn gedacht, was er mir erzählt hätte? Ich wusste nicht, was ich von ihrem Gerede halten sollte. Und dieses Benehmen, die Kaltschnäuzigkeit. Ich wurde wütend. «Tu doch nicht so», fuhr ich sie an. «Du hast es längst gewusst. Du hast schließlich die Zettel und die Bücher auf meinem Schreibtisch gesehen.»

«Ich?» Sie riss voller Erstaunen die Augen auf, tippte sich

mit einem Finger gegen die Brust und schüttelte den Kopf. «Ich habe gar nichts gesehen. Ich weiß nichts. Und du brauchst dir nicht einzubilden, dass du alles weißt.»

Sie stieß die Luft aus, lächelte, wobei sie nur die Mundwinkel ein wenig verzog. «Keine Ahnung hast du, aber du schreibst über Kinder, die zu ihrem Vater ins Bett kriechen. Wie, meinst du wohl, ist das, wenn so einer zu dir sagt, dass man sich jetzt doppelt so lieb haben muss, wo die Mami nicht mehr da ist. Und wenn er dir erzählt, dass er die Mami auch immer so geküsst hat, weil sie sich so lieb hatten. Und dass die Mami ihn gestreichelt hat, da unten, weil man das so macht, wenn man sich sehr lieb hat. Das gefällt einem Kind natürlich, da fühlt es sich ganz toll dabei.»

«Das habe ich nicht behauptet.»

«Doch, hast du. Du hast es anders ausgedrückt, aber das macht keinen Unterschied. Du glaubst, es ist so. Ich kann mir denken, warum, weil er es dir so erzählt hat, der Mistkerl. Die sollte man alle über den Haufen schießen, alle wie sie da sind. Bilden sich ein, sie tun einem Kind 'nen Gefallen, wenn sie ihm zwischen die Beine greifen. Und dann glauben sie, es ist für die Ewigkeit.» Sie sprach mit hörbarer Erregung, atmete zitternd ein und aus. Es war das erste Mal, dass ich sie so aufgewühlt sah.

«Komm von der Tür weg, Meta», verlangte ich noch einmal. «Und hol Marion aus dem Bad.»

Sie schüttelte den Kopf. «Warum? Es macht ihr nichts aus, da sauber zu machen. Das tut sie gern. Und mir macht es nichts aus, das Blut aus dem Teppich zu waschen, im Gegenteil. Ich fürchte nur, es wird nicht ganz rausgehen.»

Meta ließ die Seiten auf den Boden fallen, weil ich keine Anstalten machte, sie zu nehmen. Meta zog ihren Mantel aus, brachte ihn zusammen mit der alten Tasche in die Küche. Meta ging in den Abstellraum und holte das Putzzeug. Dann verschwand sie in meinem Schlafzimmer.

Ich sammelte die Seiten auf, während sie vor meinem Bett auf den Knien lag und mit Seifenlauge den Teppich schrubbte. Ich brachte die Seiten in mein Arbeitszimmer und blieb dort. Ich wünschte mir, Béla wäre gekommen oder Offermann oder sonst jemand, um Meta hinauszuwerfen. Sie hatte ihn erschossen, davon war ich in dem Moment überzeugt. Weil er mir von ihrer Kindheit erzählt hatte, weil sie dann lesen musste:

«Hör auf zu weinen, Papa», flüsterte das Kind. «Es ist doch gar nicht so schlimm. Ich bin ja noch bei dir.»

Es drückte sich enger an ihn, strich mit ungeschickten Händen seinen Rücken entlang. Als es die Hand nach vorne brachte und über seine Brust strich, griff er nach dem Handgelenk und hielt den Arm des Kindes fest. Dann schlang er den freien Arm um den schmalen Rücken, drückte sein Gesicht gegen die Schulter des Kindes. Er beruhigte sich allmählich, hielt das Kind fest an sich gepresst. Es fühlte seine Erregung. Und es war bereits alt genug, um zu wissen, was dieser harte Druck gegen den Schenkel bedeutete. Und es liebte ihn, es würde niemals einen anderen Mann so lieben. Eine Hand hatte es noch frei, die brachte es langsam nach unten, schob sie zwischen das eigene Bein und seinen Bauch, griff zu. Der Mann erstarrte. Er murmelte etwas. Das Kind verstand ihn nicht.

«Lass mich das machen, Papa», flüsterte es. «Ich kann das, ich weiß, wie es geht. Ich mache es dir schön.»

Die Seite war beim Aufsammeln nach oben geraten. Ich las das Stück zweimal und erinnerte mich nicht, das geschrieben zu haben. Grundgütiger Himmel, dachte ich, wie kommt das in meinen Computer? Ich zerriss die Seite in winzige Fetzen und ließ die Schnipsel einzeln in den Papierkorb fallen. Mir war danach, auch die anderen zu zerreißen, das tat ich dann doch nicht.

Ab und zu hörte ich ein ersticktes Schluchzen aus meinem Badezimmer. Es klang gedämpft, aber trotzdem. Was veranstaltete Meta hier? Was bezweckte sie damit, ihre Tochter an den Blutflecken vorbeilaufen zu lassen? Um elf hielt ich es nicht mehr aus, ging hinunter und öffnete das Lokal doch, obwohl ich es nicht hatte tun wollen. Ich wünschte mir inständig, es käme niemand. Dann stand ich allein hinter dem Tresen, aber nicht sehr lange.

Noch vor halb zwölf traf Sonja ein, mit einem Taxi, wie ich ihr nahe gelegt hatte. Sie kam hereingeschlüpft und hielt erst einmal die Hand auf, um den Fahrer zu bezahlen. Anschließend entschuldigte sie sich. Aber der Monat war fast zu Ende, die Feier der gelungenen Prüfung hatte die letzten Reserven verschlungen. Verkatert war sie, fragte mich nach einem Schmerzmittel. Ich hatte Tabletten in der Handtasche, und die hatte ich mit hinuntergenommen. Sonja schluckte zwei Tabletten und hielt mir anschließend einen Vortrag über meine Raffgier. Was sonst konnte mich dazu bewogen haben, das Lokal zu öffnen? Dann kam sie auf den letzten Satz zu sprechen, den ich am Telefon gesagt hatte.

«Mir ist das erst im Taxi aufgefallen», sagte sie. «Das klang ja direkt gefährlich. Wir müssen reden, wir beide. Hab ich dir was getan?»

Eine Menge, mein liebes Kind.

Da wir allein waren, hätten wir offen sprechen können. Nur schaffte ich es nicht auf Anhieb. Ich sprach zuerst über

Meta und Marion, die über unseren Köpfen werkelten. Dass ich es nicht länger ertragen hatte, mit ihnen allein in der Wohnung zu sein. Dass ich nicht mehr hatte atmen können, weil ich der Meinung war, da lag eine Mörderin vor meinem Bett und bemühte sich, das Blut ihres Opfers aus dem Teppich zu waschen. Dass ich fast erstickt war, weil ich wusste, es war irgendwie meine Schuld, um drei Ecken vielleicht nur, aber das änderte nichts. Ich hätte, als ich über ein missbrauchtes Kind schrieb, die kaputte Seele berücksichtigen müssen, die Zerrissenheit und die Gleichgültigkeit gegenüber Heinz.

Sonja bekam runde Augen. «Jetzt mach aber mal 'nen Punkt, Mama. Nur weil du über Inzest schreibst, schießt Meta doch nicht Heinz über den Haufen. Da hätte sie das schon vor Jahren tun müssen.»

«Er hat es mir ja erst im Mai erzählt», murmelte ich.

Sonjas Augen wurden noch ein bisschen größer. «Ach, ich dachte, Marion hätte es dir erzählt. Dass er auch damit hausieren geht, hätte ich nicht gedacht. Aber trotzdem», sie schüttelte den Kopf. «Ist doch egal, wer es dir erzählt hat, das ändert nichts an den Tatsachen. Und mit denen hatte Meta sich längst abgefunden. Dein Verdacht ist einfach blödsinnig.»

«Nicht blödsinniger als der, den ich zuerst hatte», sagte ich. Und dann ging es ganz leicht. Die Nacht im August, Haare in meinem Bett und benutzte Tücher in meinem Abfalleimer. Bélas Leugnen. Die gesamte Ungeheuerlichkeit.

Sonja hörte mir mit regloser Miene zu, trank literweise Mineralwasser mit Zitronensaft. Sie kam mir nicht einen winzigen Schritt entgegen. Erst als ich erklärte, welche Schlussfolgerungen ich am Donnerstagabend aus meinem Verdacht gezogen hatte, riss sie voller Protest die Augen auf.

«Du bist wirklich nicht ganz bei Trost, Mama. Du kannst doch nicht im Ernst angenommen haben, ich hätte auf Heinz geschossen, nur weil er mich mit Béla erwischt. Sag mal, bist du bescheuert? Was phantasierst du dir zusammen? Da gehört aber eine Menge mehr dazu, einen Menschen zu erschießen.»

Sie stieß die Luft aus, griff sich gleichzeitig an die Schläfen und verzog das Gesicht. «Wie bist du überhaupt auf diese hirnverbrannte Idee gekommen? Ich und Béla!» Sie tippte sich an die Stirn. «So nötig müsste ich's mal haben.»

Wie sie da auf dem Hocker vor dem Tresen saß, ihr Glas anhob, den Kopf schüttelte, immer noch vollkommen entrüstet. Wie sie mich anschaute, das göttliche Strafgericht in Person. Bist du bescheuert?! Das war meine Sonja, jung und stark und von oben herab. Es lohnte eben nicht, sich von einem Mann das Leben und den Unterleib durchrütteln zu lassen. Auch dann nicht, wenn er einsame Spitze war.

Sie wechselte das Thema, bevor ich etwas sagen oder tun konnte. Ein Schluck Mineralwasser, eine nachdenkliche Miene. «Aber jetzt mal was anderes. Wie wir gerade festgestellt haben, war ich es nicht. Wer war es dann?»

Sie meinte nicht etwa, wer Heinz erschossen hatte, das berührte sie nur noch am Rande. Bélas Verhältnis war viel interessanter.

«Ist doch nicht so wichtig», sagte ich.

«Das sehe ich anders, Mama.» Sie machte eine kleine Pause, um das, was nachkommen sollte, effektvoller zu gestalten. «Du hast im Oktober gesagt, du weißt, wer sie ist. Damit war ich gemeint. Das sollte wohl ein Schuss vor den Bug werden. Und der ging daneben. Aber wir sollten uns jetzt wirklich fragen, mit wem dein Göttergatte sich amüsiert hat. Kleines Mädchen, hast du gesagt. Da dachte ich, ich wüsste, wer gemeint ist. Und wenn ich mit meiner Vermutung richtig liege, wenn sich nämlich herausstellen sollte, dass die Blonde auf dem Tisch und der kleine Putzteufel da oben identisch sind, könnte es kritisch werden. Du hast doch so viel Phantasie, dann spiel das mal durch. Marion lässt sich von Béla besteigen, und Heinz kommt dahinter. Reicht deine Phantasie, um dir auszumalen, was dann passiert? Hast du mal darüber nachgedacht, warum Béla bisher nicht hier aufgetaucht ist? Er hat dich um drei Uhr in der Nacht angerufen, Mama. Jetzt ist es zwölf durch.»

Von Dierks Anruf mochte ich ihr nicht erzählen. Ich hatte auch nicht mehr den Atem, das zu tun. Was sie gerade gesagt hatte, war mir wie flüssiges Blei in sämtliche Knochen gefahren. Der kleine Putzteufel! Und Heinz sagte in meinem Hinterkopf: «Kannst dich vertrauensvoll an mich wenden.»

Ich starrte Sonja an und sie mich, bis sie schließlich meinte: «Jetzt guck nicht so entsetzt, Mama, auf das Naheliegende kommt man meistens zuletzt. Also, dass du mich im Verdacht hattest, ist wirklich ein starkes Stück. Hast du nicht gewusst, dass Marion für ältere Herren schwärmt? Die haben Erfahrung, sind immer gut bei Kasse. Das ist was anderes als so ein kleiner, grüner Junge mit seinen paar Mark Taschengeld. Ich geh mal rauf und rede mit ihr. Willst du mitkommen?»

Nein, das wollte ich bestimmt nicht. Ich hätte es auch nicht gekonnt. Die Blonde auf dem Tisch! Manchmal ist man so blind. Und so dumm. Dümmer, als die Polizei erlaubt. Aber Marion war für mich fast noch mehr Kind geblieben als Sonja.

11. Kapitel

Sonja blieb eine halbe Stunde in der Wohnung. Ich stand allein in diesem riesigen Raum, alles ganz weit und wieder völlig offen. Ich sah mich im Krankenhausbett liegen und Meta zur Tür hereinkommen, ihre beiden Jüngsten im Schlepptau. Der Goldfasan hatte keine Lust gehabt zu einem Krankenbesuch. Der Rauschgoldengel versuchte derweil, meinen Mann noch einmal zu becircen.

Ich sah mich am Schreibtisch sitzen, hörte mich sagen, dass ich für eine Lesung von einer Stunde zwei Tage unterwegs sein musste. Marion fand es toll. Und Béla wurde nervös, musste unbedingt wissen, worüber wir uns unterhalten hatten.

Ich saß mit Heinz an einem Tisch im Lokal, er sagte: «Ich kann sie mir doch nicht von jedem Kerl antatschen lassen.» Und immer wieder sagte er: «Kannst dich vertrauensvoll an mich wenden.»

Meta hatte eine komische Andeutung gemacht. Meta hatte einige der hässlichen Szenen, die ich Béla gemacht hatte, miterlebt. Ein Haar auf meinem Kissen. Die Tücher in meinem Abfalleimer und literweise Körperlotion, ein exklusiver Duft. Meta musste ihn erkannt haben, wenn Marion heimkam. Wann hatte Meta begriffen, dass ich mich über ihre Älteste aufregte?

Ich kann sie mir doch nicht von jedem Kerl!

Meta kannte die Einstellung ihres Mannes zur ältesten Tochter nur zu gut. Meta konnte stundenlang schimpfen, wie Heinz das Mädchen vergötterte, dass ihm für Marion nichts zu teuer war und für die anderen nichts übrig blieb. Meta konnte sich auch über seine kleinen Eifersuchtsanfälle amüsieren. «Dem werden eines Tages noch die Augen übergehen. Er bildet sich ein, sie ist für ihn reserviert.» Meta dachte vielleicht anfangs nur darüber nach, Heinz die Augen zu öffnen. Aber dann. Meta hatte die beiden Männer aufeinander gehetzt, wohl überlegt und wohl wissend, was passieren würde. Dass Heinz nicht lange fackelte, sondern zuschlug, wenn er außer sich war. Und das war er bestimmt gewesen, völlig außer sich.

Ich sah es vor mir, deutlich und klar. Marion auf dem Weg zu «Bélas Musikstübchen». Mit dem Paket aus der Reinigung. Und sie wurde bereits sehnsüchtig erwartet. Wieder mal ein letzter Abend. Wenn Liska, dieses überdrehte Huhn, wieder in der Nähe war, wurde es schwierig mit den Schäferstündchen.

«Manchmal holt er sie mit dem Auto von der Schule ab», hatte Marion mir genüsslich erzählt. Junge Mädchen konnten sich den Triumph nicht verkneifen. Und wenn sie nicht über sich selbst reden durften, erfanden sie andere. Wie oft hatte Béla um zwei das Haus verlassen. «Ich fahre zum Steuerberater, Liska.» Oder zum Großmarkt. Oder sonst wohin. Um halb zwei war Schulschluss.

Aber Heinz hatte einen Verdacht, er folgte seiner Tochter. Wo war sein Auto? Auf unserem Parkplatz stand es nicht, auch auf der Straße hatte ich es nirgendwo gesehen. Egal, er hatte es irgendwo abgestellt, in der Straße vielleicht, die hinter den Gärten vorbeiführte. Vielleicht näherte er sich dem Haus auch von der Gartenseite, stieg auf den Balkon, der führte über die gesamte Rückfront, war von drei Zimmern aus zu betreten. Wohnzimmer und die beiden Schlafzimmer. Heinz spähte durch das Fenster und sah sie auf dem Bett liegen. Seine Einzige, Papas Mädchen, das mit grünen Jungs nichts im Sinn hatte. Aber mit erfahrenen Männern!

Dann stieg er vielleicht durch das Fenster in meinem Bad ein, ging nach nebenan zum Bett, riss sie heraus. Möglicherweise schlug er sie. Und Béla war nicht der Mann, der tatenlos zuschaute, wenn ein Mädchen verprügelt wurde. Körperlich hatte er Heinz nicht viel entgegenzusetzen. Er war kräftig, aber er konnte weder boxen noch sonst eine Kampfsportart. Er lief in sein Schlafzimmer, holte die Waffe. Zuerst drohte er nur damit, versuchte, Heinz zur Vernunft zu bringen. Als das nicht half …

Als Sonja wieder nach unten kam, war mir alles klar. Ich brauchte keine Bestätigung, bekam auch keine, nur ein paar Spekulationen, die sich mit meiner Ansicht deckten. Sonja war sichtlich frustriert, zuckte mit den Achseln. «Aus der kriegst du kein Wort raus.» Natürlich nicht. Es ist schlimm zu wissen, dass der Mann, den man liebt, ein Mörder ist. Nur änderte das Wissen nichts an den Gefühlen. Nicht an meinen, nicht an Marions.

Sonja seufzte, drehte ihr leeres Glas in den Händen. «Tut mir Leid, Mama. Ich dachte, sie würde mit mir reden. Früher hat sie mir jeden Mist erzählt. Vielleicht ist es besser so. Was sie mir nicht sagt, sagt sie der Polizei garantiert nicht.»

Das musste sie auch nicht. Die Polizei hatte mein Bettzeug und die Schuhabdrücke aus dem Garten. Sie hatten genügend Spuren gesichert. Die würden sie auswerten. Und dann konnte Meta noch hundertmal behaupten: «Sie war im Kino und damit basta!»

An dem Samstag verließen Meta und Marion das Haus, kurz nachdem Sonja wieder heruntergekommen war. Während Sonja noch berichtete und spekulierte, hörte ich sie beide zur Eingangstür schleichen. Ich wäre am liebsten hinausgelaufen und hätte das dumme Ding verprügelt.

Nachdem sie ihren dürftigen Bericht beendet und noch ein paar Mutmaßungen angehängt hatte – dass Marion bis zum Hals voller Schuldgefühle sei, jedenfalls mache sie den Eindruck, und sie sei wohl auch nicht ganz zu Unrecht der Meinung, ihren geliebten Papa auf dem Gewissen zu haben –, wurde Sonja hungrig.

Ich machte uns in der Küche hinter dem Lokal eine Suppe heiß. Hinaufgehen mochte ich nicht. Sonja gab sich zuversichtlich. «Jetzt mach dir nicht so große Sorgen, Mama. Wenn Béla es wirklich getan hat, das war Notwehr, und das lässt sich bestimmt beweisen. Wenn so ein eifersüchtiges Kraftpaket auf einen losgeht, darf man sich seiner Haut wehren. Außerdem sind sie doch auf Meta fixiert. Sollen sie sich an der erst mal die Zähne ausbeißen. Da beißen sie auf Granit. Ich bin sicher, Meta weiß Bescheid, aber sie hält dicht. Und sie hat Marion im Griff. Du hättest das erleben müssen da oben. Meta hat nichts gesagt, als ich Marion fragte, aber ihre Blicke.»

Was halfen mir Metas Blicke. Meine Bettwäsche lag im Polizeilabor. Mein Mann war nicht heimgekommen. Auf der Flucht, dachte ich, weiter konnte ich nicht denken, nur noch, dass ich ihnen das Kennzeichen seines Wagens genannt hatte. Aber das hätten sie so oder so in Erfahrung gebracht.

Sonja löffelte ihre Suppe und erkundigte sich irgendwann: «Du liebst ihn immer noch, was?»

Ja verdammt, wie sollte ich ihn denn nicht lieben!

Sie kamen am frühen Nachmittag. Offermann, sein schweigsamer Kollege und Béla. Sonja sah sie aufs Haus zukommen. Dann standen sie auch schon im Lokal. Offermann links, sein

Kollege rechts, Béla in der Mitte. Er sah so zerknittert und übernächtigt aus. Ich habe ihn nie mehr geliebt als in dem Moment, als ich denken musste, dass ich ihn verloren hatte, endgültig, lebenslänglich.

Ich suchte in seinem Gesicht nach Schlagspuren, Beweisen für das, worauf er sich für ein mildes Urteil berufen musste: Notwehr. Aber es gab nicht eine einzige Schramme, kein noch so winziger Bluterguss. Er trug keine Handschellen. Und vielleicht hätte mir auffallen müssen, wie respektvoll sie mit ihm umgingen. Sie waren ja tatsächlich auf Meta fixiert. Und Béla hatte ihnen ein herzergreifendes Motiv geliefert.

Er war bis zum Morgen bei Andreas geblieben. Um neun, als ich aufwachte, hatte er sich im Polizeipräsidium gemeldet. Zwei Stunden hatte er auf Offermann warten müssen, ab und zu brauchte der eben auch ein bisschen Schlaf. Dann hatten sie sich unterhalten, sehr lange und sehr offen. Freimütig und rückhaltlos hatte Béla seine Karten auf den Tisch gelegt.

Warum musste ich, als ich davon erfuhr, nur denken: Er hatte Zeit genug, die Karten zu mischen. Andreas half ihm dabei. Andreas war doch immer der Meinung gewesen, dass man einen Béla nur an ein Instrument setzen durfte und sonst nirgendwohin. Höchstens noch in ein Bett legen!

Vorerst war er für die Polizei in keiner Weise verdächtig. Er war nur ein Mann, der seine Wohnung kurz nach sieben am Donnerstagabend verlassen hatte. Dafür gab es eine Zeugin, Marion, und einen triftigen Grund, einen Anruf vom Liebhaber seiner Frau. Und er liebte seine Frau so sehr. Szeretlek, Liska, für immer und alle Zeiten.

Aber Liska war ein Luder. Dass sie ihn loswerden wollte, vermutete er seit Wochen, eigentlich schon seit Monaten.

Seit sie ihn mit ihren haltlosen Eifersuchtsattacken quälte, mit – im wahrsten Sinne des Wortes – an den Haaren herbeigezogenen Beweisen. Jedenfalls soweit sie ihn betrafen.

Was sich nach seinem überstürzten Abgang in der Wohnung abgespielt hatte, das konnte Béla nur vermuten. Und er vermutete munter drauflos, ohne zu ahnen, dass er Offermanns Theorie damit auf solide Beine stellte. Dieser Roman, nicht wahr? Liskas grandiose neue Idee, diese schmutzige Geschichte. Ein Verhältnis zwischen Vater und Tochter.

Offermann muss begeistert gewesen sein. Es erschien plötzlich alles in einem klaren Licht. Ein Schäferstündchen mit der eigenen Tochter in einer fremden Wohnung, von der beide annahmen, dass sie bis etwa zwei in der Nacht zu ihrer freien Verfügung stand. Man durfte sogar annehmen, dass sie diese Wohnung nicht zum ersten Mal für ihre Zwecke nutzten. Dafür sprachen die Beweisstücke, die Liska in den letzten Wochen zusammengetragen hatte.

In der eigenen Wohnung bestand immer die Gefahr, überrascht zu werden. Da waren Meta und die beiden jüngeren Schwestern. Der Rücksitz im Auto war auch nicht sehr bequem und nach dem Sommer zu kalt. Wie angenehm, ein Ausweichquartier zu haben, in das man jederzeit mit einem Schlüssel hineinkonnte, wenn die Dame des Hauses auf Reisen und ihr Mann mit seinen Gästen und der Musik beschäftigt war.

Aber irgendwann las Meta die Buchtitel auf Liskas Schreibtisch, auch ein paar der Notizzettel, die da herumlagen. Es waren welche dabei, auf denen stand: «Er betrügt dich in deinem eigenen Bett. Er betrügt dich mit deiner eigenen Tochter.»

Deutlicher konnte man es nun wirklich niemandem unter die Nase reiben. Einen Verdacht hatte Meta vermutlich seit langem. Immerhin erlebte sie seit Jahren, dass die Tochter zum Vater ins Bett kroch. Dann hörte sie mehrfach, wie Liska herumtobte. Zu allem Überfluss fand sie die Bestätigung in Liskas Computer, und dann besorgte sie sich die Waffe. Wo die Pistole lag, wusste sie genau. Meta erschoss ihren Mann, verprügelte ihre Tochter, und damit war der Fall geklärt.

Doch all das erfuhr ich erst später. Als sie hereinkamen, dachte ich, er sei verhaftet. Dass sie ihn nur noch einmal herbrachten, damit er ein paar Sachen packte. Ich meine, ich hätte aufgeschrien. Sonja warf mir einen unwilligen Blick zu. Sie stand neben mir hinter dem Tresen, hatte mich mehrfach bedrängt, wir sollten hinaufgehen und es uns dort gemütlich machen. Ich konnte nicht hinaufgehen. Meta hatte mein Bett frisch bezogen, Decken und Kissen aus dem Gästezimmer genommen. Nur die Flecken hatte sie nicht aus dem Teppich bekommen.

«Hallo, Lissa», sagte er betont lässig.

Nenn mich nicht so, dachte ich. Bitte, nenn mich nicht so.

Er war ruhig, kalt und beherrscht, wie schon der erste Satz zeigte. «Ich begleite die Herren hinauf. Bleibst du hier unten?»

Natürlich! Oder meinst du, ich könnte zusehen, wie du deine Zahnbürste aus dem Bad holst? Wie einer von ihnen dir auf Schritt und Tritt folgt? Ich nickte. Und er sagte: «Gut.»

Als sie auf die Tür zugingen, fing ich an zu zittern.

«Béla!», rief ich. Er drehte sich um. Offermann ebenfalls, der andere ging bereits in den Hausflur. Sonja griff nach meiner Hand, drückte sie hinter dem Tresen, wo die Männer es nicht sahen. – Es tut mir so Leid, Béla. Szeretlek. Ich wollte dich nicht betrügen. Ich will nicht, dass du gehst. – Ich wollte ihm so viel sagen und brachte doch kein Wort über die

Lippen. Er wartete ein paar Sekunden, dann ging er zusammen mit Offermann hinaus.

Sie gingen zu dritt in mein Arbeitszimmer, wo Béla den Computer einschaltete. Während Offermann sich am Bildschirm durch den Text kämpfte, sortierte sein Kollege die Seiten, die ich für Meta ausgedruckt und vom Boden aufgesammelt hatte. Béla ging in die Küche und machte Kaffee. Ich wusste nicht, was sie oben taten und warum es so lange dauerte, und wurde hinter dem Tresen fast verrückt.

Sonja gab sich alle Mühe. «Jetzt reiß dich doch zusammen, Mama. Es ist nicht mehr zu ändern.» Auch bei ihr war der Eindruck entstanden, er sei verhaftet. Sie hatte sie schließlich ankommen sehen. Die beiden Wagen. Béla neben Offermann im Dienstwagen, Bélas Wagen mit dem zweiten Beamten am Steuer dicht dahinter.

Dann schimpfte sie auf Marion. «Dieses dumme Luder. Sie wusste genau, wie eifersüchtig Heinz war. Das hat sie mir immer erzählt, was für Szenen er ihr machte, wenn sie sagte, sie wolle ins Kino oder in die Disco. Und dass sie ihm das letzte Hemd ausziehen konnte, wenn sie nur so tat, als träfe sie sich mit einem Jungen. Darauf war sie auch noch stolz.»

Sonja schlug mehrfach mit den Fingerknöcheln auf den Tresen und nickte bekräftigend. «Jede Wette, sie hat es ihm selbst gesagt, Mama. Vielleicht nicht direkt, aber sie wusste ja, dass eine Andeutung reicht. Dann lag er vor ihr auf den Knien und hat gebettelt.»

Ich wollte nicht mehr über Heinz nachdenken und nicht über seine dumme, schöne Tochter. «Gehst du mal rauf und siehst nach, was sie da so lange machen? Ich halte das nicht aus.»

Sie schaute mich an, fast ein wenig Mitleid im Blick. «Soll ich dir irgendetwas mitbringen von oben? Nur damit ich nicht so reinplatze. Hast du nicht ein paar Tabletten im Bad? Etwas zur Beruhigung? Könnte dir nicht schaden.»

Ich schüttelte den Kopf, Sonja fluchte: «Mist, die Apotheken haben schon zu. Aber du solltest etwas nehmen, bevor du endgültig durchdrehst.»

«Ich mache uns noch einen Kaffee.»

«Ja, das ist genau das Richtige. Trink lieber einen Cognac.»

«Ich nehme mir einen Sherry. Gehst du jetzt, bitte?»

Sie ging nur widerstrebend, kam nach wenigen Minuten zurück, mit leeren Händen und verwirrter Miene. «Du sollst raufkommen, Mama. Dieser Offermann will mit dir reden.» Nach einer kleinen Pause fügte sie hinzu: «Ich glaube, du brauchst dir keine Sorgen zu machen. Sie sitzen gemütlich um deinen Computer herum und trinken Kaffee.»

Offermann saß auf meinem Stuhl vor dem Schreibtisch. Für sich und den anderen hatte Béla zwei Stühle aus der Küche geholt, für Sonja und mich holte er noch zwei vom Esstisch weg und stellte mir einen Aschenbecher bereit.

«Kann ich sonst noch etwas für dich tun, Lissa?» Er klang immer noch so kalt und distanziert.

Ich liebe dich. Du musst es mir glauben. Ich habe dich auch in den Tagen in München geliebt. Und in den Nächten in Dierks Bett. In jeder Minute. Ich werde nie aufhören, dich zu lieben.

Bevor ich ihm antworten konnte, erklärte Offermann mit der Andeutung eines Grinsens: «Am besten holen Sie Ihrer Frau die Sherryflasche, das hat ihr am Donnerstag auch geholfen.»

Er wurde sofort wieder ernst, schaute mich an, wies mit dem Daumen auf den Bildschirm. «Seit wann arbeiten Sie an dieser Sache, Frau Szabo?»

«Ich habe im Mai damit begonnen.»

Offermann nickte kurz, sein Kollege hörte voller Aufmerksamkeit zu, hielt dabei den Packen Papier mit einer Hand auf dem Schoß fest. Béla verließ das Zimmer, er holte mir tatsächlich eine ganze Flasche Sherry und ein Glas. Als er zurückkam, stellte Offermann gerade fest, dass ich über ein Kind geschrieben hatte, dessen Mutter starb, als es zwölf war. «Ich sehe da keine Ähnlichkeit zur Familie Böhring. Oder habe ich etwas übersehen?»

Sie hatten die ausgedruckten Seiten sortiert und festgestellt, dass eine fehlte. Béla hatte ihnen die Seite auf den Bildschirm geholt. Aber Offermann hatte sich nicht lange damit aufgehalten. Er hatte den Text zurücklaufen lassen und war auf die Beerdigung der Mutter gestoßen.

«Fragen wir doch einmal anders», sagte Offermann. «Es geht hier eindeutig um Kindesmissbrauch. Aber dieses Kind ist nicht Marion Böhring.»

«Nein», sagte ich.

«Wussten Sie, dass Herr Böhring ein Verhältnis mit seiner Tochter hatte?»

«Nein! Das hatte er nicht!» Ich dachte mir schon, dass Béla es ihnen so serviert hatte, und protestierte lauter als notwendig.

Offermann setzte zur nächsten Frage an, da sagte Sonja ruhig: «Ich wusste es. Bis vor gut zwei Jahren war ich viel bei den Böhrings. Ich habe auch häufig dort übernachtet, in Marions Zimmer. Sie verließ das Zimmer nachts oft und ging zu Heinz, zu ihrem Vater, meine ich. Ich fand das zwar nicht richtig, aber ich habe mir anfangs nichts dabei gedacht. Sie hat das als kleines Kind schon getan, sich zu ihm ins Bett gelegt, wenn er mit seiner Frau Streit hatte. Vor ein paar Monaten erzählte Marion mir dann, dass sie mit ihm schläft, seit sie fünfzehn ist. Sie war sehr stolz darauf, hatte schon früher oft davon gesprochen, dass sie eines Tages mit ihm weggehen will. Nach Amerika, das war eine fixe Idee von ihr. Und jetzt, meinte sie, hätte sie ihn in der Hand. Wenn er nicht will, sagte sie, kann ich ihn zwingen. Er weiß genau, dass er sich strafbar gemacht hat. Wenn er unbedingt hier bleiben will, von mir aus, aber dann nur im Knast.»

Ich konnte nur dabei sitzen, zuhören und mir wünschen, ich hätte noch so viel Mut gehabt, meiner Tochter den Mund zu verbieten. Hör auf, den armen Kerl mit Dreck zu bewerfen. Du weißt, dass das nicht stimmt. Das hätte Heinz niemals getan. Er musste sich doch nur Meta ansehen, um zu wissen, was dabei herausgekommen wäre.

Doch da war Béla. Er saß rittlings auf einem Küchenstuhl und ließ mich nicht aus den Augen. Manchmal spielte so etwas wie ein Lächeln um seinen Mund. Ich wusste nicht, ob es zärtlich, schmerzlich oder abfällig war. Aber ich wusste, wenn er mich küsste, konnte ich alles vergessen, fast alles. So ein kleines, dummes Ding auf einem Tisch, das vielleicht nur ein bisschen mit dem Feuer spielen wollte, es war nicht der Rede wert.

Sonja sprach weiter mit ihrer kühlen, unpersönlichen Stimme über Marions Wünsche, Pläne, Drohungen und Verrücktheiten. Manchmal glitt Bélas Blick zu ihr hinüber, dann lächelte er wirklich, intensiv und zufrieden. Und ich fragte mich, warum tut sie das, warum lügt sie für ihn? Warum drückt sie einem Toten, der sich nicht mehr wehren kann, diesen furchtbaren Stempel auf? Nur damit Mama den Mann im Bett behält? Das konnte ich mir nicht vorstellen.

Es musste andere Gründe haben. War sie es doch gewesen im August? Log sie, weil sie ihn liebte?

Sonja sprach von Eifersucht, von Hörigkeit, von einem Mann, der sich nicht lösen konnte, von einem Mädchen, das von großer Liebe sprach und große Macht meinte, das auf kaltblütige Art seine Trümpfe ausspielte. Und ein blutjunges Mädchen hatte viele Trümpfe. Als sie fertig war, hatte Offermann nur noch eine Frage. Wie hatte denn jemand auf die Idee kommen können, dass ich über die Böhrings schrieb, wenn ich persönlich nichts von dem Vater-Tochter-Verhältnis gewusst hatte.

«Ich schreibe über Meta Böhring», sagte ich. «Sie wurde von ihrem Vater missbraucht, seit sie zwölf war. Marion ist nicht die Tochter von Heinz. Er wusste das, aber sie weiß es nicht.»

Sonja riss entsetzt die Augen auf, murmelte: «Arme Meta.»

Für Offermann war es danach eine klare Sache, denke ich, auch wenn er es nicht aussprach. Die Frau bringt ihren Mann um, entweder aus Furcht, verlassen zu werden, oder aus Hass, oder auch nur, um der Tochter das Schicksal zu ersparen, das sie selbst erlitten hatte.

Sie verabschiedeten sich. Béla brachte sie zur Tür. Als er zurückkam, bat Sonja ihn um Geld für ein Taxi. «Du siehst nicht so aus, als könntest du mich heimfahren», stellte sie fest.

«Nein», sagte er. «Ich muss schlafen.»

«Ich auch», erklärte Sonja. Den Geldschein steckte sie ein, ohne eine Miene zu verziehen. Geld für ein Taxi! Es war ein sehr großer Schein, der größte, den die Bundesbank ausgibt. Ich dachte, ich müsste daran ersticken.

Béla brachte Sonja hinaus, ging mit ihr hinunter, wartete mit ihr auf das Taxi. Es dauerte fast zehn Minuten, ehe er zurück in die Wohnung kam. Ich hatte es nicht geschafft, ans Fenster zu treten. Von dort aus hätte ich auf die Straße schauen können. Aber ich mochte nicht zusehen, wenn ein Liebespaar sich zum Abschied küsste.

Béla kam noch einmal in mein Arbeitszimmer. «Ich nehme ein Bad, Lissa, dann lege ich mich hin. Ich bin sehr müde. Kannst du um fünf öffnen?»

Viel Zeit bis dahin war nicht mehr. Ich nickte nur.

Es war ein scheußlicher Abend. Béla kam um neun herunter und setzte sich ans Keyboard. Viel zu tun war nicht, für mich gar nichts. Die Angestellten waren gekommen. Ich saß nur da, beobachtete ihn, den fremden Gesichtsausdruck, das Lächeln, wenn er einen der Gäste anschaute. Und wie es von seinem Gesicht verschwand, wenn seine Augen mich fanden. Dann bekam sein Gesicht einen anderen Ausdruck, und ich wusste nicht, wie ich ihn deuten sollte. Verletzter Stolz oder Schuldbewusstsein?

Wir kamen erst um halb drei in der Nacht dazu, miteinander zu reden. Es wurde so spät, weil wir vorher im Lokal noch rasch ein wenig aufgeräumt und sauber gemacht hatten. Wir rechneten beide nicht damit, dass Meta am Sonntagmorgen zur Arbeit käme.

Er ging vor mir her die Treppen hinauf und durch die Diele. Bei der Tür zu meinem Schlafzimmer blieb er stehen. Er sah das gemachte Bett, drehte sich zu mir um. «Hast du hier geschlafen?»

Ich schüttelte den Kopf und sah, wie er zu lächeln begann. «Soll ich dein Bettzeug ins Gästezimmer tragen?»

Ich nickte, aber er ging nicht ins Zimmer, um die Sachen zu holen, betrachtete den Fleck auf dem Boden, schüttelte den Kopf, als könne er es nicht begreifen. Das war zu viel für mich.

«Wir sind jetzt allein», sagte ich. «Wir können offen reden.»

Er schaute mich nur an.

«Du hast mit Marion geschlafen», sagte ich. «Nicht nur mit ihr, auch mit Sonja. Mir brauchst du nichts vorzumachen, Béla. Ich hatte seit Donnerstag viel Zeit und konnte viele Fragen stellen.»

Es war gut formuliert, fand ich, dass ich keine Antworten bekommen hatte, musste ich ihm ja nicht sagen. Als ich Marion erwähnte, zuckte er leicht zusammen. Bei Sonja jedoch huschte nur ein flüchtiges Grinsen um seinen Mund. Ich sprach erst einmal weiter, es gelang mir sogar, einigermaßen ruhig zu wirken.

Dabei hätte ich mit beiden Fäusten auf ihn einschlagen können. Was hast du uns angetan, du Idiot? War dieses dumme Gänschen das wert? Glaubst du wirklich, dass die Polizei auf Sonjas Märchen hereinfällt? Sie haben ihre Methoden, sie haben Labors, sie werden feststellen, wer am Donnerstagabend mit Marion in meinem Bett gelegen hat. Und dann kommen sie her und holen dich.

Er schaute mich an, während ich sprach. Irgendwie abwartend, fast so wie im August, als er im Krankenhaus neben meinem Bett saß und nicht sicher war, wie viel ich in der Nacht gesehen hatte. Als ich bei Heinz angelangt war und erklärte, wie er dazugekommen war, wie er seine Tochter verprügelte und nach Hause schickte, begann Béla erneut zu grinsen.

«Hat Marion es so erzählt?»

Als ich nickte, sagte er ruhig: «Du lügst, Lissa. Marion hat kein Wort gesagt.»

«Nicht zu Sonja. Und nicht heute. Aber ich habe gestern bereits mit ihr gesprochen und auch schon einmal in der Nacht, als es passiert ist. Da war sie noch sehr aufgewühlt.»

«Und hat dir das so erzählt, ja?», fragte er noch einmal.

Zuerst nickte ich nur, dann schaffte ich zumindest ein Flüstern: «Warum hast du ihn umgebracht, Béla?»

Er schüttelte den Kopf, nicht einmal sonderlich heftig. Auch seine Stimme war ruhig, klang fast erstaunt: «Ich war nicht hier. Ich war bei Andreas. Vielleicht war Marion hier. Vielleicht hat sie es getan. Oder Meta war es.»

Er lehnte sich gegen den Türrahmen, rutschte daran herunter, bis er auf dem Boden saß. Ich setzte mich ihm gegenüber. «Béla, bitte, lüg mich jetzt nicht an.»

«Ich lüge nicht. Ich habe dich oft betrogen. Aber ich habe dich nie belogen, Lissa.»

Wenn er nur nicht so exakt formuliert hätte, jeder Satz kam wie aus dem Lehrbuch für korrektes Deutsch. Und das Lissa setzte den Punkt dahinter.

Im August, auf dem Tisch, das war Marion gewesen. Das gab er nun zu. Er hatte mir ihren Namen nicht nennen wollen, weil er befürchtete, ich wäre damit umgehend zu Heinz gerannt, um mich auszuweinen. Und Heinz hätte dann in einem der von Sonja so plastisch geschilderten Eifersuchtsanfälle Kleinholz aus dem Lokal gemacht.

Was Sonja betraf, sie hatte ihm am Nachmittag, als sie beide auf das Taxi warteten, von meinem ungeheuerlichen Verdacht gegen sie beide erzählt. Sie hatte ihm auch gesagt, dass sie mir bereits erklärt hätte, es sei nie etwas zwischen ihnen gewesen. Sie hatte ihm geraten, mir das noch einmal zu bestätigen und mir in Bezug auf Marion reinen Wein einzuschenken.

Das tat er. Mit ruhiger Stimme und exakter Wortwahl, emotionslos wie der Nachrichtensprecher im Fernsehen. Marion war in der Augustnacht kurz nach eins zusammen mit Meta gekommen. Das mochte sein. Manchmal tat Meta das, kam noch in der Nacht, um sauber zu machen, damit sie sonntags ausschlafen konnte. Manchmal brachte sie eine ihrer Töchter mit, damit es schneller ging. In der Nacht war es Marion gewesen. Béla blieb mit ihnen unten, um zu kontrollieren, dass trotz der späten Stunde alles ordentlich erledigt wurde.

Kurz vor zwei putzte Meta zur Haustür hinaus, Marion polierte den Tresen. Dann war Meta fertig, und Marion sagte: «Geh ruhig schon vor, Mama. Ich brauche noch ein paar Minuten.»

Sie dachte nicht daran, sich zu beeilen, trödelte herum, machte ein paar Bemerkungen, weil Béla ungeduldig wurde. Was er erzählte, klang ganz nach Marions spöttischer Überheblichkeit. «Lisa wartet wohl schon auf dich.»

Es hörte sich nach Verführung an, ein bildhübsches, junges und bereitwilliges Mädchen, das ihm offen Avancen machte. Und im ersten Stock eine Frau, die sich seit Monaten hinter ihrem Computer verschanzte und nur noch über schmutzige Geschichten reden wollte.

«Sie hat mir erzählt, sie hat einen Freund», sagte Béla. «Sie schläft mit ihm, hat immer Schmerzen. Sie fragte mich, ob das normal ist. Und du hast gesagt, Heinz schläft mit ihr.»

«Das ist nicht wahr, Béla, das habe ich nie gesagt.»

«Es klang aber so. Ich dachte, sie hat Schmerzen bei Heinz. Weil sie weiß, es ist nicht richtig. Ich habe ihr gesagt, Liebe ist etwas Schönes. Und sie sagte, zeig es mir.»

Das hatte er getan. Und offenbar hatte er Marion mit seinen Argumenten überzeugt. Sie kam am nächsten Tag und wollte mehr. Es habe ihn nicht nur die schon einmal erwähnte Mühe, sondern auch ein hübsches Sümmchen gekostet, sie loszuwerden, behauptete er.

«Du hast ihr Geld gegeben?»

Béla zuckte mit den Achseln. «Sie sagte, sie erzählt es dir, wenn ich ihr nichts gebe.»

«Aber ich hatte es doch gesehen. Da musstest du dich doch nicht erpressen lassen.»

Er grinste. Es war ein freudloses Grinsen. «Ich habe ihr nicht deinetwegen Geld gegeben, nur wegen Heinz.»

«Hat sie dich noch öfter erpresst?»

Er nickte nur.

«Und du hast danach nie wieder mit ihr geschlafen?»

Er schüttelte den Kopf, schürzte die Lippen dabei, als wolle er sagen, glaub es, oder glaub es nicht, es ist mir egal, wie du darüber denkst.

«Und welche Erklärung gibt es dann für die Dinge, die ich gefunden habe? Diese Tücher.»

Er seufzte nachdrücklich, fast ein wenig gelangweilt, hob die Schultern an. «Sonja hat es doch gesagt. Marion hat sich hier mit Heinz getroffen.»

«Das glaube ich aber nicht, Béla. Das hätte Heinz nicht getan. Er hatte es auch nicht nötig. Er geht seit Jahren zu einer Frau, die er dafür bezahlen muss. Das hat er mir selbst gesagt, und die Art, wie er es sagte, war eindeutig. Es war die Wahrheit.»

Béla ließ die Schultern sinken. «Marion hat Geld von mir genommen, und Heinz hat auch viel ausgegeben für sie, das weißt du. Vielleicht hat er das gemeint mit bezahlen. Aber vielleicht war Marion auch mit einem Freund hier. Ich war nicht hier, ich weiß es nicht. Man wird sie fragen müssen.»

Irgendwann wurde es auf dem Fußboden unbequem. Und

es war schon so spät. «Hast du ihn wirklich nicht erschossen?»

Er drehte die Augen zur Decke. «Nein, Lissa.»

«Nenn mich nicht so.»

Darauf ging er nicht ein, fragte nur noch einmal: «Soll ich dir das Bettzeug ins Gästezimmer tragen?»

«Ich möchte bei dir schlafen.»

Er zog irritiert die Augenbrauen hoch. «Was wird dein Römer dazu sagen? Meinst du, er ist einverstanden?»

«Béla, hör auf damit, bitte, ich kann nicht mehr. Ich will nicht allein sein. Ich will mit dir schlafen.»

Er zuckte mit den Schultern. «Ich glaube nicht, dass es geht. Ich kann nicht, Lissa.»

«Nur schlafen, bitte. Halt mich fest.»

Da nickte er endlich.

Ich hatte noch nie mit ihm in seinem Bett gelegen. Es war nicht so breit wie meins und stand mit einer Seite an der Wand. Er ließ mich zuerst hinein, dann lag er eine Weile neben mir. Das Licht machte er nicht aus. Schließlich richtete er sich wieder auf, beugte sich über mich. «Ich kann nicht so neben dir liegen.»

«Das musst du doch auch nicht.»

Er stützte sich mit einem Ellbogen neben meinem Kopf auf dem Kissen ab, strich mir mit den Fingerspitzen ein paar Haare aus dem Gesicht. In seinem Blick lag eine Mischung aus Trauer und diesem ersten Schmelz, mit dem sich sein Verlangen ankündigte. «Liska!» Er schüttelte den Kopf, ließ einen kleinen Seufzer folgen, der halb aus Schmerz und halb aus Zärtlichkeit bestand. Sein Gesicht war so dicht über mir, dass es mir vor den Augen verschwamm.

«Was hast du gemacht, Liska? Warum hast du es getan? Als dein Römer sagte, er hat dich gehabt, bin ich verrückt geworden. Er hat mich belogen, ja? Ihr habt euch das nur ausgedacht für ein bisschen Rache, ja?»

Er strich mit den Lippen an meinen Schläfen entlang über die Wange zum Mundwinkel. «Sag es mir, Liska», murmelte er. «Es war nur Schwindel. Du hast nicht mit ihm geschlafen. Du warst nicht drei Tage bei ihm.»

«Nein», sagte ich.

«Du bist grausam, Liska.»

«Ich weiß.» Ich hatte nicht das Gefühl, ihn zu belügen. Es gibt Dinge, die geschehen, obwohl man sie nicht geschehen lassen will. Und weil man es nicht will, sind sie gleich anschließend nicht mehr wahr. Vielleicht erging es ihm ebenso. Er hielt mich die ganze Nacht im Arm, mehr tat er nicht.

Und warten! Der Sonntag. Wider Erwarten kam Meta doch um acht Uhr. Wir bemerkten nichts davon. Béla fand einen Zettel, als er kurz vor elf hinunterging. Verhaftet war Meta jedenfalls noch nicht. Aber was hatten sie schon in der Hand? Gegen Meta nur einen Verdacht. Ansonsten meine Bettwäsche, ein paar Gipsabdrücke von Damenschuhen oder Stiefeletten. Den Wagen von Heinz fanden sie in einer Seitenstraße. Der Schlüssel steckte, die Papiere lagen im Seitenfach an der Fahrertür. Die Pistole fanden sie nicht, obwohl uniformierte Polizisten die ganze Gegend danach absuchten.

Am späten Sonntagnachmittag fand ich den Mut, Béla nach dem Geldschein zu fragen, den er Sonja in die Hand gedrückt hatte. Fünfhundert Euro für ein Taxi und ein Märchen? Er tippte sich an die Stirn. «Liska, schau auf den Kalender. Es war der Unterhalt für Dezember.» Den Unterhalt bekam sie oft auf die Hand. Ich glaubte ihm.

Und warten! Der Montag. Meta kam um acht, allein. Bis

kurz vor zehn war sie im Lokal beschäftigt, dann kam sie hinauf. Wir saßen beim Frühstück. Sie holte sich das Putzzeug, wollte in meinem Arbeitszimmer beginnen. Béla ging zu ihr in die Diele. Ich hörte ihnen von der Küche aus zu. «Du hast deine Tochter nicht mitgebracht?»

«Wie du siehst.»

«Ich würde mich gerne mit ihr unterhalten.»

«Worüber?»

«Über Heinz und den Donnerstagabend.»

«Da wirst du dich gedulden müssen», erklärte Meta ruhig. «Sie ist noch nicht in der Lage, sich über ihren Vater oder den Donnerstagabend zu unterhalten.»

«Das hat man mir aber anders erzählt», konterte Béla. «Und wenn sie Lissa sagen kann, dass sie mit mir zusammen war, kann sie es mir auch sagen.»

«Sie hat Lisa überhaupt nichts gesagt, also reg dich ab. Kein Mensch hat bisher behauptet, sie wäre mit dir zusammen gewesen. Vielleicht denken ein paar Leute das, ich weiß es nicht. Es ist ja auch nicht wichtig, was die Leute denken.»

Wir stritten den halben Tag darüber. Béla war wütend. «Warum erzählst du so eine Geschichte, Lissa? Wolltest du nur hören, dass ich mit dem Mädchen geschlafen habe?»

Am Nachmittag kamen zwei Leute von der Zeitung. Béla war immer noch wütend und warf sie hinaus. «Wir können nichts sagen, wir waren nicht hier.»

Und warten! Der Dienstag. Meta erschien nicht. Ich rief um zehn bei ihr an. Sie war daheim, zusammen mit ihren Töchtern und ein paar Kriminalbeamten. Eine Frau war auch dabei. Offermann glaubte wohl, dass eine Beamtin eher Zugang zu Marion fand.

Es war ein ruhiger Vormittag. Kurz nach zwei gingen wir hinauf. Wenig später kamen Offermann und die Beamtin, die versucht hatte, Marion zu einer Aussage zu bewegen. Sie hatte es geschafft. Offermann drückte es allerdings ein wenig anders aus.

«Das Mädchen ist zusammengebrochen», sagte er. Was Marion ausgesagt hatte, erzählte er uns nicht. Er ging mit der Beamtin durch die einzelnen Zimmer, als ob er etwas rekonstruieren wolle.

Und warten! In der Nacht zum Mittwoch schliefen wir miteinander. Ich konnte nicht genug von ihm bekommen, danach lag ich wach, kam nicht zur Ruhe, weil ich immer noch glaubte, er hätte abgedrückt. Aber das hatte er nicht, wirklich nicht.

Meta kam am frühen Mittwochnachmittag, blass und steif und hart. Den Blick hielt sie fest auf mein Gesicht gerichtet. Von Béla nahm sie anfangs keine Notiz. Marion hatte gestanden, allerdings erst einmal nur zugegeben, was die Polizei ohnehin beweisen konnte. Dass sie nicht zum Kino gegangen war. Dass sie, als Béla weggefahren war, umdrehte und in die Wohnung zurückkehrte. Angeblich nur, um sich einen Videofilm anzuschauen und dabei zu rauchen, was ihr daheim verboten war. Und dann kam Heinz.

Mochte sie Sonja irgendwann erzählt haben, sie habe ein Verhältnis mit Heinz und ihn in der Hand. Jetzt stellte sich das anders dar. Ja, sie war schon als kleines Kind zu ihm ins Bett gekrochen, weil sie ihn liebte und trösten wollte, wenn Meta wieder einmal getobt hatte. Und irgendwann, als sie älter wurde, habe Heinz sie zu diversen Handlungen gezwungen, damit gedroht, die Familie zu verlassen und alleine nach Amerika zu gehen, falls sie ihm nicht zu Willen sei. Sie habe sich gefügt, bis zuletzt. Am Donnerstagabend habe sie sich ihm endlich widersetzt und gedroht, ihn anzuzeigen, wenn er sie nicht endlich in Ruhe ließe.

«Er ist über sie hergefallen wie ein Tier», sagte Meta, schaute mich an. «Du hast ja gesehen, wie er sie zugerichtet hat. Er hätte sie totgeschlagen, wenn sie ihn nicht …»

«Das glaubst du doch selbst nicht», unterbrach ich sie. «Heinz hätte ihr vielleicht eine runtergehauen, wenn er sie mit einem anderen erwischt hätte. Aber auch nur dann.»

Meta hob die Achseln an. «Ich war nicht dabei, Lisa. Du auch nicht. Wer weiß schon, was in so einem Kerl vorgeht, wenn er ein Mädchen will, und das will plötzlich nicht mehr. Es war eindeutig Notwehr. Das sagte Offermann auch. Als sie heimkam am Donnerstagabend, sie war völlig durcheinander, konnte erst gar nicht reden. Ich hab das übers Wochenende nach und nach aus ihr rausgeholt. Dann hab ich ihr geraten, es der Polizei zu erzählen, genau so, wie sie es mir erzählt hat.»

«Und du willst vorher nie etwas bemerkt haben?»

Meta hob die Achseln, ließ sie wieder sinken. «Einen Verdacht hatte ich schon, hab auch ein paar Mal versucht, mit ihr zu reden. Aber sie wich mir aus, hatte eben Angst. Er hat immer gedroht, wenn sie mit mir darüber spricht oder mit sonst jemandem, ist er gleich verschwunden. Was soll ein Kind machen? Es will nicht allein gelassen werden.»

«Du wärst doch noch da gewesen.»

«Ich?», fragte Meta und lachte bitter.

Bis dahin dachte ich, dass ein Fünkchen Wahrheit daran sein könnte. Nicht an dem, was Meta gerade von sich gegeben hatte, das war nur die Version für die Polizei. Aber daran, dass Heinz allein mit Marion in unserer Wohnung war, als es geschah. Doch dann schaute Meta zu dem Sessel hin, in dem Béla saß, von dem aus er aufmerksam zuhörte. Und Meta sagte: «Bist du nun zufrieden? Kein Mensch hat von dir gesprochen.»

Ich habe danach viel über den Unterschied im Verhalten eines Mannes und im Verhalten eines jungen Mädchens nachgedacht, die vor demselben Problem stehen: Eine Waffe loszuwerden, mit der sie gerade einen Mann erschossen haben.

Der Mann fährt, gepeinigt von Schuldgefühlen, kreuz und quer durch die Gegend. Er hat mehr als eine Möglichkeit, die Waffe so zu beseitigen, dass sie nie gefunden werden kann. Selbst wenn er daran nicht gedacht hat: Nachdem er wieder einigermaßen klar im Kopf ist, fährt er zu seinem Freund. Die beiden Männer sitzen eine halbe Nacht zusammen. Der Freund ist bereit, für ihn einzustehen. Er gibt ihm ein Alibi und erklärt genau, wie er sich jetzt verhalten muss. Einfach so tun, als ob man von nichts wüsste.

Das Mädchen dagegen flieht in seiner Panik über den Balkon durch die Gärten zur Querstraße. Zuerst hält es die Waffe noch in der Hand. Aber nicht lange, dann lässt es sie fallen oder wirft sie irgendwo in die Büsche. Und niemand hat sie gefunden. Dabei haben sie alles abgesucht. Nicht nur unseren Garten, auch die umliegenden und die Straße und die Mülleimer. Aber vielleicht hält das Mädchen die Waffe auch umklammert, bis es daheim ankommt. Die Mutter nimmt die Pistole an sich und wirft sie in einen Müllcontainer, der am nächsten Morgen geleert wird. So haben sie es der Polizei erklärt.

Das Mädchen erzählt seiner Mutter, es sei vom eigenen Vater verprügelt und vergewaltigt worden. Auch darüber habe ich lange nachgedacht. Und die frischen Schlagverletzungen, die ich an Marions Körper gesehen hatte, konnten nicht von Heinz stammen. Ein Mann, der täglich eine halbe Stunde auf einen Sack eindrischt, um in Form zu bleiben, hätte ihr mit einem einzigen Schlag den Kiefer zertrümmert. Zwei Schläge von ihm, richtige Schläge, und wenn er so in Wut geraten wäre, wie ich es mir vorstelle, hätte er sich kaum zurückhalten oder beherrschen können. Zwei Schläge, und Marion wäre nicht mehr aufgestanden. Sie wäre bestimmt nicht bis in Bélas Zimmer gekommen, um sich dort die Waffe zu holen.

Die Wahrheit?

Die Wahrheit ist ein alter Mann. Er ist fast blind, aber hören, sagt er, kann er noch sehr gut. Er wohnt hier in der Nähe und führte an dem Donnerstagabend seinen Hund aus. Wenige Minuten vor acht kam er an «Bélas Musikstübchen» vorbei. Ihm kam ein Mann entgegen. Erkannt hat er ihn nicht. Es war bereits dunkel, aber auch bei Tageslicht hätte er ihn vermutlich nicht erkannt.

Er sah jedoch, dass der Mann zu unserem Haus ging. Er sah auch, dass hinter einem der oberen Fenster Licht brannte. So blind ist er doch nicht. Seiner Schilderung nach muss es sich um mein Arbeitszimmer gehandelt haben. Was die Uhrzeit angeht, ist der alte Mann sich völlig sicher, weil er pünktlich zur Tagesschau wieder in seiner Wohnung war. Und er hörte das Schnarren der Gegensprechanlage, hörte eine metallisch klingende Stimme, die nur ein Wort sagte: «Ja?»

Und die Stimme des Mannes: «Ich bin's.»

Das muss Heinz gewesen sein. Ob Bélas Auto auf dem Parkplatz stand, konnte der alte Mann mir nicht sagen. Er wusste auch nicht, ob und von wem Heinz ins Haus gelassen wurde, darauf hat er nicht geachtet. Und was oder wer ihn da oben erwartete, wenn in meinem Arbeitszimmer Licht brannte. Es kann eigentlich nur Marion gewesen sein. Béla wäre doch mit ihr nicht in mein Arbeitszimmer gegangen.

Es sind noch einige Fragen offen, für mich, nicht für die

Polizei. Für Offermann ist der Fall anscheinend geklärt. Wir haben nichts mehr von ihm gehört. Wenn er noch einmal gekommen wäre und mir erzählt hätte, welche Spuren nun genau sie in meinem Schlafzimmer gesichert haben, müsste ich mir nicht mehr den Kopf zerbrechen. Aber so etwas tun sie ja nicht. Und ich denke mir, wenn sie in meinem Bett Spuren meines Mannes gefunden hätten, wäre Béla nicht ungeschoren geblieben. Nun versuche ich eben auf meine Weise, die letzten Antworten zu finden. Und ich habe ein paar gefunden, zu denen Offermann nicht einmal die Fragen gestellt hat, weil er Heinz nicht so kannte wie ich.

Die letzten Szenen:

Marion betritt unsere Wohnung, um das Paket aus der Reinigung abzuliefern. Béla steht am Telefon und spricht gerade mit mir. Marion hört die letzten Sätze. Béla will sich hinlegen und den Wecker stellen. Sie schlingt die Arme um seinen Nacken, presst sich gegen ihn. Ihre Kleidung reibt sich an seiner, ein leises Rascheln ist zu hören.

Einmal hat er mit ihr geschlafen, auf einem Tisch im Lokal, nur weil er ihr zeigen wollte, dass Liebe etwas Schönes ist. Danach hat er sie jedes Mal abgewiesen. Das kann sie nicht hinnehmen. Es verletzt ihren Stolz, sie ist jung, sie ist schön, sie weiß, dass sie Macht hat über Männer, und sie will ihn.

«Lisa kommt wohl sehr spät», sagt sie, nachdem er den Hörer aufgelegt hat. Sie will ihn küssen. Er schiebt sie weg.

«Sehr spät», sagt er. Er weiß, dass sie ihm keine Ruhe lassen wird, wenn er bleibt, deshalb erklärt er: «Ich fahre zu Andreas.» Dann wirft er sie aus der Wohnung, räumt noch rasch die Sachen in die Schränke und holt seine Jacke.

Marion trödelt auf der Treppe und hört noch, dass das Telefon klingelt, aber wer ihn anruft, interessiert sie nicht. Sie ist wütend und wird noch wütender, als Béla kommt und sie aus der Haustür schubst. Langsam geht sie die Straße hinunter. Béla fährt weg. Er hat es sehr eilig, das steigert ihre Wut noch.

Sie geht zurück zur Wohnung, setzt sich an meinen Computer. Warum? Vielleicht zuerst nur aus Wut. Sie will etwas kaputtmachen, mir einen Hinweis geben oder Béla einen Denkzettel verpassen. Sie öffnet die Romandatei. Und dann liest sie etwas, was sie völlig aus der Fassung bringt.

Ich bin da auf ein weiteres Stück Text gestoßen, von dem ich genau weiß, dass ich es nicht geschrieben habe. Ich wollte es tun, aber Dierk riet davon ab, weil es die Handlung kompliziert hätte. Ich habe mich immer an das gehalten, was Dierk riet.

Es ist die Szene, in der die ehemalige Krankenschwester ihrem Mann gesteht, dass sie ein Verhältnis mit ihrem Vater hat und ein Kind. Und jetzt steht da, es sind zwei Kinder. Es war alles nur ein Irrtum, steht da. Die Krankenschwester glaubte sich schwanger, geriet in Panik bei dem Gedanken, ihr Vater könne bestraft werden, wenn irgendwann jemand dahinter käme, dass dieses Kind sein Kind ist. In ihrer Panik gibt sie dem Werben des jungen Mannes nach. Sie schläft mit ihm, heiratet ihn, stellt danach erst fest, sie ist gar nicht schwanger. Aber sie wird es kurz darauf.

Als sie ihm Jahre später ihren Hass ins Gesicht schleudert, den Hass auf ihn und die älteste Tochter, als er sie fassungslos anstarrt, nicht begreift, was sie sagt, als er tonlos fragt: «Sie ist nicht meine Tochter?»

Da schreit sie ihn an: «Doch, die erste schon. Aber die anderen beiden nicht.»

Es gibt nur eine, die das geschrieben haben kann. Marion.

Und sie muss es am Donnerstagabend geschrieben haben. Die Datei wurde an dem Abend um Viertel vor acht abgespeichert. Danach wurde sie zwar noch zweimal geöffnet, aber niemand hat mehr auf die Speichertaste gedrückt.

Marion wollte nicht glauben, was ich geschrieben hatte. Es ist wichtig für sie, dass Heinz ihr Vater ist. Das macht ihn zu einem Stück Wachs in ihren Händen, weich und zerbrechlich. Sie ruft ihn an.

Dass Heinz die Wohnung nach einem Anruf verlassen hat, davon hat Meta der Polizei nichts erzählt. Deshalb ist Offermann auch nicht auf die Idee gekommen, unsere Telefonrechnung zu überprüfen. Ich habe den Anruf bei den Gesprächsnachweisen gefunden. Viertel vor acht.

«Ich bin allein in Lisas Wohnung», sagt sie.

Heinz freut sich, ist glücklich, verspricht, sofort zu kommen. Vielleicht schläft sie mit ihm, lässt ihm danach noch die Zeit, sich wieder anzuziehen. Dann erzählt sie ihm, worauf sie in meinem Computer gestoßen ist. Sie fragt: «Das ist nicht wahr, oder? Du bist doch mein richtiger Vater.»

Und er, ein wenig erleichtert und nicht begreifend, wie wichtig es für sie ist, ihn zum Vater zu haben, ihn und sonst keinen, er schüttelt den Kopf und sagt: «Doch, es ist wahr. Du bist nicht meine Tochter. Wenn du das wärst, hätte ich niemals mit dir schlafen können. Das wäre doch ein Verbrechen gewesen.»

Sie ist verletzt auf eine Art, die er nicht versteht. Sie hat ihre Macht über ihn verloren. Zwei Jahre lang hat sie geglaubt, ihn in der Hand zu haben, ihn unter Druck setzen zu können. Damit er weggeht mit ihr. Nach Amerika. Wo sie ohne Zwänge leben und sich lieben können ohne Heimlichkeiten. Jetzt will sie verletzen, erzählt ihm von Béla. Das ahnt er bereits. Meta hat eine komische Andeutung gemacht, und zu mir sagte er: «Kannst dich vertrauensvoll an mich wenden.»

Aber zwischen Ahnung und Gewissheit ist ein Unterschied. Es aus Marions Mund zu hören, vielleicht noch mit der Demütigung: «Er ist um Längen besser als du.» Als er zuschlägt, begreift sie, in welche Situation sie sich gebracht hat. Sie rennt aus dem Zimmer. Jeden Winkel in der Wohnung kennt sie, jeden Schrank und jedes Schubfach. Sie weiß genau, wo sie bestimmte Dinge finden kann.

Natürlich liebt sie ihn auf ihre Art. Was junge Mädchen so unter Liebe verstehen. Wenn ich da an mich selbst denke. Das gute Aussehen war wichtig, die Tatsache, dass er groß und stark war, von aller Welt respektiert und bewundert wurde. Der strahlende Karatekämpfer auf dem Motorrad, und in ihren Armen war er so nachgiebig und so verletzlich gewesen.

Drei Schüsse in die Brust und einer in den Kopf. Ich hoffe immer noch, es war der erste, und er tötete ihn auf der Stelle. Ich ertrage den Gedanken nicht, dass er Schmerzen hatte, noch mehr Schmerzen als die, die sie ihm mit ihrem Geständnis schon zugefügt hatte. Dass er leiden musste, noch mehr leiden, als er es bereits durch ihre Worte tat.

«Ich habe mit Béla geschlafen.»

Ja, einmal, nur ein einziges Mal. In einer Nacht im August. Danach war nichts mehr. Béla bedauerte schon am nächsten Tag, dass er sich auf dieses eine Mal eingelassen hatte. Für ihn war es nur ein flüchtiger Moment gewesen. Er liebt mich, hat in den letzten zehn Jahren nur mich wirklich geliebt. Szeretlek, Liska, für immer und alle Zeit.

Ich dich auch.